Karin Lindberg
Liebesbriefe an das Leben

AF214664

TINTE
&
FEDER

Das Buch

Auf der Suche nach Inspiration und Ruhe zieht Maja kurz entschlossen von Berlin in einen verträumten Vorort Lüneburgs. Vor allem aber braucht sie eine Auszeit von ihrem Job als TV-Autorin, von der Großstadt, ihren egomanischen Freunden und auch ein bisschen von sich selbst. Doch dann lernt Maja den Nachbarn Bjarne und seine beiden Kinder kennen, deren glückliches Leben durch den Tod der Mutter völlig aus der Bahn geworfen wurde.

Von diesem Schicksal tief berührt, unterstützt Maja die Familie und vor allem den traurigen, in sich gekehrten siebenjährigen Noah, wo sie nur kann. Bjarne ist zunächst überfordert von der Herzlichkeit der neuen Nachbarin und würde am liebsten den Rat seiner Frau einholen. Und auch Maja ist sich über ihre Gefühle im Unklaren. Beide ahnen noch nicht, dass das Leben selbst die beste Antwort auf ihre Fragen liefern wird.

Die Autorin

Karin Lindberg war zehn Jahre in den Chefetagen internationaler Konzerne tätig, doch sobald ihr erster Roman veröffentlicht war, reichte sie ihre Kündigung ein, um jede freie Minute zu schreiben. Sie erschafft mit Begeisterung starke Heldinnen und attraktive Helden, legt ihnen Steine in den Weg und lässt sie am Ende doch ihr Happy End erleben. Karin Lindberg lebt mit ihrer Familie vor den Toren Hamburgs. Inzwischen hat sie mehr als dreißig Romane veröffentlicht, die weit über eine Million Mal verkauft wurden.

KARIN LINDBERG

Liebesbriefe an das Leben

Roman

Deutsche Erstveröffentlichung bei
Tinte & Feder, Amazon Media EU S.à r.l.
38, avenue John F. Kennedy, L-1855 Luxembourg
September 2021
Copyright © der deutschsprachigen Ausgabe 2021
By Karin Lindberg

Umschlaggestaltung: bürosüd München, www.buerosued.de
Umschlagmotiv: © Gabriele Rohde/Shutterstock;
© one AND only/Shutterstock; © Anastasia Lembrik/Shutterstock;
© Neustockimages/Getty Images
1. Lektorat: Dorothea Kenneweg
2. Lektorat und Korrektorat: VLG Verlag & Agentur, Haar bei München,
www.vlg.de
Gedruckt durch:
Amazon Distribution GmbH, Amazonstraße 1, 04347 Leipzig /
Canon Deutschland Business Services GmbH, Ferdinand-Jühlke-Straße 7,
99095 Erfurt /
CPI books GmbH, Birkstraße 10, 25917 Leck

ISBN 978-2-49670-755-7

www.tinte-feder.de

Kapitel 1

Man kann nicht jedem gefallen.

Carey Mulligan

Ein blauer, nur von einigen Schleierwolken überzogener Himmel strahlte über Wendersen. Das perfekte Kleinstadtidyll. Über Majas Beinen lag eine Wolldecke, aus der vor ihr stehenden Kaffeetasse stieg Dampf auf. Der würzige Duft des nahenden Frühlings hing in der Luft, aber irgendetwas kam ihr merkwürdig vor. Sie schloss die Augen und überlegte. Vögel zwitscherten überall um sie herum, in der Nähe spielten Kinder, aber die ihr vertrauten Großstadtgeräusche fehlten. Ja, das war es. Niemand hupte, kein Krankenwagen fuhr mit ohrenbetäubendem Sirenenlärm vorbei. Sie hatte sich noch immer nicht an die Stille in diesem Kaff gewöhnt. Maja seufzte und schaute wieder auf den vor ihr blinkenden Cursor auf dem Computerbildschirm.

Gähnende Leere. Nicht ein Wort.

Sie stieß einen nicht ganz jugendfreien Fluch aus und schob ihr Notebook auf den Gartentisch vor ihr; dabei passte sie auf, dass sie nicht aus Versehen die Kaffeetasse umstieß und ihren Laptop ruinierte. Das hätte noch gefehlt. Sie lief auch so schon

Gefahr, den Abgabetermin nicht einhalten zu können. Mal wieder.

»Okay«, murmelte sie mit einem resignierten Seufzen. So einfach war es also doch nicht, sich vor Ort inspirieren zu lassen. Sie zog eine Grimasse und schüttelte über sich selbst den Kopf. Seit einigen Tagen war sie nun schon hier, hatte das Berliner WG-Leben gegen eine Doppelhaushälfte in Wendersen getauscht. Obwohl ihre Freundin Charlotte es ihr schon länger angeboten hatte, war Maja erst jetzt darauf zurückgekommen.

Maja hörte ein Geräusch, jemand öffnete die Terrassentür und trat neben sie. Sie blickte auf und sah in Charlottes Gesicht. Ihre Freundin lächelte, wirkte gleichzeitig aber auch ein wenig besorgt. Ihre blonden Locken hatte sie zu einem unordentlichen Dutt zusammengebunden, sie trug ein hellblaues, knielanges Kleid, das ihre perfekten Kurven locker umspielte, und eine Wolljacke darüber. Lässig und schick gleichzeitig, und damit genau das Gegenteil von ihr selbst. Maja hatte es nicht so mit Farben (außer auf dem Kopf, dort leuchteten tomatenrot gefärbte Haare) oder hübschen Kleidern. Sie blinzelte und grinste. »Alles okay?«, fragte sie Charlotte.

Ihre Freundin zog sich einen Stuhl heran und setzte sich, lehnte sich jedoch nicht entspannt zurück, sondern wirkte, als wäre sie auf dem Sprung, was vermutlich auch stimmte. Denn sie reiste heute ab.

»Ich bin mir nicht sicher«, gab Charlotte mit einem schiefen Grinsen zurück.

Maja tätschelte ihren Oberschenkel. »Ein Tapetenwechsel ist genau das, was dir jetzt guttut.«

Obwohl Maja sich darauf gefreut hatte, bei ihrer Freundin zu sein, verstand sie, dass diese das Angebot, für ein halbes Jahr in der Firmenzentrale in Boston zu arbeiten, annehmen musste. Sie wollte Charlotte nicht aus egoistischen Gründen ein schlechtes Gewissen machen, nur weil sie sie lieber in ihrer Nähe gehabt hätte.

»Ich brauche Abstand«, sagte Charlotte, womöglich mehr zu sich selbst als zu Maja. Ihr Blick schweifte in die Ferne, und Maja fragte sich, ob Charlotte ihrem Noch-Ehemann mitgeteilt hatte, dass sie für sechs Monate ins Ausland ging. Als hätte sie ihren Gedanken gehört, sprach ihre Freundin leise weiter. »Chris weiß Bescheid, du musst also keine Angst haben, dass er hier auf der Matte steht und Steinchen ans Fenster wirft, weil er mit mir reden will.«

»Um mich geht's dabei nicht«, erwiderte Maja sanft. Es tat ihr leid, dass die Ehe ihrer Freundin schon nach zwei Jahren vor dem Aus stand. Obwohl sie selbst nicht an den Bund fürs Leben glaubte, hieß das noch lange nicht, dass sie nicht verstand, warum andere sich darauf einließen.

»Das weiß ich doch. Ich hoffe sehr, dass du dich hier wohlfühlen wirst, meine Liebe. Betrachte es als dein Zuhause.«

Maja grinste. »Echt?«

Charlotte gluckste. »Okay, du musst ja nicht meine Wände in Neongrün streichen oder so.«

»Ist klar, Süße. Hatte ich auch nicht vor.« Maja atmete tief durch und dachte an die Gründe, warum sie hergekommen war. »Alles, was ich brauche, ist ein wenig Inspiration und vor allem Ruhe, damit ich für diese dämliche Soap schreiben kann.«

Charlotte hob eine Augenbraue, und Maja ahnte, was ihre Freundin sagen wollte. Sie war überrascht, dass sich deren Mund nur kurz öffnete und dann wieder schloss, als hätte sie es sich anders überlegt. Trotzdem stand der Satz klar und deutlich zwischen ihnen, sie musste ihn gar nicht aussprechen: *Dafür* hast du doch nicht Germanistik studiert.

Nein, hatte sie nicht, aber das Leben war nun mal kein Wunschkonzert, und Rechnungen bezahlten sich auch nicht von allein. Maja entwickelte seit Jahren die Storyline für eine

Seifenoper und schrieb die Dialoge, doch langsam, aber sicher gingen ihr die Ideen aus – und auch die Lust, sich tagein, tagaus mit seichten Gesprächen und konstruierten Cliffhangern herumzuschlagen.

Maja holte tief Luft. »Ich musste einfach dringend weg aus Berlin«, erklärte sie, obwohl sie auch das mit Charlotte in den vergangenen Tagen bei der ein oder anderen Flasche Wein am Küchentisch bereits durchgekaut hatte.

Sie erinnerte sich noch sehr deutlich an den Moment, in dem sie endlich begriffen hatte, dass in ihrem Leben zu viel falsch lief. Sie hatte mit ihrem Laptop auf dem durchgesessenen Sofa in der WG-Küche gehockt und fleißig getippt, als André in den Raum geschlurft war. Mit dunklen Augenringen, nur in Boxershorts und mit einer nicht zu verachtenden Menge Restalkohol im Blut. Um das zu wissen, hatte sie ihn nicht fragen müssen, wo er nachts gewesen war. Er feierte gern und oft. Zu oft. André hatte kein Wort gesagt, nur den Kühlschrank geöffnet, sich den Orangensaft aus der Tür gegriffen, den Deckel abgeschraubt und sich nicht mal die Mühe gemacht, ein Glas vom offenen Regal zu nehmen, sondern direkt aus der Packung getrunken.

Maja stöhnte, als sie das sah, und ihr Magen verknotete sich. »Er heißt nicht Direktsaft, weil man ihn direkt aus der Tüte säuft«, brummte sie genervt.

André wandte sich ihr zu, setzte ab und rülpste lautstark.

Sie verdrehte die Augen. »Guten Morgen.« Ihre Stimme troff vor Sarkasmus, er schien es nicht zu bemerken. Wie so vieles nicht.

»Gibt's keinen Kaffee?« Mit einer müden Bewegung zog er die Blechdose vom Brett und schüttelte sie. Natürlich war sie leer, denn er war mit dem Einkaufen dran.

Maja biss sich auf die Innenseite ihrer Wange. »Rate mal, wer diese Woche mit dem Einkaufen dran ist und wieder mal nichts besorgt hat.«

Sein linkes Auge zuckte leicht, dann trat er neben sie und ließ sich zu ihr auf das Sofa fallen. Er schmiegte seine Wange an ihre, und Maja schüttelte sich kaum merklich, als sein Morgenatem in ihre Nase stieg.

»Süße, du weißt doch, dass es derzeit ein bisschen eng bei mir ist, kannst du vielleicht …?«

Wut stieg in ihr auf, wie Dampf in einem Kessel. Es kam ihr so vor, als hörte sie das hektische Pfeifen, das vor einer Explosion warnte, tatsächlich. Vielleicht war es auch einfach Tinnitus, was kein Wunder gewesen wäre, so oft wie sie in den letzten Monaten die Zähne aufeinandergebissen und ihre Kommentare heruntergeschluckt hatte. Aber genug war genug. Maja schob André bestimmt von sich. »Du bist ekelhaft. Wie wäre es mit einer Dusche und Zähneputzen?«

André schnalzte mit der Zunge. »Wie bist du denn drauf? Hast du deine Tage, oder was?«

Das reichte. Maja stand auf und stellte ihren Laptop auf einen freien Platz der Arbeitsplatte, neben dem sich ungewaschenes Geschirr türmte. Die Spüle quoll sowieso über, genau wie der Mülleimer. Der zweite Mitbewohner, Kjell, ein norwegischer Dauerstudent aus Lillehammer, war kein Stück besser als André. Dabei war es ihr vor zwei Jahren als gute Idee erschienen, mit zwei Männern zusammenzuziehen, weil sie keine Lust auf Zickenkriege mit anderen Frauen hatte. Dass es so enden würde, hatte sie damals nicht kommen sehen.

Im Grunde war sie selbst schuld. André hatte von Anfang an kein Geheimnis daraus gemacht, dass er chronisch blank war. Damals, als sie sich Hals über Kopf in ihn verliebt hatte, hatte sie das irgendwie süß gefunden, ein Musiker eben, der nach einem Engagement suchte. Jemand, der nicht mehr zum Leben brauchte als Luft und Liebe. Heute sah sie es nicht mehr durch die rosarote Brille. An Andrés Verhalten war nichts süß. Es war das genaue Gegenteil. Sie sah die Spuren seines Lotterlebens so deutlich in seinem Gesicht, dass sie sich angewidert abwenden musste. Außer zu saufen und sich die Nächte um die Ohren zu schlagen, tat er gar nichts. Sie bezahlte seine Rechnungen, sie kümmerte sich um seine Papiere, wenn das Amt mal wieder was von ihm wollte.

»Gott, ich bin so fertig damit«, murmelte sie mehr zu sich selbst. Sie fuhr sich durch die Haare.

»Was hast du gesagt?« Auf einmal stand er neben ihr.

Maja blickte zu ihm auf, sie war mit ihren eins sechzig viel kleiner als er, obwohl sie vermutlich ein ähnliches Gewicht auf die Waage brachte. Wo André lang und schlaksig war, repräsentierte sie selbst das genaue Gegenteil. »Das geht so nicht mehr«, erklärte sie ruhig und trat einen Schritt zurück, damit sie den Kopf nicht in den Nacken legen musste. Außerdem hatte sie das Bedürfnis, Abstand zwischen sich und ihn zu bringen.

»Was soll das denn wieder heißen?«, grunzte er schlecht gelaunt.

»Das heißt, dass ich ausziehe«, erklärte Maja. Ihr Herz fing an zu rasen. Da war ihr Mund mal wieder schneller als ihr Kopf gewesen. Gleichzeitig spürte sie, wie sich eine tonnenschwere Last von ihrer Brust hob. Sie riss das Küchenfenster auf und ließ kühle Luft in die Küche und in ihre Lungen strömen.

»Sag mal, spinnst du jetzt komplett?« André knallte das Fenster zu. »Es ist eiskalt draußen.«

»Ja, und hier drin stinkt's.« Sie verschränkte die Arme vor der Brust.

»Was ist eigentlich mit dir los?«, wollte er wissen. Noch einmal startete er einen Versuch, Schönwetter zu machen, und legte eine Hand an ihre Wange.

Der Impuls, sie wegzuschlagen, war da, aber sie riss sich zusammen. Sie war nicht gewalttätig, und auch wenn sie gerade nicht von ihm berührt werden wollte, würde sie ihm keine runterhauen. Sie löste seine Finger von ihrer Haut. »Hör auf damit. Ich packe meinen Kram, und Ende der Woche bin ich weg.«

»Wie weg?«, wiederholte er mit einem dümmlichen Gesichtsausdruck.

Maja wusste keine konkrete Antwort darauf – sie musste überlegen. Viele Optionen blieben ihr so kurzfristig nicht, aber irgendwas würde ihr schon einfallen.

»Das muss nicht mehr deine Sorge sein, André. Ich denke, es ist besser, wenn wir uns nicht mehr sehen.«

Er runzelte die Stirn und zog die linke Seite seiner Lippe nach oben. »Hä?«

Sie schnaufte aus und schüttelte den Kopf. Wie hatte sie nur so lange nicht merken können, wie hohl er war? »Du wirst es schon noch kapieren. Mein Zimmer könnt ihr ab Freitag anderweitig vermieten.«

Sie erkannte in seinem Blick, dass der Groschen endlich gefallen war. Beinahe meinte sie, sie hätte es laut klirren gehört. Maja unterdrückte ein Grinsen. Jetzt, wo sie die Entscheidung getroffen hatte, kam es ihr so vor, als hätte sich ein Schleier gelüftet. Obwohl sie keine Ahnung hatte, wo sie hinsollte, fühlte sie sich wundersam befreit.

»Und was ist mit der Miete?«, blaffte er.

Maja hob eine Braue. »Ja, das ist deine einzige Sorge. Blöd, hm? Das ist nicht mehr mein Problem. Zudem schuldest du mir noch – lass mich kurz überlegen – ungefähr das Geld für sieben Monate, in denen ich deinen Mietanteil mitbezahlt habe.« Zum Glück lief der Vertrag auf seinen Namen und nicht auf ihren. Wie er fortan dafür aufkam, kümmerte sie nicht mehr.

»Das kannst du nicht machen«, war alles, was er dazu gesagt hatte. Doch Maja war schon im Begriff gewesen, die Küche mit ihrem Notebook unter dem Arm zu verlassen.

Das Ganze lag jetzt vierzehn Tage zurück. Zuerst war Maja mit ihren wenigen Habseligkeiten zu ihrem Vater nach Hamburg gefahren. Dort hatte sie es nur kurz ausgehalten, bis sie sich daran erinnert hatte, dass Charlotte ihr schon tausendmal angeboten hatte, zu ihr nach Wendersen zu kommen, falls sie mal direkt vor Ort recherchieren wollte. Die Seifenoper, für die Maja schrieb, spielte nämlich in nächster Nähe zu Charlottes Dörfchen, in Lüneburg. Dass ihre Freundin für ein halbes Jahr ins Ausland gehen würde, hatte sie damals noch nicht gewusst. Nun war es so, und sie fühlte sich hier relativ wohl, auch wenn nicht viel los war. Maja würde schon klarkommen, obwohl sie sich tatsächlich ein wenig davor fürchtete, in einem Dorf zu leben. Sie war nicht gerade das, was man sich unter einer typischen Kleinstadtbewohnerin vorstellte. Mit ihren vielen Tätowierungen, den knallrot gefärbten Haaren und ihrem eher lässigen Kleidungsstil war sie alles andere als unauffällig. In Berlin hatte das anders ausgesehen, dort war es normal, ein bisschen verrückt zu sein. Maja hätte es zwar nicht offen zugegeben, aber sie war nervös angesichts der Frage, ob sie es in Wendersen aushalten würde oder nicht.

»Maja, hörst du mir überhaupt zu?«, riss Charlotte sie aus ihren Gedanken.

»Äh, wiederhole es bitte noch mal«, erwiderte Maja und merkte, dass sie rot wurde.

»Ich habe gesagt, dass ich ein paar Telefonnummern für dich an den Kühlschrank gepinnt habe. Elektriker, Heizungsmonteur, so was, du weißt schon.«

Maja lächelte. »Mach dir mal keine Sorgen, ich werde das Haus schon nicht in Brand stecken.«

Charlotte beäugte ihre Freundin einen Augenblick lang, als ob sie überlegen müsste, ob da wirklich keine Gefahr bestand. Maja grinste. Sie hatten sich während des Studiums kennengelernt, und obwohl sie beide so verschieden wie Tag und Nacht waren, hatten sie sich vom ersten Moment an gemocht. Über die Jahre war eine innige Freundschaft entstanden, auch wenn sich ihrer beider Leben in komplett unterschiedliche Richtungen entwickelt hatte, oder vielleicht gerade deshalb. Maja war auf Charlottes Hochzeit gewesen; für ihre Freundin war in diesem Moment ein Märchen wahr geworden, in dem sie die Prinzessin im weißen Kleid gewesen war. Sogar eine Kutsche hatte sie gehabt. Und Charlotte hatte Maja begleitet, als sie sich ihr bedeutsamstes Tattoo hatte stechen lassen, das sie auf dem Oberschenkel trug: Sei mutig, sei stark. Es war ein Tribal der Maori, ein Symbol für Mut, Stärke und Kampfgeist. Ihre Mutter hatte Maja stets dazu ermuntert, ihre Träume zu leben und dafür einzustehen. Sie war ein großer Neuseelandfan gewesen. Unbewusst strich Maja über die Stelle mit der Tätowierung, dann atmete sie kurz durch und straffte sich. »Ehrlich, ich komme schon klar, oder hast du Angst, dass die Nachbarn mich verstoßen?«

Sie hatte es im Scherz gesagt, aber ein klein wenig Wahrheit lag darin. Dass Maja in eine spießige Neubausiedlung ungefähr so gut hineinpasste wie ein Eisbär in die Sahara, lag auf der Hand.

»Sei nicht albern.« Charlotte lachte laut los. »Ich hab ein schlechtes Gewissen und glaube, dass du dich hier schrecklich langweilen wirst.«

Maja machte eine wegwerfende Handbewegung. »Ach was, ich freue mich auf die Ruhe, die Natur und vor allem darauf, dass ich nicht mehr länger den Dreck meiner Mitbewohner wegputzen muss.«

»Ich fühle mich schlecht, weil ich dich hier so plötzlich allein sitzen lasse.«

»Das musst du nicht. Auf gar keinen Fall! Du wärst schön blöd, wenn du die Gelegenheit ungenutzt verstreichen lassen würdest.«

»Auch, wenn es nach einer Flucht ausschaut?«

Maja verstand, was sie meinte. Nachdem sie und Chris die Probleme in ihrer Ehe nicht in den Griff bekommen hatten, war das Charlottes Versuch, eine gewisse Ordnung in ihr Leben zu bringen. »Sieh es mal so, es ist eine einzigartige Chance, und in sechs Monaten siehst du alles aus einer anderen Perspektive.«

Ein Schatten huschte über ihr Gesicht. »Dann bin ich fünfunddreißig.«

»Du tust so, als stündest du kurz vor der Rente.« Maja war klar, worum es Charlotte ging. Sie sehnte sich nach einer Familie, nach Kindern – und mit Chris hatte es nicht geklappt. Zähe Behandlungen und nervenaufreibende Termine in der Fertilitätsklinik hatten die Romantik in der Beziehung gekillt, bis sie an einem Punkt angelangt waren, an dem es nicht mehr weiterging. Maja hatte zudem den Verdacht, dass Chris fremdgegangen war, Charlotte hatte eine Andeutung gemacht, es aber nicht so konkret ausgesprochen. Unfassbarer Stress für die hormongebeutelte Charlotte; es war bestimmt gut für sie, das für eine Zeit hinter sich zu lassen. Maja wollte selbst keine Kinder, hatte mit Blick auf ihre eigene traurige Kindheit nie das Bedürfnis gehabt, welche zu bekommen, aber sie verstand Frauen, die sich danach sehnten.

»Ja, ja«, sagte Charlotte und stand auf. Offenbar war der Punkt erreicht, an dem sie das alles nicht noch einmal mit Maja durchkauen wollte. Sie warf einen Blick auf ihre filigrane Armbanduhr. »Chris wird gleich hier sein.«

»Chris?«, wiederholte Maja überrascht.

Charlottes Wangen überzogen sich mit einer zarten Röte. »Er bringt mich zum Flughafen.«

»Echt jetzt?« Maja stand auf und legte die Decke hinter sich auf dem Stuhl ab.

Ihre Freundin zuckte mit den Schultern. »Wir sind immerhin noch verheiratet.«

»Aber getrennt.« Maja hob beide Hände. »Ist nicht meine Sache. Ich hätte dich auch begleitet.«

Charlotte umarmte sie, drückte sie fest an sich. »Das weiß ich doch.« Mehr sagte sie nicht, und Maja fragte nicht nach. Sie wusste, dass Charlotte ihren Mann noch immer liebte, aber sie kamen aus dieser Einbahnstraße nicht heraus. Vielleicht schafften sie es nach einer Pause – wobei Maja dahingehend eher skeptisch war. Alles, was sie über Männer bisher gelernt hatte, war, dass sie allesamt nach dem Motto »aus den Augen, aus dem Sinn« lebten. Charlotte machte sich da hoffentlich nichts vor, auch Chris gehörte dazu. In einem halben Jahr konnte viel passieren, und selbst wenn sie ihn dann noch immer liebte, war es gut möglich, sogar sehr wahrscheinlich, dass er sich bereits in eine neue Beziehung gestürzt hatte.

Gott, sie musste damit aufhören! Vielleicht ging da die Seifenopernautorin mit ihr durch. So gut kannte sie Chris nun auch wieder nicht.

Charlotte löste sich von ihr und gab ihr noch einen Kuss auf die Wange. »Pass auf dich auf«, sagte sie und lächelte wehmütig.

»Du auch.« Maja erwiderte ihr Lächeln und versuchte, ihrer Freundin Mut zu machen. »Melde dich, wenn du da bist, ja?«

Charlotte musste lachen. »Erwischt! Du passt dich dem Kleinstadt-Spießertum ja schnell an. Früher hättest du so was nie gesagt.«

Maja grinste schief. »Wenn du meinst …«

Nachdem sie mit ihrer Freundin die beiden riesigen Koffer durch das Gartentor hinausgehievt und sie zu Chris, der mit seinem Wagen am Straßenrand wartete, begleitet hatte, tapste Maja zurück ins Haus und über das helle Parkett in Richtung Küche. Das Haus war im skandinavischen Stil eingerichtet, mit Massivholzmöbeln, weißen Wänden und klaren Linien. Alles wirkte harmonisch und im positiven Sinne perfekt. An der Wand hingen einige Pärchenbilder. Unter anderem das Hochzeitsfoto. Daneben lagen ein paar Muscheln, vermutlich hatten sie diese in einem Urlaub gesammelt und als Erinnerungen aufgehoben. Maja nahm sich einen Augenblick Zeit und betrachtete die Aufnahme; damals hatte auch sie gedacht, dass die beiden für immer zusammen sein würden, und hatte sich für das Paar gefreut. Heute standen die beiden vor den Scherben ihrer Beziehung, und Maja konnte gut verstehen, warum Charlotte das Angebot angenommen hatte, für eine befristete Zeit nach Boston zu gehen. Sich damit auseinanderzusetzen, das gemeinsame Heim aufzulösen, nahm ihrer Freundin die Luft zum Atmen. Maja schluckte und setzte ihren Weg in die Küche fort, dabei fiel ihr Blick auf die Grünpflanzen. »Hoffentlich bringe ich die nicht um«, murmelte sie und erinnerte sich, dass Charlotte ihr auch dafür einen Zettel geschrieben hatte, auf dem vermerkt war, welche Pflanze wann Wasser benötigte. Alles zu seiner Zeit, erst einmal brauchte sie mehr Koffein, und dann musste sie dringend ein paar seichte Dialoge zu Papier bringen.

An den Komfort einer solchen Kaffeemaschine konnte sie sich gewöhnen, überlegte Maja, nachdem sie das Knöpfchen gedrückt hatte und das Geräusch des Mahlwerks durch die Stille in der Küche dröhnte. Sekunden später stieg ein verführerischer Duft in ihre Nase. Zufrieden kehrte sie zurück auf die Terrasse, setzte sich und breitete die Decke über ihren Beinen aus. Als sie sich den Laptop schnappte, traf sie etwas am Kopf.

Maja schrie auf und zuckte zusammen. Dann sah sie, wie ein kleiner Ball neben ihren Füßen auf den Boden kullerte. Ihr

Herz pochte noch immer wie verrückt, während sie sich nach dem Quell des Unfriedens umschaute. Am Zaun stand ein Mädchen mit blonden Korkenzieherlocken und großen blauen Augen, die vor Schreck geweitet waren. Maja schob Laptop und Decke von sich, schnappte sich den Ball und ging langsam auf das Kind zu.

»Ist das deiner?«, fragte sie mit einem Lächeln auf den Lippen.

Das Mädchen machte einen Schritt rückwärts, und der Ausdruck in ihren Augen berührte etwas in Maja, weil er sie an sie selbst erinnerte. »Du musst nicht traurig sein«, erklärte sie mit sanfter Stimme und hielt ihr den Ball hin. »Da, ich hab ihn für dich geholt.«

Das Kind neigte den Kopf und betrachtete erst den Ball, dann Maja und dann wieder den Ball. Maja war klar, dass ihre knallroten Haare und die dunkel geschminkten Augen vielleicht ein wenig beängstigend auf ein Kind vom Dorf wirken konnten. Dabei waren ihre vielen Tätowierungen von einem dicken Wollpullover und dem Schal verdeckt, den sie trug, um draußen arbeiten zu können. Ganz in der Nähe rumpelte ein Rasenmäher, während sich die Stille zwischen ihnen ausbreitete. Sie war versucht, den Ball einfach rüberzuwerfen, da das Mädchen offenbar so große Angst vor ihr hatte. Aber etwas hielt sie davon ab, sie konnte nicht mal genau sagen, was es war. Sie wollte nicht unfreundlich wirken; dass das Kind ihr gegenüber skeptisch war, konnte man ihm nicht vorwerfen.

»Eigentlich darf ich nicht mit dir reden«, fing das Mädchen an zu plaudern; sie war ganz ernst dabei, in einem erklärenden Tonfall, der schon fast erwachsen klang.

Maja erwiderte nichts, obwohl ihr das »Wieso?« auf den Lippen lag.

»Aber ich habe dich jetzt schon ein paar Mal hier gesehen in den letzten Tagen, also bist du eigentlich keine Fremde mehr, oder?« Weil sie sich die Erklärung selbst gegeben hatte, lächelte sie und entblößte eine ganze Reihe weißer Milchzähnchen. Wie alt sie wohl sein mochte? Sie sprach deutlich und korrekt, aber das musste nichts heißen; Maja war als Kind sprachlich auch wesentlich weiter als gleichaltrige Kinder gewesen.

»Und wenn du jetzt hier wohnst, bist du unsere Nachbarin, also darf ich mit dir reden und dich fragen, ob du mir den Ball wiedergeben kannst.«

Maja machte große Augen. »Äh, ja, du hast recht.«

»Wohnst du denn hier?« Das Kind trat wieder einen Schritt näher an den Zaun heran, die blauen Augen geweitet vor Neugierde.

»Das Haus gehört meiner Freundin Charlotte, aber ja, ich werde einige Zeit hier verbringen, auch wenn ich mich hier noch nicht mit Wohnsitz angemeldet habe. Aber wenn ich es mir so recht überlege, sollte ich das vielleicht tun, denn meine alte Adresse kann ich nicht länger benutzen«, überlegte Maja laut.

Das Kind kniff die Augen zusammen, dann nickte sie. »Wenn du keine Fremde mehr bist, könntest du meine Freundin werden«, schlussfolgerte sie.

Das ging Maja dann doch ein wenig zu weit. »Äh, fangen wir vielleicht mit dem Ball an, ja?«

»Ich bin Zoe.«

»Hallo, Zoe, ich heiße Maja.«

»Wie cool, wie die Biene.« Sie grinste, und Maja reichte ihr den Ball über den Zaun.

»Ich muss jetzt weiterarbeiten, Zoe. Ich wünsche dir noch einen schönen Tag.« Maja sah, dass im Garten nebenan eine Schaukel stand und eine Rutsche, unter der es einen Sandkasten gab. Der Rasen war kürzlich gemäht worden, auf der Terrasse sah sie Stühle und einen Holztisch, passend aufeinander abgestimmt. Spießig, dachte Maja, was man halt so von einem Dorf erwartet. Eine ältere Frau steckte ihren Kopf nach außen: »Zoe, alles okay bei dir?«

»Ja, Oma«, rief sie und wandte sich noch mal an Maja. »Bis bald.« Dann lief sie mit fliegenden Locken zu ihrer Großmutter, die Maja mit einem knappen Kopfnicken grüßte. Ihr Blick war nicht abschätzig gewesen, eher neutral. So, wie Maja Charlotte kannte, hatte sie ihre Nachbarn über Majas Anwesenheit informiert, damit sich niemand über die pummelige Rothaarige wunderte. In so einer Gegend wusste jeder über jeden Bescheid. Noch immer kam sich Maja wie ein Fremdkörper vor und würde es vermutlich auch für die Dauer ihres Aufenthalts tun.

Mit einem Seufzen kehrte sie zu ihrem Computer zurück, aber sie setzte sich nicht, sondern klappte ihn zusammen. »Noch einen Versuch mache ich erst gar nicht«, entschied sie und brachte alles zurück ins Haus. Sie wollte sich das Fahrrad schnappen und nach Lüneburg in die Innenstadt radeln. Vielleicht lief es in einem Café besser mit dem Schreiben, ehe ihr hier doch noch die Decke auf den Kopf fiel. So ganz hatte sie sich noch nicht an diese ständige Ruhe und die Abgeschiedenheit gewöhnt. Wenn sie durch die urigen Gassen lief und sich ein wenig in der Stadt umsah, klappte es nachher bestimmt mit ihrem Tagesziel. Derzeit kam es ihr so vor, als sei der Vorrat an Seifenoperndrama in ihrem Gehirn restlos erschöpft.

Kapitel 2

Mut brüllt nicht immer nur. Mut kann auch die leise Stimme am Ende des Tages sein, die sagt: Morgen versuche ich es noch mal.

Mary Anne Rademacher

Liebe Alexandra,
wir hatten einen Plan. Wir wollten für immer zusammen sein, für den Rest unseres Lebens. Jetzt wartet dieser Rest auf mich, und ich weiß einfach nicht, was ich damit anfangen soll. Wir waren füreinander bestimmt, Seelenverwandte, Partner und Liebende. In mir steht alles still, weil du nicht mehr da bist. Reden kann ich mit niemandem darüber, ich ertrage es einfach nicht, deinen Namen auch nur auszusprechen und von dir in der Vergangenheitsform zu erzählen. Für mich bist du nicht die Vergangenheit, du solltest meine Zukunft sein. Allein der Gedanke an diese Endgültigkeit raubt mir die Luft zum Atmen. Der Schmerz ist so alles umfassend, dass ich mich nicht gerade halten kann. Mich nicht

aufrecht halten möchte, aber genau das ist es, was ich tun muss. Ich muss morgens aufstehen, mich anziehen und für die Kinder da sein. Für unsere Kinder. Sie sind alles, was mir von dir geblieben ist. Du lebst in ihnen weiter, ich sehe es jeden Tag, jede Sekunde, wenn Zoe lächelt, oder wenn Noah nachdenklich auf seiner Unterlippe kaut. Ich möchte ihnen so viel von dir erzählen, denn die Angst, dass dein Bild in ihren Erinnerungen verblasst, lässt mich nicht mehr los, weil es mir genauso geht. Ich weiß genau, wie deine Stimme geklungen hat, aber ich kann sie nicht mehr hören. Du fehlst mir so sehr, dass ich es nicht in Worte zu fassen vermag. Ich weiß nicht, was ich tun kann, damit es weitergeht, denn das kann es nicht. Nicht für mich. Es wäre einfacher, so zu tun, als wärst du auf einer langen Reise und ich hielte dich aus der Ferne auf dem Laufenden, dann könnte ich dir von unseren Tagen berichten, das, was die Kinder erlebt haben. Stattdessen sitze ich hier und schreibe an dich, weil ich mit sonst niemandem sprechen kann, es nicht möchte, denn keiner hat mich je so verstanden wie du. Der andere Grund ist der, dass ich nichts mehr zu sagen habe. Sie denken, ich merke es nicht, aber ich nehme wahr, wie sie mich ansehen, voller Mitleid und Fürsorge. Alle fassen mich mit Samthandschuhen an – oder gar nicht mehr. Anfangs klingelte das Telefon ständig, Leute haben Kuchen und Essen vorbeigebracht, aber als ich auch nach Monaten nicht mehr zu sagen hatte als »Danke, mir geht es gut«, sind sie nicht mehr gekommen. Und weißt du was? Es ist

mir recht, denn dann muss ich nicht mehr so tun,
als wäre es okay, dass du nicht mehr bei uns bist.
Denn das wird es nie mehr sein: okay.
Ich vermisse dich. So sehr.
Dein Bjarne

Die Erkenntnis, dass nichts mehr wie früher sein würde, niemals wieder so sein konnte, traf Bjarne noch immer unvermittelt, wie ein Paukenschlag in friedlicher Stille. Manchmal vergaß er für einen seligen Moment, dass die Pläne seines Lebens in Rauch aufgegangen waren. Aber diese Momente hielten nicht lange an, und der Schmerz danach war umso größer. Alles umfassend, wie er in seinem Brief an Alexandra geschrieben hatte. Bjarne schob seinen Stuhl ein Stück zurück und rieb sich mit der Hand über das Gesicht. Er hatte gar nicht bemerkt, wie dunkel es in der Zwischenzeit geworden war. Er musste seit Stunden hier sitzen, seitdem er die letzten Worte aufgeschrieben hatte, die er dann zu den anderen Briefen an Alexandra in die Untiefen seines Schreibtischs gestopft hatte.

Er knipste die Schreibtischlampe an, und sie verbreitete einen sanften Schein. Alexandras Lieblingstasse hatte er vor ein paar Tagen aus dem Küchenschrank geholt, jetzt stand sie auf seinem Schreibtisch und diente als Stifthalter. Vor Kurzem hatte es in seinem Kopf noch wie eine gute Idee gewirkt, heute war er sich nicht mehr sicher, wo ihn doch sowieso alles an sie erinnerte. Er atmete leise aus. Der Arbeitsplan auf seinem Rechner war weiß geblieben, obwohl er vorgehabt hatte, heute etwas zu schaffen, dabei war ihm schon vorher klar gewesen, dass es im Grunde sinnlos war. Nichts ergab mehr einen Sinn in seinem Leben. Das Einzige, was ihn aufrecht hielt, waren seine Kinder. Vielleicht benutzte er sein Arbeitszimmer auf dem Dachboden auch einfach nur als Ausrede, um allein sein zu können. Sich selbst musste er nicht belügen, es genügte, wenn er das den anderen gegenüber tat. Tun musste. Es war dennoch für alle offensichtlich, dass er nicht klarkam. Aber natürlich sprach ihn selten jemand darauf an. Er war froh darüber.

An der Tür klopfte es, kurz darauf erschien das Gesicht seiner Schwiegermutter Susanne im Rahmen. »Ich wollte nur sagen, dass das Essen gleich fertig ist.« Mit ihr schwebte ein Hauch von Kräutern und Tomatensoße in den Raum.

»Ist gut, ich komme gleich runter.«

Susanne war wieder verschwunden, sie hatte die Tür aufgelassen. Das Geräusch des Fernsehers drang von unten herauf. Bjarne straffte sich und versuchte, die nötige Kraft aufzubringen, um einen Fuß vor den anderen zu setzen und das Abendessen mit den Kindern gut gelaunt hinter sich zu bringen. Sie hatten es schwer genug; er war der Erwachsene im Haus, er musste für sie stark sein. Tapfer. Kurz war er versucht, die Bedeutung des Wortes zu googeln, er hatte es so oft gehört in den letzten Monaten, aber er kapierte nicht, wie das ging: tapfer zu sein.

Er knipste die Lampe wieder aus, dann verließ er das Zimmer und ging nach unten. Zoe und Noah saßen auf dem Sofa und schauten »SpongeBob Schwammkopf«, der Esstisch war für drei gedeckt worden. Susanne trug einen Topf mit Soße aus der offenen Küche herüber. »So, Kinder, macht jetzt die Glotze aus und wascht euch die Hände. Das Essen ist fertig.«

Bjarne ging zu den Kindern, gab Zoe einen Kuss auf den Scheitel und strich Noah über die Wange. »Na los, ihr habt gehört, was eure Oma gesagt hat.«

»Nur noch die eine Folge«, bettelte Zoe, aber Bjarne schaltete den Fernseher ab.

»Nicht jetzt, Schätzchen«, erklärte er sanft.

Zoe kreischte, als der Bildschirm schwarz wurde. Sie sprang auf und schrie. »Neeein, ich wollte das schaaaauen!«

Sie schnappte hektisch nach der Fernbedienung, aber Bjarne hielt ihre Hand fest, nicht zu fest, aber kräftig genug, dass sie nicht ihren Willen bekam. »Mäuschen, geh bitte Händewaschen. Vielleicht kannst du nach dem Essen noch was gucken«, versuchte er, sie zu beschwichtigen. Er wusste, warum sie so ungehalten war, und er konnte sie so gut verstehen. Manchmal wünschte er sich, dass er auch einfach losschreien könnte, sich lautstark beschweren über diese verdammte Ungerechtigkeit, die seiner Familie widerfahren war. Er hatte keinen Ausdruck dafür. Bjarne schluckte und konzentrierte sich wieder auf seine Tochter.

Zoe tobte und kämpfte wild gegen ihn, er atmete tief durch und löste ganz zart ihre Fingerchen von seinen. »Zoe, Maus, wir essen jetzt zu Abend, und ich möchte nicht, dass der Fernseher dabei läuft.«

»Ich will aber nichts essen«, brüllte sie. Sie war rot angelaufen, und dicke Tränen rollten über ihre Wangen.

Aus dem Augenwinkel sah Bjarne, dass Noah sein Gesicht verzog und das Weite suchte. Der Große litt unter Zoes plötzlichen Wutausbrüchen. Der Junge war so vernünftig und liebevoll, viel geduldiger als ein Siebenjähriger mit seiner vierjährigen Schwester sein sollte. Noah war in sich gekehrt, er trauerte im Gegensatz zu Zoe still für sich, was es nicht besser machte. Bjarne seufzte. »Zoe!«, mahnte er streng. »Du hörst jetzt sofort auf und gehst bitte Händewaschen.«

»Ich will aber nicht!«, tobte sie weiter.

Susanne kam aus der Küche und schob Bjarne sanft zur Seite. Sie warf ihm einen beruhigenden Blick zu, der ausdrückte: Lass mal, ich regele das schon.

Bjarne war froh darüber. Er hatte nicht die Energie, mit Zoe zu kämpfen, weil er sie verstand, es ihr nachfühlte, mit jeder Faser seines Körpers. Er hätte auch am liebsten getobt und gekreischt.

Bjarne wollte für seine Kinder da sein, aber er war heillos überfordert. Nicht nur in solchen Momenten. Jeder Atemzug forderte höchste Konzentration, dabei sollte etwas so Natürliches doch ganz einfach sein. Ein und aus. Wie der Morgen auf die Nacht folgte. Es *sollte* so einfach sein. War es aber nicht. Nichts war mehr, wie es sein sollte. Und es würde nie mehr wieder so sein.

Susanne redete beruhigend auf Zoe ein, und für einen Augenblick erinnerte sie ihn so sehr an Alexandra, dass der Kloß in seinem Hals riesengroß wurde. Sie war genauso geduldig gewesen wie die Oma der Kinder. Und liebevoll. O Gott, er vermisste sie so sehr! Er hätte nicht gedacht, dass es nach fünf Monaten, drei Wochen und fünf Tagen noch immer so wehtun würde. Aber das tat es. Mehr als das. Er hatte das Gefühl, dass er sich langsam von innen heraus auflöste, weil die andere Hälfte seines Herzens nicht mehr schlug.

Hinter Bjarnes Augen brannten Tränen. Zu weinen erlaubte er sich nicht, aber das Brennen war so stark, dass er ein paarmal blinzeln musste. In diesem Moment kehrte Noah vom Händewaschen zurück, und als er seinen Vater entdeckte, senkte der Junge den Blick.

Verdammt, dachte Bjarne. Er soll mich so nicht sehen.

»Noah, mein Großer, komm her.« Bjarne lächelte und nahm den Jungen auf den Arm. Er war dünn und blass. Aber jetzt kam der Frühling, hoffentlich wurde es dann besser. Für sie alle. »Wie war es heute in der Schule?«, wollte Bjarne wissen und hielt seinen Sohn in den Armen. Er genoss diese kurzen Momente der Vertrautheit, sie gaben ihm Halt, und auch wenn die Kinder es vermutlich nicht ahnten, verliehen sie ihm neue Energie, einen Grund weiterzumachen. Er wollte, dass es ihnen gut ging, oder zumindest besser als im Moment.

»Gut«, bekam er von Noah als Antwort zu hören. Er wusste, dass der Junge Probleme mit seiner Lehrerin hatte, aber er wollte das jetzt nicht zur Sprache bringen. Er brauchte einen Augenblick heile Welt. Nur einen Moment, in dem alles gut war, und mochte es nur für diese paar Atemzüge sein, in denen er seinen Jungen umarmte.

»Super«, war daher alles, was er erwiderte, bevor er ihn wieder auf die Füße stellte und ihm mit einer zärtlichen Geste über den Kopf strich. »Das riecht aber lecker, was Oma gekocht hat«, wechselte Bjarne das Thema und hoffte, dass Noah nicht mitbekam, wie rau seine Stimme klang.

Noah zuckte die Schultern, zog seinen Stuhl zurück und setzte sich. Susanne kehrte mit Zoe zurück, die sich wieder beruhigt hatte.

»So, meine Süße, jetzt isst du erst mal was, dann liest euch Papa vielleicht noch eine Gutenachtgeschichte vor«, sagte die Oma zur Enkelin.

Bjarne nickte und versuchte, noch einmal zu lächeln. »Genau, wo waren wir gestern eigentlich stehen geblieben?«, wollte er von den Kindern wissen, während er Nudeln auf den Tellern verteilte.

Zoe plapperte drauflos; es war nichts mehr davon zu merken, dass sie erst vor wenigen Minuten getobt hatte. So war sie nun mal. Bjarne zwinkerte ihr liebevoll zu und gab jedem einen Klecks Soße auf die Pasta.

»Ich werde mich dann mal verabschieden, gute Nacht, meine Süßen. Und Bjarne, du vergisst nicht, dass Noah morgen Nachmittag Fußball hat? Im Kühlschrank steht schon ein Auflauf, den musst du dann nur noch in den Backofen schieben. Wir sehen uns übermorgen, ja?«

Susanne sprach mit ihm, als wäre er selbst noch ein Kind. Er konnte es ihr nicht verübeln, denn in gewisser Weise war er in seiner Trauer hilflos wie ein Neugeborenes. Ohne Susanne war er aufgeschmissen, und ihre liebevollen Termin-Erinnerungen halfen ihm, durch die Tage zu kommen und zumindest für die Kinder eine Art Normalität im Alltag zu schaffen.

»Ist gut, vielen Dank, Susanne. Gute Nacht«, sagte er und nahm das Besteck in die Hände. »Das Essen sieht wirklich großartig aus.«

Susanne tätschelte ihm die Schulter, dann gab sie ihren Enkeln je ein Küsschen und ging. Er hatte sich in den letzten Monaten so oft bei ihr bedankt, dass sie ihn irgendwann gebeten hatte, damit aufzuhören.

Beim Essen versuchte er, ein wenig über das zu plaudern, was die Kinder erlebt hatten und was am nächsten Tag anstand. Zoe turnte auf ihrem Stuhl herum, und Nudeln landeten überall, aber er schimpfte nicht, obwohl es ihm lieber gewesen wäre, dass sie ordentlich sitzen blieb. Nach dem Essen durften die Kinder noch kurz fernsehen, während er den Abwasch machte. Er ließ sich viel Zeit, sie durften sich sogar jedes noch ein Eis nehmen. Er zögerte den Moment hinaus, in dem sie schlafen gehen würden. Die Nächte waren am schlimmsten. Er verdrängte den Gedanken an die Stille und die Dunkelheit, in der er sich stundenlang im Bett hin und her wälzen würde, denn noch waren sie ja wach. Aber das Ungeheuer Einsamkeit lauerte bereits. Bjarne fürchtete sich vor dem Moment, wenn niemand mehr wach war, für den er sich zusammenreißen musste.

* * *

Maja fühlte sich wie gerädert, als sie aufwachte. Es war stockfinster draußen, ein Blick auf die Uhr verriet ihr, dass es noch mitten in der Nacht war.

»So eine Scheiße«, fluchte sie und drückte sich ein Kissen aufs Gesicht.

Niemals hätte sie gedacht, dass sie Probleme haben würde zu schlafen, aber diese Ruhe im Dorf machte sie fertig. Mit einem

Seufzen stand sie auf und streckte ihre müden Glieder. In den letzten Tagen war sie zu der Erkenntnis gekommen, dass es sinnlos war zu versuchen, wieder einzuschlafen. Eher würde sie am Nachmittag ein Schläfchen in der lauen Frühlingssonne halten. Sie schlüpfte in eine ausgeleierte Jogginghose und tapste ins Bad. Nachdem sie sich einer Katzenwäsche unterzogen hatte, löschte sie das Licht und ging nach unten. Mit schläfrigen Bewegungen nahm sie die Kaffeemaschine in Betrieb und genehmigte sich einen doppelten Espresso. Vor der Terrassentür stand ein Paar Hausschuhe – Charlotte hatte sie für Maja besorgt – und obwohl sie anfangs darüber gelästert hatte, fand Maja mittlerweile, dass die Dinger ganz praktisch waren. Vor allem, wenn sie draußen im Garten an ihrem Laptop saß. Mit einem ironischen Kopfschütteln über sich selbst – Hausschuhe! – trat sie nach draußen und ging ein paar Schritte. In der Nacht hatte es noch einmal Frost gegeben; der mit Raureif überzogene Rasen knackte ganz leicht, während sie einen Fuß vor den anderen setzte. Maja atmete tief durch und betrachtete den Himmel; am Horizont schimmerte der Morgen. Sie fröstelte. In der Nachbarschaft war es ruhig. Hier lief alles geordnet, niemand war nachts unterwegs. Noch immer hatte sie sich nicht an den Kontrast zum Berliner Leben gewöhnt, die Hauptstadt schlief niemals.

Maja wandte sich um und war überrascht, dass in der Doppelhaushälfte nebenan Licht brannte. Es musste das Badezimmer sein, vermutlich war alles spiegelverkehrt zu Charlottes Haus angeordnet. Die Jalousien waren nicht zugezogen, und ohne es zu wollen, hielt Maja inne und blickte hinauf. Hinter der Scheibe tauchte ein Mann auf. Sie hatte ihn schon ein paarmal aus der Ferne gesehen, wenn er die Kinder abgeholt oder weggebracht hatte. Sie hatte keine Ahnung, wieso sie sich nicht einfach abwandte und wieder hineinging, sie hatte nur kurz an die frische Luft gehen wollen, aber ihre Beine bewegten sich nicht. Wie gebannt starrte sie hinauf und furchte die

28

Stirn, als sie sah, was er jetzt machte. Er schraubte eine Flasche auf, vielleicht eine Lotion oder ein Duschgel, und schnupperte daran. Er wirkte völlig abwesend, versunken. In einer anderen Welt. Sie sah nur seinen Schatten, aber das genügte. Maja fühlte sich, als stünde sie direkt neben ihm.

Wie merkwürdig, überlegte sie und riss sich von dem Anblick los, als sie begriff, dass sie schon nach einer Woche im Dorf zur Spannerin mutiert war, die ihre Nase in die Angelegenheiten der Nachbarn steckte.

Sicher nicht.

Konnte ihr doch egal sein, welche perversen Neigungen der Mann hatte.

War es pervers, an Kosmetikprodukten zu schnuppern?

Sie hatte keine Ahnung und merkte beim Hineingehen, dass sie diese Entdeckung mehr beschäftigte als alles andere, was sie in den letzten Tagen erlebt hatte. Und das ging ihr gegen den Strich. Maja schnappte sich ihren Laptop, kuschelte sich mit einer Decke aufs Sofa, knipste die Stehlampe an und machte sich an die Arbeit. Sie hatte immerhin einen Plan, was sie schreiben wollte, auch wenn sie keine Lust darauf hatte. Aber es musste sein.

Während die Stunden verstrichen, merkte sie, wie ihre Gedanken immer wieder zu dieser seltsamen Beobachtung abdrifteten. Vielleicht würde sie Charlotte mal fragen, wenn sie das nächste Mal mit ihr sprach, wer der Kerl war und ob er psychopathische Neigungen hatte.

Nein, das würde sie nicht tun.

Maja seufzte und klappte ihren Laptop zu. Für heute hatte sie genug geschafft, jetzt knurrte ihr der Magen. Bei einem Blick auf die Uhr stellte sie fest, dass es bereits nach elf war. Sie war zufrieden mit sich, und während sie in die Küche ging, um sich ein paar Eier in die Pfanne zu hauen, überlegte sie, was sie mit dem restlichen Tag anfangen sollte. Die Möglichkeiten in diesem Kaff waren wirklich begrenzt.

Kapitel 3

»Mir tun alle leid, die nicht in Bullerbü leben.«

Inga, »Immer lustig in Bullerbü« von Astrid Lindgren

Der Himmel war wolkenlos, in der Nachbarschaft bellte ein Hund. Kinderlachen und leise Musik drangen aus der Ferne an ihr Ohr. Maja schlummerte selig auf Charlottes Gartenliege, über sich hatte sie die Wolldecke ausgebreitet, die Sonnenbrille schützte sie vor zu hellem Licht. Sie träumte davon, eine erfolgreiche Schriftstellerin zu sein, davon, wie sie in einem Buchladen saß und ihren neusten Roman für die vielen Leute signierte, die nur wegen ihr gekommen waren. Bewunderer, die sie für die Poesie in ihren Worten liebten.

Ein schrilles Kreischen holte Maja abrupt in die Realität zurück. Sie wollte nicht aufwachen, es war gerade so schön, aber das Gebrüll war nicht zu überhören.

Maja blinzelte gegen das Licht und richtete sich langsam auf.

»Ich wiiilll aber nicht mit zum Fußball!«, brüllte ein Mädchen.

Nein, nicht ein Mädchen, es war die kleine Zoe von nebenan, die aus dem Haus rannte und sich hinter der Rutsche versteckte – so sah es zumindest aus.

Maja setzte sich auf und zerzauste sich das Haar, während sie überlegte, wie sie sich unsichtbar machen konnte. Wenn sie auf eines keine Lust hatte, dann die Erziehungsprobleme der Nachbarschaft aus nächster Nähe mitzuerleben.

Aus dem Augenwinkel sah sie, wie der Vater aus dem Haus gelaufen kam; er trug ein dunkelblaues Shirt und eine graue Jeans zu hellen Turnschuhen. Er war nicht rasiert, und seine haselnussbraunen Haare waren einen Tick zu lang, um noch als Frisur durchzugehen. Er war nicht hässlich, ganz und gar nicht, aber auch nicht ihr Typ. Viel zu brav. Maja biss sich auf die Unterlippe und betrachtete ihn ausgiebig. Er schien sie nicht zu bemerken, war damit beschäftigt, seinen Wildfang zu bändigen. Die Kleine hatte Temperament, das musste man ihr lassen. Maja schmunzelte, während sie bewunderte, wie geduldig der Vater mit seiner Tochter umging. Das hatte sie bei anderen Eltern mit ihren schreienden Zwergen schon ganz anders erlebt. Meist entwickelte sich so etwas wie ein immer mehr eskalierender Machtkampf, in dem derjenige gewann, der am Ende am lautesten brüllte.

Maja bemerkte, dass noch jemand aus dem Haus kam, ein dünner Junge in Sportklamotten. Aha, daher wehte also der Wind. Der Bruder musste zum Training, und Zoe wollte nicht mitkommen, das konnte Maja gut verstehen. Sie selbst hasste Sport mindestens so sehr wie zu enge Hosen. Beides hatte sie vor Jahren abgeschafft, heute trug sie nur noch Klamotten, die bequem waren. Sie ließ sich langsam zurück auf ihre Liege gleiten und hoffte, dass der Terror bald vorüber war. Aber mit der Tagträumerei war es nun vermutlich auch vorbei. Sie seufzte leise.

»Da! Sieh mal, Maja ist im Garten«, schrie Zoe jetzt aufgeregt, und Maja verzog ihre Lippen.

Natürlich war sie nicht unentdeckt geblieben.

Sie richtete sich wieder auf und winkte Zoe zu, ganz so, als hätte sie die Szene gar nicht miterlebt, die sich hier eben ereignet hatte.

»Hallo, Zoe«, flötete sie, damit möglichst keiner mitbekam, dass sie eigentlich kein Interesse an einem Gespräch hatte.

Zoe war an den Zaun gekommen und drehte sich wieder zu ihrem Vater um. »Ich kann hier spielen, und Maja kann auf mich aufpassen«, verkündete sie auf einmal gut gelaunt mit einem breiten Strahlen und geröteten Wangen.

Maja hob eine Augenbraue, dann wagte sie einen Blick in das Gesicht des Vaters. Er stand in einiger Entfernung und betrachtete die Szene mit einer seltsamen Mischung aus Erstaunen und Skepsis.

Letzteres verhagelte Maja die bis eben gute Laune. Diese Art von Blicken kannte sie zu gut, so wurde sie oft von Leuten wie ihm betrachtet. Mit Vorbehalt. Als wären Menschen, die nicht ihre natürliche Haarfarbe trugen, ein wenig pummelig und tätowiert waren (was er wegen der dicken Klamotten nicht einmal sehen konnte) und sich anders kleideten, eine Gefahr für die Allgemeinheit oder mindestens drogenabhängig. Maja war keines von beidem. Normalerweise mochte sie es eigentlich, andere zu provozieren, aber heute komischerweise nicht.

»Nein, Zoe, das geht nicht«, antwortete er geduldig und schaute Maja nach wie vor unverwandt an.

Ihr wurde ganz anders unter seinem intensiven Blick. Ziemlich warm sogar, beinahe schon heiß, was sie sich nicht erklären konnte. Ihr Herz schlug ein wenig höher, aber es war nicht unangenehm, und ein seltsames Prickeln wanderte an ihrer Wirbelsäule auf und ab. Maja stand auf und räusperte sich, die Decke fiel zu Boden.

»Aber warum denn nicht, Papa?«, wollte Zoe wissen. »Maja, kannst du auf mich aufpassen?«, wandte sich das Kind an sie. Ihre Augen funkelten.

Maja wollte keine Spielverderberin sein, aber die Zeiten, in denen sie sich als Babysitterin Geld verdient hatte, waren lange vorbei, und sie hatte nicht vor, sie wieder aufleben zu lassen. Sie öffnete gerade ihre Lippen, um etwas zu erwidern, als der Mann ihr zuvorkam. Er trat näher an den Zaun. Er lächelte nicht, aber seine Miene war auch nicht unfreundlich, sie wirkte eher ein wenig … eingefroren. Erst jetzt sah sie, dass er dunkle Ringe unter den Augen hatte, seine Klamotten wirkten eine Nummer zu groß. Er legte seiner Tochter eine Hand auf die Schulter. »Entschuldigen Sie bitte«, sagte er mit ruhiger, sonorer Stimme zu Maja. »Zoe ist manchmal ein wenig vorlaut.«

»Schon okay«, meinte Maja mit einem Achselzucken.

»Wie ich sehe, haben Sie beide sich schon bekannt gemacht; ich bin der Papa, Bjarne. Ich hoffe, Zoe hat Sie nicht gestört.«

»Ganz und gar nicht. Kein Ding.« Sie winkte ab und stemmte die Hände in die Hüften. Lässig ging anders, überlegte sie, ein wenig genervt über sich selbst. Seit wann interessierte es sie überhaupt, was andere über sie dachten?

»Kann ich dann mit Maja hierbleiben?«, meldete sich Zoe noch einmal.

»Nein, Zoe, Schätzchen. Du kommst mit. Wir wollen Charlottes Besuch nicht belästigen.«

Beinahe hätte Maja gerufen: Mein Name ist Maja, hör deinem Kind doch zu! Aber das tat sie natürlich nicht.

Maja wusste nicht so recht, wie sie reagieren sollte. Natürlich wollte sie nicht auf Zoe aufpassen; dass der Vater sie aber vermutlich als nicht dazu fähig betrachtete, störte sie noch mehr. »Wäre kein Problem gewesen«, hörte sie sich dann sagen. Ihre Stimme klang irgendwie unangenehm süßlich, unecht.

Gott, jetzt war sie doch schon zu einer dieser verlogenen Schlangen mutiert, die sie nicht leiden konnte. Wieso hatte sie nicht einfach gesagt, dass sie sowieso keine Zeit hatte?

»Siehst du, Papa!«, meckerte Zoe.

»Komm jetzt bitte mit, Mäuschen, ich kaufe dir nachher auch noch ein Eis.«

»Papa, wenn wir jetzt nicht endlich losfahren, komme ich schon wieder zu spät!«, rief der Junge von der Tür. Der Vater wurde blass, für einen Augenblick fiel sein Gesicht in sich zusammen, und Maja sah, wie erschöpft und fertig er tatsächlich war. Er wollte beiden Kindern gerecht werden, aber es gelang ihm nicht wirklich. Majas Ärger über seine vorherige Reaktion auf sie war verpufft. Sie wollte nicht zu den Menschen gehören, die Leute nach dem ersten Eindruck in eine Schublade steckten. Sie nahm sich vor, ihm beim nächsten Mal offen und vorurteilsfrei zu begegnen.

Beim nächsten Mal.

Natürlich würden sie sich wieder begegnen, immerhin waren sie jetzt Nachbarn. Für wie lange, konnte Maja noch nicht sagen. Nachbarschaftliche Höflichkeiten würden sie schon hinbekommen.

Nachdem die drei weg waren, wusste Maja nichts mit sich anzufangen. Ihr war langweilig, also ging sie ins Haus und tigerte ziellos umher. In der Küche öffnete sie den Kühlschrank, aber da sie nicht eingekauft hatte, war auch nicht viel drin. Anschließend durchstöberte sie das Küchenregal, in dem einige Kochbücher standen. Ausgewählte natürlich, Charlotte überließ bei der Einrichtung nichts dem Zufall, wie in allen anderen Bereichen ihres Lebens auch. Tragisch, dass gerade das am Ende für ihren Kinderwunsch nichts gebracht und sogar ihre Ehe zerstört hatte. Vegane Gerichte, vegetarische Rezepte und ein Buch über das Brotbacken fand sie ganz interessant. Letzteres zog sie hervor und blätterte lustlos darin herum.

»… die Geburt ist überstanden, geben Sie Ihrem Sauerteig jetzt einen Namen«, las Maja und lachte. »Wie bescheuert, Geburt?« Sie blätterte weiter. Die Bilder sahen wirklich ansprechend aus, und sofort lief ihr das Wasser im Mund zusammen. Es gab kaum etwas Besseres als krosses, frisch gebackenes Brot.

Sie neigte ihren Kopf und überflog ein paar Rezepte. So schwer konnte das doch nicht sein. Sie war keine Meisterköchin oder gute Bäckerin, in Berlin war die Auswahl an kleinen Kneipen, Bistros und Delis riesengroß. In diesem Kaff gab es nicht mal ein Café – nur einen Bäcker, der ein paar Tische im Laden und davor stehen hatte. Nicht besonders einladend und schon gar nicht in Bioqualität, was ihr wichtig war.

Sie warf einen Blick auf die Uhr, dann schüttelte sie selbstironisch grinsend den Kopf. Wenn sie neuerdings von einem genug hatte, dann war das Zeit. Seltsam, das war vielleicht die größte Veränderung, zuletzt hatte sie sich immer getrieben gefühlt. Stets auf dem Sprung, immer bereit, etwas Neues zu erleben, bloß nichts zu verpassen. Hier eine Theateraufführung, da eine Lesung oder einen Poetry-Slam.

Obwohl Maja noch immer mit den neuen Umständen auf dem Dorf haderte, neigte sie nicht dazu, in Selbstmitleid zu verfallen. Das hatte noch keinem geholfen, stattdessen wollte sie lieber mal was Neues probieren – und wenn es nur ein dämlicher Sauerteig war, dem sie einen Namen geben konnte. Andere Single-Frauen legten sich Katzen zu, sie würde es mit lebenden Bakterienkulturen versuchen. Ja, die Idee gefiel ihr immer besser.

Maja blätterte zurück und schaute nach, was sie alles für ihr Experiment brauchte.

»Roggenmehl und Wasser?«, murmelte sie und schob sich eine rote Haarsträhne hinters Ohr. Mehr nicht? Wie sollte das funktionieren?

Sie kramte in Charlottes Schränken nach einem leeren Marmeladenglas, spülte es mit heißem Wasser aus und bereitete alles vor. Fünf Minuten später stand sie in der Küche und betrachtete das bräunliche Gemisch, das laut Buch eine mörtelartige Konsistenz haben sollte. Den Deckel hatte sie nur lose zugedreht, damit genug Luft an den Teig kam.

Das wars. Jetzt musste sie vierundzwanzig Stunden warten, bis sie die Masse erneut »füttern« sollte. Sie rieb sich über die Stirn und überlegte, was sie jetzt mit sich anfangen sollte. Eine Runde durch die Neubausiedlung vielleicht? Nur, um sich für ihr Skript inspirieren zu lassen natürlich. Maja schnappte sich ihren Schal und den Haustürschlüssel, schlüpfte in die Schuhe und ging hinaus. Sie blieb kurz vor der zweiten Doppelhaushälfte stehen und betrachtete den Eingangsbereich. Auf dem Absatz stand ein Terrakottatopf, in dem Osterglocken blühten, ein Osterhäschen baumelte an einem Haken neben der Wand. Über der Klingel hing ein ovales Schild, das selbst getöpfert aussah. Sie war neugierig und schaute es sich genauer an. »Hier wohnen Zoe, Noah, Alexandra und Bjarne Ahlers«, las sie leise vor und runzelte die Stirn. Alexandra, das musste die Mama der Kids sein. Vielleicht war sie auf Dienstreise, oder auf Kur.

Oder die beiden waren getrennt.

Charlotte hatte nichts erzählt; dass ihre Freundin die Nachbarschaft über ihren Aufenthalt informiert hatte, hieß noch lange nicht, dass Maja umgekehrt irgendwas über die Nachbarn wusste. Was natürlich ihre Schuld war, sie hatte Charlotte sofort gebremst, als diese ihr erklären wollte, wer wo wohnte. Tja, hätte sie mal besser zugehört.

Oder auch nicht. Konnte ihr doch egal sein, wo die Mama der Kids war. Sie hatte nicht vor, sich den Papa zu angeln. Der Gedanke war so lächerlich, dass sie grinsen musste. Bjarne war so was von nicht ihr Typ, der hatte sicher nicht mal eine winzig kleine Tätowierung. Er war unter Garantie einer der Menschen, die, wenn über Tattoos gesprochen wurde, eine Antwort gaben wie: »Ich ziehe ja auch nicht vierzig Jahre lang den gleichen Pullover an.« Lächerlich, fand Maja. Tattoos waren kleine oder große Kunstwerke, die auch nach langer Zeit ihren Reiz nicht verloren. Sie liebte jedes einzelne an ihrem Körper.

Ehe Maja sich endgültig auf den Weg machte, bemerkte sie, dass im Haus auf der anderen Straßenseite jemand hinter dem Vorhang stand und glotzte. Als Maja genauer hinsah, trat die Person zurück. Dennoch konnte sie es nicht lassen, hob ihre Hand und winkte betont fröhlich hinüber; sollte der oder die ruhig merken, dass es ihr scheißegal war, ob man sie ausspionierte oder nicht. Zufrieden pfeifend begann sie ihren Spaziergang und erwischte sich immer wieder dabei, wie sie sich die Mutter der Kinder und Ehefrau ihres Nachbarn vorstellte. Eine Art Charlotte hätte gepasst, ein wenig rundlicher, denn die Babykilos hatte sie bestimmt noch nicht alle bei morgendlichen Nordic-Walking-Runden wieder abtrainiert. O Gott, jetzt tat sie es schon wieder! Maja bekam langsam Angst vor sich selbst. Die Vorurteile, die sie gegenüber anderen an den Tag legte, waren ja schon fast beängstigend. Ungewohnt in jedem Fall. Sonst interessierte sie das Leben anderer nicht die Bohne.

Mal überlegen, vielleicht gab es ja in Lüneburg auch so etwas wie eine Autorenszene, so klein war die Stadt schließlich auch wieder nicht. Die Uni war recht bekannt, vor allem aufgrund des teuren Neubaus des Hauptgebäudes, der im ganzen Land für Aufmerksamkeit und Spott auf der einen und Anerkennung auf der anderen Seite gesorgt hatte. Ja, das war eine gute Idee. Gleich morgen würde sie sich schlaumachen, so kam sie auch mal wieder vor die Tür. Ihre seltsamen Anwandlungen rührten sicher nur daher, weil sie hier nichts Sinnvolles zu tun hatte. Singleleben auf dem Dorf, ein endloser Ozean voller Zeit. Ihre Arbeit sah sie bedauerlicherweise nicht als sinnvoll an, auch etwas, was sie vielleicht mal angehen konnte. Sich endlich mal trauen, über etwas zu schreiben, was nicht komplett hirnlos war. Fast gleichzeitig tauchten die üblichen Bedenken in ihrem Kopf auf wie eine blinkende Leuchtreklame: Bist du sicher, dass du das kannst?

* * *

Bjarne wischte gedankenverloren mit einem feuchten Tuch über die Arbeitsfläche in der Küche, obwohl sich schon lange keine Krümel mehr darauf befanden. Alexandra hatte sich oft spätabends noch Cracker mit Käse belegt – ohne sich einen Teller zu nehmen – und alles vollgebröselt. Und wenn sie sich doch einmal etwas vom Geschirr geholt hatte, hatte sie anschließend die Schranktüren offen stehen lassen. Früher hatte er immer im Scherz gefragt, ob sie lieber Schränke ohne Türen oder Schubladen hätten kaufen sollen. Heute vermisste er es, sich die Hüfte oder den Kopf daran zu stoßen. Er vermisste so vieles, was er nicht aussprechen konnte. Mit einem Seufzen warf er den Lappen zurück in die Spüle. Er würde jetzt, wie fast jeden Abend, ins Wohnzimmer gehen und sich von einer gehaltlosen Sendung berieseln lassen. Blicklos auf die Mattscheibe starren. Früher hatten sie oft gemeinsam ferngesehen, wenn die Kinder friedlich schliefen. Heute erschien ihm die Erinnerung an die Leichtigkeit jener vergangenen Tage wie ein verwaschenes Aquarell. Er hatte es nicht genug zu schätzen gewusst, wenn sich Alexandra am Ende eines langen Tages an ihn geschmiegt hatte und während der Sendung eingeschlafen war. Heute hätte er alles dafür gegeben, noch einmal sein Gesicht in ihrem Haar vergraben zu können, um ihren einzigartigen Duft in sich aufzunehmen. Sich ihre Shampooflasche unter die Nase zu halten, hatte nicht den gleichen Effekt, natürlich nicht. Und doch tat er es. Zu oft. Aber nichts davon brachte sie ihm zurück. Nichts.

Bjarne holte tief Luft und war im Begriff, ins Wohnzimmer zu gehen, als es an der Haustür klopfte. Er guckte auf die Armbanduhr; es war gleich neun, also eher nicht damit zu rechnen, dass sich jemand von den Zeugen Jehovas oder ein Staubsaugervertreter zu ihm verirrt hatte. Freunde erwartete er nicht. Er wollte auch niemanden sehen. Einen Augenblick überlegte er, den späten Besuch zu ignorieren, doch das neuerliche, eindringlichere Klopfen überzeugte ihn davon, lieber nachzusehen. Bjarne öffnete die Haustür und schaute in Susannes Gesicht. Kalte Luft strömte ins warme Haus.

»Susanne?«, stieß er verwundert hervor. »Wieso kommst du nicht rein, du hast doch einen Schlüssel.«

Seine Schwiegermutter nickte freundlich. »Den habe ich, aber es ist spät, und es ist dein Haus.«

Dein Haus. Nicht euer Haus.

Sie war so viel besser darin, die Tatsachen zu akzeptieren, obwohl es für sie auch sehr schwer gewesen sein musste und immer noch war. Kein Elternteil sollte sein Kind begraben müssen, egal, wie alt man war. Bjarne schluckte. »Was ist denn los? Komm rein.«

Es war ungewöhnlich, dass Susanne ihn abends aufsuchte. Sie unterstützte ihn oft mit den Kindern, aber wenn die Kleinen schliefen, hatte sie bei ihm nichts mehr zu tun. Es sei denn, sie wollte reden. Über was, konnte er sich denken.

Er wappnete sich innerlich für das unumgängliche Gespräch über Trauer, über Bewältigungsstrategien und mögliche Selbsthilfegruppen.

»Nein«, sagte sie. »Ich will gar nicht reinkommen, ich möchte dir nur kurz was geben. Die Kinder schlafen?«

Er nickte. »Ja, klar. Es ist ja schon spät.«

Erst jetzt sah er, dass sie etwas im Arm hatte. Was genau es war, konnte er in der Dunkelheit nicht erkennen.

Susannes Miene war ernst, als sie weitersprach. »Bjarne«, fing sie an, und etwas in ihm zog sich schmerzhaft zusammen. »Das hier soll ich dir von Alexandra geben.«

Sein Herz setzte einen Schlag lang aus. Wurde seine Schwiegermutter jetzt verrückt? Alexandra konnte ihm nichts mehr geben, sie war seit fast einem halben Jahr tot. Nein, nicht fast. Genau seit einem halben Jahr. Heute vor sechs Monaten hatte die Liebe seines Lebens ihre Augen für immer geschlossen. Bjarnes Knie wurden weich, er musste sich am Türrahmen festhalten. Der Schmerz traf ihn so unvermittelt, so tief, dass es ihm schier den Boden unter den Füßen wegzog.

»Bjarne?« Susanne trat einen Schritt näher, ein Lichtschein aus dem Haus fiel auf ihr Gesicht. Auch ihre Falten waren tiefer geworden, mehr graue Strähnen als früher durchzogen ihr kinnlanges Haar. »Alexandra hat etwas für dich vorbereitet. Bitte nimm das hier; es ist auch ein Brief dabei, der alles erklärt. Lies den zuerst.«

In sich erstarrt und völlig fassungslos starrte Bjarne auf den runden Behälter, der mit einem Deckel verschlossen war. Tatsächlich klebte ein Umschlag daran, darunter war etwas auf die weiße Dose gedruckt, das er nicht entziffern konnte. Später, sagte er sich. Völlig überfordert von sich und der Welt, nahm er Susannes »Lieferung« entgegen.

»Soll ich doch mit reinkommen?«, fragte sie sanft.

»Nein, schon gut.« Er schaute auf das weiße Ding und fragte sich, was er darin wohl vorfinden würde. Bilder vielleicht? Ein T-Shirt von ihr? Erinnerungsstücke an gemeinsame Erlebnisse? Nein, so einfallslos war seine Frau nie gewesen, dass sie alten Plunder zusammengetragen hätte, weil sie wusste, dass Besitztümer nicht das waren, was sie verband. Es waren die Bilder im Kopf, die Erlebnisse, die sie zusammengeschweißt hatten, nicht Gegenstände oder materielle Güter.

Aber das war typisch für Alexandra: Sechs Monate nach ihrem Tod überraschte sie ihn noch immer. Tränen brannten in seinen Augen, dieses Mal konnte er sie nicht zurückhalten. Bjarne schluckte und blickte zu Boden, damit seine Schwiegermutter es nicht sah.

Susanne rieb ihm über den Arm; sie wahrte die nötige Distanz, damit er nicht zusammenbrach, und spendete ihm dennoch Trost und Wärme, wie nur die Mutter seiner großen Liebe es konnte. »Nimm dir Zeit, Bjarne«, bat sie ihn. »Es ist nur für dich.«

»Hast du ihn gelesen?«, wollte er mit erstickter Stimme wissen.

Susanne schüttelte den Kopf. »Ich habe keine Ahnung, was sie geschrieben hat. Es ist dein Brief. Aber ich bin informiert, worum es grundsätzlich geht. Sie hat mich gebeten, dir zu helfen.«

Bjarne nickte und versuchte, sich zu fassen. Er umklammerte Alexandras letztes Geschenk wie eine Rettungsboje – und genau das war es vielleicht, was sie damit hatte bezwecken wollen. Er wusste es nicht. Eines war jedoch sicher: Diese Sendung kam zu einem völlig unerwarteten Zeitpunkt zu ihm. Angst breitete sich in ihm aus, aber auch etwas wie Freude, dass er zwar nicht mehr Alexandras Stimme hören würde, aber ihre Worte lesen konnte. Worte, die nur für ihn bestimmt waren. Ein Stück von ihr wartete auf ihn. Etwas völlig Neues, keine verblassende Erinnerung.

Susanne verabschiedete sich, und Bjarne tapste ins Wohnzimmer. Er stellte das zylinderförmige Ding neben sich aufs Sofa und zupfte den daran befestigten Brief vorsichtig ab. Dann las er den Druck auf der Dose:

Dieser Behälter beinhaltet keine Farbe, wird aber Farbe in deinen Alltag bringen.

O ja, dachte Bjarne mit einem traurigen Lächeln, dessen war er sich sicher. Aber bevor er den Deckel lüftete, öffnete er den Briefumschlag und zog eine handgeschriebene Seite hervor.

Ein Hauch von Alexandras Parfum stieg ihm in die Nase, und sein Herz zog sich sehnsuchtsvoll zusammen. Er schaute auf das Bild von ihr, das neben dem Fernseher im Regal stand. Damals war sie noch gesund gewesen, und glücklich. Sie hatte ihre langen Haare nach hinten geworfen und lachte in die Kamera. Lebenslustig und voller Energie, genau so, wie er sie in Erinnerung behalten wollte, und die Kinder auch. Bjarnes Kehle schnürte sich zusammen, dann schüttelte er den Kopf. »Was hast du dir da nur wieder ausgedacht?«, murmelte er mit rauer Stimme, dann nahm er ihre Worte in sich auf.

Mein geliebter Bjarne,

es tut mir unendlich leid, dass du diesen Brief von mir lesen musst, denn das bedeutet, dass ich den Kampf verloren habe. Es ist unausweichlich, ich weiß es jetzt, auch wenn du es vielleicht noch nicht wahrhaben willst. Ich kenne dich, mein Schatz. Obwohl ich wünschte, es könnte anders sein, bin ich nicht mehr bei euch. Und glaub mir, es tut mir nicht weniger weh als dir, auch wenn es für mich irgendwann eine Erlösung geben wird. Für dich nicht, denn jetzt musst du für uns beide stark sein, für Noah und Zoe und auch für dich selbst, vergiss das nicht. Um dich daran zu erinnern, schreibe ich dir.

Es dauert ein halbes Jahr, haben sie mir gesagt, bis man die Trauer um einen geliebten Menschen so weit verarbeitet hat, dass man in die Zukunft blicken kann, auch wenn es noch immer wehtut. Doch nicht jedem gelingt es allein.

Dass du diesen Brief in den Händen hältst, heißt,
dass du noch nicht so weit bist, und das schneidet
mir jetzt, in diesem Augenblick, so sehr ins Herz,
dass meine Hand zittert und meine Seele bebt.
Ich wünschte so sehr, ich könnte an deiner Seite
sein und dir Stärke geben, wie du mir die Stärke
gibst, bis zum Ende durchzuhalten. Ich habe nur
noch einen Wunsch für dich, mein Geliebter,
mein Seelenmensch, dass du wieder glücklich
wirst, dass du das Leben ohne mich so lieben
wirst wie früher mit mir.

Gib Noah und meiner kleinen Zoe einen Kuss
von mir; eigentlich muss ich es nicht erwähnen,
ich weiß ohnehin, dass du sie jeden Tag für
uns beide liebst, und dafür bin ich unendlich
dankbar. Ich weiß, dass sie es gut mit dir und bei
dir haben. Es geht mir jetzt in diesem Schreiben
ausnahmsweise nur um dich, mein Schatz. Ich
wünsche mir nichts sehnlicher, als dass du ins
Leben zurückfindest. Deshalb habe ich ein paar
kleine Wünsche für dich aufgeschrieben, und
ich bitte dich, sag nicht gleich Nein. Ich weiß,
dass du jetzt vermutlich auf dem Sofa oder am
Küchentisch sitzt und den Kopf schüttelst. Du
sagst dir: Nein, das mache ich auf keinen Fall,
und schaust dabei vielleicht wehmütig auf ein
Foto von mir. Ich verstehe dich, Bjarne, das tue
ich wirklich. Aber ich bitte dich trotzdem, tu es
für mich. Für uns.

Ich werde nichts von dir verlangen, was ich
für unmöglich halte. Vielleicht erscheint es dir
im ersten Augenblick nicht so, aber am Ende
wirst du verstehen, was ich meine und worum

*es mir geht. Mehr kann ich an dieser Stelle nicht
verraten, ich möchte es auch nicht. Diese Zeilen
zu schreiben, hat mich erschöpft, emotional und
körperlich. Es gäbe noch so viel mehr zu sagen,
ich könnte den Rest eines langen Lebens, bis wir
beide alt und grau wären, mit Worten und Liebe
füllen, aber leider haben wir dieses Glück nicht.
Indem du meine Vorschläge annimmst, machst
du mich glücklich. Wir beide wissen, dass ich
nicht da oben auf einer Wolke sitze und auf euch
herabschaue, und doch … ich habe Bilder in
meinem Kopf, von dir, wie du wieder fröhlich
bist. Dein Lachen ist so besonders, so wundervoll.
Du musst wieder lächeln, Bjarne, auch wenn dir
jetzt vermutlich nur zum Weinen zumute ist,
so wie mir. Aber das ist nicht das Ende, mein
Geliebter, dies ist ein Neuanfang.*

Ich liebe dich.
Auf ewig dein.
Alexandra

Bjarne wollte den Brief zerreißen, ihn gleichzeitig an sein
Herz drücken und beschützen, so, wie er Alexandra hatte
beschützen und heilen wollen. Tränen rollten über seine
Wangen, er schloss die Augen und presste die Lippen aufeinander. Seine Schultern bebten. Obwohl er gedacht hatte, dass
er den schlimmsten Schmerz überstanden hätte, tat es so weh
wie nie zuvor.

Wieder und wieder überflog er die Zeilen, bis er jedes Wort
auswendig konnte. Er hatte die Zeit und alles um sich herum
vergessen. Zeit spielte ohnehin keine Rolle mehr für ihn, seit
Alexandra nicht mehr bei ihm war. Er saß in einer Endlosschleife

fest, der Albtraum wiederholte sich jeden Tag aufs Neue, und es gab keinen Ausweg daraus, denn das war sein Leben. Sein Schicksal.

O Gott, wie sehr er es hasste!

Irgendwann war Bjarne so erschöpft, dass er keinen klaren Gedanken mehr fassen konnte. Noch immer hatte er es nicht gewagt, in die Dose zu schauen. Er fürchtete sich davor zu sehen, was sie von ihm verlangte. Er ahnte, dass er für nichts davon bereit war. Er war noch nicht so weit, würde es vielleicht nie sein. Auch wenn sie etwas anderes geschrieben hatte, so hatte Alexandra doch keine Ahnung gehabt, wie schrecklich sein Leben ohne sie sein würde, sie war ja nicht dabei. Auf einmal wurde er wütend. Auf sich selbst, auf Alexandra, dass sie von ihm verlangte, irgendwelche Dinge zu tun. Wütend auf das Leben und die Ungerechtigkeit, die ihm seine Liebste genommen hatten. Warum sie?

Bjarne stieß einen bitteren Fluch aus. Irgendwann atmete er tief durch, stopfte den Brief unter das Sofapolster, wo niemals jemand hinsah, wo es nur Dunkelheit und vielleicht ein paar Krümel gab. Er konnte sich nicht länger damit befassen, es überstieg seine Kraft. Dann stand er auf und nahm die Dose mit. Er schob sie in den Garderobenschrank ganz nach hinten, wo er sie nicht mehr sehen musste.

Wieder und wieder schüttelte er den Kopf. Sie verlangte Unmögliches von ihm. Er würde nichts von ihrer Wunschliste, die sie vermutlich in der Dose für ihn hinterlegt hatte, erfüllen. Er konnte es nicht. Was sollte es auch bringen? Gar nichts. Nichts. Es war unmöglich, dass er jemals wieder Freude über etwas anderes als das Glück seiner Kinder empfinden würde. Unmöglich.

KAPITEL 4

*Das Leben wäre so wunderbar, wenn wir nur etwas damit anzu-
fangen wüssten.*

Greta Garbo

Gut gelaunt pfiff Maja vor sich hin. Sie fühlte sich fast wie in
einem Versuchslabor. Sie trug zwar keinen weißen Kittel, aber
dass sie mit einer Küchenwaage, Mehl, einem abgekochten
hohen Schraubglas und Wasser hantierte, kam ihr trotzdem ein
wenig abwegig vor. Sie war dabei, ihren Sauerteigansatz zum
zweiten Mal zu füttern; in den letzten vierundzwanzig Stunden
war damit noch nicht viel passiert. Sie war nach wie vor skeptisch, dass es überhaupt funktionieren würde. Sie verrührte
alles mit einem Suppenlöffel und schraubte dann den Deckel
lose auf das Glas. Noch ehe sie damit fertig war, bimmelte ihr
Handy. Sie warf einen Blick auf das Display, und als sie sah,
dass es ihr Vater war, der durchklingelte, stieß sie einen tiefen
Seufzer aus. Sie überlegte, nicht abzunehmen, entschied sich
dann aber dennoch dafür – denn er würde nicht aufgeben, bis
er sie erreicht hatte. Er konnte sehr hartnäckig sein, das wusste
sie aus langjähriger Erfahrung, also brachte sie das Gespräch
lieber gleich hinter sich.

»Hallo, Papa«, begrüßte sie ihn.

»Maja, Liebes, ich wollte mal hören, wie es dir geht.«

Sie zog eine Schnute und lehnte sich gegen die Arbeitsfläche der Küche. »Mir geht es wunderbar, und selbst?« Sie wusste, dass diese Antwort genauso dämlich klang wie die Dialoge, die sie heute Vormittag für die Soap getippt hatte, aber es war zu spät, und sie wusste auch nicht, wie sie zusammenfassen hätte können, was in ihr vorging – selbst wenn sie das mit ihrem Vater hätte teilen wollen, was nicht der Fall war. Ihr Verhältnis war nicht das beste, und Maja war es gewohnt, Dinge mit sich selbst auszumachen und nicht mit ihm zu besprechen.

»Hör mal, Rosalinde und ich sind morgen in Lüneburg, und da haben wir gedacht, es wäre doch schön, wenn wir uns zum Essen treffen könnten.«

Rein zufällig natürlich, dachte Maja mit einem sarkastischen Lächeln. Sie wäre lieber zum Zahnarzt gegangen, als mit ihrem Vater und seiner aktuellen Partnerin Rosalinde in einem Restaurant zu sitzen, um heile Welt zu spielen. Sie überlegte, welche Ausrede sie sich einfallen lassen konnte, um dem zu entgehen. Aber wie sie ihn kannte, hätte er dann einfach einen anderen Tag vorgeschlagen. Maja warf einen Blick auf die Uhr, als ob das was genützt hätte.

»Maja?«

»Ähm, ja klar, morgen passt super. Habt ihr was Spezielles im Sinn?«, fragte sie nach und wusste, dass die Restaurantauswahl im Vergleich zu Hamburg natürlich lächerlich gering war. Insbesondere, wenn man etwas Gehobeneres wollte, was bei ihrem Vater und seiner aktuellen Partnerin garantiert der Fall war.

»Möchtest du irgendwo einen Tisch reservieren?«

Maja lächelte in sich hinein; ihr erster Gedanke war die Sushibar, denn sie wusste, dass Rosalinde rohen Fisch hasste. In der nächsten Sekunde erkannte sie, wie kindisch das war – bedauerlicherweise hätte es ihr trotzdem Spaß gemacht. »Ich überlege mir was und sag dann Bescheid. Mittagessen?«

»Wie es dir lieber ist.«

»Okay, ich schicke dir eine SMS mit der Adresse und der Uhrzeit.«

»Sehr schön, wir freuen uns.«

Sie verdrehte die Augen. »Alles klar, bis morgen.« Dann legte sie auf und seufzte. Der Nachteil daran, dass sie derzeit vor den Toren Hamburgs Unterschlupf gefunden hatte, war definitiv, dass solche Telefonate und Treffen nun häufiger stattfinden würden. Sie hätte eine Menge darauf verwettet, dass sie als Nächstes nach Hamburg eingeladen wurde, vermutlich an einem Sonntag zum Mittagessen. Maja atmete tief durch, vielleicht fiel ihr bis morgen ja etwas ein, was sie als Ausrede präsentieren konnte.

»So eine Scheiße«, brummte sie und verließ die Küche. Draußen regnete es heute in Strömen, es war eben gerade mal Anfang April. Sie konnte natürlich nicht erwarten, dass das Wetter jeden Tag schön war. Unruhig tigerte sie durch die Doppelhaushälfte und wusste nichts mit sich anzufangen, ihre gute Stimmung war verpufft. Ihr Vater versuchte immer wieder, so zu tun, als ob in der Familie alles gut wäre, um sein Gewissen zu beruhigen. Maja hatte diese Art von Treffen auf ein Minimum reduziert und nicht vor, daran etwas zu ändern. Aber morgen musste sie in den sauren Apfel beißen.

* * *

Bjarne rieb sich die Stirn und ging mit seinem Handy am Ohr im Arbeitszimmer auf und ab.

»Es wäre wirklich schön, wenn du dich mal wieder hier im Büro blicken lassen würdest«, erklärte Michael, sein Geschäftspartner, am anderen Ende der Leitung.

»Ja, ich weiß«, erwiderte Bjarne halbherzig motiviert. Schon der Gedanke daran verursachte ihm Magenschmerzen. Er konnte die mitleidigen Blicke der Mitarbeiter nicht ertragen; er wusste, was sie dachten. Bjarne wollte mit seinem Schmerz allein sein. Wenn er in die Geschäftsräume ging, würde man erwarten, dass er in Sitzungen etwas beitrug, dass er am Ende des Tages auch etwas ablieferte. Ihm war klar, dass Michael seinetwegen viel mehr zu tun hatte und die ganze Verantwortung und Last trug. Auch finanziell. So konnte es nicht für immer weitergehen, aber Bjarne war einfach noch nicht so weit.

»Wie wäre es denn, wenn du einfach mal rumkommst, und wir besprechen ein paar Dinge?«, schlug Michael vor.

»Welche Dinge?«

Er hörte Michaels leises Seufzen. »Es gibt hier wirklich mehr als genug, wozu ich gern deine Meinung hören würde. Daneben kamen eben die Jahresabschlüsse vom Steuerberater, und die müssen wir durchgehen und unterschreiben. Wir haben Anfragen von größeren Kunden, und die Entscheidung, ob und was wir davon annehmen, kann ich nicht allein treffen.«

Bjarne hörte nur halbherzig zu. Er konnte sich nicht lange konzentrieren, vor allem weil ihm derzeit alles außer seinen Kindern ohnehin egal war. Hätte Michael ihm eben die Nachricht überbracht, dass die Einrichtung in Flammen aufgegangen war, hätte er sie nicht weniger desinteressiert aufgenommen. Es kam ihm so vor, als perlte alles von ihm ab, nichts drang zu ihm durch. Es war ja nicht so, dass er nicht wollte, aber es ging einfach nicht. »Ich bin mir sicher, dass du gut einschätzen kannst, was sinnvoll ist und was nicht«, erklärte er deshalb.

»Was ich kann und was ich möchte, sind zwei verschiedene Dinge, Bjarne. Hör zu, ich habe jetzt noch einen Termin, aber wir müssen wirklich diese Jahresabschlüsse durchgehen, ja? Wann kommst du?«

»Ich schreib dir noch mal«, redete er sich heraus, und beide wussten, dass es eine Lüge war.

»Okay«, erwiderte Michael dennoch. »Willst du am Wochenende zu uns zum Essen kommen? Nele könnte dieses wunderbare Curry für uns zaubern, was meinst du? Einen guten Weißwein dazu?«

»Ich weiß nicht ... die Kinder ...«, wich Bjarne aus. Obwohl er das Angebot sehr zu schätzen wusste, wollte er nicht zu einem Dreierdinner gehen; in solchen Situationen wurde ihm immer noch mehr bewusst, dass er allein übrig geblieben war. Zudem hatte er rein gar nichts zu einem alltäglichen Gespräch beizutragen; er interessierte sich nicht mehr für die Belanglosigkeiten des Lebens. Er hatte es versucht, aber es gelang ihm nicht, sich auf etwas wie eine Fernsehserie oder politische Debatten einzulassen. Er begeisterte sich für gar nichts mehr, deshalb war es das Beste, er belastete seine Freunde nicht länger mit seinem Desinteresse.

Nachdem er das Gespräch beendet hatte, ging er nach unten. Noah war bei einem Freund, und Zoe puzzelte mit ihrer Oma.

Susanne hob den Kopf und lächelte ihm aufmunternd zu. »Bist du schon fertig?«

Bjarne nickte. »Jap, war heute nicht so viel«, log er, obwohl Susanne wissen musste, dass er da oben in seinem Arbeitszimmer nur die Wand anstarrte. Dass er beinahe täglich Briefe an seine tote Frau schrieb, ahnte sie hoffentlich nicht. Er wusste, dass es irgendwie falsch war, aber er brauchte diesen Halt, einfach so zu tun, als könnte er noch irgendetwas mit ihr teilen, auch wenn sie nur noch in seiner Erinnerung lebte. In seinem Kopf war sie gesund und munter, kräftig und voller Leben.

»Schau mal, es hat aufgehört zu regnen, vielleicht möchtest du ja eine Runde mit dem Mountainbike drehen?«, schlug sie vor.

Früher war es sein Ausgleich gewesen, nach dem Job als Industriedesigner und Ingenieur auf dem Fahrrad über die Trails im Wald zu rasen, gern auch mit Alexandra, der es genauso viel Spaß gemacht hatte wie ihm. Er mochte das Radfahren noch immer, aber er brachte einfach nicht die nötige Energie dafür auf.

»Vielleicht ein andermal«, gab er daher zurück. »Wie wäre es denn, wenn ich mit Zoe hier weitermache?«

Seine Tochter klatschte voller Freude in die Hände. In diesem Moment ging die Haustür auf, und Noah kam herein. Er feuerte seinen Schulranzen in den Flur, zog Jacke und Schuhe aus und stampfte nach oben, wo er die Kinderzimmertür mit einem Krachen ins Schloss warf.

Bjarne und Susanne tauschten Blicke aus. »Ich sehe mal nach ihm.« Bjarne stand auf.

Zoe fand das gar nicht gut. »Aber du wolltest doch das Puzzle mit mir weitermachen?«

Bjarne gab ihr einen Kuss auf den Kopf. »Gleich, Mäuschen. Ich gucke nur kurz nach deinem Bruder.«

Zoe meckerte, aber Susanne konnte ihre Aufmerksamkeit nach ein paar Kitzeleinheiten zurück auf das Puzzle lenken. Bjarne ging nach oben und klopfte an Noahs Zimmertür.

»Lass mich«, hörte er die Antwort seines Sohnes gedämpft.

»Darf ich reinkommen?«, bat Bjarne dennoch.

»Von mir aus.«

Bjarne atmete erleichtert aus und trat leise ein. Noah lag bäuchlings auf dem Bett, das Gesicht im Lieblingskissen seiner Mama vergraben. Auf seinem Nachttisch stand ein Familienfoto aus der Zeit, als sie noch glücklich zu viert gewesen waren. Vermutlich hatte sich die Krankheit damals schon in Alexandras Körper ausgebreitet, aber sie hatten ihre Müdigkeit und die Abgeschlagenheit auf die unruhigen Nächte einer jungen Mutter geschoben. Wer hätte auch ahnen können, dass sie ernsthaft krank war? So was passierte doch nur anderen.

Bjarne verdrängte diese Erinnerungen, setzte sich neben Noah und rieb ihm mit der Hand über den Rücken. »Wie war es bei deinem Kumpel?«

»Okay.«

Das klang ehrlich, dann lag es also an der Schule, was Bjarne nicht überraschte. Noah hatte Probleme, im Stoff mitzukommen; vor allem das Lesen und Schreiben bereitete ihm Schwierigkeiten. Wer konnte dem Jungen verdenken, dass es ihm im Unterricht an Konzentration mangelte? Doch seine Lehrerin wollte es nicht verstehen. Die Vorschläge, die von ihrer Seite kamen, ließen nur den Schluss zu, dass sie Noah für geistig minderbemittelt hielt, was er definitiv nicht war. Hochsensibel, ja. Todtraurig, das sowieso. Aber auch wahnsinnig kreativ und herzensgut. Bjarne atmete tief durch und strich weiter über Noahs Rücken. Der Junge entspannte sich ein wenig, schließlich drehte er sich um und sah seinen Vater an. »Ich geh da nicht mehr hin.«

Bjarne sagte nichts, er verstand den Jungen so gut. Aber das konnte er ihm nicht sagen; er musste einen Weg finden, ihn zu motivieren, in die Schule zu gehen. Er konnte ja schlecht zu Hause bleiben, nein, das ging nicht. Noah brauchte den Kontakt zu Gleichaltrigen dringend. Das hieß also, dass er mit der Lehrerin sprechen musste. Mal wieder. »Was war denn heute los?«, wollte er wissen. Besser, er hatte eine Ahnung, ehe er sich im Geiste eine Standpauke gegenüber dieser wenig empathischen Person zurechtlegte.

»Ich will nicht drüber reden«, brummte Noah.

»War jemand nicht nett zu dir?« Bjarne strich über die Wange seines Sohnes.

»Ich hab doch gesagt, dass ich nichts sagen will.«

»Eines der Kinder?«

»Nein.«

Bjarne musste nicht mehr hören. »Worum ging es denn? Einen Text?«

Noah nickte. »Sie hat mich lesen lassen. Vor allen. Und es ging nicht. Dann haben welche gelacht, und sie hat gesagt, dass ich schlechter lese als ein Erstklässler, und dann hat sie ihr Lieblingskind drangenommen, und die hat es natürlich perfekt gemacht. Bin ich dumm, Papa?«

Bjarne sog scharf die Luft ein, als er den Schmerz und die tiefe Traurigkeit in Noahs Augen erkannte, die in diesem Moment nichts mit dem Tod seiner Mutter zu tun hatten, sondern mit der pädagogischen Unfähigkeit seiner Klassenlehrerin. »Himmel, Noah! Du bist vieles, aber bestimmt nicht dumm. Ganz im Gegenteil, du bist klug, du bist humorvoll, du bist ein wunderbarer Junge.«

»Warum kann ich es dann nicht?« Seine Stimme war ganz dünn geworden, Tränen liefen aus seinen Augenwinkeln, aber er rührte sich nicht.

Bjarne zog Noah an seine Brust und hielt ihn ganz fest umarmt. Er strich ihm über den Kopf und wiegte ihn sanft hin und her. »Nicht jeder kann alles gleich gut, mein Schatz, und du brauchst einfach ein wenig mehr Zeit. Sollen wir vielleicht was zusammen lesen?«

»Nein. Ich hasse lesen. Ich will das alles nicht.« Noah verspannte sich, und Bjarne merkte, dass es an dieser Stelle nicht weiterging.

»In Ordnung. Es ist okay. Was hältst du davon, wenn wir heute mal Pizza zu Abend essen? Vor dem Fernseher?«

Bjarne spürte, dass er Noahs Interesse geweckt hatte. Das gab es sonst nur an Wochenenden. »Echt?«, hörte er seinen Sohn fragen, und seine Stimme klang auf einmal viel lebendiger. Bjarnes Mundwinkel bogen sich ganz leicht nach oben. Er schob Noah ein Stück von sich. »Echt. Du darfst den Film aussuchen, aber es muss natürlich etwas sein, was Zoe mitschauen kann.«

»Cool.« Jetzt lächelte auch Noah, und Bjarnes Herz weitete sich vor Liebe für sein Kind. Er wünschte sich, dass alle Probleme und Sorgen in diesem Haus mit Pizza und einem lustigen Film behoben werden könnten. Das war natürlich illusorisch … aber für den Moment hatte er seinem Sohn ein wenig helfen können; das war schon viel wert und erfüllte ihn mit einer Wärme, die er schon länger nicht mehr verspürt hatte. Vielleicht war das ein guter Anfang.

Als er mit Noah ins Wohnzimmer zurückkehrte, sah er, dass Besuch gekommen war. Cathy, die eigentlich Katrin hieß, sich aber lieber Cathy nannte, saß mit Zoe und Susanne am Tisch. Sie war schlank und trug eine helle Seidenbluse zu einer Skinny-Jeans. Es wirkte, als hätte sie sich für diesen Auftritt zurechtgemacht, sogar ihre Lippen waren dezent geschminkt.

»Oh, hallo«, grüßte Bjarne. »Ich habe gar nicht gehört, dass jemand gekommen ist.«

Susanne lächelte. »Ist das nicht nett? Cathy hat einen Nudelauflauf mit Schinken vorbeigebracht, dann müssen wir heute gar nichts kochen.«

Bjarne versuchte, freudig überrascht zu tun. Noah schaute zu ihm auf. »Aber wir wollten doch Pizza essen?«, wandte der Junge ein.

Cathy lächelte breit und schob sich eine Strähne ihres goldblond schimmernden Haares hinters Ohr. Sie wohnte in der Nachbarschaft, hatte selbst zwei Kinder und war seit einer Weile von ihrem Mann getrennt. Bjarne hätte darauf gewettet, dass ihr Interesse an ihm nicht nur aus Nächstenliebe und Mitleid aufgeflammt war. In einem anderen Leben hätte er sich vielleicht geschmeichelt gefühlt, aber momentan war er nicht dazu in der Lage. Er konnte sich nicht vorstellen, dass jemals eine andere Frau Alexandras Platz einnahm. Anscheinend sah Noah das genauso; der Junge bekam viel mehr mit, als es für sein Alter gut war. Noah ging demonstrativ zum Gefrierfach, holte zwei Pizzen heraus und schaltete den Backofen an.

»Danke, das ist sehr nett, Cathy, aber ich habe Noah wirklich Pizza versprochen.«

Cathys Lächeln verblasste ein wenig, doch dann fing sie sich wieder. Mit einer Handbewegung wischte sie ihre kleine Verstimmung beiseite und gackerte: »Das ist doch kein Problem, ihr könnt den Auflauf einfach morgen aufwärmen, obwohl er jetzt noch heiß sein dürfte.«

Susanne guckte Bjarne erwartungsvoll an. Sie hatte ihm schon ein paar Mal mehr oder weniger durch die Blume mitgeteilt, dass sie als Schwiegermutter nichts dagegen hätte, wenn Bjarne sich neu verlieben würde. Er fand den Gedanken so absurd, dass er darauf nicht einmal geantwortet hatte. Niemand würde je wieder sein Herz so erreichen, wie es Alexandra getan hatte. Das mussten die Leute endlich mal begreifen.

»Ja, danke noch mal, Cathy. So, Zoe, Noah, kommt mal her, wir suchen uns jetzt einen Film aus.« Ihm war klar, dass es Cathy gegenüber unhöflich war, dass er sie ignorierte, aber er hatte einfach keine Lust, sich mit ihr zu beschäftigen. Wenn sie nicht von selbst merkte, dass er nichts von ihr wollte, konnte er ihr auch nicht helfen.

KAPITEL 5

*Das Leben ist wundervoll. Es gibt Augenblicke, da möchte man
sterben.*
*Aber dann geschieht etwas Neues, und man glaubt, man sei im
Himmel.*

Edith Piaf

Strahlender Sonnenschein und ein herrlich blauer Himmel hatten Maja dazu bewogen, den Rasenmäher aus dem Schuppen zu holen, um in Charlottes Garten zu mähen. Was für eine beschissene Idee das gewesen war, erkannte sie erst jetzt. Denn offenbar war sie unfähig, das Ding in Gang zu setzen. Seit geschlagenen zehn Minuten – mindestens – suchte sie nach einem »An«-Schalter.

Gleich dreimal zischte sie das böse F-Wort und raufte sich die Haare. Ihr war heiß geworden, also zog sie den Wollpullover aus und warf ihn achtlos über die Zaunkante. »Das gibt's doch nicht«, brummte sie, unzufrieden mit sich und der Welt. Dabei war der Tag bis jetzt gar nicht so übel gewesen, denn ihr Vater hatte das Treffen verschoben. So war sie um das Essen herumgekommen; allerdings galt die Schonfrist nur bis morgen. Maja kannte das schon, erst Feuer und Flamme, und dann war doch etwas anderes wichtiger. Sie nahm es nicht persönlich – nicht mehr. Verbindlich war ihr Vater nur, wenn es darum ging, die Wünsche seiner aktuellen Lebenspartnerinnen zu erfüllen. So kam es ihr jedenfalls vor, und das aus gutem Grund, denn sie hatte es jahrelang selbst miterlebt und lange genug darunter gelitten. Zum Glück war das vorbei, und die Treffen waren heutzutage auf ein Mindestmaß reduziert.

Maja war versucht, dem blöden Rasenmäher einen Tritt zu verpassen; stattdessen beugte sie sich noch einmal nach vorn und suchte nach einer Möglichkeit, das Gerät zum Laufen zu bringen.

»Was steht da auf deinem Arm?«, hörte sie eine Kinderstimme fragen.

Maja erschrak; sie hatte gar nicht gemerkt, dass jemand im Nachbarsgarten war. »Äh«, war alles, was sie dazu zu sagen hatte. »Meinst du hier?«

Sie zeigte dem Jungen, der einen Fußball in den Händen hatte, ihren linken Unterarm.

Sie wusste mittlerweile, dass er Noah hieß. Er nickte und begann angestrengt zu lesen. »L-i-f-e S-u-c-k-s.« Er sprach es deutsch und nahezu Buchstabe für Buchstabe aus. Maja wartete ab, während der Kleine die Stirn runzelte. »Was heißt das?«, wollte er wissen.

Schlechte Frage, dachte Maja und verzog ihre Lippen. Weichgespülte Kinderantwort oder die Wahrheit? Der Kleine wuchs wohlbehütet auf, seine größten Probleme bestanden vermutlich darin, ob er Schokolade aufs Brot geben durfte oder nicht. Sie entschied sich, bei der ungeschminkten Wahrheit zu bleiben.

»Das Leben ist scheiße«, erklärte Maja deshalb ganz ruhig und war gespannt, wie er darauf reagierte. Obwohl sie wenig Erfahrung mit Kindern hatte – bis auf ihre Babysitterjobs –, kam er ihr nicht wie ein Durchschnittskind vor. Sie hatte irgendwie das Gefühl, dass in diesen jungen Augen eine alte Weisheit schlummerte.

»Das Leben ist scheiße«, wiederholte er nachdenklich.

»Und das steht jetzt für immer auf deinem Arm?«

Maja nickte; ein leises Lächeln schlich sich auf ihre Lippen. »Ja, das stimmt. Für immer.«

»Denkst du nicht, es könnte irgendwann besser werden?«

Sie zuckte die Schultern. »Vielleicht – dann könnte ich mir immer noch ein *cover-up* stechen lassen. Aber ehrlich gesagt, glaube ich das nicht. Manche Probleme lassen sich einfach nicht lösen, denn wir können die Vergangenheit nicht mehr ändern. Verstehst du?«

»*Cover-up?*«, wiederholte er und blinzelte heftig.

Sie sah es förmlich hinter seiner Stirn rattern. »Entschuldige, das bedeutet, dass man eine neue Tätowierung über die alte machen lassen kann.«

»Verstehe.« Grüblerisch nickte er, ganz langsam, so, als würde er immer noch darüber nachdenken.

Maja neigte ihren Kopf. »Wirklich?«

»Ja, und es ist mutig, dass du diese Tätowierung auf dem Arm hast.«

»Mutig? Das ist interessant. Wieso? Ich dachte eher, es wäre provokant.«

»Für mich bist du mutig, weil du jedem, der lesen kann, mitteilst, wie es dir geht. Ich behalte das meistens für mich. Aber dass du das Leben scheiße findest, ist auch irgendwie traurig.«

Maja schluckte. Von der Seite hatte sie es nie betrachtet; bisher waren die Reaktionen auf »Life sucks« selten andere gewesen als eine gerümpfte Nase, ein abschätziger Blick oder tiefes Verständnis. Als mutig hatte sich Maja nie empfunden und dabei immer ein wenig das Gefühl gehabt, ihre Mutter enttäuscht zu haben.

Irgendwie mochte sie den Jungen, auch wenn er ein bisschen eigen war – vielleicht gerade deswegen, sie war ja auch nicht gerade ein Durchschnittsmensch. Den Versuch, dazuzugehören, hatte sie vor langer Zeit als gescheitert abgehakt. Seit sie ihr Ding machte, ging es ihr besser.

»Danke für deine Einschätzung«, gab sie zurück, weil sie nicht wusste, was sie sonst zu dem Jungen sagen sollte. Sie war tatsächlich ein wenig überrumpelt, dass er eins, zwei, drei kapiert hatte, wie es in ihr aussah. *Traurig.* Obwohl sie sich nicht so bezeichnet hätte, vielleicht eher resigniert, aber das überstieg vermutlich auch wieder den Wortschatz eines Grundschülers. Maja stellte fest, dass sie mit Noah lieber plauderte als mit den meisten anderen Menschen. Die Unterhaltung mit ihm war offen und ehrlich, tatsächlich sagten Kinder immer die Wahrheit, und das gefiel ihr. Sehr sogar. Sie mochte Noah auf Anhieb. Dieses Schrammen an der Oberfläche, wie sie es in ihren Dialogen für die Soap meisterhaft beherrschte, nervte sie nämlich in der Realität dermaßen, dass sie meist das Gespräch mit irgendwelchen Leuten vermied und sich lieber auf ihren engsten Freundeskreis beschränkte. Vielleicht war sie sogar deshalb mit André zusammen gewesen; mit ihm hatte sie selten viele Worte gewechselt, ihre Beziehung hatte eher auf anderen Dingen basiert. Sie hatte körperliche Nähe gesucht und er eine Person, die die Miete bezahlte. Gegen den Sex hatte er vermutlich auch nichts gehabt. Aber in den letzten Monaten war nicht mal mehr da viel gelaufen. Maja kehrte ins Hier und Jetzt zurück, als Noah sie noch einmal ansprach.

»Was machst du da eigentlich?«, wollte er wissen.

»Das ist eine sehr gute Frage, die ich mir auch schon gestellt habe. Also, ich wollte eigentlich den Rasen mähen, aber ich bekomme das Ding nicht an.«

Noahs Augen blitzten auf. »Warte.« Er drehte sich um, warf den Ball davon und lief los. Über die Schulter rief er ihr zu: »Ich hole meinen Papa, der kann so was.«

Maja öffnete ihre Lippen, um zu erklären, dass das nicht nötig sei, aber Noah war schon im Haus verschwunden.

»Super, Maja. Jetzt weiß also gleich die ganze Nachbarschaft, dass du völlig unfähig bist«, brummte sie und grinste über sich selbst, denn im Grunde war es ihr scheißegal, was die Spießer im Dorf über sie dachten. Sie hatten keine Ahnung, was sie bewegte und was sie zu der Person gemacht hatte, die sie heute war. Trotzdem konnte sie nicht umhin, eine gewisse Nervosität bei sich festzustellen, als Noah mit seinem Vater im Schlepptau aus dem Haus kam. Bjarne, im Geiste nannte sie ihn beim Vornamen, trug einen Pullover über einer dunklen Jeans, an den Füßen hatte er ausgelatschte Turnschuhe.

»Hallo«, grüßte Maja, weil sie nicht so recht wusste, was sie sonst von sich geben sollte.

»Hi«, erwiderte Bjarne, er lächelte nicht. »Noah meinte, du wolltest was von mir wissen? Ist es okay, wenn ich Du sage?«

Sie nickte. »Klar.« Der Junge saß auf der Schaukel und stieß sich ab, dabei hatte er sie beide im Blick, wie Maja interessiert feststellte. Der Kleine scannte seine Umgebung und nahm alles in sich auf, und auch wenn er vielleicht nicht viel dazu sagte, so bemerkte er doch ganz genau, was um ihn herum vor sich ging. Im Gegensatz zu seiner kleinen Schwester wirkte er in sich gekehrt.

»Ich wollte den Rasen mähen, aber irgendwie scheint das Ding kaputt zu sein. Ich bekomme es nicht an«, erklärte Maja und spürte, wie sich eine seltsame Verlegenheit in ihr ausbreitete, die sie sonst gar nicht von sich kannte.

Bjarne wirkte weder überrascht noch besonders interessiert. Tatsächlich schien er abwesend, als hätte er ihr gar nicht richtig zu gehört.

»Rasenmähen«, wiederholte er, als sei die Botschaft jetzt erst bei ihm angekommen.

Komischer Kauz, dachte Maja. Entweder war der Typ total oberflächlich und hatte für sich entschieden, dass Maja in die Kategorie »Wir geben uns lieber nicht mit ihr ab« gehörte, oder eine andere Laus war ihm über die Leber gelaufen.

Er betrachtete sie jetzt unverhohlen; etwas in seinem Ausdruck veränderte sich, während er ihre Tattoos intensiv musterte. Maja war überrascht, als ihre Blicke aufeinandertrafen. Sie las weder Spott noch diese gewisse Überheblichkeit darin, die Normalos ihr gegenüber für gewöhnlich an den Tag legten. Es gelang ihr nicht zu entschlüsseln, was in Bjarne vorging, was genau er über sie dachte, und das wurmte sie, obwohl sie sich sonst kaum darum scherte, was ihr Gegenüber von ihr hielt. Maja nagte an der Innenseite ihrer Wange, während sich eine merkwürdige Stille zwischen ihnen ausbreitete.

Sie schaute als Erste weg und räusperte sich. »Ich glaube, ich lasse das mit dem Mähen einfach sein, so lang ist das Gras ja auch noch gar nicht.«

Völlig überraschend sprang Bjarne mit einer geschmeidigen Bewegung über den Zaun und landete nicht weit weg von ihr im Gras. Maja machte große Augen und trat zur Seite. Sie hatte mit vielem gerechnet, aber nicht damit. Bis jetzt hatte er immer ein wenig lethargisch auf sie gewirkt; dass er so sportlich war, hatte sie irgendwie nicht vermutet. »Ach was«, sagte er jetzt und schob sich die Ärmel seines Pullovers bis zu den Ellenbogen hinauf. »Ich schau mir das mal an; so kompliziert kann das nicht sein.«

Ein Hauch von Duschgel stieg in Majas Nase. Nicht unangenehm. Ganz und gar nicht. Hastig machte sie einen weiteren Schritt zurück, während sie Bjarne dabei beobachtete, wie er Charlottes Rasenmäher inspizierte. »Ah, da haben wir ja das Problem. Der wird mit Strom betrieben; war kein Kabel dabei?«

Maja holte tief Luft, während sie versuchte, die Hitze zu ignorieren, die sich über ihren Hals bis ins Gesicht hinauf ausbreitete. Sie sah sich selbst gern als eine Frau, die mit allem allein klarkam. Sich von einem Mann höflich erklären zu lassen, dass sie zu dämlich gewesen war, das Stromkabel anzuschließen, war ihr furchtbar peinlich. Sie hatte immer gedacht, dass diese Dinger mit einem Zweitaktmotor betrieben wurden. Na gut, sie hatte gar nicht so richtig gedacht, bislang hatte sie nirgends Rasen gemäht – und auch heute war sie lediglich auf der Suche nach einer Beschäftigung gewesen, um sich nicht mit dem zu befassen, was sie wirklich hätte tun sollen: etwas schreiben, was nicht belanglos und sinnfrei war. »Oh«, war daher alles, was sie dazu zu sagen hatte.

Bjarne war schon auf dem Weg in den Schuppen, verschwand kurz darin und kehrte bald darauf mit einem Kabel zurück – das andere Ende steckte vermutlich bereits in der Steckdose. Charlotte hatte sicher auch hier nichts dem Zufall überlassen; wenn sie einen Elektrorasenmäher besaß, dann lag der passende Stromanschluss auch im Häuschen.

Und tatsächlich, nur wenige Sekunden später lief das Ding. Der Startknopf befand sich an der Unterseite des Griffs, auch den hatte Maja übersehen. Gott, die Nummer wurde immer unangenehmer.

»Voilà«, verkündete Bjarne. »Läuft.« Er rieb sich die Hände, als wären sie voller Staub – oder vielleicht vor Verlegenheit? Er trat von einem Fuß auf den anderen und guckte zurück zu seinem Haus. Er wirkte rastlos, als erinnerte er sich ganz plötzlich daran, dass er dringend wegwollte. Es war offensichtlich, dass er kein Interesse an einem Gespräch hatte und nur der Höflichkeit halber noch hier stand. Beinahe so, als sei er aus einem kurzen Traum erwacht und müsste schnellstmöglich in seine eigene Welt zurück.

»Ja, dann vielen Dank. Tut mir leid, falls ich Sie bei irgendwas gestört habe«, meinte Maja. Sie merkte selbst, dass ihre Stimme einen Tick zu harsch klang. Dabei war sie sonst diejenige, die Menschen aus dem Weg ging. Doch etwas an Bjarnes plötzlich distanziertem Verhalten verunsicherte sie – und dieses Gefühl mochte sie überhaupt nicht.

KAPITEL 6

Gebt den Kindern Liebe, mehr Liebe und noch mehr Liebe,
dann stellen sich die guten Manieren von selbst ein.

Astrid Lindgren

Später am selben Nachmittag stand Maja in Charlottes Küche
und betrachtete den Sauerteigansatz, den sie gleich zum dritten Mal füttern würde; das hieß, sie würde frisches Wasser und
Mehl hinzugeben. Tatsächlich hatten sich in den letzten vierundzwanzig Stunden endlich kleine Blasen gebildet. Sie drehte
und wendete das Glas und machte große Augen. Sie hatte nicht
damit gerechnet, dass sich überhaupt etwas tun würde. »Dann
schauen wir mal«, plapperte sie mit sich selbst, während im
Hintergrund das Radio lief. Sie erwischte sich dabei, dass sie im
Takt mitwippte, während sie Roggenmehl, ein frisches Glas und
Wasser bereitstellte. Sie wog, mischte und verrührte, bis sich
alles miteinander verbunden und die Masse wieder eine mörtelartige Konsistenz hatte, wie es im Backbuch beschrieben war.

Sie guckte sich noch einmal ihre Mischung an und war
zufrieden mit sich und der Welt. Dann schob sie ihren Zögling
zur Seite. Sie wollte sich gerade anziehen und aus dem Haus
gehen, um das wunderbare Frühlingswetter zu genießen und

die Gegend zu erkunden, als es klingelte. Vermutlich die Post oder irgend so was, dachte sie und öffnete geistesabwesend die Tür. Sie staunte nicht schlecht, als der Junge von nebenan davorstand. Noah wirkte irgendwie aufgebracht. Er hatte keine Schuhe an, nur Socken. Komisch, sie merkte sofort, dass etwas nicht stimmte.

»Noah?«, fragte Maja.

»Du musst kommen, schnell«, stieß er in einem Tonfall hervor, der verriet, wie verstört der Kleine war.

Noah rannte schon wieder los und Maja direkt hinterher. Die Tür knallte ins Schloss, und ihr fiel ein, dass sie vergessen hatte, den Schlüssel mitzunehmen. Ganz toll, dachte sie nur genervt, vergaß ihren Ärger aber schnell, als sie im Nachbarhaus die Oma am Absatz der Treppe auf dem Boden liegen sah. Ein Bein war merkwürdig verdreht, und sie schien starke Schmerzen zu haben.

»Ach du Scheiße«, stieß Maja hervor und hastete zu der Verletzten. »Sind Sie okay?«, fragte sie dämlicherweise auch noch, als sie sich neben sie kniete.

Die Oma öffnete die Augen. »Ich schätze, es wäre gut, wenn Sie einen Krankenwagen rufen würden«, presste sie mit einem schmerzverzerrten Lächeln hervor. »Der Junge …«

Natürlich. Dass sie selbst noch nicht daran gedacht hatte!

»Ja, Noah, deine Oma hat recht. Geh bitte nach oben, ich rufe jetzt einen Krankenwagen, alles wird gut.«

»Oma?«, fragte Noah und rührte sich keinen Millimeter.

»Alles gut, Schätzchen, ich werde wieder. Mach dir keine Sorgen.« Ihre Stimme klang erstaunlich gefasst, nur ein ganz leichtes Beben verriet, dass sie starke Schmerzen hatte.

Maja konnte nicht anders, als die Frau zu bewundern. Sie selbst hatte sich nur einmal das Handgelenk gebrochen und musste zugeben, sie war nicht so tapfer wie die ältere Dame gewesen. Ganz und gar nicht. Während Maja den Notruf wählte, schob sie Noah mit einem aufmunternden Kopfnicken zur Treppe.

Es kam ihr wie eine halbe Ewigkeit vor, bis der Krankenwagen endlich vor der Tür stand und zwei Rettungskräfte mit einer Liege hereinkamen, begleitet vom Notarzt. Die Frau, die, wie Maja mittlerweile erfahren hatte, Susanne Grossmann hieß, bekam ein Schmerzmittel, ehe sie umgebettet wurde.

»Machen Sie sich keine Sorgen, ich bleibe bei Noah, bis der Papa wieder da ist«, rief sie Susanne noch zu. Die Oma hatte es tatsächlich fertiggebracht, sich vorzustellen, während sie mit mindestens einem gebrochenen Bein auf dem Boden lag und auf Hilfe wartete.

»Puh«, stieß Maja hervor, als sie die Tür hinter sich schloss. Dann ging sie nach oben, um nach dem Jungen zu sehen. Verblasste Erinnerungen an ihre eigene Kindheit tauchten plötzlich in ihrem Kopf auf; an den Tag, als man ihr erzählt hatte, dass ihre Mutter einen Unfall gehabt hatte. Maja verdrängte die Gedanken so schnell, wie sie gekommen waren. »Noah?«, fragte sie mit klammen Händen, während sie die letzte Stufe nahm. Im Obergeschoss lag das gleiche helle Parkett wie im Erdgeschoss. Die Wände waren weiß gestrichen, es gab vier Türen, davon hingen an zweien Buchstaben, die darauf hinwiesen, dass im einen Zimmer Zoe und im anderen Noah schlief. Es roch frisch, und ein leichter Luftzug verriet ihr, dass irgendwo ein Fenster offen war. Eine kleine Wendeltreppe führte in den offenbar ausgebauten Dachboden. Ein Raumwunder, schoss es Maja durch den Kopf. Albtraumwunder, verdrehte sie das Wort in ihren Gedanken. Für sie war ein Reihenhaus immer noch der Inbegriff der Spießigkeit und das Letzte, wo sie langfristig landen wollte. Aber jetzt ging es nicht um ihre eigene Episode von »Schöner Wohnen«, sondern um Noah. Sie guckte vorsichtig ins Kinderzimmer. Er saß auf dem Bett und hatte Kopfhörer auf den Ohren, die mit einem Kabel an ein Handy angeschlossen waren.

Wow, so jung und schon ein Smartphone, dachte sie, erinnerte sich aber vorsichtshalber selbst daran, dass es sie nichts anging. Vielleicht machte man das heute so. Als Noah sie entdeckte, nahm er die Kopfhörer ab. Er war blass, noch blasser als sonst.

»Deine Oma wird jetzt ins Krankenhaus gebracht, halb so wild, die Knochen wachsen wieder zusammen«, erklärte Maja in leichtem Plauderton und lächelte ihm aufmunternd zu.

Seine ausdrucksstarken Augen waren geweitet, und er wirkte verängstigt. Vielleicht hatte er einen Schock, überlegte Maja. Ja, ganz sicher sogar. So einen Sturz der eigenen Großmutter erlebte man nicht alle Tage. Zum Glück. »Darf ich reinkommen?«, fragte sie, weil sie noch immer auf der Schwelle zu seinem Zimmer stand und seine persönliche Grenze nicht ohne seine Einwilligung überschreiten wollte.

Er nickte. »Okay«, war alles, was er sagte.

»Hör mal, wie wäre es, wenn wir einen Kakao trinken? Oder Tee? Oder was magst du denn gern?« Es war bestimmt gut, wenn er was in den Magen bekam. Wärme von innen half vielleicht, den Schrecken ein wenig zu vertreiben. Sie hoffte es jedenfalls für ihn.

Noah guckte interessiert. »Kakao ist in Ordnung.«

Erleichtert atmete Maja aus. »Kann ich deinen Papa irgendwie erreichen?«, wollte sie wissen, während sie gemeinsam nach unten gingen.

»Papas Handynummer hängt in der Küche am Kühlschrank.«

»Alles klar, super. Und wo ist deine Schwester Zoe heute?«, fragte Maja vorsichtig.

»Sie ist bei einer Freundin und wird nach Hause gebracht.«

»Ah gut, dann müssen wir da nichts unternehmen.«
Tatsächlich klingelte es jetzt an der Haustür.

»Das wird sie sein«, stellte Noah fest. »Besser, ich sehe nach ihr und erzähle, dass Oma verletzt ist.«

»Wie alt bist du eigentlich?«

»Ich bin sieben. Aber nicht mehr lange.«

Maja war überrascht, diese Worte aus dem Mund eines Siebenjährigen zu hören; er klang sehr erwachsen. Ungewöhnlich.

»Sieben, wow, du bist schon echt groß.«

Noah ging an ihr vorbei zur Haustür. Er öffnete, und Zoe wirbelte mit einem »Haaaiiiii!«, was wohl »Hi« heißen sollte, ins Haus. Sie ließ einen kleinen, rosafarbenen Rucksack mit Glitzersteinchen auf den Boden vor der Garderobe fallen und kickte ihre gepunkteten Gummistiefel von den Füßen. Dann warf sie ihre Jacke im hohen Bogen von sich und rannte ins Wohnzimmer. Dass Maja hier war und nicht ihre Großmutter, schien sie nicht zu stören oder gar zu verunsichern. Noah tapste hinter seiner kleinen Schwester her.

Die Frau, die Zoe gebracht hatte, glotzte Maja an; sie versuchte nicht mal, ihr hochnäsiges Erstaunen zu verbergen. Sie trug einen knallgelben Regenmantel, ein Ringelshirt und eine dunkelblaue, eng anliegende Jeans zu breiten Gesundheitstretern. Maja fühlte sich genötigt zu erklären, was los war – warum sie, die übergewichtige Rothaarige mit den furchteinflößenden Tattoos, hier war. Im Geiste verdrehte sie die Augen.

»Es gab einen kleinen Unfall, Susanne hat mich gebeten, hierzubleiben, bis Bjarne zurück ist«, erklärte Maja und benutzte dabei bewusst die Vornamen der beiden.

Die Frau nickte, sagte nichts dazu, obwohl die Fragezeichen deutlich in ihrem Gesicht zu erkennen waren. »Ähm, okay. Ja, dann also tschüss. Schöne Grüße an Bjarne.«

»Tschü-hüss«, erwiderte Maja betont süßlich und war froh, als sie die Tür hinter der Vorstadtmutti schließen konnte.

Sie atmete langsam aus und ging dann ins Wohnzimmer. Zoe hatte den Fernseher angeschaltet; sie hielt die Fernbedienung noch immer mit ihren schmalen Händchen fest, vermutlich, damit der Bruder sie nicht in die Finger bekam. Maja kannte derartige Zankereien nicht, sie war ein Einzelkind und hatte sich immer Geschwister gewünscht. Maja setzte sich zu den beiden. »Noah, hast du schon mit Zoe über deine Oma gesprochen?«

Er nickte.

»Zoe, alles okay bei dir?« Maja wollte ihr über das Bein streichen, aber sie tat nichts dergleichen, es kam ihr zu vertraut vor.

»Sch-sch«, machte Zoe nur und hob eine Hand, ohne Maja dabei anzusehen. »Ich will das gucken.«

So viel dazu. Maja staunte nicht schlecht, wie gut die Kleine schon diverse Streaming-Apps auf dem Fernseher benutzen konnte und wie wenig sie von Omas Schicksal aus der Ruhe gebracht worden war. Noahs Erklärung war offensichtlich ausreichend für das Mädchen gewesen. Vielleicht war das alles für ein Kindergartenkind auch zu abstrakt, zum Glück war sie ja nicht dabei gewesen. »Ähm, ja, also, wie sieht's aus? Wie wäre es mit Keksen und Kakao?«

In einem Haushalt wie diesem gab es doch sicher Süßigkeiten, überlegte Maja und stand wieder auf, obwohl es verlockend war, einfach mit den Kindern auf dem Sofa liegen zu bleiben. Die vielen unerwarteten Aktivitäten heute forderten ihren Tribut. Morgen hatte sie bestimmt Muskelkater, der Rasenmäher war ziemlich schwer, und das nicht mal so große Rasenstückchen zu bewältigen, war deutlich anstrengender gewesen, als sie vermutet hatte.

»Jaaa, Kekse!«, rief Zoe gut gelaunt.

Maja seufzte. »Ähm. Okay.« Mit einem Ächzen stand sie auf und schlich in die Küche. Noah folgte ihr und öffnete eine Schublade, um ihr etwas zu zeigen. »Hier haben wir welche«, erklärte er, und Maja bemerkte, dass es noch mehr Süßigkeiten darin gab. Alles war ordentlich eingeräumt.

Einige Minuten später hatte Maja Kakao in einem Topf erhitzt und den Tisch im Wohnzimmer mit Kaffeegeschirr samt Keksen eingedeckt. Noah hatte sich bereits gesetzt, und Maja kam mit dem heißen Getränk und goss in jede Tasse etwas ein. Sie fand, sie hatte auch eine Portion verdient. Sie liebte Kakao – nicht so sehr wie Kaffee, aber nach dem Schreck brauchte sie ganz sicher kein Koffein mehr, um sich noch weiter aufzuputschen.

Maja setzte sich zu Noah, und er erstarrte und guckte sie hektisch blinzelnd an, was Maja nicht ganz nachvollziehen konnte. Aber sie kümmerte sich nicht weiter darum, er musste sich bestimmt nur beruhigen. »Zoe«, rief Maja. »Komm doch bitte zu uns rüber, es gibt ganz viele Kekse«, fügte sie noch an, da sie ahnte, dass der Fernseher das Mädchen fesselte und sie mit einer Verlockung aufwarten musste, um sie davon wegzubekommen.

»O-kay«, rief Zoe zurück, sprang vom Sofa, ohne die Glotze abzustellen, und hüpfte auf ihren Strümpfen wie ein Äffchen zum Tisch. Dort angekommen, erstarrte sie, ähnlich wie ihr Bruder.

»Steh auf!«, kreischte das Kind auf einmal. Zoes blonde Korkenzieherlocken flogen um ihren Kopf.

Maja hielt die Luft an. Scheiße, was lief hier denn auf einmal für eine Show ab? »Äh, was?«, war alles, was sie erwidern konnte. Sie war zu überrascht von diesem Ausbruch.

»Stehhh auf!«, brüllte Zoe nun noch lauter. Um ihrer Botschaft mehr Ausdruck zu verleihen, war das Mädchen mit einem Satz bei Maja und versuchte, sie vom Stuhl zu schieben.

Natürlich konnte Zoe gegen Majas massigen Körper wenig aus- richten, Maja hielt es dennoch für angebracht, dem Kind seinen Willen zu lassen. Konnte ihr ja egal sein, warum sie ausgerechnet hier nicht sitzen durfte. Im Geiste machte sie sich eine Notiz, immer für die richtige Verhütung zu sorgen. Die Szene hier war mal wieder ein eindrücklicher Beweis dafür, dass es besser war, auf Nachwuchs zu verzichten. Sie sah sich nervlich nicht in der Lage, so etwas täglich durchzustehen. Nicht, dass sich in ihrem Liebesleben viel getan hätte, seit sie aus der WG ausgezogen war. Maja erinnerte sich nicht mal konkret, wann sie das letzte Mal Sex gehabt hatte.

»Ähm, Zoe, darf ich mich woanders hinsetzen?«, fragte sie vorsichtig. Sie hatte die Stirn gerunzelt, weil sie sich immer noch fragte, was an diesem Stuhl so besonders war.

Am liebsten wäre Maja abgehauen, aber sie konnte die bei- den ja nicht sich selbst überlassen. Vielleicht hätte sie endlich mal den Papa anrufen sollen; momentan war jedoch der Impuls, sich drei Kekse in den Mund zu stecken, größer. Sie brauchte Zucker, um ihre Nerven zu beruhigen.

»Zoe, setz dich hin«, mahnte Noah ganz ruhig und trank einen Schluck. »Maja, du kannst den nehmen. Das ist sonst Papas Platz.« Er wies auf einen anderen Stuhl.

Maja hob eine Braue und betrachtete zuerst Noah, dann Zoe, die sich anscheinend langsam beruhigte, während sie sich gleich zwei Haferkringel vom Teller fischte.

Die kleine Schwester saß nun friedlich auf ihrem Platz. Sie hockte auf ihren Knien, sodass sie etwas größer wirkte.

Für einen Augenblick sagte niemand etwas, alle waren mit dem kleinen Snack beschäftigt. Vorsichtig atmete Maja aus. Puh! Das war ja was gewesen. Maja hörte, wie ein Schlüssel im Schloss gedreht wurde, dann kam Bjarne herein und mit ihm ein kühler Windhauch. Die Sonne hatte sich hinter ein paar dunkle Wolken verzogen, die Abende im Frühling waren noch sehr frisch. Kühler, als sie es aus Berlin kannte, wo es manchmal bereits im April so warm war, dass man zum Sundowner im T-Shirt auf dem Balkon sitzen konnte. Ansonsten vermisste Maja das Großstadtleben deutlich weniger als noch letzte Woche. Klar, die Möglichkeit, sich irgendwo einen leckeren Snack wie Falafel oder vegetarische Frühlingsrollen zu holen, war natürlich in Wendersen nicht gegeben. Aber das Landleben hatte auch Vorzüge. Gestern war sie zum Beispiel mit dem Fahrrad im Wald gewesen und war eine Stunde lang keiner Menschenseele begegnet. Das hatte was Verlockendes für einen Misanthropen wie Maja.

Zoe sprang auf und rannte zu ihrem Vater. Er begrüßte sie sanft und liebevoll, dann trat er mit ihr auf dem Arm in den Wohnbereich. Als er Maja entdeckte, öffnete sich sein Mund. Er wirkte überrascht, ja geradezu erschrocken, Maja bei seiner Familie zu sehen.

»Hi, Papa«, grüßte Noah ruhig und biss in einen weiteren Keks.

Maja stand auf, irgendwie fühlte es sich nicht richtig an, länger am Esstisch der Familie sitzen zu bleiben. »Deine, äh, Mutter …?«, fing Maja an, stockte aber bei der Bezeichnung der Oma.

»Schwiegermutter«, half er ihr mit versteinerter Miene aus.

»Deine Schwiegermutter«, wiederholte Maja mit einem Kopfnicken und schob ihren Stuhl an den Tisch heran. »Sie ist gestürzt und hat sich vermutlich das Bein gebrochen.«

»Wie bitte?« Bjarne rieb sich über die Stirn. »Wie ist das möglich?«

Maja war versucht, die Schultern zu zucken und zu sagen, dass sie es nicht wisse; sie war ja schließlich nicht dabei gewesen, als sich der Unfall ereignet hatte. Aber Noah kam ihr zuvor. »Sie hat was von oben geholt, und da ist sie gestolpert oder

72

ausgerutscht, ich weiß nicht genau. Jedenfalls hat sie ganz dolle geschrien, und es war so laut, und dann lag sie da …«

Bjarne wurde blass, dann ging er zu seinem Sohn, hockte sich vor ihn und nahm ihn liebevoll in den Arm. Er hielt den Jungen fest, so fest, dass Majas Kehle ganz eng wurde. Dass die Gefühle füreinander in diesem Haushalt echt waren, stand außer Frage. Sie fühlte sich vollkommen fehl am Platz.

Seltsam berührt schaute sie zu Boden. Irgendwann richtete sich Bjarne wieder auf, was Maja dazu bewog, das Kinn langsam anzuheben.

»Und du?«, fragte er jetzt ganz direkt. Es klang nicht feindselig, aber es war doch klar, dass er ihr gegenüber skeptisch war.

»Deine Schwiegermutter hat mich gebeten zu bleiben. Ich wollte dich gerade anrufen …« Maja biss sich auf die Lippe; sie hatte nicht vorgehabt, sich zu rechtfertigen. Eigentlich hätte er sich bei ihr bedanken sollen und sie nicht beäugen, als wäre sie der Wolf und seine Kinder die Lämmchen. Sie straffte sich. Das musste sie sich nicht länger antun, sollte er sich doch selbst um seine Sprösslinge kümmern.

Er schüttelte sich kaum merklich, als ob er begriff, dass er etwas Dämliches gesagt hatte. »Tut mir leid«, murmelte er. Aber es war zu spät, Maja war eingeschnappt.

Sie wollte sich nicht so fühlen, aber sie konnte nichts dagegen tun. Sie hätte nicht gedacht, dass fremde Menschen sie noch verletzen konnten, aber es war gerade passiert. »So, du bist ja jetzt zu Hause. Ich werde dann mal gehen. Falls du noch was brauchst, weißt du ja, wo du mich findest.« Sie klang leicht verschnupft.

Maja griff sich Tasse und Teller möglichst würdevoll und brachte beides in die Küche, dort stellte sie alles in der Spüle ab. »Bis dann. Tschüss, Kinder«, rief sie noch und verließ dann das Haus, ohne sich noch einmal umzusehen.

Draußen atmete sie erst einmal tief durch. »Was für ein Tag«, murmelte sie und schnitt sich selbst eine Grimasse. Dann lief sie los. Nach drei Schritten fiel ihr wieder ein, dass sie vorher den Haustürschlüssel gar nicht mitgenommen hatte. Es war alles so schnell gegangen.

»Meine Fresse«, schimpfte sie und verdrehte die Augen. »So eine Scheiße.«

Während sie überlegte, wie sie jetzt ins Haus kommen sollte, fing es an zu tröpfeln.

»War ja klar«, murmelte sie mit einem Schnauben. Sie kam sich vor wie in einer schlechten Komödie.

Sie dachte nach, wie sie ihr Dilemma lösen konnte. Es bestand tatsächlich noch die Möglichkeit, dass sie die Terrassentür nur angelehnt hatte. Am Morgen hatte sie wieder draußen geschrieben. Maja umrundete hoffnungsvoll das Doppelhaus, von der Nachbarseite fiel ein Lichtschein in den Garten. Sie wollte nicht hinsehen, tat es aber doch. Die kleine Familie saß zu dritt am Tisch. Der Stuhl, auf den sich Maja zuerst gesetzt hatte, war leer. Sie kapierte nicht, warum das Mädchen so ausgerastet war. »Nimm Papas Stuhl«, hatte Noah dann zu ihr gesagt, das konnte ja nur bedeuten, dass der andere der Mama gehörte. Seltsam, dachte Maja. Vielleicht war das Paar doch getrennt und die Mutter nicht auf Geschäftsreise. Das hätte auch erklärt, warum Zoe sich so angestellt hatte. Weil sie wollte, dass die Mama zurückkehrte an den Familientisch und nicht Maja. Plötzlich tat es ihr leid, dass sie genervt gewesen war. Wenn Maja eines verstand, dann, dass man seine Mutter vermisste. Ihre eigene fehlte Maja auch heute noch, mehr als zwanzig Jahre nach dem tödlichen Unfall, der sie von einem Tag auf den anderen aus dem Leben gerissen hatte.

Der Regen wurde stärker und holte sie in die Realität zurück. In die Eiseskälte, um genau zu sein. Maja trat an die Terrassentür und rüttelte daran. Nichts.

»Toll«, schimpfte sie. Das Handy hatte sie auch nicht mit.

Ihr blieben nicht viele Optionen, also umrundete sie das Haus erneut und klingelte wieder bei Familie Ahlers. Zu dumm, eigentlich war sie über ihren majestätischen Abgang froh gewesen. Bjarne hatte garantiert bemerkt, dass sie sein Verhalten als unhöflich empfunden hatte, und er hatte sich ja auch entschuldigt. Aus irgendeinem Grund, den sie sich nicht erklären konnte, war ihr wichtig, was er von ihr dachte. Während sie sich straffte und die Arme um ihren Körper schlang – sie trug nur ein T-Shirt –, sah sie, dass jemand kam, um zu öffnen.

Bjarne stand plötzlich vor ihr, und ein Hauch seines Dufts schlug ihr zusammen mit der warmen Luft aus dem Haus entgegen. »Oh«, war alles, was er hervorbrachte. »Hast du was vergessen?«

Idiot, dachte Maja. »Ja, in der Tat, nämlich meinen Hausschlüssel, also in Charlottes Haus. Ich habe mich sozusagen ausgesperrt, als ich losgerannt bin, um deiner Schwiegermutter zu helfen.«

Gott, sie hörte selbst, dass sie total ätzend klang, aber irgendwie war es ihr wichtig, ihm mitzuteilen, dass sie sich nicht aufgedrängt oder gar selbst eingeladen hatte. Das Gefühl hatte er ihr vor wenigen Minuten nämlich vermittelt, dass sie bei ihnen nichts zu suchen hatte. Dass er womöglich fürchtete, sie hätte einen schlechten Einfluss auf seine Kinder.

Ganz sicher interpretierte sie viel zu viel in alles hinein, was Bjarne je gesagt hatte, was nur daran liegen konnte, dass sie sonst nichts zu tun hatte.

Maja grunzte leise, während die Stille zwischen ihnen immer unerträglicher wurde.

»Äh, ja, komm rein«, sagte er schließlich.

»Maja«, half sie ihm auf die Sprünge. Er hatte sich nicht mal ihren Namen gemerkt. Was für ein Idiot.

»Maja, natürlich. Bitte, komm rein. Ich habe leider keinen Schlüssel von Charlotte und Chris.«

Chris!

Halleluja. Er musste noch einen Schlüssel haben. Oder?

»Hast du zufällig Chris' Nummer? Charlotte ist ja in den Staaten. Mein Handy liegt leider auch noch im Haus, ich kenne die Nummer nicht auswendig.«

»Ich schau gleich mal nach, nun komm schon rein, es ist ja eiskalt draußen.«

Mittlerweile war es auch beinahe vollständig dunkel geworden. Ohne ein weiteres Wort folgte sie ihm ins Warme. Die Kinder hatten sich aufs Sofa verzogen. Noah lag darauf, auf die Unterarme gestützt. Stifte waren neben ihm verteilt, er kolorierte einen Dinosaurier in einem Malbuch. Zoe blätterte in einem Kinderbuch. Als sie Maja entdeckte, hellten sich ihre rosigen Gesichtszüge auf. »Du bist wieder da«, stellte sie freudig fest und kam auf sie zugerannt. »Willst du mit mir spielen?«

»Ähm, eigentlich muss ich mal telefonieren. Ich habe mich nämlich ausgesperrt, weißt du?«

Zoe runzelte die Stirn. »Was bedeutet das? Ausgepserrt?« Sie sprach das Wort falsch aus, was irgendwie süß klang.

»Dass ich nicht ins Haus komme«, erklärte Maja geduldig.

»Oh. Cool. Dann übernachtest du heute bei uns?«

»Ähm, nein. Eher nicht. Deswegen muss ich ja telefonieren.«

Enttäuschung spiegelte sich auf Zoes kindlichen Zügen. »Schade. Aber eine Runde Mau-Mau können wir spielen, ja?«

»Zoe, Mäuschen, lass Maja erst mal ihre Sachen regeln, okay? Vielleicht ein andermal«, mischte sich der Papa ein, der mit seinem Smartphone auf Maja zukam. »Ich habe seine Nummer tatsächlich gespeichert.«

»Gott sei Dank, sonst hätte ich den Schlüsseldienst anrufen müssen, und die sind nicht nur teuer, meistens machen sie auch noch irgendwas kaputt.«

»Klingt, als hättest du Erfahrung damit.«

Vielleicht hatte er es als Witz gemeint, aber Maja war nach dem Tag und den Ereignissen erschöpft. Sie fand gerade nichts witzig an ihrer Situation. Vor allem nicht, dass sie sich in seiner Gegenwart stets befangen fühlte. Warum auch immer. Also zuckte sie nur die Schultern und guckte ihn und sein Telefon erwartungsvoll an.

»Ach ja«, nahm er den stummen Hinweis auf. »Ich sehe mal, ob ich ihn erreichen kann. Oder willst du lieber?«

»Ist mir, ehrlich gesagt, egal.« Maja war immer noch kalt, sie rieb sich über die nackten Arme.

Zoe beobachtete sie, jetzt wieder vom Sofa aus. Sicher fand sie die Tätowierungen faszinierend. Vor allem, weil es so viele waren. Kinder machten meistens nicht so ein Theater wie Erwachsene, sie akzeptierten andere Geschmäcker ohne die stummen Anklagen der Älteren. Nicht so wie ihr Vater, denn der starrte sie schon wieder an. Maja musste mal wieder feststellen, dass sie keine Ahnung hatte, was hinter seiner Stirn vor sich ging. Der Mann hatte eine ganz merkwürdige Art, seine Gedanken zu verbergen – bis auf die, die irgendwie missbilligend waren.

»Oh, hallo Chris, hier ist Bjarne Ahlers …«

Maja atmete erleichtert aus, wenigstens war Chris ans Telefon gegangen.

»Ja, hier ist eine Freundin von Charlotte, sie hat sich ausgesperrt, und wir haben uns gefragt, ob du wohl einen Schlüssel hast? … Oh, du bist in Hamburg … wann könntest du denn hier sein? … Ja, alles klar. Sie ist dann bei uns.«

Bjarne legte mit einem Seufzen auf, dann wandte er sich an Maja. »Chris ist in Hamburg zum Essen, er kann erst später hier sein.«

»Toll«, war alles, was Maja hervorbrachte. Bestimmt ging Chris mit Charlottes Ersatz fein dinieren. Vielleicht auch nicht, aber der Gedanke war sofort in ihrem Kopf aufgetaucht. Und ganz abwegig war er nicht, sie waren ja offiziell getrennt.

»Du kannst so lange hierbleiben«, erklärte Bjarne indes recht nüchtern.

Maja fand, er hätte gern mal ein bisschen netter sein dürfen. »Wenn du mir einen Pulli oder so leihen würdest, kann ich auch im Garten auf Chris warten, ich will dich nicht stören … bei was auch immer du gerade tun wolltest.« Maja sah ihn herausfordernd an. Sie traute ihm zu, dass er ihren Vorschlag als gute Idee betrachten und umsetzen würde; Hauptsache, er wurde sie los.

Tatsächlich betrachtete er sie einige Sekunden lang wortlos, dann schüttelte er den Kopf, ein bisschen so, als ob er ein innerliches Zwiegespräch mit sich abgehalten hätte. Womöglich hatte er überlegt, welchen Pullover er der pummeligen Rothaarigen geben konnte, und sich dann doch noch an seine gute Erziehung erinnert. Und daran, dass man Menschen in Not nicht einfach in die Kälte schickte.

Maja schmunzelte. Da ging wohl mal wieder die Fantasie mit ihr durch.

»Yay«, jubelte Zoe und sprang wieder vom Sofa. Sie rannte zu einem Schrank und holte zielsicher einen Stapel Karten hervor. »Dann können wir ja doch Mau-Mau spielen.«

»Klar doch«, erwiderte Maja. »Wenn es okay für dich ist«, wandte sie sich an Bjarne.

»Ja, natürlich. Macht ruhig. Ich, äh, werde mich mal ums Abendessen kümmern, wobei die Kinder nach den vielen Keksen und dem Kakao vermutlich nicht viel Hunger haben werden.«

Erwartete er von ihr, dass sie darauf einging? Wenn die Kinder nicht hungrig waren, aßen sie halt nichts. Wo war das Problem? Sie zuckte mit den Schultern.

»Zoe, wo möchtest du sitzen?« Besser, sie wartete, welchen Platz ihr das Mädchen anbot, nicht, dass es noch mal so ein Theater wie am Nachmittag gab.

Gott, wenn sie nachher im Haus war, würde sie sich sofort eine Flasche Rotwein öffnen. Sie hatte keine Ahnung gehabt, wie stressig das Vorstadtleben sein konnte.

Maja war erschöpft, als sie endlich zurück in ihrer Haushälfte war. Es war ein aufregender Tag gewesen und ein langer noch dazu. Obwohl sie müde war, musste sie sich gleichzeitig eingestehen, dass sie anfing, die kleine Familie von nebenan zu mögen. Sie hatten, bis Bjarne die beiden ins Bett gebracht hatte, gemeinsam Karten gespielt, und das war wirklich unterhaltsam und lustig gewesen. Es hatte ihr Spaß gemacht. So wortkarg Bjarne ihr gegenüber war, so offen und herzlich ging er mit seinen Kindern um. Ein Pluspunkt für ihn, auch wenn es für sie eigentlich keine Rolle spielen sollte.

Chris hatte sich Zeit gelassen, aber als er schließlich auftauchte, hatte er, ohne zu murren oder blöde Kommentare abzugeben, aufgeschlossen. Nebenbei erkundigte er sich nach Charlotte, und Maja bemerkte, dass ihm wirklich noch etwas an ihr lag. Sie war jedoch zu erschöpft, um noch groß Konversation zu betreiben, deshalb bat sie ihn nicht hinein. Es wäre ihr auch albern vorgekommen, immerhin gehörte das Haus immer noch zur Hälfte ihm. Jetzt blieb ihr nur noch eines, sie musste noch einen Blick auf ihren Teigansatz werfen, ehe sie sich ins Bett legte. Entzückt stellte sie fest, dass er sein Volumen tatsächlich nahezu verdoppelt hatte. »Wenigstens etwas«, brummte sie und machte sich auf die Suche nach einer Flasche Wein. Bjarne hatte zuvor noch im Krankenhaus angerufen; Susannes Bein hatte in einer Operation mit Schrauben fixiert werden müssen. Die Arme. Aber es war zum Glück alles gut gegangen. Maja ließ sich mit einem tiefen Seufzer aufs Sofa fallen; sie war zu müde, um den Roten noch zu entkorken. Bevor sie einen weiteren Gedanken fassen konnte, war sie eingeschlafen.

KAPITEL 7

Im Leben lernt der Mensch zuerst gehen und sprechen.
Später lernt er dann, still zu sitzen und den Mund zu halten.

Marcel Pagnol

Maja stand in der Küche und kratzte sich am Kinn. Der Sauerteigansatz war über Nacht so aufgegangen, dass er aus dem Glas gequollen war. Jetzt war nicht nur die Arbeitsfläche versaut, sondern der Rest im Glas sah irgendwie eklig aus, obwohl seit der letzten Fütterung noch nicht mal vierundzwanzig Stunden vergangen waren. Maja zog sich das Buch heran und las noch einmal alle Schritte genau durch. Nein, sie hatte nichts falsch gemacht, sondern war genau nach der Beschreibung vorgegangen. Vielleicht war das ja normal, wobei sie sich nicht vorstellen konnte, dass es so eine Sauerei werden sollte. Womöglich war ihr Gefäß auch einfach zu klein gewesen. »Okay, geh ich also einen Schritt zurück«, überlegte sie und holte ein neues Glas hervor. Am vierten Tag sollte man nicht mehr die ganze Menge mit frischem Mehl und Wasser zusammenrühren, stand in der Anleitung, sondern nur noch einen Teil davon. Zum Glück, überlegte sie. Es war bestimmt nicht Sinn der Sache, das Zeug vom Granit zu kratzen …

Nachdem sie das Chaos beseitigt hatte, packte sie ihren Computer ein und schwang sich aufs Fahrrad, um nach Lüneburg zu fahren. In der Garage stand Charlottes Mini, aber Maja hatte keinen Führerschein – zudem hielt sie es für völlig unsinnig, die Umwelt mehr zu verpesten, als sein musste. Außerdem machte es ihr irgendwie Spaß, mit dem klapprigen Damenrad die Umgebung zu erkunden. Langsam kannte sie sich in ihrem Radius ganz gut aus. Zielsicher radelte sie am Supermarkt vorbei, überquerte die Straße und peilte den Reiterhof an, von wo aus sie in den Wald gelangte. Es war kühl draußen, aber die Sonne schien bereits, und es versprach ein weiterer schöner Tag zu werden. Tau glitzerte im Gras, die Bäume schienen über Nacht grün geworden zu sein. Der würzige Duft von Pferden stieg ihr in die Nase, als sie am Gestüt vorbeikam. Obwohl sie sich die großen Tiere gern anschaute, hatte sie einen Heidenrespekt vor ihnen und bewunderte die Menschen, die es beherrschten, eins mit ihnen zu sein. Auf dem Dressurviereck ritt jemand auf einem Schimmel; es sah so einfach aus, beruhigend und harmonisch.

Maja setzte ihren Weg fort, hin und wieder begegnete ihr ein Spaziergänger. Auf dem Land wurde noch gegrüßt. Was sie anfangs total irritiert hatte, fand sie jetzt normal. Schon komisch, wie schnell man sich den Gepflogenheiten anpasste. Wenn sie in Berlin zu einer wildfremden Person Hallo gesagt hätte, dann hätte man sie angeguckt, als wäre sie komplett irre. Maja gluckste leise vor sich hin, während sie das Rad über die Ilmenaubrücke schob und einen Moment innehielt. Das Flüsschen hatte eine beachtliche Strömung. Auf der anderen Seite befand sich eine weitere Pferdeweide, wo einige Tiere friedlich grasten. Sie ließ ihren Blick in die Ferne schweifen. Man konnte ziemlich weit sehen; wegen der Feuchtwiesen, die im Frühling regelmäßig überschwemmt wurden, hatte noch keine Baufirma die Idee gehabt, die Fläche in Bauland umzuwandeln.

Eine sanfte Brise zupfte an ihrem Haar, der Duft von in der Sonne trocknendem Rasen vermischte sich mit dem intensiven Geruch des dunklen Waldes hinter ihr. Maja atmete tief ein und spürte, wie ihre Schultern ein wenig herabsanken. Ihre Lungen weiteten sich, und sie fühlte sich so gut wie schon lange nicht mehr. Es ist wirklich schön hier, dachte sie und erschrak ein wenig über sich selbst. Hätte sie das ihren Freunden in Berlin erzählt, hätten die nur kurz gelacht und gesagt, ja, schön für einen Tagesausflug, dann aber schnell wieder zurück, um keine Party und kein Event zu verpassen. Erst jetzt begriff Maja, dass es vielleicht gerade das war, was sie davon abgehalten hatte, sich mit ihren Träumen und Wünschen zu befassen. Obwohl sie bislang keine Zeile geschrieben hatte – außer den Texten, die sie für die Soap abzuliefern hatte –, sprudelten immer häufiger Ideen an die Oberfläche ihres Bewusstseins, die ein Kribbeln in ihrem Bauch verursachten. Aber es war eine andere Sache, die Geschichten, die Wörter, die sich in ihren Gedanken formten, aufzuschreiben. Bis jetzt war es ihr nicht gelungen, oder sie hatte die Ideen dann doch nicht mehr so gut gefunden.

Maja seufzte, schwang sich wieder aufs Rad und fuhr weiter. Sie ließ das Naturschutzgebiet hinter sich und kam an einer Kleingartensiedlung vorbei, um dann eine Straße zu überqueren und das letzte Stück Wald zu erreichen. Ab hier begegnete sie immer mehr Menschen; Leuten, die mit ihren Hunden Gassi gingen, Joggern oder Müttern mit Kinderwagen. Ab hier grüßte man auch nicht mehr.

Schon komisch, als ob man eine unsichtbare Grenze überschritt.

Als sie das Rad in der Innenstadt anschloss, guckte sie auf die Uhr. Es war erst kurz nach zehn, eine Uhrzeit, zu der sie sonst gerade mal darüber nachdachte, die Augen zu öffnen. Seltsamerweise mutierte sie, seit sie hier war, zur Frühaufsteherin. Maja sah sich nach einem passenden Café um, in dem sie in

Ruhe arbeiten konnte. Sie schlenderte über das Pflaster in der Heiligengeiststraße. Rechts und links von ihr erhoben sich uralte Häuser und Häuschen, die mit ihren schiefen und krummen Fassaden wirklich niedlich waren. Irgendwo hatte sie aufgeschnappt, dass alles so gut erhalten war, weil Lüneburg im Zweiten Weltkrieg mehr oder weniger verschont geblieben war. Es gab Gerüchte, dass die Stadt wegen der Verbindung der Engländer zum Hause Hannover kaum bombardiert worden war. Andere hielten es für wahrscheinlicher, dass Lüneburg nicht kriegswichtig genug gewesen war, mit kaum nennenswerter Industrie und Hamburg in Spuckweite. Maja war sich nicht sicher, was sie glauben sollte, aber sie fand beide Theorien interessant. Bisher hatte sie sich wenig für die Vergangenheit interessiert, Geschichte hatte sie in der Schule immer zum Gähnen langweilig gefunden. Sie live und in Farbe zu erleben, war etwas anderes.

Maja blieb vor einem weißen Haus stehen, das nett aussah. Über dem Eingang hing ein Schild mit der Aufschrift »Café Bernstein«. Sie spähte durch die großen Fenster, und die Einrichtung sprach sie an, also ging sie hinein. Der Duft von Kaffee und frischem Gebäck stieg ihr in die Nase, als sie die Tür hinter sich schloss. Im Innenbereich hatte man die alten Backsteine nicht überpinselt, sondern Säulen und Wände gehörten irgendwie dazu. Die Tische waren bunt zusammengewürfelt und standen kreuz und quer, eine dunkle, uralt wirkende Treppe führte nach oben, allerdings war sie mit einer Kette abgesperrt. Ein Schild mit der Aufschrift »privat« baumelte daran. Sie wählte einen Platz am Fenster, denn sie mochte es, Leute zu beobachten, die auf der Straße entlangschlenderten.

Es waren noch zwei weitere Tische besetzt; ältere Damen trafen sich zum Frühstück, und zwei Muttis saßen mit ihren Säuglingen zusammen und genehmigten sich etwas Süßes.

Maja nahm die Karte zur Hand und überflog das Angebot, das hieß, so weit kam sie erst gar nicht. Zuerst las sie »Herzlich willkommen in der Ostpreußischen Gastfreundschaft«. Sie furchte die Stirn und überlegte. Soweit sie wusste, lag Lüneburg in Niedersachsen, und Ostpreußen war schon lange in russischer Hand. Seit 1945, um genau zu sein. Das hatte sogar sie im Geschichtsunterricht mitbekommen.

Ihre Neugier war geweckt. Sie las weiter und die Fragezeichen in ihrem Kopf wurden immer größer, als sie eine kurze »Geschichte der Ostpreußischen Gastfreundschaft« überflog. Auf der zweiten Seite war das Frühstücksangebot aufgelistet.

»Guten Morgen, was darf ich dir bringen?«, sprach sie jemand an.

Maja schaute auf und blickte in das Gesicht eines jungen Mannes. Er war dünn, sehr dünn sogar, und ziemlich groß. Seine blonden Haare waren zerzaust und die grünen Augen leuchteten freundlich. Sie sah eine Tätowierung an seinem Hals aus dem Shirt herauslugen. Nett, dachte sie und grinste.

»Hey, guten Morgen. Ähm, ich nehme das baltische Frühstück mit Lachs und Rührei. Kann ich einen doppelten Espresso dazu bekommen?«

»Ja, klar. Mach ich dir gern fertig. Sonst noch was dazu?«

Sie schüttelte den Kopf, und er wollte gerade wieder gehen, als sie ihn erneut ansprach. »Hey, sag mal, wieso ist das hier alles ostpreußisch? Kapier ich nicht.«

Der junge Mann runzelte erst die Stirn, dann grinste er. Mit dem Daumen zeigte er hinter sich. »Da drüben ist das Ostpreußische Landesmuseum, das Café gehört dazu. Du bist nicht von hier?«

Sie schüttelte den Kopf. »Gut kombiniert, Sherlock.«

Er lachte, es war ein dunkles, angenehmes Lachen, das tief aus seiner Kehle grollte. »Lüneburg war nach dem Zweiten Weltkrieg eine Drehscheibe für Flüchtlinge und *DPs*.«

»*DPs?*«

»*Displaced Persons.*«

»Ah okay, spannend«, sagte sie, obwohl sie nur Bahnhof verstand. »Du klingst, als wüsstest du ziemlich viel darüber.«

Er zuckte die Schultern. »Bringt der Job so mit sich.«

»Dann arbeitest du schon länger hier?«

»Na ja, das ist mehr so 'ne Übergangslösung, die sich zum Dauerzustand entwickelt hat. Schreiben ist halt eine brotlose Kunst.« Er verzog die Lippen und zuckte mit den Schultern.

»Cool.« Sie horchte auf. Er schrieb auch?

»Wenn du Zeit hast, dann geh doch mal durch das Museum, die haben da ganz spannende Sachen.«

»Über Kriegsflüchtlinge?«

»Ja, aber es ist mehr als das. Weil so viele Menschen aus Ostpreußen hier angekommen sind, ist Lüneburg damals aus allen Nähten geplatzt. Viele Gegenstände sind dann hier gesammelt worden oder wurden aus Nachlässen gespendet. Aber vielleicht bist du ja gar nicht lange genug hier und findest Museen langweilig.«

Noch vor wenigen Tagen hätte sie nicht für eine Sekunde in Erwägung gezogen, in dieses Museum zu gehen, aber heute sah es anders aus. Maja wollte mehr über die Gegend und die Geschichte erfahren, deshalb sagte sie: »Ja, klar. Warum nicht? Ein paar Tage bin ich schon noch da.«

Er nickte ihr fröhlich zu. »Super, vielleicht sieht man sich dann ja noch mal. Ich kümmere mich jetzt aber erst mal um dein Frühstück.«

»Danke«, gab Maja zurück und guckte ihm hinterher. Der Kerl hatte was, er war auf jeden Fall sehr sympathisch. Und er schrieb – was eigentlich? Sie überlegte, was zu ihm passen würde. Krimis vielleicht? Oder Gedichte? Nein, allzu poetisch war er ihr nicht vorgekommen. Aber das konnte täuschen, von ihr dachte auch nie jemand, sie würde ihr Leben aus den Einkünften für das Schreiben der Storyline von Seifenopern bestreiten.

Die Zeit im Café ging bedauerlicherweise viel zu schnell vorüber; anstatt zu arbeiten, hatte sie sich im WLAN eingeloggt und ein bisschen über die Geschichte Lüneburgs gelesen. Sie würde dem Museum definitiv einen Besuch abstatten, jetzt musste sie aber zu der Verabredung mit ihrem Vater. Hunger hatte sie keinen, das Frühstück war üppig gewesen, aber bei den Treffen ging es ohnehin nie ums Essen, sondern darum, heile Familienwelt vorzugaukeln.

Als sie aus dem Café trat, schlug ihr ein frostiger Wind entgegen. Sie zog die Schultern hoch und setzte ihren Weg fort. Als sie beim alten Brauhaus ankam, standen die beiden schon vor der Tür. Maja merkte, wie sie sich verkrampfte.

Ihr Vater umarmte sie, seine Freundin Rosalinde gab ihr die Hand. Sie hatte schulterlanges kastanienfarbenes Haar und sprach mit bayerischem Akzent. Ihr Vater hatte sie im Urlaub in Starnberg kennengelernt. »Maja, Liebes, du bist spät dran«, meinte ihr Vater jetzt.

Es konnten nur drei Minuten sein, aber sie schwieg, denn es war sinnlos. Irgendetwas zu bemängeln fand er immer. Im Grunde war Maja vermutlich die Enttäuschung seines Lebens, und das musste er jedes Mal von Neuem auf die ein oder andere Weise artikulieren, und sei es nur in Form einer unterschwelligen Kritik an ihrer Pünktlichkeit. Sie seufzte und schluckte die Antwort hinunter.

Als sie zu ihrem Tisch geführt worden waren und die Bedienung ihnen die Karte reichte, überlegte Maja, was sie trinken sollte. Sie fand, dass ein Gläschen Wein angebracht war. Ein Glas war besser, um die Klappe zu halten. Zwei wären fatal gewesen, denn dann hätte sie garantiert ausgesprochen, was sie dachte, und das wollte sie vermeiden. Höflichkeit, ohne zu persönlich zu werden, war das Konzept, das in den letzten Jahren ganz gut funktioniert hatte, und so würde sie es auch heute halten. Obwohl es verlockend war, sich zum Mittagessen einen Schwips anzutrinken. Irgendwie kam ihr derzeitiges Leben nach wie vor wie eine Szene aus einer schlechten Romantikkomödie vor. Nur ohne männliche Hauptfigur. Maja empfand diese Familientreffen als verlogen, denn sie waren schon lange keine Familie mehr.

* * *

Bjarne wusste nicht, wo ihm der Kopf stand. Dass Susanne bis auf Weiteres ausfiel, ja, dass sie sich, während sie bei Noah gewesen war, verletzt hatte, setzte ihm zu. Hatte er der Oma doch zu viel zugemutet? Ja, vermutlich. Aber in seinem Elend hatte er keine Sekunde daran gedacht, dass sie überfordert sein könnte. Er ging im Wohnzimmer auf und ab und rieb sich die Stirn. Er hatte keine Ahnung, wie er das Leben als alleinerziehender Vater bewältigen sollte. Das Wort Witwer benutzte er nicht einmal in seinem Kopf. Das war doch für ältere Herren reserviert, die ihre Frau nach der goldenen Hochzeit zu Grabe getragen hatten, nicht für Männer, deren Frau viel zu früh aus dem Leben gerissen worden war. Er schüttelte die Gedanken ab und konzentrierte sich auf seine Umgebung. Überall lag Spielzeug herum, Zoe und Noah hatten gestern Abend noch alles Mögliche aus den Schränken gezogen. Er schob die Sachen notdürftig beiseite, hatte keine Energie, auch nur ein Stück davon wegzuräumen. Warum auch? Es war doch egal, niemand störte sich daran. Früher hatte er gemeckert, sich aufgeregt, heute sehnte er sich nach der Zeit zurück, als Unordnung noch ein echtes Problem gewesen war. Gleich wollte er ins Krankenhaus fahren und nach Susanne sehen. Er hatte zwar schon mit ihr telefoniert, aber das genügte natürlich nicht.

Die Kinder waren in der Schule und im Kindergarten; bis sie abgeholt werden mussten, wäre er längst wieder zurück. Es war kühl draußen, er suchte im Garderobenschrank nach einer Jacke. Sein Blick fiel auf den weißen, zylindrischen Behälter, den ihm Susanne vor einigen Tagen vorbeigebracht hatte. Leider hatte das »Verstecken« nicht viel geholfen. Er dachte auch so ständig daran und fragte sich, was sich darin verbergen mochte. Er wusste, über kurz oder lang musste er einen Blick hineinwerfen. Noch überwog allerdings die Angst vor dem, was darin lauerte.

»Erst mal gehe ich ins Krankenhaus«, murmelte er und schlüpfte in eine wasserdichte Windjacke, die er früher zum Fahrradfahren getragen hatte. Es hatte Zeiten gegeben, da waren ihm Aussehen und der richtige Look wichtig gewesen. Nun kam es ihm so vor, als lägen sie Jahrhunderte zurück. Seitdem hatte sich so vieles verändert. Heute war es ihm scheißegal, wie er aussah. Wenn Zoe und Noah nicht gewesen wären, hätte er vermutlich den ganzen Tag in Jogginghose oder im Schlafanzug verbracht – aber für sie musste er zumindest so tun, als ob alles normal wäre. Den Schein wahren. Normal, was bedeutete das eigentlich? Sein neues Normal war furchtbar, und er wünschte sich in jeder Sekunde, dass nicht Alexandra diese furchtbare Diagnose erhalten hätte, dass sie noch immer bei ihm gewesen wäre. Gesund und munter. Aber das Leben war kein Wunschkonzert; erst jetzt begriff er, wie beschissen dieser Spruch eigentlich war.

Alexandra hatte Farbe in sein Leben gebracht, heute empfand er das Einerlei der Tage nur noch als grau in grau. Manchmal zwang er sich zu lachen, wenn Zoe oder Noah etwas Lustiges von sich gaben. Er hoffte, er war ein besserer Schauspieler, als es ihm vorkam. Bjarne atmete tief durch. Freude war das, was ihm am meisten abging. Er konnte mit dem Begriff nicht mehr viel anfangen, obwohl sein Alltag früher voll davon gewesen war. Ein Haus voller Liebe – heute war es das nicht mehr.

Auf dem Weg zum Krankenhaus kaufte er einen Strauß Blumen, dann fuhr er mit dem Aufzug in den dritten Stock. In seinem Magen hatte sich ein fester Knoten gebildet. Obwohl sich die Onkologie in einer anderen Etage befand, erinnerte ihn der Geruch in den Gängen an die vielen schrecklichen Stunden, die er dort verbracht hatte, und in der Orthoklinik sah es zudem nahezu identisch aus. Bjarne schluckte, als er aus dem Lift trat, und zwang sich weiterzugehen. Es war furchtbar. Das grelle, unnatürliche Licht, die unter seinen Schritten quietschenden Linoleumböden, die sich automatisch öffnenden Türen. Das Geräusch bescherte ihm eine Gänsehaut. Jemand ging an ihm vorüber; er registrierte nicht, ob es eine Frau oder ein Mann war. Bjarne befand sich in seinem ganz eigenen Film, seinem persönlichen Horrorstreifen. Mit mechanischen Bewegungen lief er durch die Gänge und suchte das Zimmer mit der Nummer 308. Tür für Tür. Schritt für Schritt. Übelkeit wallte in ihm auf, seine Kehle wurde immer enger.

Vielleicht hätte er nicht herkommen sollen. Susanne hätte es ihm nicht verübelt, aber er hatte ihr Respekt entgegenbringen wollen. Das hatte er immer noch vor. Er hob die Hand und wollte gerade klopfen, als sich die Tür von selbst öffnete. Er blinzelte irritiert, als eine kleine, rundliche Rothaarige gegen seine Brust prallte, die ihm sehr bekannt vorkam.

»Maja«, stieß Bjarne hervor und blinzelte verwirrt. Was machte sie denn hier?

Maja riss ihren Kopf hoch und stolperte zurück. War da ein Hauch Alkohol in ihrem Atem? Er guckte sie irritiert an.

»Entschuldigung«, murmelte sie und klemmte sich eine rote Strähne hinters Ohr. »Ich wusste ja nicht, dass du draußen stehst.«

»Ähm, ja, ich wollte gerade klopfen«, gab er zurück.

»Und ich wollte gerade gehen.« Sie wandte sich noch mal zum Krankenzimmer um. »Tschüss, Susanne, gute Besserung weiterhin.«

Weil Bjarne noch immer wie versteinert dastand, umrundete Maja ihn mit einer beinahe schlangenartigen Bewegung. Ohne ein weiteres Wort verschwand die seltsame Person den Gang hinunter, und Bjarne merkte, dass er noch immer regungslos dastand und ihr nachstarrte. Hastig trat er ein und schloss die Tür hinter sich. Im Zimmer roch es nicht so schrecklich nach Desinfektionsmittel wie im Flur. Ein Glück. Auf dem Fensterbrett standen gelbe Tulpen in einer Vase, daneben lag ein Buch. Er beugte sich zu Susanne hinunter und gab ihr ein Küsschen auf die Wange.

»Was machst du nur für Sachen«, sagte er liebevoll tadelnd. »Wie geht es dir?«

Sie winkte ab. »Es wird wieder, sind ja nur die alten Knochen.«

Obwohl sie lässig tat, sah sie blass aus. Sicher hatte sie auch heute noch Schmerzen. Aber zum Glück war sie hier in guten Händen. »Denkst du, es gibt irgendwo noch eine Vase?«

»Schau mal da drüben am Waschbecken, die Schwester hat vorsorglich zwei gebracht, als Maja sie vorhin um eine gebeten hat.«

Während er Wasser einließ und den Strauß hineinstopfte, fragte er: »Was hat sie eigentlich hier gemacht?«

»Na, was wohl? Mich besucht. Ist das nicht nett von ihr?«

Er hob eine Augenbraue, während er zu Susanne zurückkehrte und die Vase neben die andere aufs Fensterbrett stellte. »Ihr kennt euch doch gar nicht.«

»Na hör mal, Bjarne. Immerhin hat sie gestern den Krankenwagen gerufen. Das Mädchen war ganz verstört.«

»Mädchen?«, wiederholte er skeptisch. »Sie ist doch bestimmt über dreißig.«

»Du weißt, was ich meine. Ich fand es nett von ihr. Was ist los? Stimmt was nicht? War sie nicht nett zu Noah und Zoe?«

»Doch, doch«, beeilte er sich zu sagen. Er wusste nicht so recht, was er von Maja halten sollte, obwohl seine Kinder ziemlich begeistert von ihr waren. Er bemerkte erst jetzt, dass er nicht mal wusste, wie sie mit Nachnamen hieß. Es war wohl an der Zeit, das herauszufinden.

Susanne schien das Gleiche zu denken. »Sie hat gesagt, dass sie viel Zeit hat. Sie ist Schriftstellerin.«

Er verschluckte sich, dann guckte er unauffällig auf das Buch auf dem Fensterbrett. »Ist das von ihr?«

Susanne lachte. »Nein, das ist der neue Roman von Dörte Hansen, ist bestimmt spannend.«

»M-hm«, machte Bjarne, schon wieder mit den Gedanken woanders.

»Sie hat es nicht direkt gesagt, aber sie könnte dir sicher ein bisschen helfen. Sie scheint nett zu sein.«

»Nett?« Er dachte an die vielen Tattoos und den komischen Look. Bestimmt nahm jemand wie sie auch Drogen. »Ich habe Alkohol in ihrem Atem gerochen.«

Susanne schnaufte aus und lachte. »Du scheinst ihr ja ganz schön nahe gekommen zu sein.«

Bjarne riss die Augen auf.

Susanne begriff, dass der Kommentar falsch angekommen war. »Entschuldige, so habe ich das nicht gemeint. Sie hat mir erzählt, dass sie mit ihrem Vater zum Mittagessen verabredet war. Im alten Brauhaus, vielleicht hat sie ein Glas Wein oder ein Bier dazu getrunken. Wo liegt das Problem?«

»Keine Ahnung. Nirgends.« Er wusste selbst nicht, warum er so argwöhnisch reagierte. Dabei überraschte er sich damit selbst, denn Maja war seit Langem die erste Person, auf die er überhaupt irgendeine Reaktion zeigte. Da spielte es schon fast keine Rolle, dass sie negativ war.

»Gab es vielleicht doch Schwierigkeiten gestern, als sie für mich eingesprungen ist?«, wollte Susanne wissen. Sie hatte wohl inzwischen erkannt, dass er nicht gerade begeistert von der neuen Nachbarin-auf-Zeit war. Zumindest das wusste er über Maja, denn Charlotte hatte ihn vor ihrer Abreise darüber informiert, dass eine Freundin bei ihr wohnte, während sie im Ausland war.

»Nein, Noah hat nichts Negatives oder so gesagt. Nur Zoe hat mir völlig empört erklärt, dass Maja sich auf Alexandras Platz gesetzt hat, aber dass sie Maja trotzdem mag. Dass das eine ordentliche Szene gegeben hat, kann ich mir bildlich vorstellen. Aber echte Probleme? Nein. Sie hat den Kindern sogar einen Kakao gekocht und viel zu viele Kekse gegeben.«

»Ui«, meinte Susanne und ging gar nicht auf die leise Kritik von wegen zu viel Zucker ein. »Du musst mal mit Zoe reden. Wir können diesen Stuhl nicht für immer für Alexandra frei-halten. Es ist an der Zeit, dass Zoe das begreift. Sie macht sich sonst vielleicht falsche Hoffnungen. Alexandra wird immer ihre Mutter bleiben, aber sie wird nie mehr mit euch essen, das kann auch eine Vierjährige mit der Zeit verstehen. Sie muss es sogar.«

Bjarne wollte etwas sagen, aber seine Stimme versagte ihm den Dienst. Zoe wusste, dass ihre Mama tot war, aber es war einfach ihre Art, damit umzugehen, dass im Moment niemand auf Alexandras Platz sitzen durfte. Nicht mal Bjarne konnte sich vorstellen, dass jemals wieder jemand auf Alexandras Stuhl sitzen würde. Niemand durfte das. Der Impuls, sein Gesicht zwischen den Händen zu vergraben und zu schreien, war rie-sengroß, dennoch tat er nichts dergleichen. Mittlerweile war er ganz gut darin geworden, seine Gefühle vor anderen zu ver-bergen. Seine Trauer in sich zu verschließen, weil sie nieman-den außer ihn etwas anging. Nicht mal Alexandras Mutter. Die hatte selbst genug mit dem Verlust zu kämpfen, auch wenn sie das nach seinem Empfinden viel besser meisterte als er.

»Lassen wir ihr noch ein wenig Zeit«, brachte er über seine Lippen, doch seine Stimme klang nicht so fest, wie er es sich vorgenommen hatte.

Susanne nickte, doch ihr Blick drückte eine tiefe Sorge aus, die sie nicht in Worte fasste. Das musste sie auch gar nicht; er wusste, dass Susanne das Wohl seiner Kinder und sein eigenes sehr am Herzen lag.

»Reden wir lieber über dein Bein«, wechselte Bjarne das Thema. Es konnte nicht immer nur um Alexandra und das Loch gehen, das ihr Tod in ihrer aller Seelen hinterlassen hatte. Obwohl es doch das Einzige war, was ihn seitdem beschäftigte. Er war ein Gefangener seiner Trauer.

»Es ist noch dran«, witzelte Susanne. »Sechs Wochen Gips. Wenn ich mich gut führe, komme ich in ein paar Tagen hier raus.«

»Du kannst doch so nicht nach Hause. Wie willst du dich versorgen? Komm doch zu uns.«

»Bjarne, sei nicht albern. Du hast genug zu tun, du wirst wohl kaum eine kranke Frau wie mich pflegen wollen.«

Es lag ihm auf der Zunge zu sagen, dass er Übung darin hatte, aber er sprach auch das nicht aus. Manches blieb besser ungesagt, ehe es nur dürftig verschlossene Wunden wieder aufriss.

»Ich habe Diana angerufen; sie nimmt sich vierzehn Tage frei, und danach sehen wir weiter. Ich bin ja nicht für immer ans Bett gefesselt.«

Alexandras jüngere Schwester lebte in Hamburg. Sie war bei einer Agentur angestellt, in ihrem Job konnte sie vermutlich einige Zeit aus dem Homeoffice arbeiten.

Bjarne hatte keinen Bedarf, mit Susanne weiter darüber zu diskutieren; wenn sie schon für eine Lösung gesorgt hatte, sollte es ihm recht sein. »Ich hoffe, du weißt, dass du bei uns jederzeit willkommen wärst.«

Susanne lächelte. »Natürlich, mein Lieber.«

Es klopfte, und eine ganze Horde von Medizinern trat ein. Visite. Bjarne verabschiedete sich hastig. Wenn er von einer Berufsgruppe genug Vertreter kennengelernt hatte, dann von Ärzten. Das war zu viel für ihn. Erst als er das Krankenhaus verlassen hatte und wieder in seinem Auto saß, konnte er durchatmen.

Sein Telefon bimmelte, während er aus dem Parkhaus fuhr. Ein Blick auf das Display im Auto zeigte ihm, dass es seine Mutter war, die anrief. Er hatte nach dem Besuch bei Susanne nicht die Kraft, mit ihr zu sprechen. Ihr Verhältnis war nicht besonders gut, im Gegenteil, es war angespannt. Sie hatte Alexandra nie leiden können. Irgendwann hatte Bjarne ihr erklärt, dass sie seine Frau entweder akzeptierte und vernünftig behandelte, oder er würde den Kontakt abbrechen. Karola hatte die für sie bittere Pille geschluckt, aber richtig warm geworden war sie mit der Liebe seines Lebens nie. Das verübelte Bjarne ihr noch heute. Er wollte nicht mit ihr sprechen, also ignorierte er den Anruf.

Als er zehn Minuten später zu Hause ankam, stockte ihm der Atem. In der Auffahrt stand der knallrote Mercedes SL seiner Mutter.

Er stieß einen unflätigen Fluch aus und verdrehte die Augen. Auch das noch. Erst jetzt bemerkte er, dass sie buchstäblich auf zwei Koffern vor seiner Haustür saß.

»Gott steh mir bei«, brummte er, obwohl er nicht die geringste Hoffnung hatte, dass es da oben wirklich einen Gott gab. Sonst wäre all das nie passiert.

Bjarne parkte hinter dem Sportwagen und stieg aus. »Mutter, hallo. Was für eine Überraschung«, brachte er hervor, während er auf sie zuging und sie umarmte.

Sie roch nach einem teuren Parfum und erwiderte seine Geste flüchtig. Ihre Nägel hatten die gleiche dunkelrote Farbe wie ihr Kleid.

»Ist dein Handy kaputt? Ich habe angerufen.«

Er unterdrückte ein Seufzen. »Kann sein, dass ich es nicht gehört habe, als ich im Krankenhaus bei Susanne war«, log er.

»Ach ja, die Ärmste. Zum Glück hat sie mich gleich informiert, und ich bin heute Morgen sofort ins Auto gestiegen und hergekommen.« Sie kniff ihrem Sohn in die Wange. »Willst du mich nicht erst einmal hineinbitten?«

Bjarne nickte. »Natürlich, Mutter. Komm bitte mit rein.« Er schloss die Tür auf, ließ ihr den Vortritt und schnappte sich ihr Gepäck. Bjarne hatte, als er an diesem Morgen aufgestanden war, nicht gedacht, dass die Liste seiner Probleme noch länger werden könnte. Da hatte er sich gründlich getäuscht.

»Weißt du schon, wie lange du bleibst?«, fragte er, als er mit ihr in die Küche ging, um die Kaffeemaschine anzustellen.

»Aber, Schatz, natürlich bleibe ich so lange, wie ihr mich braucht. Ich habe alle meine Pläne bis auf Weiteres auf Eis gelegt.«

Seine Mutter verwaltete seit der Scheidung von seinem Vater nur noch das angehäufte Vermögen. Sie jettete von einer Charity-Veranstaltung zur nächsten Party und genoss das Leben unter den Reichen und Schönen in Düsseldorf. Bjarne schluckte. »Das ist toll«, würgte er hervor und wandte sich dem Kühlschrank zu, damit sie sein schockiertes Gesicht nicht sehen konnte. Bis auf Weiteres, hallte es in seinem Kopf nach …

KAPITEL 8

Das einzig Wichtige im Leben sind die Spuren der Liebe, die wir hinterlassen, wenn wir gehen.

Albert Schweitzer

Im Haus war es still, es war weit nach Mitternacht. Bjarne hatte Karola das Schlafzimmer überlassen und würde für die Dauer ihres Besuchs mit dem Sofa vorliebnehmen. Für ein paar Tage würde es gehen, er schlief sowieso nicht viel. Noch einmal schlich er nach oben und guckte in die Kinderzimmer. Die beiden Kleinen schlummerten selig. Zum Glück. Es kam ihm so vor, als wären seine Kinder gerade sehr viel besser darin, das Unausweichliche zu akzeptieren, als er. Natürlich konnte er sich täuschen. Manchmal litten auch sie unter Albträumen. Noahs Schulprobleme nahmen leider nicht ab, sondern eher zu. Erst heute war er wieder mit einer Notiz im Mitteilungsheft heimgekommen, in der die Lehrerin um einen Gesprächstermin bat. Bjarne würde morgen anrufen und einen Tag vereinbaren, auch wenn er keine Lust auf eine weitere Diskussion mit der Frau hatte. Er schob die Gedanken beiseite und ging wieder nach unten. Seine Füße trugen ihn zum Garderobenschrank, dort drin lauerten noch immer die Nachrichten, oder was auch immer Alexandra für ihn vorbereitet hatte.

Er hatte den Griff der Spiegeltür bereits in der Hand, hielt dann jedoch wieder inne. Er lechzte nach einer Verbindung zu ihr, nach etwas Neuem, nicht nur alten Erinnerungen, die er schon Millionen Mal in seinem Kopf abgerufen hatte. Vorsichtig zog er die Tür auf und kramte die Dose hervor. Etwas fiel auf den Boden und verursachte ein platschendes Geräusch. Er bückte sich. Nur ein Schuh von Zoe. Der hatte da drin eigentlich nichts zu suchen, aber das Thema Ordnung war ihm derzeit gleichgültig, also stopfte er ihn wieder zurück. Dann schloss er die Schranktür und ging mit dem Behälter in sein Arbeitszimmer hinauf. Das war der einzige Bereich im Haus, der ihm vorbehalten war, und genau dort wollte er diese persönlichen Nachrichten – oder was auch immer in der Dose war – aufbewahren. Etwas von Alexandra, was nur ihm gehörte. Schrecklich egoistisch, ja; er konnte und würde es nicht leugnen. In seinem Leben gab es momentan zu viele Lügen, und er hatte es satt, vor anderen so zu tun, als ginge es ihm gut, obwohl jeder wusste, dass es nicht der Fall war. Niemand verstand ihn wirklich, denn zum Glück war keiner seiner Freunde und Bekannten in der gleichen Lage wie er. Deshalb log er immer, wenn man ihn fragte, wie er klarkam. Er erwartete nicht einmal, dass sie nachvollziehen konnten, warum er keine Einladung zum Essen oder zum Kino oder zum Sport mehr annahm. Er hatte einfach nichts mehr zu sagen, und das unangenehme, beklemmende Schweigen hatte er häufig genug erlebt, die verstohlenen Blicke der glücklichen Pärchen, wenn sie glaubten, er würde es nicht bemerken. Nein, er konnte all das nicht mehr aushalten und hatte sich seit einer Weile komplett zurückgezogen. Er wollte sich in einer Welt bewegen, die nur seine eigene war und die von Alexandra. Vielleicht hatte sie das gewusst, als sie diesen Behälter für ihn mit ihren schriftlichen Wünschen befüllt hatte.

Ja, ganz sicher sogar. Aus diesem Grund liebte er sie so wahnsinnig, dass er das Gefühl hatte, seine Lungen müssten explodieren. Sie hatte immer gewusst, was er brauchte, was gut für ihn war. War es vielleicht auch dieses Mal so?

Bjarne schloss die Tür hinter sich und knipste die Schreibtischlampe an. Er setzte sich auf den Drehstuhl und fasste, ohne länger darüber nachzudenken, den Mut, den Deckel zu öffnen. Der vertraute Geruch ihres Parfums stieg ihm in die Nase, eine Mischung aus Sommerblüten mit einem Hauch Zitrone. Sein Herz setzte einen Schlag aus; sofort schloss er den Deckel wieder, weil er Angst bekam, dass ihr Duft sich sonst zu schnell verflüchtigte. Bjarne presste die Lider zusammen, damit keine der in seinen Augen brennenden Tränen eine Chance hatte hervorzuquellen. Es dauerte eine gefühlte Ewigkeit, bis er sich beruhigt hatte. Bis sein Puls nicht mehr raste und er nicht mehr das Gefühl hatte, sich übergeben zu müssen.

Bjarne hatte keine Ahnung, was er tun, wie er sich verhalten sollte, wenn ihn die Gefühle so zu übermannen drohten wie im Moment. Es war zu viel und doch zu wenig. Egal, was sich in der Dose befand, nichts würde sie ihm zurückbringen. Nervös wippte er mit dem Fuß. Er konnte ihre Stimme förmlich in seinem Kopf hören: »Nun mach schon, wie lange willst du noch warten?« Sie hatte sich immer einen riesigen Spaß daraus gemacht, ihre Lieben zu überraschen, hatte jedes noch so kleine Geschenk sorgfältig ausgewählt, jeden Ausflug minutiös geplant, sodass für jeden etwas dabei gewesen war. Er war sich sicher, dass auch dieses Geschenk einen tieferen Sinn beinhaltete und dass er es sich ansehen musste.

»Also gut«, flüsterte er und wusste nicht, ob er sich selbst Mut zusprach oder seiner toten Frau mitteilen wollte, dass er endlich das tat, worum sie ihn gebeten hatte. Ihm war klar, dass sie ihn nicht mehr sehen konnte, dass es für sie keine Rolle mehr spielte, ob er den Inhalt der Dose verbrannte oder nicht.

Dennoch begriff er in diesem Augenblick, dass sie das alles für ihn geplant hatte, weil er noch lebte und sie nicht mehr.

Bjarne atmete tief ein, dann öffnete er den Deckel erneut. Er legte ihn beiseite und schaute in das Gefäß hinein. Ein ganzer Wust an kleinen Umschlägen befand sich darin. Auf den ersten Blick sahen alle gleich aus, der oberste war jedoch als einziger beschriftet.

Lies mich zuerst, stand in ihrer schnörkellosen, hübsch geschwungenen Handschrift darauf.

Angst und Vorfreude strömten durch seine Adern, versetzten seine Nervenenden in höchste Spannung. Sein Magen fuhr Achterbahn, während der mittlerweile so vertraute Schmerz sein Herz schwer machte.

Lieber Bjarne,
ich habe keine Ahnung, ob eine Minute oder eine halbe Ewigkeit vergangen ist, seit du meinen ersten Brief gelesen hast. Wenn ich raten müsste, würde ich darauf wetten, dass du in den letzten Tagen wie die Maus um den Käse gekreist bist, ehe du den Entschluss gefasst hast, in die vermeintliche Büchse der Pandora zu blicken. Du hast Angst vor dem, was auf dich wartet, vielleicht auch, weil es meine letzten Nachrichten an dich sind. Glaub mir, mein Geliebter, mir geht es genauso. Mit jeder Bitte, die ich in den einzelnen Notizen verfasst habe, habe ich mit dir gelitten, weil ich wusste, dass irgendwann die letzte geschrieben und irgendwann von dir gelesen sein wird. Bis das der Fall ist, wird aber noch eine ganze Weile vergehen. Und keine Sorge, wie ich schon schrieb, ich verlange nichts Unmögliches von dir, auch wenn du mir das bei der ein oder anderen

Aufgabe vielleicht nicht sofort glauben wirst. Ich habe meine Nachrichten absichtlich nicht nummeriert, es gibt kein zu früh oder zu spät, keine richtige Reihenfolge. Bitte glaub mir das, Bjarne.

Jetzt sitze ich hier und weine. Dicke Tränen laufen über meine Wangen, gleichzeitig lächele ich. Weißt du, warum? Weil ich dich liebe und ich weiß, dass am Ende doch alles gut für dich und die Kinder werden wird. Es ist mein sehnlichster Wunsch, dich wieder glücklich zu sehen, auch wenn ich nicht dabei sein werde. Aber jetzt daran zu denken, dass du es gut haben wirst, verleiht mir die Kraft durchzuhalten und für jeden einzelnen Tag mit euch zu kämpfen.

Manches wird dir absurd vorkommen, manches unfair, und einige Dinge werden dir tatsächlich leichtfallen. Du warst immer schon der Nachdenklichere, Besorgtere von uns beiden. Derjenige, der seine Pflicht erfüllt. Ich fürchte, dass das auch im Moment dein Problem ist. Dass du versuchst, deine Sorgen, deine Wut auf das Leben und deine Trauer mit dir selbst auszumachen. Du willst stark sein, wo du schwach sein sollst. Vertraue darauf, dass du das, was du tun wirst, tust, weil ich es möchte. Du kannst mich verfluchen, du kannst sauer auf mich sein, oder du kannst mit einem Lächeln auf den Lippen an unsere Zeit zurückdenken. Alles würde ich verstehen, alles kann ich akzeptieren, doch am liebsten würde ich dich mit diesem gewissen Funkeln in den Augen sehen, das dir in den letzten Monaten abhandengekommen ist.

Du leidest still, und das tut mir weh; ich wünsche mir, dass das wieder anders wird. Deshalb habe ich, wie ich schon zuvor geschrieben habe, überlegt, wie es dir gelingen kann, wieder ein Gefühl der Hoffnung zu empfinden.
Ich liebe dich, denk immer daran.
Deine Alex

Bjarne atmete tief ein und aus und verstand immer noch nichts. Wenigstens wusste er jetzt, dass sie tatsächlich so etwas wie Aufgaben für ihn festgelegt hatte, die er erfüllen sollte. Er fragte sich, ob es Reiseziele und Orte gab, von denen sie wollte, dass er sie für sie besuchte. Orte, an denen sie früher glücklich gewesen waren. Er erinnerte sich an all die großartigen Urlaube und Abenteuer, die Durchquerung des Grand Canyon, die Kanutour im Kejimkujik-Nationalpark in Kanada, die Hiking-Woche in Island, den Tauchurlaub in Australien …

»Das kann nicht ihr Ernst sein«, murmelte er. Niemals, nicht in einer Million Jahren würde er in ein Hotel fahren, das er mit ihr besucht hatte, in dem er sie geküsst, geliebt und mit ihr all die Zukunftspläne geschmiedet hatte, die sich nunmehr in Dunkelheit verwandelt hatten.

Er hatte es beim Lesen zuerst nicht glauben können, und jetzt war er wirklich wütend auf sie. Sicher stellte sie es sich einfacher vor, als es war. Sofort bekam er ein schlechtes Gewissen. Seine sterbende Frau hatte sich garantiert nichts *einfach* gemacht. Vieles, aber nicht das. Er atmete so fest aus, dass seine Lippen ein merkwürdiges Geräusch in der Stille der Nacht hinterließen. Bjarne nahm den nächsten Brief heraus; er war sich sicher, dass er nichts davon auch nur in Erwägung ziehen würde. Nein, Alexandra hatte sich getäuscht, diese Aufgaben waren nichts für ihn. Sie würden ihm nicht weiterhelfen.

Mit einer groben, wütenden Geste riss er den Umschlag auf und zog einen Zettel hervor.

Lieber Bjarne,
mein Leckermäulchen. Ich bin nicht mehr da,
um Kuchen für dich und die Kinder zu backen.
Vermutlich liegt es Monate zurück, dass du etwas
Süßes gegessen hast, weil heute alles nur noch fad
und geschmacklos für dich ist.

Bjarne schüttelte den Kopf; er hasste es, wie gut sie ihn kannte.

Gekannt hatte, korrigierte er sich.
Warum zur Hölle war es so schwierig, in der Gegenwart zu leben?
Er las weiter.

Da ich nicht weiß, in welcher Abfolge du die
Aufgaben liest, weiß ich nicht, was du alles
schon »erledigt« hast. Heute habe ich eine relativ
einfache Sache für dich auf dem Plan: Backe
einen Kuchen.
PS: Es darf auch eine Backmischung sein. Ich bin
ja kein Unmensch ☺
In Liebe
Alexandra

Das war alles? Er drehte und wendete die Seite, aber da stand nicht mehr. Der Smiley auf dem Papier kam ihm wie ein schlechter Witz vor. Dass sie aus dem Jenseits mit ihm scherzte, war zu viel für ihn.

Bjarne warf den Brief auf den Tisch zu dem anderen und starrte in die Dunkelheit. Sie machte all den Terz, damit er Gebäck herstellte?

Das konnte doch nicht ihr Ernst sein!

»Ich fasse es nicht«, murmelte er enttäuscht. Er hatte, ohne dass es ihm bewusst gewesen war, so hohe Erwartungen an diese bescheuerte Dose gehabt, dass ihn die Aufgabe, lediglich einen x-beliebigen Kuchen zu backen, konsterniert zurückließ. An Belanglosigkeit war dieser Scheiß überhaupt nicht mehr zu übertreffen. Als hätte er auch nur einen Funken Energie dafür aufbringen können, sich überhaupt zu *überlegen,* welchen Kuchen er backen sollte. Muffins oder Kastenform vielleicht? Mit oder ohne Sahne?

Er lachte humorlos und war versucht, mit der Faust auf die Wand einzuhämmern, tat es aber nicht. Dafür war er zu beherrscht, die Kinder und seine Mutter schliefen unten, und er wollte niemanden aufwecken.

Nein. Er würde diese bescheuerten Aufgaben nicht erfüllen. Auf keinen Fall. Einen Kuchen! Er schnaubte leise. Wie sinnlos.

Niedergeschlagen stopfte er beide Briefe zurück in die Dose und versteckte sie wieder. Dort würde er sie auch stehen lassen, damit seine Mutter sie nicht fand, wenn sie herumschnüffelte, denn so war sie nun mal. Sie musste sich überall einmischen, und das musste er verhindern. Das hier war seine Sache. Auch wenn er nicht vorhatte, diesen bescheuerten Irgendwas zu backen.

* * *

Tot, dachte Maja. Dieser beschissene Sauerteig war doch tatsächlich an Tag vier verreckt. Sie drehte und wendete das Glas, doch es befand sich nur noch eine schleimige graue Masse darin. »Das kann doch wohl nicht wahr sein! Ich habe ein abgeschlossenes

Germanistikstudium und bin nicht in der Lage, eine einfache Anleitung zu befolgen, um einen verdammten Sauerteig herzustellen?«, brummte sie missgelaunt.

Das konnte sie nicht auf sich sitzen lassen. Also noch mal von vorn beginnen.

Maja las die Beschreibung noch einmal durch. Wort für Wort. Sie begriff nicht, an welcher Stelle sie einen Fehler gemacht hatte, aber sie vermutete, dass es kurz vor der großen Sauerei gewesen sein musste. Nun gut, neuer Versuch, neues Glück, oder wie hieß dieses komische Sprichwort noch mal? Sie erinnerte sich in ihrem Ärger gerade nicht genau, doch es war auch irrelevant.

Später an diesem Tag betrat sie erneut das Café Bernstein in der Lüneburger Innenstadt. Sie freute sich, als sie den netten Typen von gestern hinter der Theke entdeckte. Zuvor war sie durch das Museum geschlendert und hatte sich die Ausstellung, die sich über drei Stockwerke erstreckte, angesehen. Bis jetzt hatte sich Maja wenig für Museen zur Kriegsgeschichte interessiert, aber das hier war so lebendig und so anschaulich gewesen, dass ihre Arme noch immer von einer Gänsehaut überzogen waren. Unglaublich, was diese Menschen alles hatten durchmachen müssen. Klar, einerseits fand sie, dass sie ja irgendwie auch ein bisschen selbst schuld gewesen waren, schließlich hatten viele von ihnen Hitler an die Macht gewählt, aber so einfach war es nun auch wieder nicht, wenn unzählige Menschen sterben und unschuldige Kinder leiden mussten und Frauen vergewaltigt wurden. Das hatte wohl niemand so vorhergesehen.

Maja setzte sich auf den gleichen Platz wie beim letzten Mal.

»Hi, schön, dich wiederzusehen«, begrüßte der nette Mitarbeiter sie grinsend. »Was kann ich dir bringen?«

»Ich, ähm, ich nehme erst einmal einen doppelten Espresso. Und ein Stück Kuchen, welchen kannst du empfehlen?«

»Die sind alle hausgebacken, worauf stehst du denn so?«

Maja lachte. »Dafür kennen wir uns noch nicht gut genug.«

Er begriff, dass sie ihn necken wollte, und lachte. »Stimmt, ich bin übrigens Nils. Also die Buchweizentorte ist beliebt, eine regionale Spezialität. Ansonsten haben wir auch was mit Früchten, oder Schokolade?«

»Hm, ich nehme gern was Schokoladiges, Nils. Ich bin übrigens Maja.«

»Freut mich, Maja.«

»Und danke für den Tipp mit dem Museum. Ich war eben da. Ist echt krass, ich hab wirklich nicht gewusst, dass in Lüneburg damals so viele Tausende von Menschen angekommen sind, die zum Kriegsende flüchten mussten.«

Er nickte. »Ja, die Stadt erzählt lieber über die tausendjährige Tradition mit dem Salz. Kann's auch verstehen, das andere Kapitel ist ja eines, das man in Deutschland gern mal ausblendet.«

»Du klingst, als wüsstest du ziemlich viel darüber?«

Er zuckte die Schultern. »Meine Oma arbeitet im Museum, ehrenamtlich. Sie kommt aus Königsberg, heißt ja heute Kaliningrad.«

Maja machte große Augen. »Wow, spannend.« Sie dachte an ihre eigenen Großeltern. Sie wusste nicht viel über deren Vergangenheit, außer dass sie alle in Norddeutschland geboren waren. Es lebte nur noch Oma Dörte, aber sie war dement und schon lange im Heim. Maja konnte nicht genau erklären, warum sie sich auf einmal so sehr dafür interessierte. Vielleicht wäre das ja etwas, worüber sie schreiben konnte. Keine Biografie, aber eine Geschichte über eine Großmutter, die ihrer Enkelin etwas fürs Leben mitgeben wollte.

»Maja?«, riss Nils' Stimme sie aus ihren Überlegungen.

»Äh, ja, sorry. Was hast du gesagt?«

»Ich hab gefragt, ob du sonst noch was möchtest, sonst würde ich erst mal deine Bestellung fertig machen.«

Sie lächelte verlegen. »Nö, alles gut. Das reicht erst mal.«

»Supi, dann mach ich mich mal an die Arbeit.«

Maja holte ihren Laptop aus dem Rucksack. Während sie wartete, dass er hochfuhr, schaute sie aus dem Fenster. Pärchen schlenderten über das Kopfsteinpflaster, eine Mutter schob einen Kinderwagen mit einem plärrenden Kind vorbei. Ein Mann zog seinen Pudel von einer Laterne weg. Maja fragte sich, wie es hier wohl ausgesehen hatte, als die Stadt quasi über Nacht von Tausenden Menschen überschwemmt worden war. Sofort hatte sie eine Idee. Damals hatte es bestimmt auch Liebesgeschichten gegeben, Eltern, die nicht wollten, dass ihre Tochter oder ihr Sohn jemanden heiratete, der in einer Flüchtlingsunterkunft lebte. Sie spürte, wie sich ihre Mundwinkel nach oben bogen. Ja, das wäre doch mal gutes Romanmaterial. Ihr Herz schlug höher, sie zog ihr Notizbuch heraus und kritzelte ein paar Stichpunkte hinein.

»So, da bin ich wieder«, meldete sich Nils zurück und stellte ihre Bestellung freundlich ab.

»Ähm, super, danke.«

»Du meldest dich einfach, wenn du noch was brauchst oder dich mit mir verabreden möchtest.« Seine Augen funkelten schelmisch, irgendwie süß.

Maja blinzelte, dann grinste sie. Sie mochte es, wenn Leute sagten, was sie dachten. Gleichzeitig war sie sich sicher, dass Nils kein Kind von Traurigkeit war. Er hatte diese gewisse Ausstrahlung, obwohl er nicht gerade als klassisch attraktiv zu bezeichnen war. Er war zu schmal, seine Nase war einen Tick zu lang und ein Schneidezahn stand schief. Maja mochte Menschen mit kleinen Fehlern, allzu glatt gebügelt und perfekt fand sie schon von vornherein langweilig. Bjarne zum Beispiel, er war einfach zu … sie wusste auch nicht, wie sie es konkretisieren konnte. Wieso verglich sie die beiden eigentlich miteinander? Sie verstand es gerade selbst nicht, und das irritierte sie.

»Na, sicher. Ich weiß ja jetzt, wo ich dich finde. Arbeitest du jeden Tag hier?«, beeilte sie sich schließlich zu fragen, als die Pause zu lang wurde.

»Nicht jeden Tag, aber schon häufig.«

»Hast du nicht auch was vom Schreiben gesagt? Bist du Autor?«

Nils Lächeln wurde ein bisschen weniger strahlend. »Ja, bin ich. Ich sitze gerade an meinem ersten Roman.«

»Cool. Gibt es hier einen Literaturkreis oder so was Ähnliches? Wo man sich trifft?«

»Schreibst du auch?«

Maja biss sich auf die Unterlippe. »Ich habe zumindest Germanistik studiert, in Berlin, an der Humboldt.«

Er neigte den Kopf ein wenig. »Ich wusste sofort, als ich dich das erste Mal gesehen habe, dass du interessant bist.«

»Aha«, war alles, was sie erwiderte.

»Es gibt tatsächlich so 'ne Art Stammkneipe für Künstler, die ist am Stint. Kann ich dir ja mal zeigen, wenn du willst.«

»Sicher, das wäre nett«, gab sie zurück, weil es ihr auf einmal doch zu schnell ging. Sie griff nach dem Zucker und ließ etwas davon in ihren Espresso rieseln.

Glücklicherweise meldete sich gerade eine Tischrunde, die bezahlen wollte. Nils entschuldigte sich. Maja atmete auf. Einerseits wäre es sicher schön gewesen, sich mit anderen zu treffen, andererseits hatte sie gerade jetzt das Gefühl, dass es ihr guttat, mal nicht nur über das Schreiben zu reden … Sie entschied, dass sie sich mit Nils verabreden würde, aber noch nicht sofort. Leider waren die Gedanken zu ihrer neuen Idee mittlerweile verflogen. »Kacke«, murmelte sie und packte das Notizbuch weg. Vielleicht fiel es ihr später wieder ein. Für heute

Abend nahm sie sich vor, ein bisschen mehr über das Thema Lüneburg in und nach dem Zweiten Weltkrieg zu googeln. An der Kasse im Museum hatte es auch eine kleine Ecke mit Büchern gegeben, die man erwerben konnte. Möglicherweise war da ja auch etwas Interessantes dabei. Sie war sicher nicht zum letzten Mal hier gewesen, dachte sie mit einem Lächeln, als sie das Café etwas später verließ. Nicht nur wegen Nils. Gut gelaunt und leise vor sich hin pfeifend schlenderte sie zu ihrem Fahrrad zurück, bewunderte die hübschen Backsteinbauten der alten Hansestadt mit den hohen Schmuckfassaden. Sie atmete tief ein und nahm den Geruch von Pferdeäpfeln wahr. Für einen Moment glaubte Maja, dass sie in eine andere Zeit zurückversetzt worden war; sie sah Damen mit breiten Hüten und langen Mänteln an sich vorbeieilen, mit Waren beladene Karren und Kinder, die einem braunen Lederball nachliefen. Sie blinzelte und stellte fest, dass sie sich einem ihrer Tagträume hingegeben hatte, aber der Gestank war noch da. Jetzt hörte sie auch die Hufe. Maja wandte sich um und sah tatsächlich einen Pferdewagen, aber nicht mit Waren, sondern mit Menschen beladen. Hauptsächlich Rentner, stellte sie fest, die sich herumkutschieren ließen, während sie die Geschichte der Stadt erklärt bekamen. Vermutlich nicht alles, überlegte Maja jetzt mit einem ironischen Grinsen. Hier ging alles nur um das Salz, das den Leuten über Jahrhunderte Reichtum gebracht hatte – bis das Monopol gefallen war. Aber auch das lag schon Ewigkeiten zurück. An der Struktur Lüneburgs hatte sich seitdem nichts grundlegend verändert. »Wird Zeit, dass man hier mal über was anderes redet als über Sole und Siedeöfen«, murmelte sie, während sie das Schloss ihres Damenrads öffnete. Eine schockierende, vielleicht ein wenig skandalöse Geschichte über Kriegsflüchtlinge, die niemand haben wollte. Im Museum hatte sie gesehen, wie die Leute hatten hausen müssen, nachdem sie ihre Heimat und viele geliebte Menschen verloren hatten. Das

Thema war noch immer brandaktuell und würde es, solange Egomanen die Welt regierten, vermutlich auch weiterhin bleiben.

Maja schwang sich auf ihr Rad und war zufrieden mit sich und dem, was sie heute herausgefunden und erlebt hatte. Den Weg kannte sie mittlerweile beinahe im Schlaf. Der Geruch des Frühlings stieg ihr in die Nase, hier und da blühten Tulpen in den Gärten. Das Gras war längst nicht mehr braun, sondern strahlte in einem satten Grün. Die Luft hatte sich merklich abgekühlt, obwohl es ein milder Tag gewesen war. Maja trat kräftig in die Pedale. Dass sie jetzt häufiger längere Strecken hinter sich brachte und nicht ständig, wie in Berlin, an Ampeln anhalten musste, zahlte sich allmählich aus. Sie hatte eine viel bessere Kondition und fühlte sich irgendwie energiegeladener, was auch daran liegen konnte, dass sie viel mehr schlief und viel weniger ausging. Seltsamerweise vermisste sie es nicht; mittlerweile machte sie ihr geschäftiges Leben ein wenig dafür verantwortlich, dass es mit dem Schreiben eines tiefgründigen, gesellschaftskritischen Romans bisher nicht geklappt hatte. Aber das würde sich jetzt ja vielleicht ändern, denn das Thema war vielversprechend. Zwei Zeitebenen, überlegte sie, das würde noch einige weitere Blickwinkel hineinbringen. Hui, sie raste durch ein Schlagloch und hätte beinahe die Balance verloren, konnte sich gerade noch halten, so tief war sie in Gedanken gewesen. Sie konzentrierte sich ein wenig mehr auf den Weg. Spannung und ein Kribbeln durchliefen ihren Körper, so gut fand sie ihre Idee. Zweifel, ob sie diese schriftstellerisch würde umsetzen können, ließ sie an diesem Punkt erst gar nicht aufkommen. Aus langjähriger Erfahrung wusste sie, dass Skepsis jegliche Kreativität im Keim erstickte. Sie würde sich treiben lassen, erst mal recherchieren und dann weitersehen.

Sie war außer Atem, als sie in die Auffahrt zum Doppelhaus einbog und vom Rad stieg. Die Dämmerung hatte

eingesetzt, hinter vielen Fenstern brannte Licht, Autos park-
ten am Straßenrand. Eine graue Katze schlängelte sich durchs
Gebüsch. Die Vögel sangen noch immer. Maja schob das
Rad ums Haus herum zum Schuppen. Nachdem sie es abge-
stellt hatte, kramte sie ein Taschentuch aus der Jackentasche
hervor. Ihre Nase lief. Entweder vom kalten Fahrtwind oder
wegen ihrer Pollenallergie. Manchmal konnte sie das schlecht
unterscheiden, und zum Glück war sie auch nicht so schlimm
geplagt. Sie schnäuzte sich und wollte gerade weitergehen, als
sie eine dunkle Stimme hörte. Gedämpft und irgendwie über
ihr.

Maja guckte nach oben und sah, dass das Dachfenster im
Nachbarhaus gekippt war. Ein sanfter Lichtschein drang daraus
hervor.

»… meine Mutter macht mich wahnsinnig …«, hörte
sie Bjarne mit einem Seufzer sagen. Dass eine ältere Frau zu
Besuch war, hatte Maja schon mitbekommen und sich selbst
zusammengereimt, dass das die andere Oma sein musste. Eine
Gelegenheit, sich vorzustellen, hatte sich bislang noch nicht
ergeben.

»Susanne, ich habe keine Ahnung, wie lange sie bleibt, aber
sie treibt mich in den Wahnsinn …«

Maja grinste. Bjarne lästerte telefonisch bei seiner
Schwiegermutter über seine eigene Mama. Irgendwie lustig,
aber gleichzeitig auch traurig. Sie dachte an ihre Mutter, und
obwohl sie wusste, dass viele ein schwieriges Verhältnis zu ihren
Eltern hatten – mit ihrem Vater ging es ihr ja genauso –, wollte
sie Bjarne am liebsten schütteln und ihm sagen, er solle froh
sein, dass er sie noch hatte. Aber erstens ging es sie nichts an,
und zweitens wollte sie nicht lauschen. Sie war gerade im Begriff
weiterzugehen, als sie ihren Namen hörte.

»Maja?«, drang aus dem Dachfenster herab in den Garten; seine Stimme klang mit einem Mal viel höher, ungläubig irgendwie. Oder schockiert?

»Nein, da würde ich mich nicht wohlfühlen. Vielleicht hat sie angeboten zu helfen, aber ich vertraue ihr nicht. Wir kennen sie gar nicht, und …«

Mehr musste Maja nicht hören. Sie war überrascht, wie sehr sie Bjarnes Worte verletzten. *Ich vertraue ihr nicht.*

Sie schluckte und hastete ums Haus herum, um die Tür aufzuschließen und hineinzugehen. Welchen Anlass hatte sie ihm gegeben, dass er zu diesem Schluss kam? Hatte sie nicht, ohne zu zögern, auf seine Kinder aufgepasst, während Susanne ins Krankenhaus gebracht worden war? Wütend kickte sie ihre Schuhe von den Füßen. Am liebsten hätte sie geklingelt und ihm gesagt, was für ein Idiot er war und dass es ihr scheißegal war, was er über sie dachte.

Komischerweise stimmte gerade das nicht; es war ihr ganz und gar nicht egal, es machte sie wütend. Maja rieb sich über das Gesicht, dann stapfte sie, immer noch entrüstet, in die Küche und riss den Kühlschrank auf. Natürlich, es war nichts drin. Super. Also musste sie noch mal los, denn hungrig konnte sie nicht denken, und das Stückchen Kuchen, das sie im Café gegessen hatte, war längst verdaut. »Arschloch«, murmelte sie, während sie sich wieder anzog, sich ihre EC-Karte in die Hosentasche steckte und das Haus noch einmal verließ.

KAPITEL 9

Im Laufe des Lebens verliert alles seine Reize wie seine Schrecken;
nur eines hören wir nie auf zu fürchten: das Unbekannte.

Marie von Ebner-Eschenbach

Bjarne stand vor dem Regal mit den Backmischungen und hatte keine Idee, welche er kaufen sollte. Es war möglich, dass er bereits seit Minuten darauf starrte. Sein Kopf war, wie so oft in der letzten Zeit, wie leer gefegt. Seit er Alexandras Auftrag gelesen hatte, waren nicht mal vierundzwanzig Stunden vergangen. Und obwohl er immer noch sauer war, dass seine Frau ihn mit einer derartigen Belanglosigkeit beauftragt hatte – als sei ihr Tod ein bescheuerter Witz –, war er doch ins Auto gestiegen und in der Absicht, etwas zu kaufen, hergekommen. Er verstand sowieso nichts mehr in seinem Leben, wieso also sollte er nicht doch diesen einen verdammten Kuchen backen?

So war er nun mal. Pflichtbewusst. Wenn ihn jemand um etwas bat, dann sagte er nicht Nein, wenn er die Möglichkeit hatte, diese Bitte zu erfüllen.

Donauwelle, Käsekuchen, Lillifee-Muffins oder Zitronenkuchen? Weil er sich nicht entscheiden konnte, warf er alle vier in den Wagen. Er war schon auf dem Weg zur Kasse, als ihm der Gedanke kam, dass die Packung allein womöglich nicht ausreichte. Er nahm eine heraus und las sich die Rückseite durch. Tatsächlich, für diesen Zitronenkuchen benötige man außerdem noch Eier, Milch und Speiseöl. Bjarne hatte zwar kaum Ahnung, aber er hatte immer gedacht, in einen Kuchen käme »gute Butter«, so wie diese bescheuerten Werbespots, in denen es nur heile Familien gab, es einem erzählten. Er zuckte mit den Schultern. »Was auch immer«, brummte er und überflog auch die anderen Anleitungen. Gut, also Eier benötigte man für alle. Und noch so einiges mehr. Er guckte auf die Uhr. Es war schon fast Zeit für die Kinder, ins Bett zu gehen; besser, er sputete sich, sonst verpasste er es vielleicht noch, ihnen eine gute Nacht zu wünschen. Eilig schob Bjarne seinen Wagen um die nächste Ecke. Dort stieß er gegen etwas.

Nicht etwas. Jemanden.

»Autsch«, hörte er eine weibliche Stimme, die ihm vage bekannt vorkam. Dann begriff er, dass er Maja angerempelt hatte. Er hatte sie gar nicht gesehen. Jetzt saß sie auf ihrem Allerwertesten und berappelte sich gerade. Mist! Wie dumm von ihm.

»O mein Gott«, stieß er hervor und eilte zu ihr, um ihr aufzuhelfen. Wie hatte er sie nur übersehen können? Sie musste vor dem Gewürzregal gehockt haben, um etwas ganz Spezielles zu suchen.

Hitze kroch über seinen Hals in sein Gesicht. Er reichte ihr die Hand, aber sie warf ihm nur einen bösen Blick zu und stand allein auf.

»Es tut mir wirklich leid«, entschuldigte er sich, ehrlich zerknirscht.

»Ja, ja«, machte sie nur und griff nach ihrem roten Einkaufskörbchen, in dem etwas Obst und Gemüse, Ofenkäse, gesalzene Nüsse und eine Packung Datteln lagen.

»Ich habe dich einfach nicht gesehen«, erklärte Bjarne, dem die Situation immer noch höllisch unangenehm war.

»Schon okay, machen wir keine große Sache draus.« Sie schaute zu ihm auf. Ihre braunen Augen schleuderten Blitze. Bjarne stockte der Atem.

So hatte ihn schon lange niemand mehr angesehen. So voller Abscheu, voller Wut.

Unbewusst machte er einen Schritt zurück, während er es trotzdem seltsamerweise erfrischend fand. Wie ein rauer Frühlingswind an der Küste, der einen einmal so richtig durchpustete, bis man rote Wangen und eiskalte Hände bekam. Bjarne blinzelte irritiert.

Maja wollte sich gerade abwenden und gehen, als er sie noch einmal ansprach. »Maja?«

Sie blickte zu ihm auf. »Was ist?«, brummte sie. Ihr Verhalten war regelrecht unhöflich, immerhin hatte er sich entschuldigt.

Sie glaubte vermutlich, dass er ein komischer Kauz war, aber sie war der erste Mensch seit Langem, der ihn nicht mitleidig oder tieftraurig anschaute. Er schluckte, denn er erinnerte sich an den Grund, warum ihn alle so ansahen, und ihn verließ der Mut. »Ach, schon gut. Es, äh, tut mir echt leid. Ich hoffe, ich habe dir nicht wehgetan.«

Maja verzog ihre Lippen und zuckte eine Achsel. »Ist ja nicht so, dass ich nicht gut gepolstert wäre. Ich, ähm …« Sie zeigte mit dem Daumen hinter sich. »Ich muss dann weiter, hab noch zu tun.«

»Klar«, erwiderte er gedehnt und sah ihr nach, während er sich fragte, was sie noch zu tun hatte. Arbeitete sie? Bisher hatte er angenommen, sie lebte einfach so in den Tag hinein auf Charlottes Kosten. Ach nein, Susanne hatte erzählt, sie sei Schriftstellerin. Und nach ihren Einkäufen zu urteilen, hatte er sich, was Maja betraf, in mehreren Dingen geirrt. Sie hatte nicht tonnenweise Dosenbier oder billigen Korn im Körbchen, sondern gesunde Lebensmittel. Viel nahrhaftere Sachen als seine Fertigbackmischungen. Vielleicht hatte Susanne also doch recht, und Maja war zuverlässig und nett. Susanne hatte ihm bei seinem letzten Besuch im Krankenhaus auch berichtet, dass Maja bereit sei, ihm hin und wieder ein wenig mit den Kindern zu helfen. Angeblich hatte Susanne mit ihr darüber gesprochen, und Maja hatte nichts dagegen gehabt. Sie hatte sich wohl als Teenager über Jahre mit Babysitten was dazuverdient. Bjarne kam sich dämlich vor, dass er sie bis jetzt nur nach ihrem Äußeren beurteilt hatte, das auf den ersten Blick abschreckend auf ihn gewirkt hatte. Ihre vielen Tätowierungen, diese schrecklichen knallroten Haare und der Schlabberlook waren überhaupt nicht seins, und er hatte sie wohl in eine völlig falsche Schublade gesteckt. Aber er musste sie nicht zu seiner besten Freundin machen, sondern nur hin und wieder mal etwas Unterstützung mit den Kindern annehmen, solange Susanne krank war. Alles war ihm lieber, als seine Mutter länger als nötig um sich herum zu haben. Die Frau machte ihn wahnsinnig, weil sie sich überall einmischte. Es fing bei den Klamotten der Kinder an, ging über ihre Freunde bis hin zu ihrer Ansicht nach nicht vorhandenen Ordnung des Haushalts. Kurzum: Sie war furchtbar anstrengend, und er musste mit ihr immer wieder Gespräche führen, die er nicht führen wollte. Ihm fehlte die nötige Energie für dieses ewige Diskutieren. Früher war es schon nervig gewesen, heute war es kaum mehr zu ertragen. Er war dünnhäutig, ja, das konnte er ruhig zugeben. Die Aussicht, dass seine Mutter vielleicht bald wieder abreisen würde, wenn er Maja tatsächlich um Hilfe bat, hellte seine Stimmung ein wenig auf. Aber eben hatte sie alles andere als freundlich gewirkt, und er wurde das Gefühl nicht los, dass der kleine Zusammenstoß nicht allein der Grund für ihre feindseligen Blicke gewesen war. Hatte Susanne ihr von seinen Bedenken erzählt?

»Mein Gott, was mache ich hier eigentlich«, murmelte er und schnappte sich seinen Wagen, um die restlichen Sachen einzusammeln. Er hatte wirklich keine Zeit, noch länger im Supermarkt über das Thema zu grübeln.

Als Bjarne zu Hause ankam, war es erstaunlich ruhig im Haus. Er zog Jacke und Schuhe aus, ehe er die Einkäufe in die Küche trug. Mit einer gewissen Vorahnung stapfte er nach oben. Aus den Kinderzimmern fiel der Schein der kleinen Nachtlichter in den Flur.

Das konnte ja wohl nicht wahr sein, dachte er. Seine Mutter wusste genau, wie viel Wert er darauf legte, den Kindern selbst gute Nacht zu sagen, bevor sie ins Bett gingen.

Wie aufs Stichwort schwebte sie aus seinem Schlafzimmer. »Psst, sie schlafen«, erklärte sie. Dann zeigte sie nach unten und bedeutete ihm damit, dass er ihr folgen sollte.

»Gleich«, erwiderte er leise und tapste auf Zehenspitzen in Zoes Zimmer. Es roch nach frischer Wäsche und ihrem ganz eigenen, süßen Kinderduft, den er schon immer als beruhigend empfunden hatte. Seine Tochter lag zusammengerollt auf der Seite, ihren Kuschelhasen im Arm, der eines von Alexandras Halstüchern umgebunden hatte. Zoe war selbst auf die Idee gekommen, und es war wenigstens etwas von ihrer Mama, mit dem die Kleine kuscheln konnte. Bjarne beugte sich hinunter und drückte seiner Tochter einen sanften Kuss auf die Stirn, ehe er ins andere Zimmer schlich und nach Noah schaute. Der Junge hatte sich die Beine freigestrampelt und wirkte sogar im Schlaf irgendwie angespannt. Bjarne strich ihm über die Stirn und küsste sie, dann deckte er ihn wieder zu. Mit einem leisen Seufzer ging er nach unten. In der Küche inspizierte Karola gerade den Inhalt seines Einkaufs.

»Mutter«, machte Bjarne auf sich aufmerksam. »Wieso hast du die Kinder ohne mich ins Bett gebracht?«

Sie drehte sich mit einem Lächeln zu ihm um. »Mein Lieber, ich dachte, es wäre gut, wenn du mal deine Ruhe hast. Ich wusste ja auch nicht, wann du wiederkommst.«

»Ich war einkaufen; es war doch klar, dass ich nicht stundenlang wegbleiben würde.«

Ihr Lächeln verblasste ein wenig. »Ein Danke hätte genügt, Bjarne. Ich dachte, es wäre gut für die Kinder, wenn sie nicht noch ewig warten müssten. Sie waren müde.«

Ja klar, jetzt drehte sie es wieder so hin, dass er ein schlechtes Gewissen haben musste. Er wusste aus langjähriger Erfahrung, dass es sinnlos war, weiter zu diskutieren. Dafür war er auch viel zu erschöpft.

»Und dann wollte ich noch was ansprechen, Bjarne.« Sie hatte eine der Kuchenmischungen in der Hand und schaute ihn mit hochgezogener Augenbraue an.

Er wappnete sich innerlich. »M-hm«, machte er nur und biss die Zähne aufeinander.

»Ich finde, die Kinder könnten gesünder essen. Es ist wichtig, dass sie gerade jetzt genügend Nährstoffe bekommen.«

Gerade jetzt? Ihm schwoll der Kamm. »An vielen Tagen bin ich froh, wenn sie überhaupt was essen«, presste er hervor.

»Ja, das kann ja sein. Aber sie sind blass und dünn. Sie brauchen mehr Vitamine. So ein Fertigzeug ist da wohl kaum das Richtige. Und was willst du überhaupt mit gleich vier Kuchenbackmischungen?«

Er wollte »Das geht dich nichts an!« schreien, aber er schluckte nur hart und straffte sich. Karola sollte nicht erfahren, dass Alexandra ihm eine Nachricht hinterlassen hatte, also erwiderte er: »Ich fand, es würde den Kindern guttun, ein wenig Spaß zu haben und etwas mit mir gemeinsam zu backen. Weil ich nun mal nicht von Haus aus Konditor bin, habe ich es mir leicht gemacht und Backmischungen gekauft. Noah und Zoe haben nicht den gleichen Geschmack, jeder kann also was wählen, damit niemand zu kurz kommt. Und mir ist es scheiß-egal, ob sie im Moment vielleicht ein bisschen mehr Süßigkeiten essen als sonst.«

Er spürte den rasenden Puls an seinem Hals und zwang sich dennoch, seine Hände locker neben seinem Körper hängen zu lassen. Karola war blass geworden, er sah, wie sie Luft holte. »Ja, das merke ich.« Ihre Lippen waren gekräuselt, das Missbehagen über seine Worte stand zwischen ihnen wie eine Mauer. »Es ist deine Sache, ich bin ja nur die Oma. Ich wollte nur helfen.«

Mehr Schuldgefühle, dachte er. Gott, wie lange musste er das aushalten?

Bjarne hielt die Klappe und goss sich ein Glas Wasser ein. Er merkte, dass sie noch immer dastand, aber er sagte nichts. Schließlich entfernten sich ihre Schritte, und er atmete erleichtert aus. Dann trank er einen Schluck. Leider kam sie wieder zurück; sie hatte etwas in der Hand.

Nicht noch mehr wertvolle Tipps, bat er stumm. »Hier, weil das Thema Essen bei euch ja anscheinend ein Problem ist«, fing sie wieder an und wedelte mit einer Art Broschüre, die sie ihm hinstreckte. »Das habe ich beim mobilen Hospizdienst bekommen.«

Bjarnes Mund wurde trocken. Er erstarrte. Mobiler Hospizdienst? Den brauchte er sicher nicht, denn Alexandra lebte nicht mehr. Das konnte selbst seiner Mutter nicht ent-gangen sein. Er zwang sich, stehen zu bleiben, ein- und wieder auszuatmen.

»Das ist eine Liste mit Kursen und Terminen«, erklärte sie; offenbar hatte sie ihren Ärger vergessen oder beiseitegeschoben. Jedenfalls war sie wieder voll in ihrem Element, sie hatte sich schon immer gern als Problemlöserin gesehen.

Kein Interesse, wollte er antworten, aber kein Wort kam über seine Lippen.

»Hier, sieh mal.« Sie klappte den Flyer auf und deutete auf die zweite Seite. »Sie bieten einen Kurs für Witwer an, einen Kochkurs. Das wäre doch was, dann hättest du gleichzeitig auch die Gelegenheit, dich mit anderen Betroffenen auszutauschen.« Sie sagte es in leichtem Plauderton, als schlüge sie ihm vor, eine neue Spinning-Klasse im Fitnessstudio zu besuchen. Fassungslosigkeit breitete sich in ihm aus.

»Nun nimm schon«, drängte sie.

Mechanisch schlossen sich seine Finger um die dünne Broschüre. Er nickte und ging wortlos nach oben in sein Arbeitszimmer. Dort verschloss er die Tür hinter sich und warf das Ding in den Papierkorb.

Bjarne stützte die Arme auf seinen Schreibtisch und vergrub das Gesicht zwischen seinen Händen. Als er sich nach ein paar Minuten – es hätten auch Stunden gewesen sein können – wieder gefasst hatte, kramte er Block und Stift hervor und fing an zu schreiben.

Liebe Alexandra,

du kannst dir nicht vorstellen, was hier los ist. Es ist wirklich einfacher für mich, wenn ich so tue, als wärst du nur länger als üblich auf einer Geschäftsreise, denn ich brauche das Gespräch mit dir. Für ein paar Minuten am Tag möchte ich mich wie ein ganz normaler Ehemann fühlen, nicht wie einer, der die Liebe seines Lebens begraben musste.

Ich muss dir von meinem Tag erzählen, von dem, was mich beschäftigt. Ich habe das Gefühl, dass ich jederzeit explodieren könnte, wie eine Zeitbombe, deren Timer fast heruntergezählt ist. Meine Mutter ist hier, doch das habe ich schon in einem anderen Brief geschrieben, und sie macht mich wahnsinnig. Auch das ist nichts Neues. Aber dieses Mal ist es noch schlimmer als sonst. Ich sehe ihre abschätzigen Blicke, und jeder Kommentar, der vermutlich gut gemeint ist, führt mir vor Augen, dass sie mich für unfähig hält. Für einen Jammerlappen, der endlich aufhören soll, um seine tote Frau zu trauern. Ein wenig glaube ich sogar, dass sie damit recht hat. Ich wäre gern stärker, souveräner. Aber das bin ich nicht. Ich sehne mich noch immer so sehr nach dir, dass ich mich nach wie vor dabei erwische, verwundert zu sein, wenn der Verschluss der Wasserflasche zugedreht ist, wenn keine Krümel mehr auf der Arbeitsfläche liegen oder es in der Dusche nicht mehr nach deinem Shampoo riecht.

Meine Mutter schläft in unserem Bett, und ich stelle mir vor, wie ich sie aus dem Haus scheuche, damit ich an deinen Sachen schnuppern kann, die noch immer in unserem Kleiderschrank hängen. Ich weiß, dass du sie nie mehr tragen wirst, aber ich bringe es nicht fertig, auch nur ein Stück davon wegzugeben. Es ist etwas von dir, was ich noch habe. Wenn ich die gelbe Bluse sehe, die du getragen hast, als Zoe Ketchup darauf geschmiert hat, erinnere ich mich an all die Momente des Glücks, der Normalität, die ich so vermisse. Ich weiß noch genau, wie du mit Zoe wegen des Ketchups geschimpft hast, nur um dann laut zu lachen, weil du es so komisch fandest. Der Fleck ist nebensächlich, was ich aber nie vergessen werde, ist die unfassbare Geduld und Liebe, die du unseren Kindern entgegengebracht hast. Du fehlst ihnen genauso wie mir, und ich habe eine wahnsinnige Angst, dass es mir nicht gelingt, oft genug von dir zu erzählen. Dass sie dich vergessen werden, vor allem Zoe. Sie ist noch so klein. Sie macht noch immer jedes Mal ein Riesentheater, wenn jemand deinem Stuhl am Esstisch auch nur nahe kommt, obwohl du schon so lange nicht mehr darauf sitzt. Aber was ist, wenn es ihr irgendwann egal ist? Vor diesem Augenblick fürchte ich mich, Alexandra.

Aber hey, heute ist auch was Positives passiert. Das heißt, ich weiß noch nicht, ob es gut ist, aber zumindest habe ich eine Kuchenbackmischung, nein gleich vier, gekauft. Und ich werde sie mit den Kindern zusammen ausprobieren. Es ist an der Zeit, dass sich meine Kochkünste mal auf mehr als Rührei, Spaghetti und den Pizzaservice erstrecken. Vielleicht setze ich ja auch die Küche in Brand, vielleicht wird es aber auch richtig gut, und ich kann den Kindern damit ein Lächeln entlocken. Ich hoffe es.

Ich vermisse dich, in Liebe
Bjarne

Er schluckte und faltete den Brief, dann schob er ihn zu den vielen anderen, die er in den letzten sechs Monaten an Alexandra geschrieben hatte.

* * *

Maja saß auf der Terrasse und träumte von ihren Ideen. Sie war so tief in Gedanken versunken, dass sie das seltsame Geräusch zunächst nicht richtig wahrnahm. Irgendwann erkannte sie, dass es ein unterdrücktes Schluchzen war. Sie schob ihren Laptop beiseite, stand auf und schaute sich um. Im Nachbarsgarten sah sie niemanden, aber er oder sie musste ganz in der Nähe sein. Maja ging weiter, schließlich entdeckte sie den kleinen Noah hinter dem Schuppen. Er saß mit dem Rücken daran gelehnt, die Beine an sich herangezogen. Sein Gesicht hatte er zwischen den Knien vergraben. Sie blieb stehen und überlegte, wie sie sich verhalten sollte, was sie für ihn tun konnte. Der Junge wirkte nicht so, als würde er wegen einer Bagatelle oder aus Trotz weinen. Das konnte sogar sie unterscheiden, auch ohne eine selbst ernannte Kinderexpertin zu sein. Sie entschied sich dafür, ihn erst mal anzusprechen, denn so gut kannten sie sich ja nicht, und sie wollte ihn nicht erschrecken. Maja trat näher und ging vor ihm in die Hocke. »Noah?«, fragte sie vorsichtig. »Alles okay?«

Mein Gott. Sie schnitt eine Grimasse über sich selbst. Es war ziemlich eindeutig, dass gerade nicht alles in Ordnung war. Was Dümmeres hätte sie nicht sagen können.

Er hob den Kopf, und als sie das verheulte Gesicht, die tränenverschleierten Augen sah, zerrte etwas an ihrem Herzen, was sie nicht definieren konnte.

»Kann ich dir helfen?«, versuchte sie es etwas konkreter, da er die erste Frage nun wirklich nicht beantworten musste. Dabei stellte sie fest, dass ihre Stimme seltsam dünn klang.

Der Junge schniefte und wischte sich die Nase am Ärmel ab. »Glaub nicht«, nuschelte er und bekam eine Art Schluckauf.

»Darf ich mich für einen Augenblick zu dir setzen? Wir müssen auch gar nicht reden«, schlug sie vor. Aus eigener Erfahrung wusste sie, dass man manchmal einfach nur jemanden brauchte, der mit einem zusammen die Klappe hielt. Sie konnte ihn vermutlich nicht trösten, dafür kannte sie ihn gar nicht gut genug, aber sie konnte für ihn da sein. Was auch immer es war, das ihn so fertigmachte. Vielleicht hatte er Streit mit einem Freund gehabt. Oder sein Meerschweinchen war gestorben. So was in der Art könnte es sein, grübelte sie.

Noah nickte.

Maja setzte sich neben ihn auf den Boden, den Rücken wie er an den Schuppen gelehnt. Von hier aus konnten sie auf ein Feld sehen; es war kürzlich gepflügt worden. Vermutlich würde bald ausgesät werden, was auch immer der Bauer hier anbauen wollte. Maja bemerkte auch, dass eine Blumenwiese für Bienen angelegt worden war. Das war super, bewies es doch, dass man sich hier mehr Gedanken über die Umwelt machte als vielerorts sonst. Das hoffte sie zumindest.

»Ich hasse die Schule«, murmelte der Junge irgendwann, nachdem sie einige Minuten gemeinsam geschwiegen hatten.

Das wiederum überraschte Maja. War es nicht ein bisschen früh dafür? Kam das nicht erst im Teenager-Alter? »Echt? In welcher Klasse bist du noch mal?«

»In der zweiten.«

»Es tut mir leid, dass du es da so blöd findest.« Etwas Klügeres fiel ihr bedauerlicherweise nicht ein.

»Meine Lehrerin sagt, ich bin dumm.«

Maja schnappte nach Luft. »Was?« Sie musste sich verhört haben, kein Pädagoge durfte sich zu so einer Äußerung hinreißen lassen. Oder? Sie war auf einmal nicht mehr so sicher.

Noah zog die Nase hoch. »Bin ich ja auch. Ich bin in der zweiten und kann immer noch nicht gut lesen. Ich bin dumm.«

Wie schrecklich! Der Junge war ganz sicher nicht dumm, sie hielt ihn für sehr intelligent. Auch wenn sie erst ein paarmal mit ihm geplaudert hatte, war ihr das längst aufgefallen.

Maja neigte ihren Kopf ein wenig und überlegte, was sie tun konnte, um ihn aufzuheitern. »Hey, aber meine Tätowierung hast du doch lesen können«, scherzte sie halbherzig.

»Ja, das schon. Waren ja auch nur zwei Wörter.« Er wirkte nicht gerade angetan von seinen Künsten; kein Wunder, wenn es jemanden gab, der ihm ständig vermittelte, blöd zu sein.

»Das ist ein Anfang«, erwiderte sie sanft.

Er zuckte die Schultern. »Ich bin einfach dumm«, wiederholte er noch einmal.

»Hat deine Lehrerin das zu dir gesagt?«

»Ständig. Und dann sagen es auch die anderen. Und dann lachen sie.«

Maja spürte, wie sich ein Klumpen in ihrem Magen bildete. Kinder konnten doch wirklich kleine Arschlöcher sein. Aber wenn es stimmte, was er sagte – und sie hatte keinen Grund, das anzuzweifeln –, dann war diese Person definitiv falsch an einer Grundschule. »Und was machen deine Eltern dagegen?«, fragte sie jetzt, denn die Eltern des Jungen unternahmen doch hoffentlich etwas gegen diesen Blödsinn, der da über Noah verbreitet wurde.

»Wogegen?«

»Na, gegen die Lehrerin. Das darf sie gar nicht sagen, selbst wenn es so wäre – was definitiv falsch ist. Du bist nämlich ziemlich klug, das habe ich gleich gemerkt.«

»Warum darf sie das nicht?«

»Na, weil du natürlich *nicht* dumm bist, Noah.« Maja lächelte ihn an. Ein Schmetterling flatterte an ihnen vorbei, und eine leichte Brise strich über ihr Gesicht. Die Sonne hatte sich hinter ein paar Wolken versteckt, aber es war dennoch nicht kalt.

Er schlug die Augen nieder. »Ich will da nicht mehr hin.«

»Das geht aber nicht. Du musst in die Schule.«

»Ich weiß.«

Sie ahnte, dass sie an der Stelle nicht weiterkam. Sein Problem schien komplexer zu sein, und man konnte es nicht mit einem Lolli oder ein paar netten Worten lösen. Sie hatte eine andere Idee, die ihm auf längere Sicht vielleicht helfen konnte. Gleichzeitig machte sie den Vorschlag nicht nur aus purer Nächstenliebe; ihr war nämlich tatsächlich ein bisschen langweilig gewesen in den letzten Tagen.

»Sag mal, hast du eine Lieblingsgeschichte?«, fragte Maja ihn.

Noah guckte sie schief an. »Was meinst du?«

»Na, gibt es ein Buch, das du besonders gern magst?«

Er zuckte die Schultern. »Ich habe ein paar Hörspiele, die ich gut finde.«

Sie erinnerte sich, dass sie ihn mit Kopfhörern gesehen hatte. »Ah, verstehe. Welche sind das denn?«

»Der Drache Kokosnuss oder die Hexe Petronella Apfelmus.«

»Wow, klingt spannend.«

»Wieso? Kennst du die?« Sein Interesse war geweckt; das war gut, und Maja lächelte zaghaft.

»Ich, ähm, ich bin selbst ziemlich gut darin zu lesen«, erklärte sie. »Und wenn du Lust hättest, könnte ich dir hin und wieder was vorlesen.«

»Du meinst, ich soll dir vorlesen? Zum Üben? Nein, das will ich nicht.« Er schüttelte energisch den Kopf.

»Nein, du hast schon richtig gehört: Ich könnte für *dich* lesen. Aus einem richtigen Buch. Du musst nichts tun, nur zuhören.«

»Wieso nicht? Alle wollen immer von mir, dass ich übe. Aber ich hasse es.«

»Das kommt schon noch, du bist doch erst in der zweiten Klasse. Es ist aber 'ne tolle Sache, dass du dir gern Geschichten anhörst, das ist ein super Anfang. Deshalb könnte ich für dich lesen, und du kannst entspannt lauschen. Was meinst du?«

»Jetzt gleich?« Er guckte sie mit großen Augen an. Noah war noch immer blass, aber seine Haut war nicht mehr ganz so fleckig wie zuvor, und die Tränen waren getrocknet.

»Wenn du möchtest, ich habe Zeit. Hast du denn die Geschichten als Bücher?«

»Nicht diese, nein.«

»Okay, pass auf. Ich bin morgen in der Stadt, dann könnte ich im Buchladen was kaufen. Also Kokosnuss, der Drache, hast du gesagt? Und die Hexe Apfelkompott?«

Noah gluckste. »Nein, die Hexe Petronella Apfelmus.«

Maja nickte grinsend. »Ah, ja klar. Also das ist natürlich was ganz anderes. Super. Ich sehe mal, was ich auftreiben kann.«

»Im Ernst?«

»Klar, denkst du, jemand wie ich macht Witze?« Maja zwinkerte.

»Du bist klasse«, sagte er, und seine Mundwinkel wanderten nach oben. »Kommst du morgen zu mir? Oder vielleicht ich zu dir? Sonst nervt Zoe.« Er verdrehte die Augen.

»Soll sie lieber nicht dabei sein?«

Er schüttelte den Kopf. »Nee, bloß nicht. Dann brüllt sie wieder, oder turnt rum und versaut alles.«

»Okay, Noah. Alles gut. Fangen wir zu zweit an, ja?«

Er nickte jetzt ganz so, als wäre er irrsinnig erleichtert. Vermutlich konnten kleine Geschwister ziemlich nerven; sie hatte es ja selbst schon mal erlebt, wie das Kind ausgeflippt war. Maja dachte auch an den mürrischen Vater, und was er wohl dazu sagen würde. Mist, an den hatte sie bis eben gar keinen Gedanken verschwendet. Der war bestimmt nicht begeistert davon, wenn sie mit seinem Sohn Zeit verbrachte. Sie hatte Noah einfach nur trösten wollen, und tatsächlich mochte sie es, anderen vorzulesen. Schon immer. Sie hatte den Kindern, auf die sie als Teenie aufgepasst hatte, lieber eine Stunde vorgelesen, als mit ihnen kämpfen zu müssen, wann Schlafenszeit war. Irgendwann war sogar das hartnäckigste Bürschlein eingeschlummert. Aber das hier war natürlich was ganz anderes, sie würde Bjarne fragen müssen. Oder die neu angereiste Oma, aber die kam ihr nicht gerade sympathisch vor. Nicht so nett wie Susanne, mit der sie gleich auf einer Wellenlänge gewesen war.

»Du musst aber deinen Papa oder Oma oder Mama fragen, ob du zu mir kommen darfst, ja?«

Noah schaute sie noch einmal an, mit einem komischen Ausdruck, den sie nicht ganz deuten konnte.

»Noooaaaahhh!«, rief zur gleichen Zeit jemand.

»Das ist Oma, sie wird nach mir suchen; ich hab meinen Ranzen nur hingeworfen und bin rausgerannt.« Er stand auf. »Ich sollte gehen, sonst meckert sie.«

»Natürlich«, erwiderte Maja und fragte sich, warum die Oma nicht gekommen war, um den Jungen zu trösten. Doch dann entschied sie, dass das Verhalten der Großmutter nicht ihre Sache war. »Lass sie nicht warten. Ich schaue nach dem Buch. Dann vielleicht bis morgen.«

Der Junge winkte noch einmal mit einem zögerlichen Lächeln auf seinen Lippen, dann rannte er davon.

KAPITEL 10

Im Leben muss man dauernd zwischen Aufrichtigkeit und Höflichkeit wählen.

Sophia Loren

Bjarnes Popcorntüte war noch fast voll. Der Abspann lief, die wenigen Kinogäste der Nachmittagsvorstellung verließen den Saal. Obwohl er sich Mühe gegeben hatte, dem Film zu folgen, wusste er jetzt kaum mehr, was er gesehen hatte. Ein Glück, dass es vorbei ist, dachte er und stand auf. Immerhin, jetzt konnte er einen Haken an Alexandras zweite Aufgabe machen, auch wenn er nicht begriff, was sie damit bezweckt hatte.

Geh ins Kino, aber nicht in einen Kinderfilm und nicht mit unseren Kindern, war alles gewesen, was auf der Notiz gestanden hatte. Bjarne nahm das Popcorn und warf die Tüte in einen Mülleimer, der neben dem Ausgang stand. Dann ging er zu seinem Auto und setzte sich hinein. Er lehnte die Stirn gegen das Lenkrad, schloss die Augen und wünschte sich, in einem schwarzen Loch zu verschwinden. Für einige Minuten verharrte er regungslos und versuchte, an nichts zu denken.

Das gelang ihm genauso gut, wie glücklich zu sein.

Der Tag war beschissen gewesen, so wie die Tage und Monate davor. Das Zusammenleben mit seiner Mutter glich einer Folter, sein ohnehin schon angegriffenes Nervenkostüm stand kurz vor einer Explosion. Dazu hatte er auch noch das Gespräch mit Noahs Lehrerin zu verdauen. Die Frau hatte so was von einen an der Waffel. Sie hatte doch tatsächlich vorgeschlagen, der Junge sollte in die erste Klasse zurückgehen, weil sie schlicht nicht kapierte, dass die Schule an sich nicht sein Problem war. Ja, klar, er hatte beim Lesen Schwierigkeiten, aber das war doch kein Weltuntergang. Bei einem Gespräch mit dem Vertrauenslehrer hatte Bjarne gesagt bekommen, das Ziel der Grundschule sei, dass bis zum Ende der vierten Klasse alle flüssig lesen konnten. Warum also der ganze Terz? Wieso konnte diese Frau nicht einen Funken Verständnis für seinen Sohn aufbringen?

Er begriff es nicht, wollte es vielleicht auch gar nicht, denn Noah war nicht das Problem, diese Pädagogin hingegen schon. Sollte er sich vielleicht an eine andere Instanz wenden? Die Schulleitung? Aber würde es das nicht noch schwieriger für den Jungen machen? Bjarne war mit seinem Latein am Ende. Natürlich hatte er versucht, mit Noah zu üben. Aber der Junge machte sofort dicht, wenn man nur mit einem Blatt ankam, auf dem ein kleiner Text stand. Das konnte er also getrost vergessen. Einfach abwarten? Das fühlte sich auch falsch an. Nachhilfe für einen Zweitklässer? War das die richtige Botschaft an ihn?

Nein, eindeutig nicht. Bjarne hob den Kopf, atmete tief durch und ließ den Motor an, um nach Hause zu fahren. Die Straßen waren nass, überall standen tiefe Pfützen. Das Thermometer auf dem Display zeigte zwölf Grad an. Kein guter April bisher.

Als er den Wagen in der Einfahrt geparkt hatte, wappnete er sich innerlich für die Begegnung mit seiner Mutter. Er war seit ihrer Ankunft immer auf der Hut gewesen, sie nicht anzuschreien, nicht unfair zu sein und ruhig zu bleiben, auch wenn sie ihn mit ihren gut gemeinten Ratschlägen auf die Palme brachte. Bjarne schloss die Tür auf. Zoe kam auf ihn zugerannt und sprang in seine Arme. »Hallo, meine Süße, wie geht's dir? Wie war dein Tag?« Er drückte sie fest an sich.

Sie ging gar nicht darauf ein. »Wo warst du?«, wollte sie wissen.

»Ich hatte was zu erledigen«, wich er aus, ohne die Wahrheit zu verdrehen. Wo es möglich war, blieb er ehrlich zu seinen Kindern. Wenn er vom Kino erzählt hätte, hätte Zoe sofort angefangen zu toben und gefragt, warum sie nicht mitgedurft hatte, und er wollte auch nicht erklären, dass er Aufträge ihrer toten Mutter erfüllte. Bjarne setzte sie wieder auf die Füße, dann strich er ihr über den Kopf. »Wo ist dein Bruder?«

»Sitzt oben in seinem Zimmer und hört, glaube ich, was.«

Bjarne zog Schuhe und Jacke aus. »Okay, ich sehe gleich mal nach ihm.« Noah hatte Alexandras Handy bekommen, und er hütete es wie einen Schatz. Vermutlich hörte er über eine App nicht nur eine Hörgeschichte, sondern guckte sich auch zum tausendsten Mal die Bilder und alten Videos darauf an. Bjarne wollte gerade nach oben gehen, als Karola um die Ecke kam.

»Hallo, Bjarne«, sagte sie, und ihm fiel auf, dass ihre Haare ein Stück kürzer waren als am Morgen, und die Farbe war auch aufgefrischt.

»Hallo, Mutter, hübsche Frisur«, meinte er und hoffte, dass das Kompliment ankam.

Sie fuhr sich mit den Fingern darüber, dann lächelte sie. »Ja, danke. Ich war bei Cathy, sie ist wirklich gut.«

Cathy kochte nicht nur gern, sie arbeitete auch im örtlichen Friseursalon.

Bjarne versuchte, unbeteiligt zu schauen, aber er ahnte, was jetzt kommen würde. »Ja«, war daher alles, was er dazu erwiderte.

130

»Sie ist wirklich toll«, flötete seine Mutter.

Ja, und sicher hatte sie auch erwähnt, dass sie Single war. »M-hm«, machte er.

»Hör mal, wieso triffst du dich nicht mit ihr? Sie hat nach der Auflaufform gefragt. Du könntest sie ihr vielleicht vorbeibringen?«

Bjarne seufzte. »Ja, sicher. Habe ich ganz vergessen. Mache ich morgen.« Das mit dem Ausgehen ignorierte er, er musste seiner Mutter wohl nicht erklären, warum er kein Interesse an Verabredungen hatte. Typisch, dass sie damit anfing. Er ging zur Treppe.

»Morgen, morgen, morgen. Ich höre bei dir immer nur dieses Wort. Du musst mal anfangen, im Heute zu leben.«

Bjarne erstarrte und drehte sich ganz langsam um. »Wie bitte?«

»Du verstehst mich schon. Alexandra ist jetzt ein halbes Jahr tot. Willst du für immer allein bleiben? Schau dich doch mal um. Den Kindern würde es guttun, wenn hier wieder eine weibliche Hand mit anpacken würde.«

Bjarnes Mund klappte auf. »Nicht dein Ernst«, gab er tonlos zurück.

Karola nickte. »Doch, und ich finde, Cathy würde gut zu dir passen.«

Es war so weit. Bjarne platzte der Kragen. Nur Zoe und Noah zuliebe fing er nicht an zu schreien. Er trat auf seine Mutter zu. »Ich möchte, dass du deine Sachen packst und so bald wie möglich verschwindest. Deine *Tipps*« – er malte Gänsefüßchen mit den Fingern in die Luft – »kannst du dir sparen. Wenn meine Kinder eines nicht brauchen, dann ist das eine fremde Frau, die Mama für sie spielt. Wann begreifst du das endlich?«

Karola wurde blass, ihr Mund öffnete und schloss sich langsam wieder. Bjarne konnte sich nicht erinnern, wann er seine

Mutter zuletzt sprachlos gesehen hatte. Wenn die Situation nicht so grotesk gewesen wäre, hätte er vielleicht gelacht. So konnte er nur eines tun, sie giftig anstarren und noch einmal mit Nachdruck zischen: »Ich möchte, dass du abreist. So bald wie möglich.«

Sie trat einen Schritt zurück, blinzelte ein paarmal und straffte sich. Mit kerzengeradem Rücken und hochrotem Kopf – die Farbe war in ihr Gesicht zurückgekehrt – erwiderte sie seinen Blick. »Du willst es ja anscheinend so. Dann sieh doch zu, wie du zurechtkommst.« Karola stakste an ihm vorbei, dabei streifte ihre Schulter seinen Arm. Er schaute ihr hinterher und atmete erleichtert aus. Auch wenn er keine Lust auf Streit gehabt hatte, freute er sich jetzt, dass er hier bald wieder seine Ruhe haben würde. Und natürlich würde er klarkommen. Irgendwie. Alles war besser, als auch nur noch eine Nacht länger mit seiner Mutter unter einem Dach verbringen zu müssen. Wenn ihr Verhältnis früher schon schlecht gewesen war, dann hatte es jetzt einen neuen Tiefststand erreicht. Seltsamerweise fand er die Aussicht auf eine Eiszeit eher beruhigend als besorgniserregend. Er war sich sicher, dass auch die Kinder froh sein würden, wenn ihr strenges Regiment vorerst beendet war.

In der Küche stand ein Teller mit Grünkernbratlingen – offenbar hatte seinen Sprösslingen das Abendessen nicht besonders geschmeckt, sonst hätte es sicher nicht so viele Reste gegeben. Auch das würde jetzt ein Ende haben. Bjarne hatte nicht vor, Noah und Zoe ausschließlich mit Tiefkühlpizza und Gummibärchen zu ernähren, aber das, was seine Mutter hier in der letzten Woche aufgetischt hatte, war furchtbar gewesen. Gesund musste auch lecker gehen, überlegte er, während er Karola oben wüten hörte.

* * *

Maja stand in der Küche und entsorgte einen weiteren Sauerteigansatz. Es war schon wieder was schiefgegangen. So langsam glaubte sie, dass sie einen an der Waffel haben musste, weil sie immer wieder neue Versuche startete, obwohl sie offensichtlich kein Talent dafür hatte. Unglaublich, dass es ihr nicht mal gelang, diesen verdammten Starter zu züchten. Die Beschreibung klang idiotensicher.

So viel dazu.

Maja fluchte derb, dann spülte sie alle Gläser aus und räumte sie weg. Das wars. Diesen Scheiß würde sie von jetzt an sein lassen. Gab es eben kein frisches, selbst gebackenes Sauerteigbrot. Maja stopfte das Kochbuch zurück zu den anderen; dann fiel ihr Blick auf die Tüte vom Buchladen, die seit dem Kauf unberührt dalag. Es war mehr als eine Woche her, seit Maja dem weinenden Noah hinter dem Schuppen begegnet war. Seitdem hatte es beinahe ununterbrochen geregnet. Dementsprechend war auch ihre Stimmung. Gleichzeitig fragte sie sich, warum der Kleine nicht bei ihr aufgetaucht war. Dazu fiel ihr eigentlich nur eines ein: Der Papa konnte es ihm verboten haben.

Gewundert hätte es sie nicht. Maja zuckte die Schultern, nahm sich einen Schokoriegel aus dem Schrank und guckte aus dem Fenster. Über den Himmel zogen dunkle Wolken, die sich in riesigen Pfützen spiegelten. In der Nachbarsauffahrt wurde der Mercedes mit Gepäck beladen. Die Oma drückte die zwei Kinder, dann wechselte sie ein paar ernste Worte mit ihrem Sohn. Bjarne sah völlig entnervt aus, anscheinend war das ein Dauerzustand bei dem Typen. Er fuhr sich mit der Hand durchs Haar, und sein Ehering glänzte im Licht.

Geschieden war er also schon mal nicht, stellte Maja fest. Zuvor hatte sie darauf gar nicht geachtet. Vielleicht war die Frau ja auf Kur, oder so was in der Richtung, und kam bald nach Hause, und sie konnte die Oma nicht leiden. Sollte ja vorkommen, dass man mit der Schwiegermutter nicht klarkam.

»Warum interessiert es mich überhaupt?«, sprach Maja mit sich selbst und wandte sich dann ab. Gott, jetzt stand sie schon selbst hinter Gardinen und beobachtete, was die Nachbarn machten. Sie musste dringend was dagegen tun und mal rauskommen. Maja schnappte sich Schlüssel, Schuhe und Telefon und zog sich eine Regenjacke über. Eine Runde frische Luft war genau das, was sie jetzt brauchte. Wenn sie noch eine Minute länger hier herumhockte, würde ihr garantiert die Decke auf den Kopf fallen. Oder sie würde nebenan klingeln und dem Herrn Papa mal die Meinung geigen, warum sein Sohn nicht zum Vorlesen zu ihr zu Besuch kommen durfte.

Beides klang selbst in ihrem Kopf nicht besonders klug, also doch lieber Fahrrad fahren. Sie holte den alten Drahtesel aus dem Schuppen und radelte los, die Straße hinunter, bog dann links ab in Richtung Wald. Sie kam an den vielen hübschen und auch hässlichen Häusern vorbei, die am Ufer der Ilmenau standen. Das war die exklusivere Wohngegend im Dorf, weil man Zugang zum Flüsschen hatte und freie Sicht auf die Feuchtwiesen dahinter, die wegen ihrer alljährlichen Frühjahrsüberschwemmungen nicht bebaut waren. Charlotte hatte ihr all das bei einem Spaziergang einmal erklärt. Maja hatte damals nur halbherzig zugehört, doch heute genoss sie es, sich das alles in Ruhe anzusehen. Komisch, dass manche Leute Luxus benötigten, um sich selbst wertvoller zu fühlen. Sicher galt das nicht für alle, die hier eine Villa besaßen, aber garantiert für einige. Wobei Maja gegen eine so hübsche, unverbaute Aussicht auch nichts einzuwenden gehabt hätte.

Der Gedanke erheiterte und erschreckte sie gleichzeitig. Vielleicht steckte doch mehr Spießertum in ihr, als sie gedacht hatte. Sie trat ein wenig kräftiger in die Pedale und war beinahe so schnell wie die dicken Wolken über ihr, die rasch über den Himmel zogen.

Oder nein, sie grinste, nicht ganz. Aber sie fühlte sich frei, und das war die Hauptsache. Im Wald begegnete sie einigen Hunden und deren Besitzern. Sie grüßte und wich dabei den matschigen Pfützen aus, die sich überall breitgemacht hatten. Irgendwann erreichte sie einen kleinen Strand. Sie stieg vom Rad ab und ging zum Wasser. Der Sand war nass, einige Hundepfoten hatten sich darin abgedrückt. Maja nahm ein paar Steinchen und warf sie ins Wasser. Die Strömung war für so einen kleinen Fluss beachtlich, in einiger Entfernung schwamm ein Schwanenpärchen. Maja fand es faszinierend, dass diese Lebewesen für immer zusammenblieben. Wenn der Partner starb, blieb der Überlebende allein oder starb auch – an gebrochenem Herzen. In ihrem Kopf klang es beinahe romantisch, auf eine verdrehte Weise. Natürlich war es hauptsächlich traurig, aber Maja musste an ihren Vater denken, der damals schnellstmöglich zugesehen hatte, die frei gewordene Seite in seinem Bett neu zu bestücken.

Maja seufzte und warf einen größeren Stein, der mit einem lauten Platschen im Wasser versank. Auch wenn sie heute erwachsen war und die erste Beziehung ihres Vaters nach dem Tod ihrer Mutter nur für ein paar Jahre gehalten hatte, konnte Maja ihm nicht verzeihen, dass er ihre Mama einfach ersetzt hatte. Wenn es Liebe gewesen wäre, die er für die Neue empfunden hätte, hätte sie vielleicht noch damit leben können. Aber das war nicht der Fall gewesen, sonst wären sie ja heute noch zusammen gewesen.

»Was auch immer«, brummte sie und schüttelte sich kaum merklich. Wieso dachte sie überhaupt an ihn? Nach dem letzten gemeinsamen Essen hatte sie nichts von ihm gehört, und sie war auch irgendwie froh darüber. Das Verhältnis war so zerrüttet. Maja liebte ihren Vater, doch gleichzeitig hasste sie ihn auch, während sie sich selbst hauptsächlich als Belastung empfand. Eine Pflicht, die er zu erfüllen hatte und die sie jedes Mal mit Enttäuschungen für ihn spickte. Sie war nicht hübsch, nicht ansehnlich und auch nicht erfolgreich. Es war ihr ja selbst peinlich, dass alles, was bei ihrem Studium herausgekommen war, der unterbezahlte Job einer Storylineautorin einer Seifenoper fragwürdiger Qualität war.

Das musste aufhören, nahm sie sich in diesem Augenblick vor. Sie musste endlich etwas aus ihren Ideen machen. Dieses Mal würde es ihr gelingen. An Einfällen hatte es ihr noch nie gemangelt, im Gegenteil, sie hatte ganze Notizbücher voll davon. Aber immer wenn es ernst wurde und sie etwas mehr zu Papier bringen wollte, versagte ihre Muse. Dann saß sie vor einem leeren Blatt, und alle Worte lösten sich in ihrem Kopf auf wie Nebel in der Frühlingssonne.

Sie blieb noch eine Weile am Ufer sitzen, bis ihr kalt wurde und sich ihr Magen mit einem lauten Knurren meldete. Das Schwanenpärchen war längst weitergezogen, und die Nacht kündigte sich mit einer kühlen Brise an, die ihr eine Gänsehaut bescherte. Sie zog den Reißverschluss ihres Anoraks nach oben, dann ging sie zum Rad und schob es den Anstieg hinauf. Oben schwang sie sich in den Sattel und kehrte nach Hause zurück. Nebenan brannte Licht, wie jeden Abend. Die Terrassentür war offen, und Bjarne stand im Garten, die Hände in den Gesäßtaschen seiner Jeans vergraben. Er wirkte bedrückt, als müsste er frische Luft schnappen.

Maja spürte neuerlichen Ärger in sich aufkeimen. Es verletzte sie, dass er sie offensichtlich für unfähig oder nicht würdig hielt, seinem Sohn eine Geschichte vorzulesen. »Hi, Bjarne«, sprach sie ihn an; dabei klang ihr Tonfall schärfer als beabsichtigt.

»Oh, hallo, Maja«, erwiderte er und nickte ihr zu.

»Kann ich kurz mit dir sprechen?«, fragte sie und trat an den Zaun heran.

Ein Ausdruck des Erstaunens huschte über sein Gesicht, und er kam herüber, hielt aber genügend Distanz, um keine

Vertraulichkeit aufkommen zu lassen. Beinahe hätte sie gelacht. Maja war auch so klar, dass er sie nicht leiden konnte. Und sie mochte ihn auch nicht, aber dafür konnten ja seine Kinder nichts.

»Ich wollte mit dir über Noah sprechen.«

»Noah? Hat er was angestellt?«

Maja lächelte, es war ein ironisches Lächeln. »Dass Eltern immer zuerst glauben, ihre Sprösslinge hätten was falsch gemacht.«

Seine Stirn legte sich in Falten. Er sagte nichts dazu.

»Vor ein paar Tagen saß Noah weinend im Garten«, fing sie an, und Bjarnes Augen weiteten sich. Sie ging nicht darauf ein und fuhr fort. »Ich habe ihn ein bisschen getröstet, und er hat mir von seiner Lehrerin erzählt. Na ja, jedenfalls habe ich ihm angeboten, ich könnte ihm vorlesen; er sagte, dass er diese Hexe Apfelmus mag oder den Drachen Kokosnuss. Ich, ähm, bin ziemlich gut darin, das habe ich früher beim Babysitten schon oft gemacht.«

Gott, sie redete sich um Kopf und Kragen. Es fühlte sich fast wie ein Bewerbungsgespräch an, was albern war. Sie wollte ja keinen Job und Bjarne auch nicht gefallen. Es ging ihr nur um Noah. »Also, ich habe angeboten, ihm vorzulesen, und er hatte richtig Lust darauf, aber er ist nicht rübergekommen, und ich wollte fragen, warum? Hast du was dagegen?«

Ihr Herz schlug schneller, und sie merkte, dass sie rascher atmete. Ihre Hände waren feucht. Warum, verdammt noch mal, war sie nervös?

Maja beobachtete seine Reaktion genau, sie wirkte echt, nicht gespielt. Im Gegenteil. Bjarne schien um Fassung zu ringen. Sie sah seinen Adamsapfel hüpfen, während er sie anstarrte. »Ob ich was habe?«, stammelte er.

»Na, ob du was dagegen hast, dass ich ihm hin und wieder was vorlese. Ich kann mir das zeitlich einrichten, und ich glaube, dass es ihm guttun würde.«

Er schüttelte den Kopf, beinahe wie in Zeitlupe. »Nein«, murmelte er dabei. »Nein, ich habe nichts dagegen. Ich … habe das gar nicht gewusst. Er hat mir nichts gesagt.«

Nun war es an ihr, die Stirn zu runzeln. »Komisch, es kam mir so vor, als hätte er sich wirklich gefreut; er wollte an dem Tag gleich loslegen, aber dann hat seine Oma nach ihm gerufen und er musste gehen.«

Bjarne sog scharf die Luft ein. »Na ja, die Oma ist ja jetzt weg. Also, wenn du möchtest und er auch, dann … also ich habe nichts dagegen.« Er sprach die Worte nahezu identisch noch einmal aus.

Maja hätte am liebsten in die Hände geklatscht; sie hielt sich gerade noch zurück. Ein bisschen Coolness konnte nicht schaden, immerhin stand sie vor dem Eisblock der Spießersiedlung. »Prima«, war daher alles, was sie darauf erwiderte.

Für einen Augenblick sagte niemand etwas, sie starrten einander nur an, und es kam Maja so vor, als nähme Bjarne sie zum ersten Mal richtig wahr. Seine Züge entspannten sich ein wenig, ebenso wie seine Schultern, die er sonst ständig nach oben zog. So, wie er eben reagiert hatte, war das Verhältnis zur Oma also wirklich nicht das beste, und er schien ehrlich erleichtert. Fast wirkte die Reaktion auf ihr Angebot übertrieben, oder es ging ihm noch mehr durch den Kopf, was er nicht sagen wollte.

»Ja, dann, äh, er kann morgen einfach rüberkommen, wenn er möchte. Ich bin am Nachmittag zu Hause.«

Er nickte. »Aha. Ist in Ordnung. Ja, dann … ich muss mal die Kinder ins Bett bringen. Schönen Abend noch.«

»Gleichfalls.« Während Bjarne durch die Terrassentür verschwand, setzte Maja ihren Weg ums Haus fort. Sie spürte erst, als sie drin war, dass sie breit grinste. Sie freute sich tatsächlich sehr, dem Jungen Geschichten vorzulesen.

KAPITEL 11

Nur Kinder können beim Lesen Wunder bewirken.

Astrid Lindgren

Die Apfelbäume blühten, Bienen summten herum. Die Aprilsonnenstrahlen wärmten Majas Arme und ihren Rücken. Das war der dritte Vorleseversuch, und Noah hatte recht gehabt. Als seine kleine Schwester mitbekommen hatte, dass Maja für ihn lesen wollte, hatte sie auch dabei sein wollen. Maja saß mit den beiden im Garten, beziehungsweise Maja und Noah saßen und Zoe turnte herum und ärgerte ihren Bruder. Immer wieder zupfte sie an seinen Haaren oder warf mit Grashalmen nach ihm. Auch auf Majas mehrfache Ermahnungen hin hörte sie nur kurz auf. Es war ihr nicht zu verübeln, nicht mal Erwachsene konnten sich manchmal länger als für einige Minuten konzentrieren, und Zoe war gerade mal vier, wie Maja mittlerweile wusste. Sie klappte das Buch zu. »Tut mir leid, Noah, aber wir müssen ein anderes Mal weitermachen.«

Die Enttäuschung stand ihm ins Gesicht geschrieben. Es tat Maja furchtbar leid, aber so brachte es nichts. »Wollen wir was spielen?«, schlug sie stattdessen vor.

Zoe klatschte in die Hände. »Ja, ja, spielen!«

Noah schüttelte den Kopf. »Keine Lust.«

Maja atmete tief ein und langsam wieder aus. »Hm, was machen wir sonst? Habt ihr Ideen?«

Noah zeigte auf das Buch. »Ich möchte die Geschichte hören.«

Zoe kam mit einem Ball angelaufen. »Ich will spielen.«

Maja kratzte sich am Kinn. »Pass auf, Noah, ich lasse mir was einfallen, und jetzt werfen wir erst mal ein bisschen hin und her, okay?«

Er schüttelte den Kopf. »Nee, das will ich nicht. Ich geh dann lieber rein.«

Er war enttäuscht, natürlich, denn die ganze Sache war ja für ihn gedacht. Aber so funktionierte es nicht. Bjarne hatte die Kinder vom Hort und dem Kindergarten abgeholt und dann zu ihr gebracht. Sie musste noch mal mit ihm reden und nach einer anderen Lösung suchen. Seit ihrer Begegnung im Garten war das Verhältnis zwischen ihnen ein wenig besser geworden. Nicht, dass sie jetzt nett miteinander geplaudert hätten – dafür waren weder Maja noch Bjarne der Typ. Er war verschlossen wie eh und je, aber er vermittelte ihr nicht mehr länger das Gefühl, dass er sie für ein Risiko hielt. Vielleicht hatte sie ja was in den falschen Hals bekommen, vielleicht auch nicht. Maja war nicht nachtragend, jedenfalls nicht deswegen. Sie wusste, dass sie mit ihrem Aussehen provozierte, das wollte sie auch. Aber selbst in der Neubausiedlung hier hatte es anscheinend die Runde gemacht, dass sie jetzt »irgendwie dazugehörte«. Niemand glotzte sie mehr erschrocken an, die Leute winkten ihr sogar zu, wenn sie an ihr vorbeifuhren, während sie mal wieder auf ihrem Rad durchs Dorf rollte.

Noah stand auf. »Ich geh rüber«, erklärte er leise.

»Noah, warte.«

»Was ist denn?«, gab er bockig zurück.

»Hey, ich verstehe, dass du sauer bist. Ich lasse mir was einfallen. Kann dein Papa vielleicht kurz rüberkommen und mit mir sprechen? Ich habe eine Idee.«

Maja wurde von einem Ball am Kopf getroffen. Zum Glück war es kein schwerer Lederball, sondern ein ganz weicher. Erschreckt hatte sie sich trotzdem.

»Ups«, machte Zoe und quietschte.

Maja bückte sich und hob den Ball auf. »Sagst du dem Papa Bescheid, ja?«, rief sie Noah noch hinterher.

Er zuckte die Schultern. »Der ist sicher im Arbeitszimmer, da will er nicht gestört werden.«

Maja kniff die Augen zusammen. Er würde ja wohl mal seine Arbeit unterbrechen können, um eine Angelegenheit für seinen Sohn zu regeln. Eine Zeit lang spielte sie mit Zoe, die Kleine hatte sichtlich Spaß daran. Sie jauchzte und lachte und lief immer wieder dem davonkullernden Ball nach, um ihn zu holen. Nach einer Weile wurde Maja ungeduldig. Bjarne war tatsächlich nicht gekommen. Sie schüttelte den Kopf und ärgerte sich. Ihre eben noch so gute Meinung über ihn verflüchtigte sich wieder ein wenig. »Zoe, Schätzchen, komm mit, wir gehen mal rüber. Ich muss noch was mit dem Papa besprechen.«

»Was denn?«

Maja grinste. »Neugierig bist du ja gar nicht«, erwiderte sie und tippte dem Mädchen ganz leicht mit dem Finger auf die Nasenspitze.

»Doch, bin ich.«

Lustig, dass Kinder in dem Alter noch nicht verstanden, was Ironie war. Irgendwann würde auch sie dahinterkommen. Bis dahin würden wohl noch einige Jahre vergehen.

Es fühlte sich irgendwie seltsam an, mit Zoe ins Haus zu gehen. Obwohl die Tür nicht verschlossen war und sich einfach aufdrücken ließ, kam sie sich wie ein Eindringling vor. Seit Susannes Sturz war sie nicht mehr hier gewesen.

Uff, beinahe hätte sie einen kleinen Schrei von sich gegeben. Das Haus versank im Chaos. Überall im Flur flogen Schuhe und Jacken und im Wohnbereich Spielzeug herum. Maja fand, dass das Bjarne sympathischer machte. Eigentlich hatte sie ihn für einen Pedanten gehalten, dem Ordnung total wichtig war. Sie selbst bevorzugte ein liebevolles Chaos. Kinder sollten sich wohlfühlen und nicht mit der Peitsche zum Aufräumen gezwungen werden. Sie hatte das in ihrer Kindheit als schlechte Erfahrung abgehakt, denn eine von Vaters neuen Partnerinnen hatte einen echten Sauberkeitsfimmel gehabt, und niemand hatte auch nur ein Glas stehen lassen dürfen. Zum Glück war diese Frau so schnell wieder verschwunden, wie er sie angeschleppt hatte.

Maja kehrte ins Hier und Jetzt zurück. Noah war nicht zu sehen und Bjarne auch nicht. »Zoe, kannst du mal bitte deinen Papa holen?«

Sie fragte wieder: »Warum?«

»Weil ich was mit ihm besprechen muss.«

Sie nickte. »Kann sein, dass er nicht aufmacht.«

»Wie aufmacht?«

»Im Arbeitszimmer, da schließt er meistens ab.«

Maja hob eine Augenbraue. Wow, sie hatte ja schon von vielen Eltern gehört, die gern ihre Ruhe hatten, wenn sie arbeiten mussten, aber dass man die Kinder aussperrte, fand sie ziemlich krass. »Ähm, okay. Ich warte kurz, ja?«

Zoe tänzelte davon, und Maja ging in die Küche. Hier sah es etwas besser aus, wenn auch nicht viel. Es stapelte sich kein schmutziges Geschirr, aber überall stand und lag was herum, von offenen Keksrollen und einer angebissenen Banane bis hin zu Cornflakes, die sich über die Arbeitsfläche verteilt hatten, weil die Packung umgekippt war.

Es dauerte eine Weile, aber irgendwann hörte sie Bjarne. »Was ist denn nun so dringend, Zoe?«

»Wirst du dann schon sehen«, hörte Maja die Stimme der Kleinen.

Maja lehnte sich gegen die Arbeitsfläche und wartete, bis Bjarne auftauchte. Er blieb überrascht stehen.

»Ähm, ja sorry, ich bin einfach mit reingekommen, aber ich müsste noch mal mit dir reden.«

Täuschte sie sich, oder wurde er rot? Ja, doch. Sein Gesicht nahm eine zartrosa Färbung an. »Es sieht schlimm aus, ich weiß«, brummte er.

Maja winkte ab. »Zum Glück nicht meine Baustelle.« Sie zuckte mit den Schultern. »Ist Noah oben?«

Bjarne nickte. »Ja, er hört was. Zoe, Liebes, wieso machst du dir nicht den Fernseher an?«

»Echt, darf ich?«, fragte sie ungläubig.

»Ja, ausnahmsweise.« Er lächelte milde, und die Falten auf seiner Stirn glätteten sich ein wenig. Als Zoe verschwunden war und das Dröhnen des Kinderprogrammes zu ihnen herüberdrang, wandte Bjarne sich an sie.

»Was ist los?«, wollte er wissen.

Er hat es wirklich nicht so mit Small Talk, dachte Maja halb amüsiert, halb genervt. »Es ist so, dass ich gar nicht zum Vorlesen komme, weil Zoe eigentlich gar nicht zuhören will.«

Bjarne verzog die Lippen. »Verstehe.«

»Es tut mir so leid für Noah, denn er hat sich wirklich darauf gefreut.«

»Ja, das hat er …«

»Wäre es möglich, dass er allein zu mir kommt?«, unterbrach Maja Bjarne, weil sie die Geduld verlor.

»Zoe wird ausflippen«, erwiderte er und rieb sich geistesabwesend über die Stirn.

Maja verschränkte die Arme vor der Brust. Sie fand, dass das Mädchen nicht überall dabei sein musste. Aber sie hütete sich, Bjarne das so ins Gesicht zu sagen. Sie hatte längst mitbekommen, dass er immer versuchte, jeden Konflikt mit den Kindern zu vermeiden. Und Erziehungsfragen waren wirklich nicht ihr Fachgebiet. »Und wenn sie nichts davon mitbekäme?«

Bjarne guckte sie verständnislos an. »Wie meinst du das?«

»Die beiden haben ja zur gleichen Zeit Schluss, oder?«

»Ja.«

»Ähm...« Maja merkte, dass ihr heiß wurde. Möglicherweise schoss sie mit ihrem Vorschlag übers Ziel hinaus, aber das würde sie in Kauf nehmen. »Ich könnte Noah ja etwas früher abholen. Der Hort ist doch im Dorf, oder? Ich habe nur ein Fahrrad, aber ... würde das gehen?«

»Du möchtest ihn abholen? Früher?«

Maja nagte an der Innenseite ihrer Wange. »Ja, könnte ich einrichten. Dann hätte ich etwas Zeit mit ihm allein. Er hat wirklich großes Interesse an Geschichten, und nachdem er mir von seinen Leseschwierigkeiten erzählt hat, glaube ich, dass er dadurch mehr Vertrauen in sich selbst bekommen könnte. Geschichten zu verstehen hilft dabei, sie später lesen zu können. Er ist ein so kluger kleiner Kerl; es tut mir unendlich leid, dass er die Schule jetzt schon so hasst. Ich habe immer gedacht, dass man erst als Teenager damit anfängt.« Maja merkte selbst, dass sie immer schneller redete. Fast befürchtete sie, dass Bjarne sauer würde, stattdessen neigte er seinen Kopf und wurde ganz nachdenklich.

»Na schön«, stieß er schließlich hervor. »Ich muss natürlich im Hort noch Bescheid geben, dass du ihn abholen darfst.«

»Klar.« Maja freute sich, verkniff sich das Lächeln dennoch.

»Wann, ähm, wann möchtest du anfangen? Ich bin wirklich froh, dass du ihm helfen willst.«

Sein Blick war offen, und aus seinen sanften Augen strahlte eine so ehrliche Dankbarkeit, dass Majas Herz schneller schlug.

»Kein Ding«, winkte sie ab. Dann räusperte sie sich, weil sie plötzlich einen Frosch im Hals hatte. »Von mir aus kann's morgen losgehen.«

»Morgen, ja, gut. Ich ruf einfach an. Und natürlich muss ich Noah noch fragen.«

»Klar. Frag ihn. Vielleicht sagst du mir dann noch Bescheid«, meinte Maja. »Dann werde ich dich nicht länger aufhalten.«

»Aufhalten?«

»Na, bei deiner Arbeit. Die Kinder meinten, du wirst dabei nicht gern gestört. Tut mir leid, wenn ich dich bei irgendwas unterbrochen habe. Aber ich fand, das war wichtig.«

Bjarne nickte, es wirkte mechanisch. Eine Antwort bekam sie nicht, aber sie hatte ja auch keine Frage gestellt.

»Ähm, dann geh ich mal«, stammelte Maja, die auf einmal unsicher war. »Tschüss, Zoe!«, rief sie ins Wohnzimmer. »Richte Noah liebe Grüße aus, ja?«, bat sie Bjarne, dann ging sie. Maja war sich nicht sicher, ob er ihr überhaupt beim letzten Satz noch zugehört hatte. Mit einem Mal hatte er gewirkt, als befände er sich Lichtjahre weit entfernt.

* * *

Am nächsten Vormittag fuhr Bjarne ins Büro; er hatte die Anrufe seines Freundes und Geschäftspartners nicht mehr länger ignorieren können. Michael und er hatten früher viel miteinander unternommen, auch nach der Arbeit. Heute kam ihm sein Kumpel fast wie ein Fremder vor. Bjarne wusste, dass er es war, der sich verändert hatte.

Außer ihm waren noch drei Mitarbeiter da, die Bjarne alle begrüßten. Er fühlte sich fast wie bei einem Spießrutenlauf. Er zwang sich, zu lächeln und Fragen zu stellen wie »Wie läufts?«, »Was macht der Hausbau?« oder »Wo geht der nächste Urlaub hin?«. Unverfängliche Fragen, die dennoch verbergen sollten, dass es ihm eigentlich völlig egal war. Es war ja nicht so, dass er sich nicht mehr für die Belange seiner Mitmenschen interessieren *wollte,* aber es gelang ihm einfach nicht.

Michael trug bis zu den Knöcheln hochgekrempelte Jeans, weiße Sneaker und ein blaues Leinenhemd. Er hatte eine schwarze Brille mit runden Gläsern auf der Nase, die Haare waren mit Gel gestylt. Ein paar erste graue Strähnen hatten sich ins dunkle Braun gemischt. Er sah gut aus wie immer, topfit und vital, wie er da in der offenen Pantryküche stand und zwei Tassen Kaffee aus dem Vollautomaten ließ. Dann ging er in sein Büro, und Bjarne folgte ihm. Michael schloss die Tür hinter ihnen. Die beiden Chefs hatten ihren Bereich des Großraumbüros mit Glas abgetrennt, sodass man zwar vertrauliche Gespräche führen konnte, aber dennoch für alle sichtbar und ein Teil der Gemeinschaft war. Bjarne vermied es, einen Blick in sein eigenes, verwaistes Zimmer zu werfen, das direkt daneben lag. Er setzte sich auf einen Stuhl und nahm seine Kaffeetasse in die Hand.

Michael kramte ein paar Unterlagen aus einem hohen Stapel hervor. »Es ist echt gut, dich zu sehen«, erklärte er, und Bjarne bemerkte wohl, wie vorsichtig Michael seine Worte wählte, wie er ihn besorgt anschaute, als erwartete er jeden Moment einen Nervenzusammenbruch oder etwas Ähnliches von seinem Geschäftspartner. Bjarne nickte und war ganz ruhig. »Tut mir leid, dass es etwas gedauert hat. Erst hatte Susanne den Unfall, und dann war meine Mutter da, und wir mussten uns erst mal sortieren.«

Michael setzte sich. Seine Antwort kam ein wenig hastig. »Ach, ja. Susanne. Wie geht es ihr?«

»Sie ist jetzt zu Hause, der Heilungsprozess verläuft gut, aber sie ist natürlich erst mal nicht in der Lage, mir mit den Kindern zu helfen.« Bjarne betonte es, weil er eine Ausrede suchte, warum er im Augenblick keinesfalls wieder arbeiten konnte. Er fürchtete sich davor, denn er hatte Angst, dass er alles vergessen haben könnte. Nun, vielleicht nicht vergessen, aber als Industriedesigner gehörte eine ganze Portion Kreativität zum Handwerk. Jegliche Inspiration war ihm abhandengekommen. Er existierte, aber er war nicht mehr fähig, eigene Ideen zu entwickeln.

»Richte ihr bitte meine Genesungswünsche aus.« Michael schlug die vom Steuerberater vorbereiteten Jahresabschlüsse auf. »Es ist gut, dass du hier bist, Bjarne.«

Bjarne nickte, aber kein Wort kam über seine Lippen, denn er war ganz anderer Meinung.

»Schau«, fuhr Michael fort, »die Stellen, an denen dein Hans-Peter nötig ist, sind mit einem gelben Zettelchen markiert.«

Als wäre er nicht in der Lage, das selbst herauszufinden, dachte Bjarne ein wenig verärgert. Ihm war bewusst, dass das ein Widerspruch zu seinen vorherigen Gedanken war. Aber es fühlte sich nicht gut an, dass man ihm so einfache Dinge nicht mehr zutraute. Andererseits, wie konnte jemand ihm etwas zutrauen, wenn er es nicht mal selbst tat? Ohne ein Wort nahm er den von Michael gereichten Rollerball-Stift und fing an, die Unterschriften zu leisten. Die Zahlen schaute er sich nicht an. Es wird schon alles seine Richtigkeit haben, sagte er sich still.

»Es läuft nicht gut«, drang Michaels Stimme etwas später zu ihm durch.

Bjarne hob den Kopf. »Wie?«

Michael seufzte. »Wie du weißt, haben wir im Herbst einen großen Kunden verloren.«

Er erinnerte sich, hatte sich aber keine Gedanken mehr darüber gemacht. Die Firma hatte immer große Überschüsse erwirtschaftet; es war in den letzten Jahren sogar so gut gelaufen, dass sie sich großzügige Boni hatten zahlen können.

»Ja, und?«

»Bjarne, wir stehen nicht gut da. Und in den letzten Monaten hat sich die Lage noch zugespitzt. Es ist nicht nur, dass du uns als Vollzeitkraft fehlst – es ist auch so, dass mir die Konjunktur Sorgen macht.«

»Aber du hast gesagt, wir hätten große Anfragen, die wir besprechen müssten.«

Michael nahm die Brille ab und fuhr sich über die Augen. »Ja, das stimmt auch. Allerdings sind die Konditionen nicht besonders. Selbst wenn wir die erste Runde überstehen und am Ende den Zuschlag bekommen, müssen wir irgendwo Kosten kürzen.«

Bjarne musste sich verhört haben. »Wie ist das möglich?«

Michael sah aus, als würde er gleich die Geduld verlieren, und tatsächlich bewunderte Bjarne ihn, denn anscheinend hatte er selbst ziemlich viel verpasst. Und das, wo er früher jedes Detail der täglichen Geschäfte gekannt hatte. Aber das war lange her, wie Bjarne jetzt begreifen musste.

Michael legte die Hände flach auf den Tisch. »Ich sag es dir ganz offen, Bjarne, ohne dich geht's hier nicht weiter, oder wir müssen einen weiteren Industriedesigner einstellen, aber wir können uns keine weitere Person auf der Gehaltsliste leisten. Eigentlich müssten wir sogar eine Stelle kürzen.«

Bjarne kniff die Augen zusammen, während er versuchte, das Gehörte zu verarbeiten. »Ich … ähm …«, stammelte er, dann schloss er den Mund wieder.

Michael nahm die Jahresabschlüsse und legte sie beiseite. »Ich möchte, dass du zurückkommst, Bjarne. Es würde dir guttun. Wir brauchen dich hier.«

Bjarne schnappte nach Luft. Er hatte es so satt, dass Leute ihm sagten, was gut für ihn war. Er wollte eine schroffe Antwort geben, aber hielt sich zurück. Michael hatte es nicht verdient, von ihm angemeckert zu werden, er hatte hier über Monate die Stellung gehalten; es war ja schon vor Alexandras Tod, während ihrer Krankheit, so gewesen, dass Bjarne kürzergetreten war. Quasi völlig ausgeschieden war er erst danach.

Und jetzt?

Wie sollte es weitergehen?

Wie konnte es weitergehen?

Hatte er eben noch geglaubt, dass er möglicherweise nie wieder kreativ sein könnte, so hatte er anscheinend nicht mehr die Wahl. Er musste sich etwas überlegen oder aus der Firma ausscheiden. Aber wie sollte er dann seine Kinder ernähren?

Michael schaute ihn traurig an. Abwartend.

Bjarne stand auf. »Ich … ich lasse mir was einfallen.« Dann verließ er das Büro, ohne ein weiteres Wort, ohne jemanden anzusehen, mit gesenktem Blick und schnellen Schritten.

Auf der Fahrt nach Hause versuchte er zu begreifen, was er eben gehört hatte. Er konnte sich den vermeintlichen »Luxus«, nichts mehr zur Firma beizutragen, nicht länger leisten. Er hatte keine Ahnung, wie es weitergehen sollte. Zu Hause angekommen, erwartete ihn kein geringeres Chaos. Viele Aufgaben im Haushalt hatte er, seit seine Mutter weg war, mehr oder weniger ignoriert.

Nachdem er die Kinder abgeholt, mit ihnen gespielt und Abendbrot gegessen hatte, brachte er sie ins Bett. Dann ging er in sein Arbeitszimmer, sein Rückzugsort hatte ihn geradezu magisch angezogen. Er griff nach dem zylindrischen Behälter, und seine Finger zitterten leicht. Der Schein der Lampe verbreitete ein sanftes Licht um ihn herum. Im Haus war es still. Durch das Dachfenster schien der Mond.

Bjarne faltete eine Nachricht auf, und Enttäuschung machte sich in ihm breit, als nur wenige Worte darauf zu sehen waren. Nur eine kurze Anweisung, nichts Persönliches.

Geh essen, aber nicht allein.

PS: Es darf kein Freund sein.

»Was?«, knurrte er und ließ den Zettel sinken. Das konnte doch wohl nicht Alexandras Ernst sein. Sollte er vielleicht eine fremde Person ansprechen und sie ins Restaurant einladen?

Bestimmt nicht.

Er faltete das Papier wieder zusammen und steckte es zurück in den Behälter. Er wusste nichts damit anzufangen; er hatte eine liebevolle Nachricht erwartet, etwas, was ihm vielleicht Mut und Kraft gab. Aber das? Geh essen? Er biss die Zähne aufeinander, schob alle düsteren Gefühle von sich und ging nach unten, um die Wäsche aus der Maschine zu nehmen. Vielleicht half das ja, um auf andere Gedanken zu kommen; etwas Sinnloses, Stupides, bei dem er nicht nachdenken musste.

Verdammt, er hatte schon wieder ein pinkfarbenes Shirt mit den hellen Sachen gewaschen. Er ließ einen ruinierten Kinder-Pullover im Mülleimer verschwinden, den Noah hoffentlich nicht vermissen würde … Was für ein beschissener Tag.

Kapitel 12

Leben wird nicht gemessen an der Zahl von Atemzügen,
die wir nehmen, sondern an den Momenten,
die uns den Atem nehmen.

Maya Angelou

Der Himmel strahlte in einem herrlichen reinen Blau, nur feine Schleierwölkchen zogen hier und da über den Horizont. Es war angenehm warm, das Thermometer war am Nachmittag über zwanzig Grad geklettert. Maja trug ein T-Shirt und eine Sonnenbrille. Als sie am Hort angekommen war, schob sie sich die Brille in die Haare, ehe sie hineinging, um Noah abzuholen. Sie hatte tatsächlich feuchte Hände, weil sie aufgeregt war, ob er sich freuen würde, sie zu sehen, oder ob er womöglich gar nicht mitkommen wollte. So gut kannten sie sich schließlich noch nicht. Das Haus war vermutlich in den Achtzigern gebaut worden; dunkle Holzvertäfelungen an den Decken, abgetretene, quadratische Fliesen und Halogendeckenstrahler begrüßten sie, als sie hineinging. Es war recht kühl im Gebäude, und die kleinen Fenster ließen nicht wirklich viel Licht herein. Im Flur standen eine Tischtennisplatte sowie mehrere durchgesessene Ledersofas – und viele, viele Schuhe und Jacken lagen neben

Rucksäcken und Schulranzen bunt verstreut. Kinderlachen und Jauchzen drang aus den verschiedenen Zimmern. Sie wurde mit jedem Schritt nervöser, während sie sich auf die Suche nach einem Verantwortlichen und nach Noah machte.

Maja stellte sich kurz vor, als sie der ersten Erwachsenen begegnete, und die nette Mitarbeiterin lächelte. Sie war schlank und groß, bestimmt eins achtzig. Sie hatte dunkle, kinnlange Locken und funkelnde bernsteinfarbene Augen. »Noahs Papa hat vorhin angerufen und uns Bescheid gesagt, dass Sie kommen. Noah hat sich die ganze Zeit schon gefreut, dass Sie ihn abholen kommen, um mit ihm zu lesen«, plauderte sie munter drauflos.

»Wo ist er denn?«, fragte Maja und korrigierte sie nicht, denn sie wollte ja nicht mit ihm lesen, sondern für ihn, damit er den Druck loswurde, der sich einstellte, sobald ein Buch in seine Nähe kam. Er sollte sich erst einmal entspannen; vielleicht kam dann irgendwann das Interesse, es selbst mal zu probieren – vielleicht auch nicht; das war gar nicht ihr erklärtes Ziel, viel mehr ging es ihr darum, dass der Junge Spaß beim Zuhören hatte.

»Er war grad noch da in der Spielecke«, erklärte die Mitarbeiterin und zeigte mit dem Finger auf einen Bereich hinter einem Regal. »Noah, du wirst abgeholt!«, rief sie dann.

Es dauerte nicht lange, da kam Noah angelaufen. Majas Sorge war zum Glück unbegründet gewesen, denn seine Augen strahlten, als er sie entdeckte. »Maja!«, rief er glücklich.

Ihr Herz weitete sich, gleichzeitig merkte sie, wie sich ein wenig von der Anspannung löste. »Da bin ich, wie verabredet. Wollen wir los?«, fragte sie mit einem Lächeln.

»Klar.« Er lief davon, um seinen Ranzen zu holen.

»Ja, dann tschüss«, wandte sich Maja noch einmal an die Dame.

Sie nickte ihr aufmunternd zu. »Viel Erfolg. Er tut sich echt schwer, aber ist ja auch kein Wunder …« Sie guckte auf einmal traurig, und Maja verstand nicht, warum.

Sie wollte nachfragen, was sie damit meinte, aber Noah winkte ungeduldig, und so ließ sie es sein. Gemeinsam verließen sie den Hort, kamen an der Grundschule und einigen Bauernhöfen vorbei. Sie schlenderten durch den älteren Teil des Dorfs; der Wegesrand wurde von hohen Eichen und Linden gesäumt. Maja trug seinen Ranzen.

»Hey«, fing er an, als sie die Eisenbahnunterführung durchquerten. »Können wir vielleicht bei meiner Mama vorbeischauen?«

Maja guckte irritiert. »Äh, bei deiner Mama? Wohnt die hier? Ich dachte …« Sie brach ab.

Noah neigte seinen Kopf, er schaute Maja an, als wäre sie eine Verrückte. Wortlos ging er weiter, zielsicher die Straße entlang. Allerdings hätten sie nach dem Zebrastreifen rechts gehen müssen und nicht links.

»Ich nehme an, du kennst den Weg«, murmelte Maja leicht verunsichert.

Einige Minuten sagte niemand etwas. Sie kamen an einer Pferdewiese und einer Weide, auf der Heidschnucken grasten, vorbei. Auf der rechten Seite entstand gerade ein weiteres Neubaugebiet; der Weg zog sich, sonst radelte sie hier manchmal entlang. Sie schwieg, als Noah zielstrebig weiterging, fragte sich aber, ob er in Richtung Ilmenau unterwegs war. Sie hätte das Buch natürlich auch mitbringen können, bei der Brücke gab es ein nettes Fleckchen mit einem Steg, auf dem man bei dem großartigen Wetter sicher eine gute Zeit haben konnte. Vielleicht beim nächsten Mal.

Sie kamen näher zum Wald; hohe Eichen, Birken und Buchen standen am Wegesrand, dann erreichten sie einen Parkplatz.

Als Noah sich daran machte, die Straßenseite noch einmal zu wechseln, wurde Maja übel. Er steuerte geradewegs den Waldfriedhof an. Sie spürte, dass ihre Knie weich wurden.

Nein, das konnte nicht sein.

Er wollte nicht ... dorthin, oder?

Nein. Sie schnappte nach Luft.

Maja folgte dem Jungen wie in Trance, als sie endlich begriff, was es war, das sie die ganze Zeit über nicht kapiert hatte. Warum bei der Familie immer so eine gewisse Stimmung in der Luft hing. Eine allumfassende Trauer, wie sie jetzt realisierte, die jeder der drei anders ausstrahlte. Zoe bekam Wutausbrüche, Noah war in sich gekehrt und Bjarne war ... innerlich erstarrt.

O Gott!

Ihr Magen drehte sich um. Maja befürchtete, dass sie sich gleich übergeben musste. Sie atmete gepresst.

Wie hatte sie nur so unsensibel sein können. Sie! Die selbst ihre Mutter verloren hatte.

Ja klar, die Kinder waren manchmal durch den Wind, aber sie hatte kaum Vergleiche ...

»Noah«, stieß sie hervor, und er blieb stehen. Er schaute zu ihr auf, und sie versuchte, seine Empfindungen in seinem Gesicht zu erkennen, aber er wirkte ganz ruhig, gefasst, als ob es normal für ihn war, herzukommen.

»Ja?«, antwortete er.

»Ist ... ähm.« Sie räusperte sich. »Seit wann?«

O Gott. Sie konnte es nicht mal aussprechen.

»Letztes Jahr«, erklärte er ruhig. »Können wir zu ihrem Grab gehen, oder willst du lieber doch nicht?«

Nein, sie wollte nicht. Was sie wollte, war, ihre Beine in die Hand nehmen und davonlaufen. Schnell und so weit sie sie trugen. Die verschiedensten Empfindungen spülten wie eine heißkalte Dusche über sie hinweg. Maja war mit der Situation mehr als überfordert. Dennoch versuchte sie, Haltung zu bewahren, deshalb nickte sie. »Geh du vor«, krächzte sie. »Ich komme mit, natürlich.«

Noah ging durch das offen stehende Eisentor. Eine weißhaarige Frau stand am Brunnen; sie hatte eine Gießkanne in der Hand. Überall befanden sich hohe Bäume, die das Grundstück auch einrahmten. Es war ein weitläufiger, großzügiger Friedhof, der eine gewisse Ruhe ausstrahlte, vor allem durch das satte Grün überall. Die Fachwerkkapelle war mit Reet gedeckt und lag im Schatten der Bäume, sie war schlicht gestaltet, wie es im Norden üblich war. Maja schluckte, aber der Kloß in ihrem Hals wollte einfach nicht verschwinden. Während sie dem Jungen vor sich hin stolpernd folgte, versuchte sie, sich zu vergegenwärtigen, was sie in den letzten Wochen alles falsch gemacht hatte, Falsches gesagt hatte. Vor allem Bjarne hatte sie unrecht getan. Sie hatte gedacht, er sei ein gefühlskalter Eisblock, den seine Frau vielleicht deswegen verlassen hatte. Nicht eine einzige Sekunde lang hatte sie angenommen, dass die Mutter gestorben sein könnte.

Wieso eigentlich nicht?

Sie konnte es nicht fassen, dass gerade sie das nicht begriffen hatte. Aber wie hätte sie auch darauf kommen sollen? Es stand nirgendwo ein Bild mit einem Trauerflor herum, und niemand hatte etwas gesagt.

Maja riss sich gerade genug zusammen, um Noah hoffentlich nicht spüren zu lassen, wie fertig sie emotional war. Der Junge hatte genug erlebt; er brauchte nicht auch noch die Erfahrung, dass sie vor seinen Augen die Nerven verlor.

Als sie das gepflegte Grab erreichten, wischte sich Maja den Schweiß von der Stirn. Jemand hatte Vergissmeinnicht, Hornveilchen und Stiefmütterchen in Weiß und Violett gepflanzt. »Alexandra Ahlers« stand auf dem dunklen Granitstein. Es war jetzt etwas mehr als sechs Monate her, dass sie gestorben war. Über dem Namen hing ein kleines, ovales Porträt der Mutter. Sie lächelte auf dem Bild, und Maja bemerkte, dass Noah ihre Augen hatte. Sanftmütig und groß. Sie war hübsch gewesen und sympathisch.

Noah setzte sich neben den Stein. »Hallo, Mama, ich bin's, Noah«, sagte er. »Ich habe heute Maja mitgebracht, sie will für mich lesen. Maja ist jetzt unsere Nachbarin.«

Er drückte seine Hand neben das Foto und Maja konnte sich nicht mehr beherrschen. Tränen liefen über ihre Wangen, und sie legte sich eine Hand über den Mund, um den Schrei in ihrer Kehle zu unterdrücken, der darin hing und aus ihr hervorzubrechen drohte.

»Sie ist total nett, aber auch ein bisschen ausgeflippt.«

Maja musste trotz ihrer Tränen lächeln. Sie liebte es, wie ehrlich Kinder sein konnten, ohne dabei fies zu sein.

»Maja will mir wegen der Schule helfen, auch wenn ich nicht weiß, wie das gehen soll. Ich dachte, das erzähle ich dir mal, damit du dir um mich keine Sorgen machen musst. Papa war auch wieder bei der Lehrerin, danach war er total mies drauf. Ich kann's verstehen, ich bekomme bei der auch schlechte Laune, die ist nicht nett. Ich vermisse dich, Mama. Jetzt gehe ich mit Maja nach Hause, damit sie für mich lesen kann. Bis bald, ich hab dich lieb«, sagte er und stand auf.

Maja wischte sich hastig über die Augen und befeuchtete sich die trockenen Lippen. Sie wollte den Jungen umarmen, aber sie hatte Angst, dass sie ihm damit vielleicht zu nahetrat. Er stellte sich neben sie und schaute noch einmal auf das Foto seiner Mama. Noahs Schulter berührte Majas Hüfte. Ohne weiter darüber nachzudenken, folgte sie einem inneren Impuls, legte einen Arm um ihn und zog ihn zu sich heran. Es fühlte sich richtig an, und er schmiegte sich an sie.

»Weißt du, meine Mama ist auch gestorben, als ich noch klein war«, hörte sie sich leise sagen.

»Wirklich?« Er blickte zu ihr auf.

»Ja.« Sie räusperte sich, ihre Stimme klang rau.

»Das tut mir leid.«

Maja drückte ihn fester. »Danke. Mir tut es auch leid, dass deine Mama gestorben ist.«

Sie fragte nicht, woran, denn das war gerade nicht so wichtig. Endlich verstand sie, warum der Junge so traurig und still war.

»Wollen wir jetzt lesen gehen?«, fragte er nach einem kurzen Schweigen.

»Ja, unbedingt. Das sollten wir ganz schnell machen, und weißt du was? Ich freue mich wahnsinnig darauf.«

»Ich mich auch.«

Gemeinsam verließen sie den Friedhof. Auf dem Weg nach Hause versuchte Maja, sich zu sammeln, was gar nicht so einfach war. Alles andere als das. Sie hatte das nicht kommen sehen und schämte sich für all die Gedanken, die sie vor allem in Bezug auf den Vater in den letzten Wochen gehabt hatte.

Mit einem mulmigen Gefühl im Bauch klingelte Maja zwei Stunden später an der Tür der Familie Ahlers. Noah stand neben ihr. Es dauerte nicht lange, bis Bjarne öffnete. Sie bemerkte seine dunklen Augenringe und verstand nun endlich, warum er stets so abgekämpft wirkte. Gleichzeitig versuchte Maja, sich nichts anmerken zu lassen und unbefangen zu lächeln. Bjarne hatte sich ein Geschirrtuch in den Bund der Jeans geklemmt; die Ärmel seines Hemdes waren bis zum Ellenbogen nach oben gekrempelt. Sein Gesicht wirkte leicht gerötet.

»Hi, Maja, hallo, Noah, mein Großer«, begrüßte er sie mit einem Lächeln und drückte seinem Sohn einen Kuss auf die Stirn. »Wie wars?«

»Es war so cool.« Dann rannte er an seinem Papa vorbei ins Haus. Mehr hatte er anscheinend erst mal nicht dazu zu sagen.

Maja grinste und reichte Bjarne den Schulranzen.

»Es hat echt Spaß gemacht«, erklärte sie. Dass sie auf dem Friedhof gewesen waren, behielt sie allerdings lieber für sich. Entweder Noah erzählte es von sich aus oder eben nicht. Maja wollte nicht so tun, als hätte sie auf einmal schreckliches Mitleid – aus eigener Erfahrung wusste sie, dass das niemandem in der Familie weiterhalf. Sie würde sich allerdings weiterhin für Noah wegen seiner Schulschwierigkeiten engagieren, und vielleicht konnte sie ja hin und wieder auch ein bisschen mit Zoe spielen.

»Vielen Dank.« Bjarne fuhr sich durch die Haare. Aufgrund seiner leicht lädierten Erscheinung wirkte er heute nicht so steif wie sonst, was ihn irgendwie weicher erscheinen ließ. »Ich weiß gar nicht, wie ich mich richtig bedanken soll; ich würde dir ja anbieten, mit uns zu essen, aber ich weiß noch nicht, ob man das essen kann, was ich da gerade koche. Im Rezept steht Würstchengulasch, aber es sieht, ähm, eher aus wie ein Atomunfall.« Er zuckte die Schultern.

Maja winkte ab und lachte. Sie musste ihm gar nicht erklären, dass sie Vegetarierin war. »Alles gut, ich habe sowieso noch zu tun«, gab sie in leichtem Plauderton zurück. Es war eine glatte Lüge, denn sie hatte überhaupt nichts zu tun – außer an ihrem neuen Projekt zu arbeiten. Dazu würde sie heute jedoch ganz sicher nicht mehr in der Lage sein, sie war nämlich noch immer durch den Wind. Der Besuch auf dem Friedhof hatte sie ziemlich mitgenommen und natürlich auch an ihre eigene Kindheit erinnert. Maja war, anders als Noah, selten bis nie zum Grab ihrer Mutter gegangen. Für sie war schon als Mädchen klar gewesen, dass die Mama nach dem Tod nicht mehr mit ihrem Körper verbunden gewesen war. Sie war weg, nicht mehr da. Leider hatte Maja bis heute ihren Glauben nicht wiedergefunden; sie konnte sich nicht vorstellen, dass ihre Mutter in der ein oder anderen Form noch existierte. Der Gedanke war schmerzlich, aber für sie realistisch. Romantische Vorstellungen, dass sie vom Himmel auf sie herabblickte, lagen ihr nicht – vielleicht auch, weil sie befürchtete, dass ihre Mutter nicht zufrieden mit dem sein könnte, was Maja erreicht hatte. Sofort schob sie diese Überlegung beiseite. Sie brauchte niemanden, der stolz auf sie war, sie war nur sich selbst Rechenschaft schuldig. Außerdem arbeitete sie ja daran, ihre Träume vom eigenen Roman zu verwirklichen. Tatsächlich war sie diesem Ziel, seit sie hier war, ein Stück näher gekommen, zwar nur in Ameisenschritten, aber immerhin.

»Dann vielleicht ein andermal«, meinte Bjarne.

»Ich bin feeertig«, ertönte eine laute Mädchenstimme.

Bjarne zuckte entschuldigend die Achseln. »Sie sitzt auf dem Klo.«

»Oh, äh, dann gehe ich mal lieber. Noch einen schönen Abend für euch. Soll ich Noah morgen wieder abholen?«

Bjarne guckte überrascht. »Ja, sicher. Sehr gern.« Zoes erneuter Ruf erklang, und Bjarne schloss die Haustür, nicht ohne Maja noch einmal mit einem Kopfnicken zu verabschieden, das irgendwie erleichtert wirkte, so, als freute er sich wirklich, dass Maja etwas Zeit mit Noah verbringen wollte.

Diese Erkenntnis stellte etwas mit ihrem Bauch an, was sie nicht ganz definieren konnte. Dafür war heute zu viel passiert. Sie war sicher nur ein wenig gefühlsduseliger, als gut für sie war.

Maja war gerade wieder zu Hause angekommen, als ihr Handy bimmelte. Sie guckte aufs Display, wo Charlottes Gesicht zu sehen war. Die kam ihr gerade richtig! Maja nahm den Videoanruf an, während sie aus ihren Schuhen schlüpfte.

»Hallo, Süße, wollte mal hören, wie es dir in *good old Germany* so geht«, sagte Charlotte und lächelte.

Maja ging mit dem Telefon ins Wohnzimmer und ließ sich aufs Sofa plumpsen. »Puh, also, sag mal, warum hast du mir nicht erzählt, dass die Frau nebenan verstorben ist?«, fiel sie gleich mit der Tür ins Haus.

Charlottes Augen weiteten sich. »Maja, ich habe doch versucht, dir über die Nachbarschaft die wichtigsten Infos zu geben, aber du wolltest das nicht hören und hast mir quasi den Mund verboten.«

Maja verzog ihre Lippen. Natürlich hatte Charlotte recht. »Aber *das* hätte ich schon gern gewusst.«

Charlotte hatte einen Kaffeebecher vor sich stehen und trank jetzt einen Schluck. Im Hintergrund schien die Sonne. »Süße, das musst du dir selbst zuschreiben«, erklärte sie ganz ruhig, aber mit Verständnis im Blick. »Ist was passiert? Fettnäpfchenalarm?«

Maja seufzte leise. »So ungefähr. Aber egal, jetzt weiß ich es ja.«

»Nee, komm. Du kannst mich nicht erst neugierig machen und dann schweigen! Du hast dich doch nicht an Bjarne rangemacht?« Charlotte wackelte mit den Augenbrauen.

»Du bist ja wohl total irre. Der ist gar nicht mein Typ.« Maja spürte, dass sie rot wurde. Warum, begriff sie selbst nicht.

»Nee, ist klar. Wollte dich nur ärgern. Erzähl, was war los?«

»Ich war mit dem Jungen unterwegs, und da wollte er auf den Friedhof gehen. Ich bin natürlich aus allen Wolken gefallen. Damit hatte ich nicht gerechnet.«

Charlottes Grinsen erstarb. »Oh. Ja, das ist wirklich nichts, worüber man scherzen sollte. Tut mir leid. Es ist so furchtbar.« Sie strich sich eine Strähne hinters Ohr.

»Wie, äh, wie ist sie denn gestorben?«, erkundigte sich Maja.

Charlotte schwieg einen Augenblick, als müsste sie überlegen, wie sie es formulieren sollte. Charlotte kannte Majas Geschichte, sie wusste auch über die Probleme mit ihrem Vater Bescheid. »Alexandra hatte Krebs. Sie hat viele Chemos und so über sich ergehen lassen, aber … na ja. Es war einfach zu spät, zu aggressiv …«

Maja schluckte und rieb sich über die Nasenwurzel. »Das tut mir echt leid. Sie war noch so jung. Mann, hätte ich das nur gewusst. Ich hab die ganze Zeit gedacht, der Kerl ist einfach nur ätzend.«

Charlotte nickte. »Früher war Bjarne ganz anders, so aktiv und fröhlich. Die Familie ist traumatisiert, ist ja klar. Ich habe keine Ahnung, wie man den Tod der eigenen Frau wegstecken soll oder wie sehr die Kinder ihre Mama vermissen müssen. Aber, sag mal, wieso bist du überhaupt mit dem Jungen unterwegs?«

Maja war in Gedanken weit weg. Etwas abwesend murmelte sie: »Er hat Schwierigkeiten in der Schule, vor allem mit dem Lesen. Und wenn ich eines gut kann, dann lesen.« Sie lächelte schwach und kehrte mit ihrer Aufmerksamkeit zu ihrer Freundin zurück. »Im Ernst, ich habe ihm angeboten, dass ich ihm was vorlesen könnte. Da wusste ich das mit der Mutter ja noch nicht, aber er war so traurig, und ich wollte ihn irgendwie aufmuntern. Jetzt bin ich sehr froh, dass ich ihn unterstützen kann.«

»Das ist süß von dir.«

»Machen wir keine große Sache draus, ich habe hier viel Zeit, was soll man auf dem Dorf sonst machen?«, versuchte Maja, ihre Aktion ein wenig herunterzuspielen. »Reden wir nicht nur von mir! Wie läuft's bei dir?«

»Es macht echt Spaß, ich habe schon viel gelernt.«

»Und … vermisst du Deutschland? Und Chris?«

Charlotte verzog ihre Lippen. »Ähm, na ja. Schon irgendwie.«

»Was heißt das?« Maja hatte ihr nichts von ihrem Verdacht erzählt, dass er sich in Hamburg mit einer anderen getroffen hatte. Sollte sie? Sie war sich nicht sicher.

»Wir, ähm, telefonieren hin und wieder.«

»Wolltet ihr nicht eine Pause einlegen?«

Sie trank einen Schluck. »Ich bin einen Ozean weit entfernt. Sollte das nicht genügen?«

»Ich weiß nicht. Du, ich hatte mich kürzlich ausgesperrt, und Chris hat mich reingelassen.«

»Ja?«

»Er war da in Hamburg, in einem Restaurant, und ich musste warten.«

»Und?«

»Es hat auf mich wie ein Rendezvous gewirkt, wollte ich dir nur sagen. Obwohl er sich auch nach dir erkundigt hat und ich fand, dass das irgendwie süß war. Passt für mich nur nicht so zusammen.«

»Hatte er eine Frau im Auto, als er gekommen ist?«

»Nein.«

»Mir hat er gesagt, dass er ein Geschäftsessen hatte.«

Maja überlegte. »Ja, das kann natürlich auch sein. Ich wollte es dir nur sagen. Du weißt schon … damit du dir keine falschen Hoffnungen machst.«

»Maja, er hat mich nie betrogen. Jedenfalls nicht körperlich.«

»Wie soll ich das verstehen?«

»Er ist nicht fremdgegangen.«

»Aber?«

»Er hat schon mit einer Frau gechattet.«

»Hm. Und du glaubst das?«

»Ja, schon. Immerhin – er müsste jetzt nicht mehr lügen – wir sind getrennt.«

»Aber du liebst ihn noch.«

»Gefühle lassen sich nicht so einfach abstellen.«

»Ja, das verstehe ich. Ich wollte ihn auch nicht schlechtmachen; ich dachte nur, als Freundin müsste ich dir meine Bedenken mitteilen.«

»Ich bin dankbar dafür, ehrlich. Und über vieles muss ich mir selbst erst klar werden, aber eins kann ich sagen: Es tut mir gut, mit ihm zu sprechen. Wir unterhalten uns endlich wieder über das, was uns beschäftigt, was wir mögen und uns wünschen. So wie früher. Nicht mehr wie zuletzt, als es nur noch um ein Thema ging. Das war einfach der Killer. Aber …« Sie seufzte. »Das heißt ja nicht, dass der Kinderwunsch weg wäre. Allerdings ist er natürlich in weite Ferne gerückt. So, du Liebe, ich muss … bin schon spät dran. Wollte nur mal hören, wie es dir geht.«

»Mir geht's gut, wie du siehst. Und dein Haus steht auch noch.« Sie grinste.

Nachdem Maja sich von Charlotte verabschiedet hatte, tigerte sie rastlos durch die Zimmer. In der Küche blieb sie vor dem Regal mit den Kochbüchern stehen. Ihr Blick fiel auf das Buch mit der Anleitung für den Sauerteig. Sie wollte es nicht, aber es zog sie nahezu magisch an. Dass sie dabei auf ganzer Linie – mehrfach – versagt hatte, wurmte sie. Irgendwie konnte sie das nicht auf sich sitzen lassen, also schlug sie die Beschreibung noch einmal auf und las erneut.

»Okay«, brummte sie, während sie die Utensilien, Glas, Waage, Mehl, Löffel und Wasser, bereitstellte. »Das ist definitiv der letzte Versuch!«

KAPITEL 13

Im Hafen ist ein Schiff sicher, allerdings wurden Schiffe nicht dafür gebaut.

John Augustus Shedd

Das schrille Klingeln des Weckers riss Bjarne aus einem tiefen, traumlosen Schlaf. Es dauerte eine Weile, bis er in der Lage war, das penetrante Geräusch abzustellen. Er stieß einen tiefen Seufzer aus und genoss den wiedererrungenen Frieden, die kuschelige Wärme und das leise Kinderatmen neben sich. Er hatte einen Großteil der Nacht in Zoes Bett verbracht, weil sie sich nicht hatte beruhigen lassen. Irgendwann war er schließlich selbst eingeschlafen, was nicht selten vorkam, weil er einfach zu erschöpft war. Zoe hatte einen Albtraum gehabt, und in diesen Nächten wollte sie nicht allein in ihrem Zimmer sein. Oft schliefen die Kinder auch bei ihm im Ehebett. Sie hatten keine festen Regeln mehr, und niemand von ihnen, er eingeschlossen, war bereit für neue. Er wischte sich mit dem Handrücken über den Mund, ein angetrockneter Sabberfaden hing daran. Bjarne war entkräftet, er hätte gern noch länger geschlafen. Aber da Noah pünktlich zur Schule musste, konnte er sich diesen Luxus nicht erlauben. Für eine Sekunde überlegte er, ob er den Jungen einfach krankmelden sollte. Dann schüttelte er kaum merklich den Kopf. Nein, das konnte er nicht machen. Obwohl Noah im ersten Moment vermutlich glücklich über diesen Ausweg gewesen wäre, hätte er den Jungen damit in die unmögliche Lage gebracht, lügen zu müssen. Der zweite Punkt war der, wenn er erst einmal begriff, dass er zu Hause bleiben konnte, obwohl er nicht wirklich krank war, würde er das womöglich häufiger tun wollen – und das ging gar nicht. Noah hatte auch so schon genügend Probleme in der Schule. Aus diesem Grund schlug Bjarne die Bettdecke ein wenig zurück und setzte sich langsam auf. Zoe kuschelte ihr Gesicht tiefer ins Kissen und grunzte im Schlaf. Er lächelte traurig und streichelte über ihren Kopf. Dann stand er auf und tapste ins Bad. Er duschte ein wenig länger, als er eigentlich Zeit hatte, aber er brauchte diesen Moment unter dem heißen Wasserstrahl, um die nötige Kraft für den anbrechenden Tag zu schöpfen.

Dreißig Minuten später bereute er diese Entscheidung, denn sie waren zu spät dran. Viel zu spät. In der Küche sah es aus, als wäre eine Bombe explodiert. Zoe hatte ihre Cornflakesschale umgestoßen, eine klebrige Masse aus zuckriger Milch und durchgematschten Frühstücksflocken verteilte sich über dem Esstisch. Er würde sich später darum kümmern müssen, dachte er, während er die Kinder dazu drängte, sich endlich Schuhe anzuziehen.

»Ich kann das nicht«, zeterte Zoe.

Bjarne atmete leise aus. »Komm her«, bat er sie, schnappte sich ihre Halbschuhe und ging in die Hocke. Zoe stützte sich auf seine Schultern, und gemeinsam schafften sie es tatsächlich. Noah mühte sich mit einem Reißverschluss ab, also zog Bjarne ihn für seinen Sohn nach oben. »So, jetzt müssen wir aber schnell sein«, drängte er erneut zur Eile und griff nach Zoes Kindergartenrucksack und Noahs Ranzen. Dann schob er die müde Bande aus dem Haus. Morgentau glitzerte im Gras, die

165

Sonne schien, doch es war noch recht frisch. Vögel zwitscherten überall um sie herum. Es versprach, ein guter Tag zu werden – zumindest, was das Wetter betraf; was den Rest anging, war er nicht sicher. Zu viele Probleme lasteten auf seinen Schultern, und mit den Schwierigkeiten in der Firma war noch ein existenzielles hinzugekommen, um das er sich dringend kümmern musste. Hektisch schnallte er die Kinder auf den Rücksitzen an, dann fuhr er los. Es war schon kurz vor acht, aber er versuchte sich zumindest an die Verkehrsregeln zu halten. Sie erreichten die Schule nicht mehr pünktlich. Bjarne stieß einen leisen Fluch aus, dann stieg er aus dem Auto und begleitete Noah über die Straße. Er gab ihm einen Kuss auf die Stirn. »Hab einen guten Tag in der Schule, ja? Maja holt dich heute wieder ab.«

Noah nickte, dann trottete er los. Bjarne sah seinem Sohn hinterher, wie er mit dem noch immer verhältnismäßig großen Ranzen durch das Törchen zum Schulhof tapste und in aller Seelenruhe ins Gebäude ging. Es interessierte ihn anscheinend nicht die Bohne, ob er als Letzter ankam. Hinter sich hörte er Schritte. Bjarne drehte sich um, und ein Mädchen rannte mit ihrem pinken Ranzen an ihm vorbei. Er musste schmunzeln. Irgendwer kam immer noch später. Immerhin ein kleiner Trost, nicht als Einziger Schwierigkeiten zu haben, morgens pünktlich fertig zu werden.

Bjarne kehrte zu Zoe zurück, dann brachte er sie zum Kindergarten, der nicht weit entfernt war. Als er auch sie – nach mindestens zehnminütiger Verabschiedungszeremonie – ihrer Betreuung übergeben hatte, fuhr er in die Stadt zum Büro. Ob er nun wollte oder nicht, er musste sich langsam damit anfreunden, nicht mehr nur die Decke anzustarren. Und zu Hause lauerte nicht nur die Einsamkeit, die ihn besonders schwer traf, wenn die Kinder weg waren, sondern auch dieser verdammte Behälter mit all seinen Aufgaben.

Bjarne war schon fast am Ortsschild angekommen, als ihm einfiel, dass er seinen Laptop vergessen hatte. »Mist«, brummte er und fuhr noch mal zurück.

Als er wenige Minuten später mit dem Computer aus dem Haus kam, begegnete er Cathy, die mit ihren Walking-Stöcken in einem eng anliegenden Sportoutfit vorbeikam. Als sie ihn entdeckte, knipste sie ihr Lächeln an. »Oh, guten Morgen, Bjarne.«

»Hi, Cathy«, grüßte er und winkte freundlich, aber nicht zu überschwänglich.

Sie marschierte, wie zu erwarten gewesen war, nicht weiter, sondern blieb stehen und kam dann ein paar Schritte die Auffahrt herauf auf ihn zu.

»Du, ich bringe dir die Auflaufform bald, ich … ich weiß auch nicht, wieso ich das ständig vergesse«, stammelte Bjarne.

Cathy winkte ab, dabei wedelte sie mit einem ihrer Stöcke. »Ach, das macht doch nichts«, flötete sie.

Bjarne hatte keine Ahnung, wieso er gerade jetzt an den Auftrag mit dem Restaurant dachte. Gleichzeitig kam es ihm so vor, als hörte er die Stimme seiner Mutter, dass er doch mal mit Cathy ausgehen sollte. Obwohl er nicht das geringste Interesse an der Blondine hatte, musste er zugeben, dass sie mehr verdient hatte als seine Undankbarkeit. Im nächsten Moment verwarf er die Idee. Nein, er würde mit niemandem essen gehen.

Leider war Bjarne ein Typ, der seine Hausaufgaben grundsätzlich erledigte. Ein verdammtes Dilemma, wie er jetzt feststellen musste. Außerdem wollte er Alexandras letzte Wünsche respektieren. So ein Mist.

»Hättest du Lust, mal mit mir essen zu gehen?«, hörte er sich selbst fragen.

Cathys Gesichtszüge entgleisten, sie fing sich aber schnell wieder. Offenbar hatte sie nicht mehr damit gerechnet, dass es jemals dazu kommen würde. »Ja, ja natürlich. Sehr gern.«

Bjarne brach der kalte Schweiß aus. Scheiße, wo hatte er sich da hineinkatapultiert? Panik erfasste ihn. So viele verschiedene Gefühle stürzten wie eine Monsterwelle auf ihn ein, dass er sich am Türrahmen seines Wagens festhalten musste. »Ähm, natürlich muss ich mir erst mal einen Babysitter organisieren ...«, ruderte er ein Stück weit zurück. »Susanne ist ja noch nicht wieder fit ...«

Gott, er konnte doch unmöglich mit ihr ausgehen und ihr damit falsche Hoffnungen machen. Womöglich wurde er sie danach nie wieder los. »Aber ich wollte mich einfach revanchieren für deine Nachbarschaftshilfe in der letzten Zeit.« Er betete, dass sie den letzten Satz richtig verstand, dass er nur Danke sagen wollte, nicht, dass er auf ihre Avancen einging. Er konnte ihr ja schlecht erklären, dass er einen Brief, oder mehr eine Notiz von Alexandra hatte, die ihn dazu verdonnerte, mit irgendwem in ein Restaurant zu gehen. Bjarne unterdrückte ein gequältes Stöhnen. Eines war Alexandra definitiv gelungen: So bescheuert diese Aufgaben auch sein mochten, sie zwangen ihn, sich mit seiner Umwelt auseinanderzusetzen, ob er das nun gut oder beschissen fand.

Cathy nickte, beinahe schüchtern. Ungewöhnlich zurückhaltend. Er war überrascht, im positiven Sinne. »Am Wochenende hat Klaus die Kinder«, meinte sie dann. »Vielleicht passt es ja bei dir an einem der Tage.«

Wochenende, das bedeutete schon übermorgen. Bjarne schluckte. »Ich, ähm, ich muss gucken. Ich melde mich bei dir, ja?« Er riss die Autotür auf und warf seinen Rucksack auf den Beifahrersitz. Cathy verstand den Wink, ohne vor den Kopf gestoßen zu wirken.

»Ich muss dann mal weiter«, flötete sie. »Bis bald, tschüssi, Bjarne.«

»Ja, tschüss«, erwiderte er und stieg ein. Für einen Moment verharrte er regungslos hinter dem Steuer, bis sie um die Ecke gebogen war. Dann hämmerte er die Stirn ein paarmal gegen das Lenkrad. Als ob er nicht schon genug Sorgen gehabt hätte, jetzt hatte er auch noch Cathy am Hals. Gerade Cathy. Das Schlamassel hatte er sich nun selbst eingebrockt. Andererseits war es ihm einfach erschienen, mit ihr auszugehen; er kannte sie flüchtig und er musste mit ihr garantiert keine anstrengenden Gespräche über seine Vergangenheit führen. Wenn Cathy eins klar war, dann dass sie das Thema Alexandra so gezielt umgehen musste wie ein Fahrradfahrer einen Nagelteppich.

* * *

Wegen einer Baustelle musste er heute woanders als normalerweise parken und einige Meter zu Fuß zurücklegen, was vielleicht gar nicht verkehrt war. Jede Verzögerung war ihm recht, denn er hatte noch immer keine Ahnung, was er im Büro eigentlich tun sollte. Es fühlte sich wie ein erstes Mal an, und das nicht im positiven Sinne. Wo er früher selbstbewusst und ideenreich gewesen war, kam es ihm nun so vor, als bestünde er nur noch aus einer leeren Hülle. Wie ein Schokoweihnachtsmann, der innen hohl war, wenn man erst mal das schöne Papier entfernt hatte. Er schüttelte den Gedanken ab und bog beim Stintmarkt um die Ecke. Auf der Brücke nahm er sich einen Augenblick Zeit und schaute über den hier breiteren, aber sehr flachen Fluss Ilmenau und auf die historischen Häuserfassaden. Der Stint war ein beliebtes Vergnügungs- und Caféviertel Lüneburgs, das gerade in der warmen Jahreszeit viele Gäste anzog, weil man gemütlich am Wasser sitzen konnte. Obwohl es noch recht früh war, waren schon viele Tische besetzt. Bjarne erstarrte einen Moment lang, als er Maja entdeckte, die unter einem Sonnenschirm neben einem Mann saß. Sie ließen sich ein Frühstück schmecken, aber das war es nicht, was ihn überraschte, es war mehr die Vertrautheit, die die beiden ausstrahlten. Maja lachte, warf ihren

169

Kopf in den Nacken und gab ihrem schmalen, aber ziemlich langen Gegenüber einen spielerischen Klaps auf den Oberarm. Gut für sie, dachte er. Bis eben hatte er angenommen, dass sie Single sei. Wie es schien, hatte er sich getäuscht und sie hatte einen Freund. Es war schön, sie fröhlich zu sehen. Er begriff, dass erste Eindrücke manchmal eben nicht die richtigen waren, und schämte sich ein wenig, dass er anfangs falsche Schlüsse gezogen hatte. Dabei hatte Bjarne sich stets für offen und relativ vorurteilsfrei gehalten.

Tja, noch so ein Fehler; und hier wollte er zur Abwechslung mal nicht seine Trauer als Ausrede vorschieben. Ja, auch das konnte er zugeben. Viele Dinge tat er einfach nicht mehr, weil sie ihm sinnlos erschienen. Früher hätte er sich das nie getraut, weil er damit andere vor den Kopf gestoßen hätte. Heute war ihm das nicht mehr so wichtig. Vielleicht änderte sich das ja wieder, derzeit konnte er sich allerdings nicht vorstellen, jemals wieder umgänglicher zu werden. Zum Glück musste er das auch nicht. Natürlich hatte er nicht vergessen, dass er mit Cathy ausgehen würde, aber das war eine andere Sache. Eine ganz andere.

Bjarne ließ seinen Blick ein letztes Mal über die Ilmenau schweifen, bis hin zur alten Ratsmühle und der zweiten Brücke, die zu dem beliebten Romantikhotel führte, das noch populärer war, seit es diese merkwürdige Soap gab, die in Lüneburg spielte. Er selbst hatte sie noch nie angeschaut, aber Susanne war ein Fan. Die Sendung war mehr auf das ältere Publikum ausgerichtet, wer sonst hatte auch am frühen Mittag schon Zeit fernzusehen. Wobei Bjarne da nicht mit Steinen werfen wollte, denn in den letzten Monaten hätte er sich am liebsten von morgens bis abends mit etwas berieseln lassen, ohne wirklich hinzusehen. Ohne die Kinder hätte er längst aufgegeben, aber für sie musste er einen Weg zurück ins Leben finden. Dass er so nicht mehr länger weitermachen konnte, hatte er spätestens nach dem Gespräch mit Michael begriffen. Es war an der Zeit, sich aufzuraffen. Wie das gehen sollte, wusste er nicht.

* * *

Die Terrassentür war geöffnet, die laue Frühlingsluft strömte in den hellen Raum. Noah saß mit einem Kakao auf Charlottes Sofa, während Maja ihm vorlas. Er hörte aufmerksam zu, und Maja kam langsam richtig in Fahrt. Sie imitierte unterschiedliche Stimmen für die verschiedenen Charaktere, sodass Noah hin und wieder sogar kicherte. Es war behaglich, und die Zeit verging viel zu schnell. Nach einem weiteren Kapitel klappte Maja das Buch zu und guckte ihn erwartungsvoll an.

»Wie, ist es schon zu Ende?«, fragte er und stellte die leere Tasse auf dem Couchtisch ab.

»Ja, ich fürchte, für heute ist die Zeit abgelaufen.«

»Menno.«

Maja grinste. »Komm, ich bring dich nach Hause. Wir lesen morgen weiter.«

»Und was ist mit dem Wochenende? Da hab ich ja keine Schule.« Er hatte seine kindliche Stirn in Falten gelegt.

Sie horchte auf. »Findest du das etwa schade?«

Noah zog eine niedliche Schnute. »Na ja … die Schule mag ich nicht, aber dass du mich abholst und wir Zeit zusammen verbringen, das mag ich.«

Sie stand auf und bedeutete ihm mit einer liebevollen Geste, dass er sich bewegen sollte. »Ich rede mal mit deinem Papa, vielleicht klappt's ja am Wochenende auch irgendwann.« Sie dachte an Zoe und die Versuche zuvor, bei denen sie dabei gewesen war. Vielleicht hatte Bjarne eine Idee, oder er unternahm in der Zeit etwas allein mit dem Mädchen, damit Noah auch dann zu seiner Vorlesezeit kam, wenn Zoe nicht zuhören wollte. Gleichzeitig hoffte Maja, dass sie nicht zu aufdringlich wirkte. Tatsache war jedenfalls, dass ihr die Lesestunde mit Noah selbst guttat, auch wenn sie lange aus dem Alter für Kindergeschichten heraus war.

Nein, überlegte sie zufrieden. Sie würde nie zu alt für eine gute Geschichte sein.

Wenig später standen sie vor der Haustür nebenan, und Maja klingelte. Man hörte Zoes lautes Geschrei schon von hier. Bjarne öffnete die Tür, er wirkte völlig abgespannt, was Maja gut nachvollziehen konnte.

Noah verdrehte die Augen und ging, ohne sich von Maja zu verabschieden, rein. »Ich geh in mein Zimmer«, brummte er. Verflogen war die zuvor gute Stimmung bei ihm, und das tat Maja furchtbar leid.

»Danke, Maja«, murmelte Bjarne und wollte ihr die Tür vor der Nase zuschlagen.

»Warte«, rief sie. »Soll ich ... kann ich mit Zoe reden?«

Er hob eine Augenbraue. »Das ist jetzt kein guter Moment«, meinte er, als ob Maja nicht selbst Ohren gehabt hätte.

»Sorry, ich wollte mich nicht aufdrängen.« Sie machte einen Schritt rückwärts.

Bjarne hielt inne, dann guckte er Maja konsterniert an. »Sie flippt aus, weil ich ihr erklären wollte, dass Gummibärchen kein vernünftiges Abendbrot sind.« Er zuckte die Schultern, und die Überforderung stand ihm ins Gesicht geschrieben.

»Das ist in ihrem Alter ja auch schwer zu verstehen«, meinte Maja mit einem hoffentlich aufmunternden Lächeln. »Ich hätte eine Idee, wie ich sie vielleicht ablenken kann? Ich bleibe auch nicht lange.«

»Bitte, ich bin für alles dankbar. Wenn sie sich so in Rage gebrüllt hat wie jetzt, dann komme ich gar nicht mehr zu ihr durch. Und Susanne fehlt eben auch, sie ist wieder zu Hause, aber ich will ihr mit dem Gips am Bein uns gerade nicht zumuten.«

Maja verstand. Sie ging an Bjarne vorbei und nahm einen Hauch Duschgel an ihm wahr. Er roch gut, männlich und nicht irgendwie übertrieben einparfümiert. Schickilacki-Typen, die sich von oben bis unten eindieselten, konnte Maja überhaupt nicht leiden. Erst kurz darauf begriff sie, dass es ihr scheißegal sein sollte, wie Bjarne roch.

»Ich geh kurz zu Noah«, erklärte Bjarne, und Maja war froh darüber.

Sie tapste auf leisen Sohlen ins Wohnzimmer, ohne sich anzuschleichen, aber dennoch vorsichtig. Zoe lag auf dem Boden und brüllte immer noch. Sie hatte ihr Gesicht in den flauschigen Teppich gedrückt und strampelte wild mit den Beinen. Der Fernseher lief in voller Lautstärke. Maja schaltete ihn aus und setzte sich stumm neben Zoe. Sie sagte nichts, weil sie irgendwie auch nicht wusste, was. Obwohl sie eben vor dem Vater noch so kompetent getan hatte, war die erschreckende Wahrheit, dass sie im Grunde keine Ahnung von Kindern hatte. Sie hatte einfach das Chaos gesehen und wollte helfen. Jetzt hatte sie nicht den blassesten Schimmer, was zu tun war.

Einen Moment überlegte sie. Das stimmte nicht ganz. Sie konnte sich gut an ihre eigene Kindheit und die Gefühle erinnern, die sie damals, als ihre Mama verunglückt war, bewegt hatten. Sie konnte Zoe auf einmal gut verstehen. Maja hatte damals viele Momente erlebt, in denen sie am liebsten genau wie Zoe mit Kreischen, Kratzen und Trampeln reagiert hätte. Aber sie war schon neun gewesen, und man hatte ihr immer wieder gesagt, wie tapfer sie sei. Tapfere Mädchen kreischten nicht, sie hielten die Klappe und litten still.

Maja schluckte und spürte, dass es in ihren Augen anfing zu brennen. Gott, sie war ja eine schöne Hilfe für die Familie. Sie blinzelte die Tränen weg und merkte erst jetzt, dass Zoes Gebrüll aufgehört hatte. Die Kleine guckte sie mit großen, verheulten Augen an.

»Wieso sitzt du da so leise?«, fragte sie mit vom Schreien rauer Stimme.

Maja zuckte mit einer Schulter und neigte den Kopf. »Ich weiß nicht, ich hatte das Gefühl, dass du vielleicht ein bisschen Gesellschaft vertragen könntest.«

»Aber wieso redest du nicht mit mir?«

»Ich wusste nicht, was ich sagen sollte«, gab Maja ehrlich zurück.

»Wieso versuchst du nicht, mich zu trösten? Findest du etwa auch, dass Gummibärchen kein richtiges Essen sind?«

Maja lächelte, während sie zusah, wie Zoe sich in den Schneidersitz aufrichtete. Sie wischte mit dem Ärmel ihres Kleidchens über ihr gerötetes Gesicht. »Zoe«, meinte Maja mit strenger Miene. »Du kannst mir doch nicht weismachen, dass du das nicht selbst weißt!«

Und dann geschah etwas Seltsames. Sie nickte.

Maja musste es nicht aussprechen; Zoe war, genau wie ihr, klar, dass die Gummibärchen hier nicht das Problem waren. »Worauf hättest du denn Lust?«

»Was ich essen möchte, meinst du?«

»Ich weiß nicht, bist du denn hungrig?«

»Nö.«

»Gibt es sonst was, was du machen möchtest?«

Zoe legte sich einen Finger an die Lippen und guckte angestrengt im Zimmer umher. Dann leuchtete ihr Gesicht auf. »Barbie. Ich möchte mit den Barbies spielen.«

Sie sprang auf und kam nach einer Minute mit einem rosafarbenen Cabrio zurück, in dem zwei dieser furchtbaren Puppen saßen und mit so weißen Zähnen lächelten, dass Maja ganz anders wurde. Hilfe, dachte sie, dann ja lieber Chucky, die Mörderpuppe.

Aber kneifen konnte sie jetzt nicht, und sie brach sich auch keinen Zacken aus der Krone, wenn sie mitspielte. Sie musste es ja nicht mögen.

Für eine Weile schoben sie den Wagen hin und her, Zoe kramte Kleidung hervor, und dann stylten sie die Püppchen um. Wenn es nach Maja gegangen wäre, hätte sie ihnen erst mal die blonden Mähnen gekürzt und gefärbt, aber das behielt sie lieber für sich. Zoe schien sich mittlerweile nicht nur äußerlich beruhigt zu haben, sie wirkte zufrieden und konzentriert.

Maja spürte ein Prickeln im Nacken und wandte den Kopf um. Bjarne stand mit der Schulter an das Treppengeländer gelehnt da und beobachtete sie mit verschränkten Armen. Sein Blick zerrte an ihrem Herzen, denn er war so voller Schmerz und Sehnsucht, dass Maja der Atem stockte. Als er bemerkte, dass sie ihn anschaute, verschloss sich seine Miene, und er trat einen Schritt näher. Bjarnes Räuspern durchschnitt die Stille. Hastig wandte Maja sich zu Zoe um; sie fühlte sich wie ein Eindringling in seiner Welt.

»Das sieht ja gut aus«, meinte Bjarne dann und kniete sich neben Zoe. Lautlos formte er mit seinen Lippen in Majas Richtung: »Wie hast du das gemacht?«

Sie war nicht geübt im Lippenlesen, aber seine Gestik und der fragende Ausdruck, der hoffnungsvoll und ungläubig zugleich war, taten ihr Übriges, und sie verstand. Sie zwinkerte ihm zu, auch, um ihre eigene Befangenheit zu überspielen. »Diese hübschen Barbies haben wir noch hübscher gemacht«, erklärte sie dem Papa.

Zoe gluckste. »Maja ist echt gut darin.«

Maja hob eine Braue. Zum Glück gab es hier drin keine Kameras; es hätte ihrem Image in der Nachbarschaft sicher geschadet, wenn rausgekommen wäre, dass sie Püppchen stylte. Der Gedanke erheiterte sie.

»Kann ich dir was anbieten?«, fragte Bjarne jetzt und riss sie damit aus ihren Gedanken.

»Ähm …« Sie überlegte, dachte an ein kühles Bier und dann daran, dass es vielleicht nicht so gut war, vor Kindern Alkohol zu trinken. »Ich wollte gar nicht lange bleiben«, erwiderte sie daher.

»Bitte, Maja! Du *musst* bleiben«, stellte Zoe klar, ohne dabei den Kopf zu heben.

Bjarne nickte, und Maja meinte ein leises Lächeln um seine Lippen spielen zu sehen. Vielleicht täuschte sie sich auch, es war nur ganz winzig. Kaum zu sehen, aber seine Augen wirkten definitiv lebendiger. Irgendwie strahlender, als er sprach. »Du hast Zoe gehört, du *kannst* jetzt nicht gehen. Also, was darf's sein?«

»Hast du vielleicht Cola?«, fragte sie.

»Cola?« Er guckte irritiert.

»O ja, Cola!«, freute sich Zoe.

Ups. Vielleicht auch nicht das Richtige. Sie musste im Umgang mit Kindern noch viel lernen.

Oder nein, musste sie nicht. Für die nahe Zukunft – oder überhaupt – hatte sie nicht geplant, selbst Mutter zu werden. Sie hatte ja nicht mal ihr eigenes Leben im Griff.

»Wasser nehme ich natürlich auch«, lenkte sie hastig ein.

»Ich kann ja mal Cola kaufen«, erklärte Bjarne und stand auf.

»Gibt's bestimmt auch koffeinfrei«, schlug Maja vor.

»Was ist koffeinfrei?«, wollte Zoe wissen.

Sie hatte keine Ahnung, wie sie das erklären sollte. Also hielt sie die Klappe und kleidete Barbie noch einmal neu ein. Kurz darauf stellte Bjarne ein Glas neben Maja auf den Couchtisch. »Bitte.«

»Danke, das ist nett.« Maja trank einen großen Schluck, ihre Kehle war trocken. Warum auch immer. Gleichzeitig kribbelte es in ihrem Magen, als sie realisierte, dass sie tatsächlich Spaß daran hatte, mit Zoe zu spielen, egal ob sie mit dem Konzept Barbie konform ging oder nicht. Irgendwann würde auch Zoe begreifen, dass keine Frau in echt so ausschaute und dass es kein Ziel sein konnte, eine Taille wie ein Insekt zu haben, während die Brüste im Unverhältnis dazu tonnenschwer darüber hingen.

»Wie wäre es, wenn ich Spaghetti koche? Mit Tomatensoße?«, schlug Bjarne vor. »Maja, du bist natürlich eingeladen.«

Sie fand, dass es ehrlich gemeint klang und nicht nur deshalb ausgesprochen wurde, weil er meinte, sich notgedrungen für ihre Hilfe revanchieren zu müssen, also stimmte sie zu.

»Alles okay mit Noah?«, fragte Maja dann.

»Ja, er baut oben was mit seinem Lego. In seinem Zimmer hat er die Gewissheit, dass Zoe seine Meisterwerke nicht versehentlich zerstört.«

»Ah, gut.«

»So, ich mache mich dann mal ans Abendessen. Ich warne dich nur, bis vor Kurzem bestand mein Repertoire aus Rührei, Tiefkühlpizza und Spaghetti mit Ketchup. Das Würstchengulasch letztens war tatsächlich ungenießbar.«

Maja lachte. »Ich bin Kummer gewohnt, meine Kochkünste können vermutlich mit deinen in etwa mithalten. Auch wenn man es mir nicht ansieht, aber ich bin in der Küche ziemlich ungeschickt.« Sie winkte ab.

Er ging nicht weiter darauf ein, der Moment der Leichtigkeit schien verflogen. Maja störte sich nicht daran, es war okay. Sie wollte weder auf Teufel komm raus mit ihm scherzen noch seine beste Freundin werden. Dass sie sich unterhalten konnten, ohne einander im Geiste vorzuwerfen, wie ätzend der andere war, war schon ein großer Fortschritt.

Nach dem Essen – Maja half beim Abräumen, die Kinder saßen in friedlicher Ruhe vor dem Sandmännchen – sprach

Bjarne Maja noch einmal an. Sie merkte gleich, dass etwas im Busch war, als er sie dabei komisch anguckte. Nervös irgendwie.

Maja stellte die schmutzigen Teller auf die Arbeitsfläche und wartete ab.

»Ich wollte dich noch was fragen, du kannst natürlich jederzeit Nein sagen, aber ...« Er rieb sich das unrasierte Kinn und wich ihrem Blick aus. Dann sah er sie wieder an. Sein Adamsapfel hüpfte. »Weil Susanne ja noch ausfällt und ich aber was vorhabe, könntest du vielleicht am Samstagabend auf die Kinder aufpassen? Also nur, wenn es für dich passt. Ich hatte es so verstanden, dass das mal möglich wäre, und die beiden würden sich freuen; sie haben mich schon dauernd gefragt, wann du mal kommen könntest.«

Wow, so viele Worte hatte sie noch nie zusammenhängend aus seinem Mund gehört. Sie nickte. »Klar, kein Problem. Wann soll ich da sein?«

Bjarne atmete aus, und Maja war nicht sicher, ob er erleichtert war oder gerade noch nervöser wurde. Sie begriff nicht, was mit ihm los war, aber das war zum Glück nicht ihre Sache. Sie fragte auch nicht, was er vorhatte.

»Vielleicht gegen halb sieben?«

»Prima, Noah hat mich vorhin schon gelöchert, dass ich auch am Wochenende für ihn lesen soll.«

Bjarne rieb sich über die Stirn und trat von einem Fuß auf den anderen. »Ich hoffe, das ist nicht zu viel für dich. Mir ist klar, dass ... es nicht einfach ist. Und wenn Susanne wieder fit ist, kommen wir sicher wieder besser zurecht.«

Maja fühlte sich ein wenig vor den Kopf gestoßen, so als ob sie nur eine Notlösung gewesen wäre. Was vermutlich auch stimmte.

»Ist schon okay; also, ich sag noch tschüss, dann gehe ich. Oder war noch was? Samstag geht jedenfalls klar«, wiederholte sie.

Bjarne sah sie an. »Danke.«

Es hingen unausgesprochene Worte in der Luft, doch niemand schien das, was wirklich in seinem Kopf vorging, aussprechen zu wollen. Also verabschiedete Maja sich von den beiden Kindern und ging dann zurück in ihr eigenes Zuhause. Oder in Charlottes Haus, wenn man es genau nahm. Obwohl sie sich dort sonst sehr wohlfühlte, kam es ihr jetzt, in der Stille des Abends, plötzlich einsam und leblos vor. Was stimmte eigentlich nicht mit ihr? Sie hätte froh sein sollen, dass sie ihre Ruhe hatte, dass sie noch ein bisschen an ihren Ideen arbeiten konnte. Aber das war sie nicht.

Maja ging in die Küche und betrachtete ihren Sauerteig. »Jetzt gibt es nur noch uns, lass mich nicht im Stich.« Sie schnitt sich selbst eine Grimasse.

Das Telefon bimmelte; es war Nils, aber sie ging nicht ran. Obwohl sie sich gut mit ihm verstand und sie einen angenehmen Vormittag zusammen verbracht hatten, als sie sich zum Frühstück getroffen hatten, wollte sie sich jetzt nicht mit ihm unterhalten. Er hatte ihr von seinem Leid als Autor geklagt, und Maja hatte ebenfalls ein wenig aus dem Nähkästchen geplaudert. Es arbeitete sich auch ganz gut im Café Bernstein, Nils war irgendwie süß, aber es ging Maja ein bisschen zu schnell, dass er auf einmal abends mit ihr telefonieren wollte. Sie war nach der Enttäuschung mit André noch nicht bereit, sich auf einen neuen Mann einzulassen.

Kapitel 14

»Kommt herein oder bleibt draußen, wie ihr wollt!«, rief Pippi.
»Ich zwinge niemanden.«

»Pippi Langstrumpf«, Astrid Lindgren

Maja hatte verschiedene Zutaten mitgebracht, um Pizza selbst zu belegen. Sie stand mit den beiden Kindern in der Küche. Zoe hatte einen Hocker unter ihren Füßen, um die Arbeitsfläche zu erreichen. Den gekauften Pizzateig rollte Maja gerade auf einem Blech aus; dabei versuchte sie, nicht daran zu denken, dass der letzte Sauerteig-Versuch mal wieder gescheitert war. So langsam war sie am Ende mit ihrem Backlatein. Sie würde mal gezielter recherchieren müssen, vielleicht, wenn die Kinder nachher schliefen. Sie konnte und wollte das nicht auf sich sitzen lassen. Das war schon immer ihr Problem gewesen: Wenn sie sich irgendwo festgebissen hatte, war sie wie ein Kampfhund. Sie konnte einfach nicht davon ablassen. Seltsam, dass der einzige Bereich in ihrem Leben, in dem sich das nicht so verhielt, das Schreiben war. Nicht jetzt, dachte sie und konzentrierte sich darauf, Teig in alle Ecken des Blechs zu drücken. Noah stand dicht an sie gedrängt und hielt das Blech fest, während Zoe ein Liedchen trällerte, das Maja nicht kannte. Die beiden trugen schon ihre Schlafanzüge, Bjarne hatte offenbar nichts dem Zufall überlassen wollen. Maja grinste. Noch vor wenigen Tagen hätte sie sich darüber aufgeregt, heute sah sie es gelassen. Sie ging so oder so davon aus, dass sie die Kinder spätestens nach dem Abendessen noch einmal würde umziehen müssen. Gleich kam nämlich die Tomatensoße dran, die auf dem Teig verteilt werden musste. Und Maja hatte vor, die beiden ihr Drittel des Blechs selbst belegen zu lassen.

Schritte erklangen auf der Treppe, und kurz darauf kam Bjarne in die Küche. Er hatte sich umgezogen, stellte Maja fest. Er trug einen dunklen Pullover mit V-Ausschnitt, darunter lugte ein weißes Shirt hervor. Die Jeans saß zu locker, mit ziemlicher Sicherheit hatte sie ihm irgendwann besser gepasst. Bevor sein bisheriges Leben den Bach runtergegangen war. Der Hauch eines herben Aftershaves flog zu ihr herüber. Maja kombinierte, dass er wohl ein Date hatte. Wow, dachte sie, und ein Teil der kürzlich gewonnenen Sympathie für ihn verpuffte. Er war vielleicht doch mehr wie ihr Vater, als sie gedacht hatte. Gerade mal sechs Monate hatte er es ohne Frau ausgehalten. Oder ging es ihm nur um körperliche Bedürfnisse? Maja nagte an der Innenseite ihrer Wange, während sie versuchte, sich einzureden, dass sie das nichts anging. Dass sie keine Parallelen ziehen durfte oder konnte. Obwohl Bjarne seine Frau erst vor Kurzem verloren hatte, stand es Maja nicht zu, ihn zu verurteilen, wenn er sich nach einer neuen umsah. Es gab ja Typen, die konnten ohne weiblichen Zuspruch nicht existieren. Maja hatte lediglich gedacht, dass Bjarne keiner von denen war. Nur deshalb war sie enttäuscht.

Oder?

Hastig wandte sie sich ab und fummelte in ihrem Einkaufsbeutel herum, um die Tomatensoße herauszuholen, die auf dem Teig verteilt werden musste. Sie hörte, dass Bjarne näher kam. »So, meine Süßen, ich wollte euch noch Tschüss sagen.«

»Wo gehst du hin?«, wollte Zoe wissen, und Maja horchte auf.

Obwohl es ihr egal hätte sein sollen, interessierte es sie leider doch brennend.

»Ich bin verabredet, aber macht euch keine Sorgen, ich bin nicht lange weg.«

»Mit wem?«, wollte Noah wissen.

Bjarne gab ihm einen Kuss auf den Scheitel. Maja wandte sich um und wich seinem Blick aus, während sie an der Verpackung der Soße nestelte.

»Tschüss, meine Süße«, murmelte er und küsste auch Zoe.

Majas Herz schlug schneller, sie war sich nicht sicher, ob ihre Wut wirklich ihm galt oder ob sie alles nur auf ihre eigene Geschichte projizierte. Sie atmete ruhig und hob den Kopf, als sie seinen Blick auf sich spürte.

»Du kommst klar?«, fragte er mit einem leisen Zweifel in der Stimme.

»Wenn nicht, habe ich ja die Handynummer.« Sie biss sich auf die Lippe; das war schärfer aus ihrem Mund gekommen als beabsichtigt.

Bjarnes Brauen zogen sich kurz zusammen, dann nickte er. »Scheue dich nicht anzurufen, wenn was ist.« Er sagte es so sanft, beinahe schon unsicher, dass sich Majas Ärger auflöste. Bjarne war nicht ihr Vater, und er hatte jedes Recht, mal einen Abend für sich zu haben, nach allem, was er erlebt hatte. Der Gedanke stimmte sie versöhnlicher.

»Viel Spaß«, sagte sie und rang sich sogar noch ein Lächeln ab. »Wir haben zu tun, die Pizza muss ja in den Ofen. Nicht, Kinder?« Sie knuffte Noah leicht in die Schulter.

Er nickte eifrig. »Ich möchte Margherita mit Schinken.«

Maja lächelte. »Kriegst du. Und Zoe? Was möchtest du noch auf deine Pizza legen?«

Sie schürzte ihre Lippen. »Gummibärchen?«

»Nein, Süße. Die gibt's hinterher.«

Bjarne atmete tief ein, so als ob er sich nicht mehr sicher war, dass er wirklich gehen wollte.

»Muss ich dich erst rauswerfen? Wir kommen hier supergut zurecht, und eigentlich störst du gerade nur.« Sie sagte es im Scherz, aber er musste ihren Unterton bemerkt haben, der ihn ermutigen sollte, den Schritt zu wagen und aufzubrechen.

Er blinzelte, dann ging ein kaum merklicher Ruck durch seinen Körper. »Das sehe ich. Na gut, ihr Lieben. Habt viel Spaß, ja?«

Zoe beugte sich über die Pizza. Maja hatte ihr einen Löffel gereicht und einen Klecks Tomatensoße auf ihr Drittel gegeben, das Mädchen verschmierte die rote Pampe jetzt auf dem Teig.

»Tschüss, Paps«, sagte Noah noch, kurz darauf ertönte das leise Knacken des Haustürschlosses. Sie hörten, wie der Wagen angelassen wurde, dann entfernte er sich.

»So«, meinte Maja. »Ich mag ja gern Pizza Hawaii, aber ohne Schinken.«

»Was ist das?«, erkundigte sich Noah.

»Ich nehme Käse und Ananas und gebe noch Mais drauf«, erklärte Maja fröhlich.

Zoe verzog ihr Gesicht. »Igitt.«

»Magst du keine Ananas?«

Sie zuckte die Schultern. »Nicht auf einer Pizza.«

»Hast du es schon mal probiert?«, wollte Maja wissen.

»Nee, will ich auch nicht«, erwiderte Zoe ganz bestimmt.

Maja gluckste. »Musst du auch nicht. Bleibt mehr für mich. So, Noah, hier ist der Schinken. Soll ich ihn für dich schneiden?«

»Das kann ich machen.« Seine Augen leuchteten, aber Maja fragte sich, ob er mit einem Messer hantieren durfte. Sie entschied, dass es okay war, wenn sie aufpasste.

»Wo habt ihr denn Schneidebretter?«

Noah kramte eines aus einer Schublade, und Maja reichte ihm ein kleines Messer, das nicht zu scharf war. »So, leg los.«

Zehn Minuten später schoben sie das Blech in den vorgeheizten Ofen. »Jetzt müssen wir nur noch warten.«

»Ich hab so einen Hunger«, jammerte Zoe und rieb sich ihren Bauch. »Kann ich nicht jetzt schon was essen?«

»Was denn?«

»Ein Nutellabrot.«

Maja holte tief Luft. »Ich glaube nicht, nein. Sonst hast du ja gleich gar keinen Appetit mehr.«

Zoes Miene verfinsterte sich. »Aber ich halte das nicht mehr aus.« Um ihren Unmut zu unterstreichen, stampfte sie mit einem Füßchen auf.

Maja spürte, dass sie auf einem dünnen Seil balancierten, und überlegte fieberhaft, wie sie einen Wutausbruch verhindern konnte. Fünfzehn bis zwanzig Minuten musste sie überbrücken, dann war die Pizza fertig.

»Nutellabrot«, wiederholte Zoe nachdrücklich.

Aus dem Augenwinkel sah Maja, dass Noah auf seine Füße starrte. Ihr Puls schnellte in die Höhe, ihr Stresspegel stieg. »Ähm, Zoe, guck mal«, meinte Maja und zeigte aus dem Fenster, um Zeit zu gewinnen. Sie hatte noch keine Idee, womit sie das Kind zufriedenstellen sollte. Wenn sie ihr mit Gurkenscheiben statt Nutella ankam, war der Super-GAU garantiert nicht mehr zu verhindern.

»Da ist doch gar nichts«, schimpfte Zoe.

»Hey, ich hab eine Idee!«, jauchzte Maja, der tatsächlich etwas eingefallen war.

»Was denn?« Noah klang interessiert.

»Kennt ihr das Spiel ›Brennende Lava‹?«

Zoe kniff ihre Augen zusammen; sie wirkte noch nicht gänzlich überzeugt, aber zumindest schien sie ihren »schrecklichen Hunger« fürs Erste vergessen zu haben. Doch es war zu früh, um schon aufzuatmen; erst mal musste die Idee angenommen und akzeptiert werden. Im Geiste dankte sie Charlotte, dass sie ein Streaming-Abo hatte, auf dessen Programm lauter schwachsinnige Sendungen gezeigt wurden. Das hier war eine abgekupferte Idee, aber das mussten die Kinder ja nicht erfahren, und selbst wenn, war es egal, wenn es ihnen Spaß machte.

»So«, meinte Maja und rieb sich übertrieben die Hände, dabei lächelte sie. »Ihr kennt also das Spiel mit der Lava nicht. Könnt ihr euch was vorstellen? Wisst ihr überhaupt, was Lava ist?«

Noah nickte. »Ja, die kommt aus dem Vulkan.«

Zoe formte ein lautloses Oh. »Echt?«

»Ja, genau«, stimmte Maja zu und begann damit, die Sofakissen herunterzureißen und auf dem Boden zu verteilen. »Ihr dürft auf keinen Fall den Boden berühren, okay? Sonst seid ihr ausgeschieden, denn da ist glühende Lava. Ihr könnt überall sein, nur nicht auf dem Boden. Sofa, Tisch, Stühle, Kissen sind erlaubt.«

Zoe zögerte nicht, sondern hüpfte direkt auf einen Stuhl. Noah schaute sich alles erst einmal an, ehe er sich in Bewegung setzte. Maja sah, dass ein Zettel auf den Boden gefallen war. Er musste zwischen den Kissen gesteckt haben. Sie hob ihn auf und stellte fest, dass es ein handgeschriebener Brief war.

Mein geliebter Bjarne,
es tut mir unendlich leid, dass du diesen Brief
von mir lesen musst, denn das bedeutet, dass ich
den Kampf verloren habe …

Maja erstarrte und schnappte nach Luft.

O mein Gott.

Mit zitternden Fingern faltete sie den Brief zusammen, ohne weiterzulesen. Das hier war privat. Absolut privat.

Shit. Was sollte sie tun? Die Kinder durften das keinesfalls sehen, und Bjarne durfte nicht erfahren, dass sie den Brief gefunden hatte. Wieso versteckte man so was in einer Sofaritze?

»Maaaja …«, drang Zoes Stimme zu ihr durch.

»Äh, was ist?« Sie ließ das Papier hinter ihrem Rücken verschwinden.

»Noah ist auf den Boden getreten«, petzte das Mädchen.

Noah zuckte die Schultern. Er wirkte geknickt.

»Das macht doch nichts, es war nur eine Proberunde. Jetzt geht's noch mal los. Eins. Zwei. Drei.« Die Nachricht brannte wie Feuer in ihren Händen. Was sollte sie damit tun? Wo konnte sie sie ablegen? Sie musste wieder zurück an ihren Platz, aber auf dem Sofa waren keine Kissen mehr.

Gott, wie lange dauerte das noch mit der Pizza?

»Machst du gar nicht mit?«, wollte Noah jetzt wissen.

Maja war schrecklich heiß geworden. »Doch, doch. Gleich. Ich guck nur noch einmal nach der Pizza, dann bin ich dabei. Macht ihr schon mal weiter, aber seid vorsichtig, okay?«

Zoe sprang und hüpfte wild umher, Noah bewegte sich mit mehr Bedacht, was Maja nicht überraschte. Sie tapste in die Küche und schaute in den Ofen. Es würde noch dauern. Mist. Wohin mit dem Brief? Sie kratzte sich mit der freien Hand an der Wange, dann ging sie zum Bücherregal im Wohnzimmer, warf einen kurzen Blick auf die Kinder, die zum Glück ins Spiel vertieft waren, und schob ihn zwischen zwei Bildbände über die Lüneburger Heide. Das sah nach Geschenken aus, die selten jemand durchblätterte. Und sobald die Kinder schliefen, würde sie den Brief wieder zwischen die Kissen auf dem Sofa stecken.

Puh! Maja wischte sich den Schweiß von der Stirn. Das war ein Schock gewesen. Sie hatte nicht schnüffeln wollen, aber es war unmöglich gewesen, nicht die erste Zeile zu lesen, und bereits die war so voller Schmerz und Liebe gewesen, dass sich Majas Herz zusammenzog. Alexandra hatte sich offenbar auf ihr Ableben vorbereitet, sofern man so etwas tun konnte, oder sie hatte es versucht. Eine Welle der Zuneigung für Bjarne erfasste Maja. Auch ohne mehr gelesen zu haben – denn das ging sie wirklich nichts an –, ahnte sie, dass die Zeilen ihn einerseits glücklich gestimmt hatten und andererseits in ein noch tieferes Loch gezerrt haben mussten. Auch wenn es nicht wirklich trösten konnte, so hatte die Familie sich in gewisser Weise verabschieden können. Maja war das verwehrt geblieben. Ihre Mutter war von einem Tag auf den anderen nicht mehr da gewesen. Im Badezimmer hatte noch ihr Nachthemd über der Badewanne gehangen, das sie eigentlich hatte anziehen wollen. Stattdessen war sie in ihrem Auto gestorben, weil ein betrunkener Fahrer seinen Wagen nicht mehr unter Kontrolle gehabt hatte.

Kindergeschrei riss Maja aus ihrer Starre.

»Du schummelst!«, brüllte Zoe. »Du bist auf den Boden getreten. *Ich* hab gewonnen.«

»Das stimmt gar nicht«, kreischte Noah zurück, und Maja war irgendwie froh, dass der Junge sich dieses Mal nicht zurückzog und nachgab, wie üblich. Das war auch nicht gesund.

»Hey, hey, was ist denn hier los?« Maja stellte sich zwischen die beiden Streithähne und hob beschwichtigend die Hände. Sie kam sich wie eine Richterin im Ring vor.

»Noah ist neben ein Kissen gehüpft«, zischte Zoe. Ihr Gesicht war rot angelaufen.

Noah stieß die Luft aus. »Zoe nervt mich. Das stimmt überhaupt nicht.«

Und schon brüllten sich die beiden wieder an.

»Ruhe!«, ging Maja dazwischen, und auf einmal herrschte Schweigen.

Die Kinder guckten sie verdutzt an, und Maja begriff, dass die beiden es gewohnt waren, mit Samthandschuhen angefasst zu werden. Manchmal nützte das aber nichts, es machte alles nur noch schlimmer. »So, es ist egal, wer hier wo draufgetreten ist oder nicht. Das ist ein Spiel, und dabei soll Spaß im Vordergrund stehen. Wenn ihr euch zankt, räumen wir die Kissen wieder weg.«

»Okay«, erklärte Noah und verschränkte die Arme vor der Brust. »Macht mir eh keinen Spaß mehr.«

Maja unterdrückte ein Augenrollen. Zoe hüpfte derweil munter weiter; ihr war es anscheinend egal. Maja stieß leise die Luft aus. Zum Glück ertönte in diesem Augenblick das erlösende Bimmeln des Handyweckers; das hieß, die Pizza war fertig. Mein Gott, dachte Maja, unter deren Armen sich Schweißflecken gebildet hatten. Irgendwie hatte sie sich das einfacher vorgestellt.

* * *

Bjarne war mit Cathy beim Italiener in der Rosenstraße verabredet. Sie wartete schon vor der Tür, als er eintraf. Er hatte vorgeschlagen, dass es besser wäre, wenn sie getrennt fuhren. »Hallo«, begrüßte er sie mit einem leichten Küsschen auf die Wange.

»Schön, dich zu sehen«, erwiderte sie mit einem strahlenden Lächeln. Der Duft ihres teuren Parfums stieg ihm in die Nase, nicht unangenehm, aber eben auch nicht so, dass er sich darin verlieren wollte.

Bjarne schob den Gedanken beiseite, darum ging es hier zum Glück nicht.

Aber wusste Cathy das auch?

Natürlich nicht, und eigentlich war es unfair, sie zu benutzen, obwohl für ihn klar war, dass nie mehr aus ihnen werden würde. Nicht heute und nicht in drei Jahren. Er konnte mit dem platten Satz kommen »Es liegt nicht an dir, es liegt an mir«, aber so weit waren sie nicht. Hier ging es um ein Abendessen, nur das.

»Lass uns doch reingehen, ich habe einen Tisch bestellt.« Bjarne hatte absichtlich ein Restaurant ausgewählt, in dem er nie mit Alexandra gegessen hatte. Nicht, weil es schlecht sein sollte, sondern weil sie ihre Stammlokale gehabt hatten. Es war also an diesem Abend im doppelten Sinn eine Premiere für ihn. Bjarne öffnete die Tür und ließ Cathy den Vortritt. Sie trug ein luftiges Kleid und Pumps dazu, um die Schultern hing ein Tuch. Die Haare hatte sie hübsch arrangiert, und sie war nur dezent geschminkt. Sie war, objektiv betrachtet, wirklich hübsch. Das war auch nicht das Problem. Er war ja nicht blind.

Das Lokal war klein, mit winzigen quadratischen Tischen und karierten Deckchen. Ein nettes Ambiente mit Kerzenschein; Eros Ramazzotti tönte sanft aus den Lautsprechern. Es roch nach Tomaten, Knoblauch und frisch gebackener Pizza.

Gleichzeitig spürte er, dass sich, je näher sie ihrem Platz kamen, ein mulmiges Gefühl in ihm breitmachte. Nicht nur das, es kam ihm so vor, als würden alle sie anstarren. Der Kellner brachte ihnen die Speisekarte, und sie bestellten eine Flasche Pellegrino; er musste ja noch fahren. Als er die Karte aufschlug, fiel Bjarnes Blick auf seinen Ehering. Er glänzte im Kerzenschein wie eine stumme Erinnerung an glückliche Tage.

Ihm wurde schlecht.

Mit einer ruckartigen Bewegung zog er seine Hand zurück und legte sie unter den Tisch auf seinen Oberschenkel. Völlig bescheuert, das war ihm klar. Aber … es musste sein.

Bjarne überflog die Karte, aber die Buchstaben verschwammen vor seinem Auge. »Was nimmst du denn?«, wandte er sich an Cathy. Gott, das war viel schwieriger, als er gedacht hatte.

Sie hob ihren Blick. »Ich denke, ich nehme die Tagliatelle al Forno. Ich liebe Überbackenes.«

Er dachte an die vielen Aufläufe, die sie ihnen in den letzten Monaten vorbeigebracht hatte, und rang sich ein Lächeln ab. »Ja, das habe ich mitbekommen.« Es klang nicht so leicht, wie es sich hätte anhören sollen. Aber Cathy ließ sich nichts anmerken.

»Vielleicht probiere ich die auch«, fügte er hinzu, weil es ihm ohnehin egal war, was er vorgesetzt bekam. In seinem

Magen lagen schwere Klumpen; er konnte sich nicht vorstellen, dass er auch nur einen Bissen herunterbringen würde.

Nachdem der Hauptgang bestellt war, wusste er nicht, was er sagen sollte. Ein betretenes Schweigen legte sich über sie. Cathy beendete es als Erste und plauderte über die Grundschule, ein unverfängliches Thema. Bjarne nickte hin und wieder und gab eine Antwort, von der er hoffte, dass sie passte. Aus den Lautsprechern erklang jetzt das Lied »Somebody That I Used to Know«, und er erstarrte. Zu diesem Song hatte er mit Alexandra auf ihrer Hochzeit getanzt; sie hatte es geliebt und war nie müde geworden, es zu hören.

Das hier war so falsch, dass Bjarne alle Haare zu Berge standen. Er fühlte sich wie ein seelenloser Betrüger.

Kalter Schweiß brach ihm aus allen Poren, die Wände der Trattoria schienen auf ihn zuzukommen. Er wollte nach seinem Wasserglas greifen, verfehlte es jedoch und stieß es um. Es kullerte vom Tisch, ein Schwall San Pellegrino ergoss sich über die Tischdecke, dann zerschellte das Glas auf dem kalten Steinboden. Das Klirren war nicht laut zu hören, dafür war es zu voll im Restaurant, aber in seinem Kopf scheppterte es, als hätte jemand mit etwas auf ihn eingeschlagen. Bjarne stand so hastig auf, dass sein Stuhl umkippte. Er murmelte ein kaum verständliches »Entschuldigung, ich kann das nicht ...«, dann rannte er davon. Seine Beine bewegten sich immer schneller, er ließ die Trattoria hinter sich, hastete die Rosenstraße entlang, bog zum Stintmarkt ab. Es waren viele Leute unterwegs, und er rempelte immer wieder Menschen an, die ihn beschimpften oder erschrocken zur Seite sprangen. Er bekam es wie durch eine dicke Nebelwand mit. Immer wieder fragte er sich, warum er das alles tun musste. Warum fühlte es sich so an, als wäre sein ganzes Leben ein einziger Albtraum? Warum war Alexandra nicht mehr an seiner Seite? Mit ihr hätte er romantisch essen gehen sollen. Nicht mit einer Frau, an der ihm nichts lag. Was hatte er sich nur dabei gedacht, Cathy um ein Abendessen zu bitten?

KAPITEL 15

Ich glaube nicht an ein Leben nach dem Tod,
obwohl ich ein paar Unterhosen zum Wechseln mitnehmen werde.

Woody Allen

Um ein Haar wäre Maja selbst mit eingedöst. Die Kinder waren in Papas Bett schnell eingeschlafen, sie waren total erledigt gewesen. Auf dem Nachttisch stand ein Hochzeitsfoto in einem silbernen Rahmen. Alles Glück der Welt strahlte aus den Gesichtern darauf. Seitdem war viel passiert. Maja sah wieder weg; es kam ihr falsch vor, es noch länger zu studieren. Sie gähnte und rieb sich die Augen, dann ging sie leise nach unten, um das dortige Chaos zu beseitigen. Sie fing mit den Sofakissen an, die Küche würde sie sich als Letztes vornehmen. Sie war gerade damit fertig, das letzte Kissen aufzuschütteln, als ein Auto in die Auffahrt fuhr.

Der Brief!, fiel ihr siedend heiß ein, und Panik machte sich in ihr breit. Wo hatte sie ihn hingelegt?

Maja guckte sich hektisch um, dann erinnerte sie sich daran, dass sie ihn zwischen zwei Bildbände gestopft hatte. Sie beeilte sich, ihn unter das Sofakissen zu schieben, wusste aber nicht mit Sicherheit, unter welchem er gewesen war. Sie nahm das in der Mitte, vielleicht fiel es Bjarne ja nicht auf. Vielleicht hatte er den Brief auch vergessen und würde gar nicht nach ihm suchen. Möglicherweise. Etwas anderes war jedoch wahrscheinlicher, nämlich dass er ihn sich oft am Abend durchlas, wenn die Kinder schliefen. Maja schluckte. Dann wusste er sofort, dass sie geschnüffelt hatte. Was nicht stimmte, aber genau das würde er denken. Es sei denn, sie erzählte ihm, wie es wirklich passiert war, dass er durch Zufall in ihren Händen gelandet war. Aber auch dann würde er glauben, dass sie den vielleicht persönlichsten Brief seines Lebens gelesen hatte – das würde er zumindest annehmen, oder? Scheiße! Sie konnte nur verlieren.

Was also sollte sie tun?

Erzählen oder schweigen?

Maja nagte hektisch an ihrer Unterlippe und war überfordert.

Sie konnte sich halbwegs in seine Lage hineinversetzen, und das, was er im Moment mit Sicherheit nicht wollte, war, dass jemand seine privaten Briefe las. Er würde sich bloßgestellt vorkommen und sehr verletzt sein, dass ihm jemand das letzte persönliche Wort seiner Frau genommen hatte. Nein, sie konnte ihm unmöglich sagen, dass sie davon wusste. Aber was, wenn die Kinder von dem Lava-Spiel erzählten? Dann konnte er ebenso eins und eins zusammenzählen.

Gott. Warum war das nur so kompliziert? Und warum kümmerte es sie so sehr, ob er möglicherweise sauer auf sie war?

Weitere Gedanken erübrigten sich, weil Bjarne gerade den Schlüssel ins Schloss steckte. Maja huschte in die Küche und fing an, dort aufzuräumen. Sie sah bestimmt furchtbar aus, aufgelöst und fix und fertig. Hoffentlich merkte er nicht, wie aufgewühlt sie war. Maja wappnete sich innerlich, als sie seine leisen Schritte näher kommen hörte. Er hatte wohl seine Schuhe ausgezogen.

»Bin wieder da«, sagte er, und Maja erschrak, als sie in sein Gesicht schaute.

Wenn sie schon schlimm aussah, dann hatte er einen Horrorabend erlebt. Bjarne war blass, gleichzeitig wirkte er abgekämpft und völlig erschöpft.

»Wie wars?«, fragte sie dämlicherweise auch noch.

Sie wollte sich am liebsten ohrfeigen; es war ja offensichtlich, dass es ihm nicht gut ging. Dabei war er so gut drauf gewesen, als er vorher gegangen war. Das hatte sie jedenfalls gedacht.

»Wollte gerade das Chaos beseitigen«, fügte sie eilig hinzu und öffnete den Geschirrspüler. Von der Pizza gab es noch Reste; die Kinder hatten ihr Drittel natürlich nicht geschafft, und Maja war nicht wirklich zum Essen gekommen, aber das war nicht weiter tragisch. Essen war an dem Abend ihr geringstes Problem gewesen. Wobei Problem nicht der richtige Ausdruck war. An den Kindern war nichts falsch, aber sie kannten sich nicht gut genug, und auch für die beiden Kleinen war es eine ungewöhnliche Situation gewesen, dass jemand anderes als die Oma oder der Papa auf sie aufpasste und sie ins Bett brachte.

Bjarne seufzte und lehnte sich mit dem Rücken gegen den Kühlschrank. »Was dagegen, wenn ich eine Flasche Rotwein aufmache?«

Maja hielt mitten in der Bewegung inne. »Äh, nee?« Es klang mehr wie eine Frage, das merkte sie selbst.

Bjarne lächelte ironisch, ihm war anscheinend klar, dass Maja verschiedene Dinge durch den Kopf gingen. »Ist sonst nicht mein Mittel der Wahl, wenn ich gestresst bin, aber … Ich glaube, heute wäre es mal gut, eine Ausnahme zu machen. Dabei weiß ich gar nicht, ob wir noch Wein haben«, murmelte er, dann verzog er das Gesicht, als hätte ihm jemand eine Ohrfeige verpasst. »Ich habe *wir* gesagt, nicht? Es sollte *ich* heißen. Ob ich noch Wein dahabe. Warum ist es nur so verdammt schwer, das endlich zu kapieren?«, krächzte er, wandte sich an Maja und schüttelte mit hängenden Schultern den Kopf.

Der allumfassende Schmerz, den sie in seinen Zügen sah, berührte etwas tief in ihr. Maja nickte zögerlich, ohne den Blick abzuwenden. Sie fühlte sich Bjarne verbunden, litt mit ihm. Trauer hatte viele Gesichter, und doch verstand Maja in diesem Augenblick, was in ihm vorging. Gleichzeitig hatte sie jedoch keine Ahnung, wie sie ihm helfen konnte. Denn der Schmerz würde bleiben, egal, was sie oder sonst jemand tat.

Bjarne senkte die Lider und fuhr sich mit beiden Händen durchs Haar; seine Frisur wirkte, als hätte er genau das schon den ganzen Abend getan. Maja schwieg, denn manchmal war es besser, die Klappe zu halten.

Bjarne öffnete einige Schranktüren, bis er schließlich eine Flasche aus einem Vorratsschrank herauszog, in dem sich auch einige Saftpackungen befanden. »Da ist noch einer. Keine Ahnung, ob der gut ist oder nicht. Schätze, das werden wir gleich merken. Chianti, steht drauf.«

»Gläser? Wo sind Gläser?«, kam sie ihm zur Hilfe. »Oder möchtest du lieber, dass ich gehe?«

Es bestand natürlich auch die Möglichkeit, dass er sich allein besaufen wollte, seinen Kummer und seine Einsamkeit in Rotwein ertränken. Aber Bjarne kam ihr nicht so vor, als hätte er seinen Schmerz in der letzten Zeit häufig mit Alkohol betäubt. Das hatte er ja auch eben selbst betont.

»Nein. Nein, bleib nur. Das heißt, wenn du möchtest. Ich meine, ich bin mir nicht sicher, ob ich jemandem meine Gesellschaft überhaupt zumuten kann. Also, ich würde es verstehen, wenn du lieber gehen möchtest, Maja. Das ist okay. Wirklich. Fühl dich nicht genötigt zu bleiben.« Während er plapperte, als gäbe es kein Morgen, kramte er einen Korkenzieher aus der Schublade. Maja bekam mit, wie er mit fahrigen Bewegungen an der Flasche herumfummelte.

Sie holte tief Luft und atmete wieder aus. Da war kein Korken, sondern ein Schraubverschluss, aber wenn sie das jetzt erwähnte, kam er sich noch blöder vor. Sie merkte, dass ihm die ganze Situation unangenehm war, empfand es beinahe schon wie einen Ritterschlag, dass er sich ihr so verletzlich zeigte wie nie zuvor. Sonst war Bjarne verschlossen, machte alles mit sich selbst aus. Vergrub sich in seinem Arbeitszimmer und schloss die Tür hinter sich ab. Aber heute wollte er das offenbar nicht, und Maja hatte nichts dagegen, zu bleiben. Im Gegenteil. Also öffnete sie ein paar Schranktüren und suchte nach Weingläsern.

»Die sind hier drin.« Er zeigte nach links, ohne den Kopf zu heben. »Meine Fresse, das Ding hat keinen Korken, da kann ich ja lang probieren.« Bjarne stellte die Flasche ab, stützte sich mit beiden Händen auf die Arbeitsfläche und senkte den Kopf.

Für eine Sekunde glaubte Maja, dass er gleich losheulen würde. Sie hatte keine Ahnung, was sie dann tun sollte. Ihn umarmen? Ihn trösten? Weggehen?

Sie kannten sich kaum, auch wenn sie sich in der letzten Zeit durch die Kinder häufiger trafen. Aber wie sollte man jemanden trösten, dessen Leid so allgegenwärtig und so tief war, dass es keine, absolut keine passenden Worte gab, damit er sich besser fühlte? Niemand konnte ihm das geben, wonach er sich sehnte, denn seine Frau war tot, genau wie Majas Mutter tot war. Aber ein Vergleich half ihm auch nicht weiter, und wenn er einen Satz schon zu oft gehört hatte, dann sicher den, dass es irgendwann besser wurde.

Das Schlimme daran war, dass es nicht stimmte. Die Sehnsucht nach einem geliebten Menschen wurde niemals weniger, egal, wie viel Zeit verstrich.

Maja griff zwei Gläser aus dem Schrank und stellte sie neben Bjarne, ohne einen Ton zu sagen.

Sie bekam mit, dass er die Lider langsam öffnete und seinen Kopf in ihre Richtung drehte. Es kam ihr so vor, als leuchtete

195

kurz etwas in seinen Augen auf; dann war es verschwunden, und sie glaubte, sich getäuscht zu haben. »Wie ich sehe, bist du noch hier«, stellte er fest und klang selbst ein wenig überrascht. Bjarne stieß sich von der Arbeitsfläche ab und schraubte den Flaschendeckel mit einem Kopfschütteln ab, als könnte er noch immer nicht fassen, dass er einen so einfachen Verschluss vor sich hatte. »Heißt das, ich soll zwei Gläser füllen?«

Maja nickte, und ihre Mundwinkel bogen sich nach oben. »Ich bitte darum.«

Wenige Sekunden später hatte jeder ein Glas in der Hand. »Ich habe keine Ahnung, worauf wir trinken könnten, also einfach Prost.« Die Stimmung hatte sich verändert; es kam Maja so vor, als ob Bjarne sich im Stillen über sich selbst amüsierte.

»Prost«, erwiderte sie und lächelte.

Bjarne nahm den Deckel der Weinflasche und drehte ihn in seinen Händen, dann guckte er Maja an und prustete los. »Völlig bescheuert«, meinte er daraufhin.

Maja lachte mit und zuckte die Schultern. »Wer kommt auch auf die Idee, einen Rotwein nicht mit einem Korken zu verschließen?«

Er warf den Deckel in die Spüle. »Eben!« Sie kannte diese Stimmungsumschwünge, von tiefer Trauer, fassungsloser Wut bis hin zu hysterischem Lachen. Selbst in den tragischsten Momenten gab es oft eine absurde Komik; das mit der Weinflasche war so ein Fall.

Sie tranken gleichzeitig. Dieser Augenblick hing nicht voller ungesagter Worte; im Gegenteil, das Schweigen war angenehm. Nahezu harmonisch. Maja spürte, dass Bjarne sich in ihrer Gegenwart ein wenig entspannte. Er war nicht mehr ständig auf der Hut. Maja freute sich, denn das bedeutete, dass er sie nicht mehr als Fremdkörper betrachtete, nicht als Bedrohung der Schutzhülle, in die er sich in seinem Schmerz zurückgezogen hatte. Womöglich hatte er verstanden, dass sie nicht hier war, um ihm Ratschläge zu geben, die er nicht hören wollte. Maja war in sein Leben getreten, weil sie den Kindern helfen wollte. Vielleicht auch ein Stück weit ihm, aber nicht, weil sie etwas von ihm erwartete, oder noch schlimmer, ihm ihre Meinung aufdrücken wollte.

Womöglich hatte Bjarne genau das befürchtet, weil alle anderen das taten. So waren Menschen nun mal. O ja, Maja hatte es als Kind selbst erlebt. Jeder hatte ihr ständig und immer wieder ungefragt gesagt, was sie tun sollte, was sie machen konnte oder sogar, wie sie sich fühlen sollte. Als ob man darauf einen Einfluss hätte. Maja trank noch einen Schluck, dann griff sie sich ein Stück kalte Pizza und biss herzhaft hinein. »Die Kinder sind schnell eingeschlafen«, berichtete sie, weil ihn das vermutlich interessierte.

»War alles okay?«

Maja grinste schief. »Wenn du meinst, dass ich verhindern konnte, dass sie sich geprügelt haben, dann ja.«

Bjarne hob eine Braue. »So schlimm?«

»Nein, war nur ein Witz. Aber klar, unter Geschwistern gibt's mal Stress. Ist doch normal. Auch wenn ich selbst keine habe, verstehe ich das irgendwie.«

Er guckte sie an, ehrlich interessiert. »Ich wusste nicht, dass du ein Einzelkind bist. Tut mir leid, dass ich nie gefragt habe.«

Maja winkte ab. »Um ehrlich zu sein, ich kann Leute nicht leiden, die mich über mein Privatleben ausquetschen. Von dem her – Pluspunkt für dich.« Sie grinste.

Ein leises Lächeln umspielte seine Mundwinkel. »Und es tut mir auch leid, dass ich dir gegenüber anfangs so skeptisch war.«

Die zweite Entschuldigung überraschte sie im ersten Moment. Maja hob ihren Unterarm und zeigte ihm ihr »Life Sucks«-Tattoo. »Ich glaube, das ist Antwort genug. Leute bekommen oft erst mal Angst vor mir und meiner Erscheinung.

Und ich gebe zu, dass ich Mitmenschen manchmal auch zuerst nach ihrer Schale beurteile. Manchmal, nicht immer. Ich bin also nicht sauer, wenn du mich zuerst für eine potenzielle Meuchelmörderin gehalten hast.«

Bjarne verzog die Lippen. »So schlimm war es nicht. Und Susanne hat mir gleich gesagt, dass ich falschliege.«

Maja grinste. »Sie ist genau meine Zielgruppe.«

Seine Stirn legte sich in Falten, während er ihnen noch einmal Wein nachgoss. »Wie meinst du das? Zielgruppe? Ah ja, hast du nicht gesagt, du würdest schreiben?«

Sie schnappte sich noch ein Stück Pizza und ging erst mal nicht darauf ein. »Wenn du auch möchtest …?«, bot sie ihm an.

Er guckte darauf. »Wieso nicht, ja.«

»Ist kein Gourmetessen.«

Er wedelte mit der Pizza. »Lenk nicht ab, wieso ist Susanne deine Zielgruppe?«

»Ich habe dir doch erzählt, dass ich schreibe.«

»Ja. Das habe ich mitbekommen. Also was? Schreibst du für eine Frauenzeitung, oder was?«

»Tatsächlich bin ich eine der Drehbuchautorinnen für die Serie ›Heideherzen‹, die in Lüneburg produziert wird.«

Bjarnes Augen weiteten sich, und er fing an zu husten. Zwischen zwei Anfällen würgte er hervor: »Nicht dein Ernst. Eine Seifenoper für Senioren?«

Maja gluckste. »Genau das.«

Bjarne lachte, dann stieß er mit seinem Glas gegen ihres. »Du steckst voller Überraschungen.«

»Na ja, eigentlich habe ich mit einem anderen Ziel Germanistik studiert, aber mit irgendwas muss man ja seine Brötchen verdienen.« Sie zuckte die Schultern und wollte nicht näher auf das Thema eingehen. Auch wenn es mit ihren Recherchen ganz gut lief, so hatte sie trotzdem zu ihrer Idee noch kein einziges Wort zu Papier gebracht. Zum Glück ging es hier nicht um sie.

»Wem sagst du das«, sagte er und riss Maja damit aus ihren Gedanken. Er stopfte sich den letzten Bissen des Pizzastückes in den Mund. »Mein Gott, was für ein Abend! Ich habe jetzt definitiv einen weiblichen Fan weniger im Viertel.« Das sollte vermutlich witzig sein, aber er klang nicht belustigt.

Sie zog ihre Nase kraus. »Kapier ich nicht.«

Er seufzte und nahm einen großen Schluck Wein. »Ich fühle mich schon fast besoffen, ist das erste Mal, dass ich Alkohol trinke, seit …«

Auch ohne dass er den Satz vollendete, verstand Maja, was er meinte.

Plötzlich wirkte er abwesend; er guckte durch das Fenster in die Nacht. Vielleicht sah er auch nur sein Spiegelbild darin, Maja war sich nicht sicher. »Alexandra, meine Frau, sie hat mir Aufgaben hinterlassen, die ich erfüllen soll«, fing er plötzlich an.

Maja staunte, aber sie hielt die Klappe. Wenn er reden wollte, bitte, aber sie würde ihn nicht drängen; sie war sich nicht mal sicher, ob sie es überhaupt hören wollte. Dass sie seinen Gemütszustand nachvollziehen konnte, bedeutete nicht, dass sie ein Teil seiner Trauerarbeit werden wollte, denn das hieße auch, sich mit ihrem eigenen Verlust auseinanderzusetzen. Und das wollte sie nicht. Zumindest nicht jetzt.

Er fuhr fort. »Unter anderem war eine Bitte von ihr, dass ich mit jemandem Essen gehen sollte, mit dem ich nicht befreundet bin.«

Langsam begriff Maja. Bjarnes Frau hatte Zeit gehabt, sich und ihre Familie auf ihren Tod vorzubereiten. Offenbar war dieses Ding, ihm Briefe zu schreiben, nicht nur eine einmalige Sache gewesen, und der, den sie unter dem Sofakissen gefunden hatte, war womöglich einer von vielen. Ja, ganz sicher sogar. »Und es ist nicht gut gelaufen?«, fragte sie dann.

Bjarne leerte sein Glas. »Nee. Ist es nicht. Der Hauptgang war noch nicht mal serviert, da habe ich einen Panikanfall bekommen. Ich bin einfach aufgesprungen und abgehauen. Ohne ein Wort. Ich habe Cathy, hier aus der Nachbarschaft, du kennst sie vielleicht, in Lüneburg beim Italiener sitzen gelassen und bin verschwunden. Ich habe nicht mal die Rechnung bezahlt.«

Maja verzog das Gesicht. »Aua.«

»Ich hab mich ins Auto gesetzt und bin da sitzen geblieben. Bis eben. Ich weiß nicht, wie ich das wiedergutmachen soll.«

»Willst du noch mal mit ihr ausgehen?«

Er riss die Augen auf. »Gott bewahre! Bloß nicht. Ich weiß auch nicht, wieso ich ausgerechnet sie gefragt habe. Oder doch. Vielleicht, weil ich sicher war, dass sie Ja sagen und gleichzeitig nicht mit Fragen aufwarten würde, was Alexandra angeht. Sie weiß Bescheid, da musste ich nichts erklären. Aber als ich da mit ihr saß, dann … ich konnte das einfach nicht.«

»Du kannst ihr ja das Geld für die Rechnung geben.«

Bjarne rieb sich über die Stirn. »Es ist mir superpeinlich. Und gleichzeitig bin ich wütend. Auf mich, aber auch auf Alexandra. Wieso wollte sie solche Sachen von mir verlangen? Was soll das überhaupt bringen? Ich kapier das einfach nicht.«

Maja konnte diese Fragen nicht beantworten, also schwieg sie.

»Ich fühle mich betrunken«, erklärte Bjarne. »Ich … ich sollte ins Bett gehen. Und morgen werde ich mich bei ihr entschuldigen, Cathy erklären, dass es keine gute Idee war, mit mir auszugehen. Und die Kosten werde ich ihr erstatten. Aber immerhin, sie wird kapiert haben, dass sie sich abschminken kann, dass wir ein Paar werden. Wenigstens etwas«, sagte er mehr zu sich selbst.

Maja machte sich wieder ans Aufräumen, während sie die Worte verarbeitete. Bjarne hielt sie am Unterarm fest. Ganz sanft, aber bestimmt. Seine Finger waren kräftig und warm. Angenehm, ohne zu viel Druck auszuüben. »Nicht, Maja«, murmelte er. »Ich räume das morgen auf.« Dann ließ er sie los, als hätte er sich an ihr verbrannt.

Majas Mund wurde trocken, ein Kribbeln lief durch ihren Arm bis zu ihrer Wirbelsäule hinauf.

»Dann … gute Nacht, Bjarne«, stammelte sie, irritiert von dieser unerwarteten Berührung, auch wenn sie nur kurz und federleicht gewesen war. Irritiert von ihrer Reaktion darauf, um genau zu sein.

»Gute Nacht, Maja.« Seine Stimme hallte noch lange in ihrem Kopf nach, auch als sie schon längst das Haus verlassen hatte. Maja begrüßte die Kühle der Nacht, sie atmete tief durch, und ihr Herzschlag beruhigte sich langsam wieder. Herzklopfen im Zusammenhang mit Bjarne. Das war höchst verwirrend.

Das Gefühl seiner Haut auf ihrer war nicht unangenehm gewesen. Im Gegenteil – und das machte ihr Angst.

* * *

Nachdem Maja gegangen war, trank Bjarne ein Glas eiskaltes Wasser. Dann schaltete er das Licht aus und ging nach oben in sein Arbeitszimmer. Er nahm sich ein Blatt Papier und fing an zu schreiben.

Alexandra, warum verlangst du Dinge von mir, die mir unmöglich sind. Du hast geschrieben, dass ich in der Lage wäre, alles zu erfüllen. Du hast gelogen, und du musst es gewusst haben. Wie könnte ich mit einer fremden Frau ausgehen, zu einem Date? Die Einzige, mit der ich Romantik erleben möchte, bist du. Was hast du dir nur dabei gedacht? Ich verstehe es einfach nicht und komme mir so dumm vor. Und ich bin unfassbar wütend auf dich. Ich möchte Dinge gegen die Wand werfen, dich anschreien, aber dann erinnere ich mich, dass du nicht mehr da bist. Dass ich so viel brüllen kann, wie ich will, aber du bist nicht hier, um mir zuzuhören. Wer hat dich nur zu diesen schrecklichen Ideen inspiriert? Irgendein absurder Ratgeber, wie die, die mir meine Mutter geschickt hat? Diese Frage wird mir wohl nie jemand beantworten können, und diese Einbahnstraße macht mich fertig, Alexandra. So sollte es nicht sein.

Heute habe ich, weil ich deine Bitte erfüllen wollte, eine sehr nette Frau vor den Kopf gestoßen, die mir seit deinem Tod nur Gutes wollte. Sie hat für uns gekocht, sich nach mir und den Kindern erkundigt, und ich konnte ihr nicht mehr bieten als die Demütigung, sie in einem Restaurant sitzen zu lassen, noch bevor das Essen serviert wurde. Wenn es dein Plan war, mich lächerlich aussehen zu lassen, damit ich mich noch schrecklicher fühle, dann ist es dir gelungen, Alexandra. Aber warum hättest du das wollen sollen?

Ich erkenne keinen Sinn, und ich will auch nicht länger versuchen, einen Sinn darin zu finden.

Gleichzeitig hämmert ein Stimmchen in meinem Kopf: Reiß den nächsten Umschlag auf, vielleicht ist eine Nachricht dabei, die wichtig ist. Ich sehne mich noch immer nach Worten von dir, denn sie sind alles, was mir von dir geblieben ist. Ich sehne mich danach, deine Worte zu lesen, deine Stimme noch einmal in meinem Kopf zu hören, mit Sätzen, die du noch nie zu mir gesagt hast. Alle anderen Gespräche habe ich gefühlt eine Million Mal in meinem Kopf abgerufen, um mich an dich und unsere glücklichen Zeiten zu erinnern.

Aber das, Alexandra, das übersteigt meine Fähigkeiten. Ich glaube, du hast es dir anders vorgestellt, weil du ganz sicher Gutes damit tun wolltest. Vielleicht sollte ich dieses Experiment einfach abbrechen, denn ich kann dem offenbar nicht gerecht werden.

Ist das überhaupt die richtige Bezeichnung dafür? Ein Experiment? Ich habe keine Ahnung, was es ist, aber es fühlt sich beschissen an. Ja, richtig. Ich werde ausfallend. Mit Ausrufezeichen!!! Ich komme mir so dumm vor. So furchtbar dumm.

Und allein. Vielleicht hätte ich keinen Rotwein trinken sollen. Langsam finde ich selbst keinen Sinn mehr in dem, was ich schreibe. Aber es hilft mir, mit meiner Wut umzugehen, und das ist schon mal etwas.

Wenigstens den Kindern scheint es langsam ein wenig besser zu gehen. Die neue Nachbarin, Maja, sie hat einen guten Einfluss auf sie. Das hoffe ich zumindest.

Wieso sagt einem niemand, wie schwer das Leben ist?

Ich bin fertig für heute. Es tut mir leid, dass ich eine Enttäuschung bin. Jetzt hoffe ich,

dass du nicht auf deiner Wolke sitzt und meinen
peinlichen Auftritt heute mit angesehen hast.
   Ich liebe dich trotzdem, auch wenn ich
wütend auf dich bin.
   Dein Bjarne

Er faltete den Brief zusammen und schob ihn in die
Schublade. Sein Zorn war etwas abgemildert, aber nicht ganz
verraucht. Der Wein war ihm auch zu Kopf gestiegen; er hatte
vermutlich nur Unsinn zu Papier gebracht, aber wen sollte es
interessieren? Außer ihm las niemand diesen Scheiß!

Er stöhnte. »Ich bin einfach verrückt geworden«, murmelte er.
Und ohne dass er seine Handlungen kontrollieren konnte,
zog er den weißen zylindrischen Behälter aus dem Schrank.
Hatte er nicht eben noch geschrieben, dass er keinesfalls weitermachen würde? Nun, er konnte sich wenigstens ansehen, was
für dumme Aufgaben sie ihm noch stellen wollte.
Bjarne biss die Zähne aufeinander und fischte nach einem
Brief. Er riss den Umschlag auf, ohne darauf zu achten, vorsichtig zu sein. Dann klappte er ihn auf und fing an zu lesen.

Mein geliebter Bjarne,
meine heutige Aufgabe kannst du nicht an
einem Tag erledigen. Aber ich möchte diese Bitte
dennoch formulieren, weil sie mir wichtig ist.
   Verliebe dich neu.
   Ja, du hast richtig gelesen. Verliebe dich neu.
   Ich kann deine Flüche förmlich hören, und
auch wenn du glaubst, du wirst nie so weit sein,
dann bitte ich dich doch: Gib einer neuen Liebe
eine Chance.

*Natürlich schmerzt mich der Gedanke, dass
du eine andere so lieben könntest wie mich, aber
die Idee, dass du für immer allein bleiben wirst,
tut mir noch mehr weh.*

*Ich wünsche mir, dass du offen für Gefühle
bleibst, denn dein Herz ist zu groß für all die
Liebe, die darin wohnt, mein Schatz. Du kannst
das.*

Vertrau mir, ich liebe dich.

Alexandra

Wo vorher noch Wut gewesen war, erfasste ihn jetzt eine verzweifelte Sehnsucht. Alexandra hatte schon immer einen merkwürdigen Sinn für Humor gehabt, vermutlich war das einer ihrer letzten Scherze; ihr Ernst konnte es ja wohl nicht gewesen sein. Gleichzeitig verstand er jetzt, warum sie keine bestimmte Reihenfolge für ihre Wünsche festgelegt hatte, denn das, was sie von ihm forderte, würde er ohnehin niemals erfüllen können. Aber für sie war es darum gegangen, dass er sich irgendwann mit dem Gedanken anfreundete, sich damit befasste; vorschreiben konnte sie ihm das natürlich nicht. Sich neu zu verlieben! Undenkbar. Bjarne konnte sich nicht mehr beherrschen, er hatte keine Kraft mehr dafür. Dicke Tränen tropften auf das Papier. »Was verlangst du nur von mir?«, krächzte er leise, um die Kinder nicht zu wecken. »Ich kann das nicht. Ich will es auch nicht.«

Seine Schultern bebten, während er den Brief zurück in den Behälter warf.

Fassungslos über diese Bitte gab er sich seinem Schmerz hin.

KAPITEL 16

Ich mag gute, starke Worte, die etwas bedeuten.

Louisa May Alcott

Maja saß im Stübchen von Nils' Großmutter Hedwig. Draußen schien die warme Junisonne, doch durch die dicken Vorhänge drang nur wenig Licht. Auf dem Fischgrätenparkett lagen flauschige Teppiche, die dunklen Massivholzmöbel verliehen dem Raum etwas Altertümliches, genauso wie die hohen Bücherregale. Grünpflanzen zierten das Fensterbrett. Auf dem kleinen Tisch zwischen ihnen befanden sich eine silberne Kaffeekanne und Tassen mit Goldrand. In Majas Bauch kribbelte es, ihre Finger waren eiskalt. Auf ihrem Schoß lag ein Notizblock, in der Hand hielt sie einen Kugelschreiber.

»Ich, ähm …«, fing Maja an, nachdem sie zuvor ein wenig geplaudert hatten. »Ich weiß nicht so recht, was genau ich wissen möchte.«

Hedwig war eine kleine Frau; sie trug einen Pullover und einen Rock. Die Beine hatte sie sittsam nebeneinandergestellt, ihre zierlichen Füße steckten in Hausschuhen. Ihre weißen Haare waren zu einem Knoten gedreht. Sie sah sie aus warmen, dunkelbraunen Augen an. »Nils hat mir erklärt, dass Sie ein Buch schreiben wollen.«

»Ja, das ist richtig. Und gerade bin ich dabei, Fakten zusammenzutragen.«

»Und es soll eine Geschichte sein, die in Ostpreußen spielt?«

Maja nickte langsam. »Ja und nein. Ich stelle es mir so vor, dass eine Enkelin etwas über ihre Oma herausfindet.«

Hedwig lächelte. »Ah, verstehe. Der Klassiker. Aber ja, wieso nicht? Hat nicht jeder ein Geheimnis?«

Maja hob eine Braue. »Ist das so?«

Die alte Dame goss Milch aus einem Kännchen in ihren Kaffee. »Nicht jedes Geheimnis ist unbedingt schrecklich; manchmal sind es nur ungesagte Worte, die am Ende eines Lebens doch noch ausgesprochen werden müssen. Oder sollten.«

Maja nickte. Da ihre eigenen Großeltern früh gestorben waren und das Verhältnis zu ihnen eher distanziert gewesen war, konnte sie sich nicht so ganz in diese Lage versetzen. Aber deswegen war sie ja hier. Ein Schriftsteller musste nicht alles selbst erlebt haben, um es beschreiben zu können. »Da haben Sie ganz sicher recht. So habe ich es mir jedenfalls vorgestellt. Ich war ja schon im Ostpreußischen Landesmuseum, und ich habe in den letzten Wochen viel gelesen.« Tatsächlich gab es zu diesem Thema Unmengen an Literatur und auch Filme oder Beiträge von Zeitzeugen auf YouTube. Aber jemandem konkrete und gezielte Fragen stellen zu können, war natürlich etwas ganz anderes und viel besser. Dennoch kam sie sich ein wenig wie eine Hochstaplerin vor, denn sie hatte noch keine Ahnung, ob aus ihrer Idee jemals wirklich ein Roman werden würde. Maja schluckte und schob die Zweifel beiseite. »Darf ich zunächst einmal erfahren, wo Sie geboren sind?«

»In Königsberg. Heute heißt es Kaliningrad.«

»Und Sie waren noch einmal dort?«

»Ja, in den Neunzigern.«

»Wie alt waren Sie, als Sie fliehen mussten?« Gott, das klang alles so steif und förmlich, sie sollte lieber wieder auf das Thema mit den Geheimnissen zurückkommen.

»Ich war elf Jahre alt.«

»Dann können Sie sich bestimmt gut an alles erinnern.«

»Zu gut, wenn ich ehrlich bin.«

»Was meinen Sie damit?«

Hedwig nippte an ihrem Kaffee. »Ich weiß nicht, welche Art von Geschichte Sie im Sinn haben, aber alles, was über die Flucht erzählt wird, stimmt. Daran war nichts romantisch. Die Art von Geheimnissen, die Frauen den gesamten Rest ihres Lebens mit sich herumtragen, hat in den meisten Fällen etwas damit zu tun, dass die Russen schneller waren als der Treck.«

Maja schluckte. O Gott. Ja, davon hatte sie natürlich gehört. Panzer hatten die Flüchtenden überrollt. Frauen waren vergewaltigt worden. Umgebracht. Die Flucht über das Haff bei minus zwanzig Grad im Januar. Maja wusste nicht, was sie dazu sagen sollte. »Sie sind in Lüneburg wann angekommen?«

»Im März, glaube ich. Ja. Da waren die Engländer noch nicht da. Stellen Sie sich mal vor, einige hier haben damals noch an den Endsieg geglaubt.«

»Ich hab's gelesen. Verrückt. Aber für mich sowieso unvorstellbar das alles.«

»Wir waren zunächst in der Turnhalle des MTV Treubund Lüneburg untergebracht, dann haben wir eine Notunterkunft zugewiesen bekommen. Ganze acht Jahre habe ich in einem Provisorium gelebt.«

Davon konnte man heute nichts mehr erkennen, ihre Stadtvilla zeugte von schlichter Eleganz. Plötzlich lächelte sie. »Mit neunzehn habe ich meinen Mann kennengelernt. Und glauben Sie mal nicht, dass mich seine Familie mit offenen Armen empfangen hat. Das Flüchtlingsmädchen wollten sie unter keinen Umständen für ihren Sohn, aber der Hans hat mich trotzdem geheiratet.« Ihr Blick wurde verträumt, und Maja spürte die Liebe, welche die beiden verbunden haben musste. Auf einmal war Hedwig noch einmal jung. Ja, das war etwas, was Maja für ihre Geschichte inspirierte. Wie ist man damals mit Menschen umgegangen, die alles verloren hatten, dachte sie bei sich.

»Und wie lange hat es gedauert, bis seine Familie Sie akzeptiert hat? Wenn ich das fragen darf?«, erkundigte sie sich stattdessen.

»Meine Schwiegermutter hat mich bis zu ihrem letzten Atemzug gehasst. Mein Schwiegervater hat nicht so lange gebraucht; er hat begriffen, dass ich nicht auf den Kopf gefallen war, und es hingenommen.«

Maja löcherte Hedwig über die ersten Jahre in Lüneburg, über die Stunde null. Sie unterhielten sich lange, Maja machte sich Notizen, hörte zu. »Haben Sie die alte Heimat vermisst?«, fragte sie irgendwann.

»Natürlich. Und wie. Aber man hat nicht darüber gesprochen. Sehen Sie, meine Mutter hat nicht nur ihren Mann, sondern fast ihre ganze Familie verloren. Aber wir waren wie ein Tropfen im Ozean, es gab so viel Leid und nichts zu essen. Das war unser Hauptproblem. Den Luxus zu trauern konnten wir uns nicht erlauben. Mein kleiner Bruder ist auf dem Treck erfroren. Meine Schwester hat ein paar Zehen verloren. Und meiner Mutter ist nicht nur die Würde geraubt worden, als man sie wie Dreck behandelt hat. Für mich war es nicht so schlimm, ich war ja noch jung.«

Das war etwas, was Maja immer wieder gelesen hatte, dass Kriegskinder behaupteten, es sei für sie nicht so schlimm gewesen. Es war schwer zu glauben, aber vermutlich eine Art Mechanismus, um den Schrecken zu verdrängen. »Ich kann mir nicht vorstellen, wie es gewesen sein muss«, meinte sie abwesend.

»Das kann heute niemand mehr, und das ist gut so.«

Maja dachte an ihre eigene Trauer, daran, dass sie auch Jahrzehnte später nicht aufgehört hatte, ihre Mutter zu vermissen. Aber ihr Schicksal war ein Einzelschicksal, kein Kollektivschicksal, zudem kam bei den besiegten Deutschen eine große Portion Schuld dazu. »Hat man Ihnen das Gefühl vermittelt, dass Sie selbst schuld daran waren, dass Sie fliehen mussten?«

»Von den Engländern musste man sich das anhören, natürlich. Also den Besatzern. Es gab hier ein *Reeducation*-Programm. Und jeder brauchte natürlich einen Persilschein. Wir hatten gar nichts, zu Hause war meine Mutter Hauswirtschafterin gewesen, Mamsell, bei einem alten Adelsgeschlecht. Hier hat sie Böden geschrubbt. Sie war eine gebrochene Frau, ist nie über das alles hinweggekommen. Trotzdem ist sie alt geworden.«

»Wie kann man mit so einem Verlust weiterleben?«, wollte Maja wissen.

Hedwig schwieg einen Augenblick. »Kann man das? Oder tut man nur so?«

Diese Antwort brachte Maja zum Nachdenken. Während sie noch einige andere Fragen stellte, geisterte immer wieder der Satz »Oder tut man nur so?« in ihrem Kopf herum. In vielerlei Hinsicht traf das auch auf sie zu. Maja hatte in ihrem Leben viel Zeit damit verbracht, so zu tun, als sei ihr die Meinung anderer egal, als lege sie keinen Wert mehr darauf. Dass sie sich womöglich jahrelang selbst belogen hatte, versetzte ihr einen Stich.

»Sie und Nils sind also befreundet?«, erkundigte sich Hedwig irgendwann und riss Maja damit ins Hier und Jetzt zurück.

»Ja, so was in der Art. Ich will nicht sagen, dass wir Leidensgenossen sind, weil ich auch schreiben möchte, aber in gewisser Weise treffen wir uns auf der Ebene.«

Die alte Dame studierte Majas Gesicht, dann goss sie ihnen noch einmal Kaffee nach. »Nils hat viele Talente, aber ihm fehlt eine Sache.«

»Ja?«

»Das ist der Wille, über den Schmerz hinauszugehen.«

»Wie meinen Sie das?«

»Wenn es für den Jungen schwierig wird, packt er seine Siebensachen und haut ab. Sie können sich nicht vorstellen, wie viele Jobs er schon geschmissen hat.«

Doch, Maja hatte davon gehört. Hedwig fuhr fort: »Im Café Bernstein ist er nur so lange, weil er keinen Ärger mit mir bekommen will. Immerhin habe ich ihm die Stelle besorgt. Aber mal ehrlich, er ist über dreißig, hat weder Frau noch Kind und lebt quasi aus einer Reisetasche. Immer auf der Suche. Wonach?«

Maja konnte dem nicht widersprechen. Sie selbst war auch nicht viel besser, oder? Peinlich berührt legte sie ihren Block samt Stift beiseite. »Na ja, es ist nicht leicht.«

Hedwig winkte ab. »Meiner Meinung nach ist das Problem, dass ihr heute mit Netz und dreifachem Boden lebt. Entweder zahlt der Staat oder Mama und Papa.«

Maja atmete scharf ein. »Ich komme durchaus für meinen eigenen Lebensunterhalt auf.«

»Ich meine auch eher Nils. Entschuldigen Sie bitte. Was ich sagen möchte; er ist ein lieber Junge, mein Enkel. Aber so langsam müsste er mal was aus seinem ganzen Wissen machen.«

Maja seufzte. »In gewisser Weise ist es bei mir ähnlich. Ich kann zwar von den Drehbüchern leben, aber glücklich machen sie mich nicht.«

»Dann schmeißen Sie endlich die Leinen von Bord und lassen Sie raus, was in Ihrem Kopf ist. Sie verstecken sich mit dieser Seifenoper hinter der Belanglosigkeit, dabei sehe ich Ihnen an, dass Sie sehr viel Tiefgründiges zu sagen haben. Was hält Sie noch auf, Maja?«

* * *

Bjarne stand in der Küche und bereitete das Abendessen vor. Es war ein warmer Tag und er hatte keine Lust zu kochen, deshalb richtete er nur ein wenig Brot, Gurkenscheiben und Weintrauben auf einem Tablett an. Sie konnten im Garten sitzen, das Wetter war großartig. Er hörte, dass Noah die Haustür hinter sich schloss. Seinen Ranzen warf er in den Flur, das Krachen dröhnte bis zu Bjarne in die Küche. Er verdrehte die Augen, dann entschied er, dass es nicht so wichtig war. Das Ding würde schon nicht kaputtgehen.

Noah tapste barfuß auf ihn zu; er wirkte zufrieden und gut gelaunt. Zoe war im Garten und spielte im Sandkasten.

»Hallo, mein Großer, wie war es bei Maja?«, wollte Bjarne wissen. In den letzten Wochen hatte sich eine gewisse Routine entwickelt, in der sich die Lesestunden als feste Größe in Noahs Alltag etabliert hatten. Zoe hatte sich damit abgefunden, dass ihr Bruder allein zu Maja ging; als Ausgleich spielte Maja immer mal wieder mit ihr. Bjarne war überrascht, wie gut Maja mit den beiden klarkam. Anfangs hatte er sich Sorgen gemacht, vor allem wegen Zoes Wutausbrüchen. Aber Maja hatte ihre ganz eigene Art, damit umzugehen, die Bjarne als seltsam, aber effektiv miterlebt hatte. Er schob die Gedanken an Maja beiseite. Seit sie vor einigen Wochen in der Küche gemeinsam Wein getrunken hatten, war es nicht noch einmal zu einem vertraulichen Moment gekommen. Er hatte auch keinen Babysitter mehr benötigt, denn er war nicht mehr ausgegangen. Zudem würde Susanne bald wieder fit sein; der Gips war schon mal ab.

Bjarnes Gedanken schweiften zu all den unerledigten Aufgaben, die noch auf ihn warteten. In den vergangenen

Wochen hatte er keinen von Alexandras Briefen mehr gelesen. Die letzte Bitte war einfach zu verstörend gewesen, als dass er sich das weiter antun wollte oder konnte.

»Wir haben heute wieder ein Buch fertiggekriegt«, riss Noah seinen Vater aus den Grübeleien.

»Echt? Wow. Das ist ja super.« In der Schule lief es ein wenig besser; dennoch hatte die Lehrerin ihm beim letzten Gespräch mal wieder mitgeteilt, dass Noah zu häufig träumte und im Unterricht nicht gut mitkam. Bjarne erlebte Noah zu Hause ganz anders, er war viel aufgeweckter, und auch die Albträume waren seltener geworden. Zum Glück war das Schuljahr bald vorbei – man konnte nur hoffen, dass er nächstes Jahr eine andere Lehrkraft bekommen würde.

Noah nickte und nahm sich eine Gurkenscheibe.

»Hast du schon die Hände gewaschen?«, erkundigte sich Bjarne.

»Drüben bei Maja«, erklärte er und schob sich die Scheibe ganz, ohne abzubeißen, in den Mund. Den bekam er jetzt natürlich nicht mehr zu, und er kaute laut und schmatzend.

Bjarne lächelte milde und beschmierte ein paar Brotscheiben mit Butter. »Dann braucht ihr jetzt also Lese-Nachschub? Soll ich ein neues Buch besorgen?«

Noah schüttelte den Kopf. »Nein«, erwiderte er mit vollem Mund. »Das macht sie schon. Wir lesen jetzt was von den drei Fragezeichen, das sind drei Jungs, die Rätsel lösen. Soll ich dir mal ein Geheimnis verraten, Papa?«

Bjarne hielt mitten in der Bewegung inne. »Äh. Ja, klar? Was denn?« Dann machte er weiter, obwohl ihm irgendwie mulmig zumute wurde. Er hatte keine Ahnung, welche Art von Geheimnis das sein sollte.

»Majas Mutter ist auch tot«, eröffnete sein Sohn ihm jetzt.

Er blickte auf und furchte die Stirn, während er versuchte, das Gehörte einzuordnen. Kürzlich verstorben oder schon

213

länger? Und warum sollte das ein Geheimnis sein? Womöglich war es das gar nicht, Noah hatte manchmal einfach seine ganz eigene Logik. »Echt?«, war daher alles, was Bjarne zunächst dazu äußerte.

»Ja, sie ist bei einem Autounfall gestorben«, fuhr Noah fort und nahm sich noch eine Gurkenscheibe. Der Junge sah mit großen Augen zu ihm auf, als wartete er auf etwas.

Ein Autounfall also. Bjarne erinnerte sich an den Abend in der Küche vor einigen Wochen. Damals hatte Maja erwähnt, dass sie es nicht mochte, wenn man sie über ihr Privatleben ausfragte, und daran hatte Bjarne sich gehalten. Er wusste außerdem alles, was nötig war. Das hatte er zumindest gedacht. Maja war zuverlässig und ehrlich und vor allem: Seine Kinder liebten sie, fast wie eine große Schwester. Die beiden fieberten geradezu auf die gemeinsamen Stunden mit ihr hin.

Wieso hatte Maja ihm nicht erzählt, dass ihre Mutter nicht mehr lebte, fragte sich Bjarne nun doch. Okay, er verstand es irgendwie. Das war nichts, was man beiläufig erwähnte. Dennoch hinterließ das Fehlen dieser Information einen komischen Beigeschmack, immerhin hatte er ihr seine Kinder anvertraut und mit ihr über Alexandra gesprochen, und er hatte geglaubt, dass … ach, keine Ahnung. Bjarne verzog die Lippen. Er war verwirrt und konnte seine Gefühle nicht ganz einordnen. Es fühlte sich komisch an in seinem Bauch, dass Maja ihm nichts davon erzählt hatte, beinahe so, als wäre er nicht wichtig genug für diese Information. Aber sein Gefühl war albern, denn sie waren nicht befreundet. Maja half ihm mit den Kindern, das war's. Er hatte kein Recht, beleidigt zu sein. Trotzdem war er gekränkt.

»Das tut mir leid«, war alles, was er dazu hervorbrachte, während sein Gehirn versuchte, die Gedanken zu ordnen, die darin durcheinanderwirbelten.

»Manchmal ist sie auch noch traurig«, erklärte Noah. »Und wir gehen zusammen zu Mamas Grab.«

»Was?« Bjarne riss die Augen auf. Das war jetzt aber definitiv etwas, wovon er hätte wissen müssen. »Wieso?« Er kam sich dämlich vor, denn natürlich wusste Bjarne, wieso Noah zum Grab wollte, und dass Maja nicht Nein gesagt hatte, überraschte ihn auch nicht. Aber es war eine Sache, die er gern mit Maja besprochen hätte, etwas, was er doch gerne gewusst hätte. Das waren nun schon zwei Dinge, von denen er hätte wissen müssen. Bjarnes Magen zog sich zusammen.

»Wir bringen Mama manchmal Blumen mit«, erklärte Noah.

Das war Bjarne natürlich aufgefallen; er hatte gedacht, dass es Susanne gewesen sei, die immer mal wieder für neue Gestecke gesorgt hatte.

»Du, geh doch schon mal in den Garten, Zoe ist im Sandkasten«, schlug er Noah vor. Bjarne brauchte einen Augenblick für sich.

»Ich will aber nicht mit Sand spielen.«

»Du kannst ja auch schaukeln oder rutschen. Das Wetter ist zu schön, um drinnen zu hocken, außerdem essen wir gleich. Ich muss kurz noch was erledigen. Na los, geh nach draußen.«

Noah grummelte etwas, tapste dann aber doch in den Garten.

Bjarne nagte an der Innenseite seiner Wange, und ohne weiter darüber nachzudenken, stapfte er rüber zu Maja. In seinem Magen lag ein dicker Klumpen. Er klingelte und musste einen Moment warten, bis geöffnet wurde.

Maja wirkte überrascht, aber gut gelaunt. Sie trug Shorts und ein ärmelloses Shirt. Ihre Haut war sehr hell, bis auf die vielen bunten Tattoos natürlich, die auch ihre Oberschenkel zierten. Die Fußnägel hatte sie schwarz lackiert. Noch vor ein paar Wochen hätte er diesen Anblick als irritierend empfunden, heute war er ihm bereits vertraut, sodass er mehr sah als nur die erfrischend andere Erscheinung. »O, hi, hat Noah was vergessen?« Sie lächelte.

»Was fällt dir eigentlich ein, einfach mit Noah zum Grab seiner Mutter zu gehen, ohne mich zu fragen oder mir davon zu erzählen?«

Maja zuckte zurück, als hätte er ihr eine Ohrfeige verpasst. Ihr Lächeln erstarb, und ihr Gesichtsausdruck verfinsterte sich. Erst jetzt merkte er, wie schroff sein Tonfall gewesen war. Ja, er war wütend; warum, wusste er selbst nicht so genau, und an ihrer Reaktion merkte er, dass er zu weit gegangen war, dass er überreagiert hatte. Bjarne begriff mit einem Mal auch, dass Maja auf ihre ganz eigene Art verletzlich war, was sie hinter der aufgesetzten Coolness verbarg oder zu verbergen versuchte.

Plötzlich tat es ihm leid, dass er sie so angefahren hatte. Er verstand in diesem Augenblick, in dem ihre Augen Blitze an ihn sandten, dass er sauer auf Maja gewesen war, weil sie Noah vom Tod ihrer Mutter erzählt hatte und ihm nicht. Weil die beiden dadurch eine Art Geheimnis geteilt hatten und er kein Teil davon gewesen war. Mein Gott, warum war das eigentlich auf einmal so kompliziert? Ihm wurde schrecklich heiß.

»Ist das ein Problem?« Ihre Miene glich einem Gewitter, sie verschränkte die Arme vor ihrer Brust. Er spürte, wie sich eine neue Distanz zwischen ihnen aufbaute. Als hätte es die lockeren letzten Wochen nicht gegeben, in denen Maja zu einer Freundin der Familie geworden war, ohne dass sie sich auch nur eine Sekunde lang aufgedrängt hätte.

Bjarne blinzelte und atmete tief ein. Scheiße, er hatte es geschafft, sie vor den Kopf zu stoßen, wo er doch eigentlich hätte dankbar sein müssen. »Ich, ähm …«, stammelte er.

»Pass auf, Bjarne, wenn du gewisse Sachen nicht willst, dann schreib mir eine Liste, wo ich mit Noah oder Zoe hingehen darf und wohin nicht, okay?« Er sah die Wut in ihrem

Blick, aber auch die Kränkung, den Schmerz. Auf einmal fühlte er sich wie der letzte Idiot, weil er sie zu Unrecht angeschrien hatte.

»Maja«, fing er noch einmal an, trat von einem Fuß auf den anderen und suchte nach den passenden Worten.

»War es das, Bjarne? Ich wollte nämlich gerade gehen, ich hab noch was vor.« Ihre Lippen waren zu einem schmalen Strich zusammengepresst.

»Ähm, ich wollte dich nicht anmotzen oder so. Ich war überrascht und hätte es einfach nur gern gewusst.«

»Ja, sicher. Wenn ich geahnt hätte, dass es ein Problem ist, wäre ich sicher nicht mit Noah zum Friedhof gegangen, aber ich hatte den Eindruck, dass es ihm guttat, dass es zu seiner Routine gehört. Aber ganz wie du willst, wird nicht mehr vorkommen.«

Sie wollte ihm gerade die Tür vor der Nase zuschlagen, doch Bjarne hielt sie auf. »Maja, bitte. Es war nicht böse gemeint. Es tut mir ehrlich leid, und du sollst und darfst natürlich weiter mit ihm zum Friedhof gehen.«

»Dir muss gar nichts leidtun. Aber jetzt muss ich wirklich gleich los.«

Er merkte, dass es nichts brachte, jetzt weiter zu diskutieren. In einer ruhigen Minute würde er versuchen, es ihr zu erklären, und sich noch mal bei ihr entschuldigen und ihr vielleicht erzählen, was in ihm vorgegangen war. »Es war nicht okay von mir, dass ich dich angemotzt habe«, murmelte er noch einmal zerknirscht.

»Ich bin nicht nachtragend.« Ihr Gesicht sagte etwas anderes, und dann war alles, was er noch vor sich hatte, die geschlossene Haustür.

Mist, das war mal gründlich danebengegangen. Bjarne schlug sich mit der Hand gegen die Stirn, dann drehte er sich um und wollte zurück ins Haus gehen. Auf der Straße kam Cathy mit ihren Walking-Stöcken vorbeigestiefelt. Obwohl sie ihn gesehen hatte, grüßte sie ihn nicht. Sie tat so, als wäre er Luft.

Großartig, dachte Bjarne. Auch ihr konnte er nicht verübeln, dass sie noch immer sauer auf ihn war. Er war nach dem desaströsen Abend zuerst abgetaucht, eine Woche später hatte er bei ihr geklingelt und ihr das Geld für die Rechnung gebracht. Cathy hatte ihn nur fassungslos angestarrt und ihm dann gesagt, dass er sich zum Teufel scheren sollte. So habe sie noch niemand behandelt, und das habe sie nicht verdient, womit sie natürlich recht hatte. Er hatte ihr das Geld schließlich in den Briefkasten geworfen und war gegangen. Seitdem herrschte Funkstille. Er hatte es echt drauf, Menschen, die ihm Gutes tun wollten, von sich zu stoßen.

Mit hängenden Schultern und tief in Gedanken versunken, kehrte er nach Hause zurück. Beim Abendessen im Garten war er geistig abwesend; die Kinder bekamen sogar Nutella aufs Brot, damit er nicht diskutieren musste. Etwas, was er ihnen in den letzten Wochen abgewöhnt hatte – sie konnten sich schließlich nicht nur von Zucker ernähren –, aber heute hatte er nicht die Kraft, für Gurkenscheiben zu kämpfen.

Zwei Stunden später, nachdem die Kinder eingeschlafen waren, stieg er zum ersten Mal seit Wochen in sein Arbeitszimmer hinauf. Es war heiß und stickig im Raum; Staub lag auf den Regalen, auf dem Schreibtisch und dem Boden. Er zückte Papier und Stift und fing an zu schreiben. Die Worte, die in seinem Kopf umherwirbelten, mussten raus.

Liebe Alexandra,

ich bin in einer Sackgasse, immer noch. Es ist sogar so weit mit mir gekommen, dass ich die Leute, die mir wichtig sind, andauernd vor den Kopf stoße. Wie soll ich aus dieser Einbahnstraße nur jemals herauskommen? Es ist bescheuert, gerade dich das zu fragen, wo du mir ganz sicher keine Antwort mehr geben wirst.

Obwohl ich seit einigen Wochen wieder ins Büro gehe, bin ich unserer Firma keine große Hilfe. Ich komme mir gerade wie der größte Versager vor, der nichts mehr gebacken bekommt. Nicht mal diese bescheuerten Aufgaben, die noch immer in diesem blöden Behälter auf mich warten, kann ich erfüllen. Und auch wenn ich sie nicht lese, heißt das nicht, dass sie mich nicht beschäftigen. Im Gegenteil, ich denke immerzu daran, was ich alles nicht erledige. Ich dachte, wenn ich sie in den Tiefen meines Schrankes versauern lasse, werde ich sie irgendwann vergessen. Aber das kann ich leider nicht, und das musst du gewusst haben, oder? Dir war klar, dass ich es nicht sein lassen würde, dass es mich vielleicht anfangs an meine Grenzen bringen würde, aber dass ich es früher oder später tun würde.

Ich weiß noch immer nicht, wie es weitergehen soll, aber eins ist mir heute klar geworden, so geht es nicht.

Dass ich jetzt wieder damit anfange, deine Briefe zu lesen, heißt aber nicht, dass ich vorhabe, jede dieser Bitten zu erfüllen. Auf gar keinen Fall. Vielleicht wolltest du mir auch nur die Absolution erteilen, für den Fall, dass ich mich in eine neue Beziehung stürze. Ich kapiere es nicht. Aber das wäre eine Möglichkeit. Nur eins sage ich dir: Die brauche ich nicht, denn niemand könnte dich ersetzen. Nie. Und wenn ich jetzt gleich lese, dass du mich in ein Bordell schicken

willst, dann schwöre ich dir, dass ich jeden dieser
verdammten Zettel verbrennen werde.

Ich atme ein und aus und werde diese
bohrenden, quälenden Fragen nicht los. Was
erwartet mich? Oder was muss ich tun? Kann
ich das alles überhaupt schaffen? Es liegt nicht
daran, dass ich nicht weiterleben möchte. Aber
was ich will, das hat in diesem ganzen Spiel ja
noch nie jemanden interessiert. Ich wollte, dass
du lebst. Ich wollte, dass du bei mir bleibst. Dass
der »Rest unseres Lebens« so schnell vorbei sein
würde, habe ich ganz sicher nicht gewollt und
schon gar nicht damit gerechnet.

Vielleicht sollte ich dir von den Kindern
erzählen, aber in diesen Briefen bin ich egoistisch.
Es geht einmal nur darum, wie ich mich fühle,
weil ich es sonst niemandem sagen kann. Wie es
in mir aussieht, das weißt nur du, und das ist
auch gut so. Wenn Zoe oder Noah wüssten, dass
sie der einzige Grund sind, warum ich morgens
einen Fuß aus dem Bett schwinge, wären sie
schockiert – oder der Druck auf sie wäre noch
größer als ohnehin schon. Unsere Kinder sind
mein Antrieb dafür, es zu schaffen, dass es mir
irgendwann besser geht, dass ich wieder für sie
da sein kann. Wirklich da sein, nicht nur so
tun als ob. Noah hat es, fürchte ich, inzwischen
begriffen, und das macht mir Angst. Er sieht viel
zu viel. Er weiß viel zu viel für seine sieben Jahre.
Nur für die beiden mache ich weiter, aber glaub
bloß nicht, dass ich nicht mehr sauer bin. Denn
das bin ich. Wut ist gerade das einzige Gefühl
neben der Liebe zu dir und den Kindern, das

*es in mir zu geben scheint. Ich möchte, dass sich
das ändert, aber ich weiß, verdammt noch mal,
nicht, wie das gehen soll.*
   Dein Bjarne

Er legte den Stift weg und stopfte den Brief zu den anderen.
Dann holte er die Dose hervor und öffnete den Deckel.
Alexandras Duft war verflogen, aber seine Angst vor dem Inhalt
wurde dadurch nicht weniger. Im Gegenteil, denn es zeigte
ihm, wie viel Zeit seit ihrem Tod schon vergangen war.

Bjarne schüttete den Inhalt auf seinen Schreibtisch. Den
letzten, bereits geöffneten Brief packte er weg. Alexandras Bitte,
sich zu verlieben, würde er niemals erfüllen. Was den Rest anbe-
traf, würde er gleich herausfinden, ob es machbar war; er hatte
genug gewartet. Bjarne riss den nächsten auf.

Obwohl er anfangs gedacht hatte, dass er jedes Wort langsam lesen müsste, um die letzten Worte seiner Frau auszukos-
ten, war er jetzt anderer Meinung. Irgendwann wäre es so oder
so vorbei, und es brachte sie nicht zurück, wenn er sich an ihre
Briefe klammerte oder an ihre Wünsche. Alexandra lebte nicht
mehr, sie konnte ihm nichts mehr mitteilen. Er brauchte sich
ihre Worte nicht für irgendeinen Zeitpunkt aufzusparen, weil es
keine Hoffnung mehr gab. Jedenfalls nicht für ihn.

Der Gedanke war bitter, aber es stimmte, und es war an der
Zeit, dass er sich endlich der Realität stellte. Die Schutzhülle,
die er um sich herum aufrechterhalten hatte, hatte Sprünge
bekommen. Das hier war nicht der richtige Weg, nicht für seine
Kinder und auch nicht für ihn. Es fraß ihn langsam, aber sicher
auf, und er musste einen Weg ins Leben zurück finden, ehe
nichts mehr von ihm übrig war.

In ihren Zeilen las er tiefen Schmerz, aber auch eine
große Müdigkeit, die ihm bis jetzt nicht aufgefallen war, die er

vielleicht nicht hatte sehen wollen. Alexandra hatte um jeden einzelnen Tag mit ihnen gekämpft, bis es nicht mehr gegangen war. Sie hatte versucht, es ihnen leichter zu machen. Aber wie, verdammt noch mal, sollte irgendwas am Tod der Mutter oder der Ehefrau *leicht* sein?

Als sie ihn im letzten Spätsommer gebeten hatte, die letzten Wochen ihres Lebens in einem Hospiz verbringen zu können, hatte er ihr das ausgeredet. Er hatte ihre Hand bis zum letzten Atemzug gehalten; sie hatte ihre Kinder, das Wichtigste in ihrem Leben, bis zum letzten Tag um sich herum gehabt. Für die beiden und für ihn hatte Alexandra gelächelt, und am Ende, so glaubte er, war sie glücklich gewesen, zu Hause sterben zu dürfen.

Es war jetzt an ihm, ihre Wünsche zu erfüllen. Weil sie auch ihren Teil, bis zum letzten Atemzug zu kämpfen, erfüllt hatte. Vielleicht mochte es ihm jetzt noch unfair vorkommen, überlegte Bjarne, denn er war im Leben zurückgeblieben, und sie war gegangen. Er war das lose Stück in dieser Ehe, das Ende, das haltlos in der Luft baumelte.

Hol das Mountainbike aus der Garage und fahre unsere Runde mit einem Lächeln, las er in einem ihrer Briefe.

Organisiere eine Kanutour mit den Kindern, stand in einem anderen.

Geh ins Theater, bat Alexandra im nächsten.

Mach ein Picknick im Schnee, schrieb sie im darauffolgenden.

Bjarne wischte sich die Tränen aus dem Gesicht. Okay, sie hatte also damit gerechnet, dass er eine halbe Ewigkeit brauchen würde, bis er damit anfing, ihre Bitten zu erfüllen. Trotz seiner Trauer schlich sich ein Lächeln in sein Gesicht. Niemand hatte ihn besser gekannt als sie. Es war erschreckend, wie gut sie seinen Trauerprozess hatte abschätzen können. Seltsam, dass sie dennoch mit diesem unmöglichen Wunsch angekommen war, dass er eine neue Frau in sein Leben und in das ihrer Kinder bringen sollte.

»Picknick im Schnee«, wiederholte er leise. Jetzt war Sommer, aber damit musste Alexandra gerechnet haben, als sie die Zettel ohne Reihenfolge in der Dose verstaut hatte. Es gab eine Skihalle in der Nähe, die auch im Sommer geöffnet hatte. Dort konnte er mit den Kindern sitzen und so tun, als wären sie in den Alpen. Das war ganz Alexandras Sinn für Humor, vermutlich hätte es ihr sehr viel Spaß gemacht, im Schnee zu hocken, während es draußen grünte und blühte. Er unterdrückte seine Sehnsucht, die ihn zu überwältigen drohte.

Jetzt öffnete er einen Brief nach dem anderen. Manche ihrer Bitten waren banal, einfach zu erfüllen, bei anderen schüttelte er kurz den Kopf. Aber nur zwei weitere waren so anmaßend wie die, dass er sich neu verlieben sollte. Bjarne hatte beim Herausziehen vor einigen Wochen anscheinend ziemliches Pech gehabt. Wieso hatte Alexandra die Zettel nicht nummeriert? Sie hatte sich bestimmt etwas dabei gedacht, oder?

Niemand konnte ihm diese Antwort geben, und vielleicht brauchte er sie auch gar nicht mehr. Denn wenn Bjarne eines begriffen hatte, dann, dass es von jetzt an in seiner Hand lag, nur in seiner Hand, was er mit sich und dem Rest *seines* Lebens anfangen würde.

Er machte sich nicht die Mühe, das Schlachtfeld aufzuräumen, das all das viele Papier nun darstellte, aber eine Sache tat er doch. Er nahm seinen Block und fertigte eine Liste der Aufgaben an, die für ihn infrage kamen. Einfache Aktivitäten, die ihn zwar aus dem Haus trieben, ihn aber nicht emotional an den Rand des Erträglichen brachten.

Auf der anderen Seite, in der Spalte mit den Bitten, die er nicht erfüllen würde, standen am Ende nur drei Dinge:

Verliebe dich neu. Er wollte niemals wieder jemanden lieben, er konnte es auch gar nicht.

Lass mich gehen. Niemals. Bjarne würde Alexandra nicht loslassen, denn das hätte geheißen, auch ihre Liebe aufzugeben. Und eine Liebe wie ihre gab es nur einmal im Leben. Manchen Menschen war sie niemals vergönnt, er wusste das; und aus diesem Grund konnte er diese Bitte nicht erfüllen. Er würde sie für immer lieben, denn hätte er sie gehen lassen, dann hätte er sie vergessen, und das war schon allein wegen der Kinder nicht möglich.

Öffne dein Herz. Wofür, fragte er sich. In seinem Herzen waren doch schon die drei Menschen, die ihm alles bedeuteten. Zoe, Noah und Alexandra. Wenn er es öffnete, musste er Alexandra vielleicht herauslassen und damit alles verraten, was sie gemeinsam gehabt hatten.

Die Morgenröte schimmerte durch das Dachfenster, als Bjarne sich müde die Augen rieb. Er hatte viele Stunden damit verbracht, sich alles wieder und wieder durchzulesen und einen Plan mit Aufgaben zu erstellen. Listen hatten ihm immer schon Sicherheit gegeben, denn man konnte Dinge abhaken. Alles in seiner eigenen, klaren und schnörkellosen Schrift vor sich zu sehen, nahm ihm ein wenig von dem Schrecken. Vielleicht stimmte es nicht so ganz, dass Alexandras Stimme nun für immer schweigen würde. Er sah sie jeden Tag, in Zoe und in Noah. Beide hatten viel von ihr, ohne es zu wissen.

Bjarne ließ alles so, wie es war. Den Raum betrat ohnehin niemand außer ihm. Er war sich nicht sicher, ob er würde schlafen können, aber er tapste ins Schlafzimmer und legte sich ins Bett. Bald schon würde der Wecker klingeln, und die Kinder mussten zur Schule und in den Kindergarten.

Kapitel 17

Ich frage mich manchmal, ob Männer und Frauen wirklich zuei-
nanderpassen.
Vielleicht sollten sie einfach nebeneinander wohnen und sich nur
ab und zu besuchen.

Katharine Hepburn

Es war eine laue Sommernacht am ersten Samstag im Juni. Maja
saß mit Nils und einigen Bekannten, die alle mit dem Thema
Literatur und Schreiben zu tun hatten, am Stintmarkt. Sie trafen
sich alle paar Wochen, und Maja war jetzt schon zum zweiten
Mal dabei. Auf ihrem Tisch brannte ein Windlicht, sie tranken
und erzählten einander aus ihrem Alltag, vom Schreiben oder
Nichtschreiben. Wie sich herausstellte, gab es viel mehr Leute
wie sie, die es nicht hinbekamen. Einerseits war das tröstlich,
andererseits hatte sie das schon zu lange als Ausrede benutzt,
und die Worte von Nils' Oma beschäftigten sie noch immer.

Sie wollte jetzt nicht an die Gründe denken, die sie
hemmten. Maja trank ihr Glas aus und bestellte einen weiteren Cocktail. Sie wollte sich heute nicht den Kopf zerbrechen,
sondern einen schönen Abend haben. Das Viertel war voller
Menschen, die Stimmung war gut, aber sie selbst kam nicht so

recht in Fahrt. Es war nicht nur die Schreiberei, die sie nachdenklich stimmte. Sondern auch die Szene mit Bjarne vor ihrer Haustür vor ein paar Tagen. Obwohl sie es sich zunächst nicht hatte eingestehen wollen, störte es sie mehr, als ihr lieb war, dass seither Schweigen zwischen ihr und Bjarne herrschte. Gut, sie hatten vorher auch nicht unbedingt viel miteinander zu tun gehabt, aber jetzt war es anders. *Etwas* war anders, und Maja konnte nicht konkret benennen, was es war. Es bedrückte sie, weil sie Bjarne mochte; gleichzeitig war sie verletzt.

»Maja, was ist los?« Nils zwickte sie in die Seite.

»Was?« Sie lächelte gezwungen. »Gar nichts, alles super.«

»Du schaust, als hätte sich bei dir eine Wurzel entzündet.«

»Wow, toller Vergleich. Ich sag dir, benutze diese Metapher bitte nicht beim Schreiben«, scherzte Maja, doch dann bemerkte sie, dass Nils eingeschnappt war. Sie atmete aus. Gott, diese Schriftsteller waren doch sensible Wesen. Und sie gehörte offenbar auch dazu, auch wenn sie gedacht hatte, dass ihr Fell nach all den Jahren dicker sei.

»Wollen wir noch woanders hin, oder bleiben wir den ganzen Abend hier? Kann man nicht irgendwo tanzen gehen?«, versuchte sie, das Thema zu wechseln. Kaum zu fassen, dass sie bald ein Vierteljahr hier lebte und noch kein einziges Mal so richtig auf den Putz gehauen hatte.

Das würde sich heute ändern.

Die anderen fanden die Idee auch gut, also zahlten sie und wechselten die Location.

* * *

Bjarne packte Wasserflaschen, Kekse und einige belegte Brote in eine flexible Kühltasche. Zoe und Noah zupften beide gleichzeitig an seinem T-Shirt. Die beiden waren wirklich hartnäckig.

»Bitte, kann Maja nicht mitkommen?«, quengelte Zoe weiter.

»Schätzchen, ich weiß nicht, ob sie Kanutouren mag. Außerdem müssen wir gleich los.«

»Du kannst doch einfach rübergehen und klingeln.«

»Vielleicht schläft sie noch«, wandte Bjarne ein, dem zugleich völlig klar war, dass er nur Ausreden suchte. Tatsächlich hatte er selbst schon daran gedacht, Maja zu fragen. Als Friedensangebot quasi. Aber er hatte sich nicht getraut, weil es ihm nach wie vor sehr unangenehm war, wie er sich vor einigen Tagen verhalten hatte. Vielleicht hatte sie es ja inzwischen vergessen, dann hätte er kein Problem gehabt; möglicherweise war sie aber noch immer wütend auf ihn. Und vielleicht wurde es ihr auch zu viel, mit ihm und den Kindern etwas zu unternehmen. Es war eine Sache, mit Noah zu lesen oder mit Zoe zu puzzeln, aber eine andere, eine Art Familienausflug zu machen. Das würde eine junge, ungebundene Frau bestimmt ziemlich uncool finden.

»Na schön«, hörte er sich dennoch sagen und lief auch schon los. »Ich frage sie, aber nur, damit ihr aufhört, mich zu nerven.«

Zoe und Noah jubelten. »Juhuuu!«

Die beiden reagierten, als ob Maja schon Ja gesagt hätte. Er verdrehte die Augen und lächelte schief. Sie hatten einen Narren an ihr gefressen, aber er wusste nicht, ob das umgekehrt für sie auch zutraf oder ob sie sich belästigt fühlen würde, wenn er gleich vor ihrer Tür stand.

Bjarne war unsicher. Mit klammen Fingern klingelte er, dann schaute er auf seine Armbanduhr. Es war elf Uhr vorbei; sie schlief doch hoffentlich nicht mehr, oder? Immerhin war Sonntag, und sie lebte allein. Nichts passierte.

Er klingelte noch einmal, sonst hätten Noah und Zoe ihm nicht geglaubt, dass er es wirklich versucht hatte.

Er wollte gerade wieder gehen, als die Tür doch noch aufging. Unter Majas Augen war Wimperntusche verschmiert. Sie trug nur eine Unterhose und ein großes T-Shirt. Verkatert, dachte er.

»Ähm, guten Morgen«, meinte Bjarne verlegen.

»Morgen«, antwortete Maja. Ihre Stimme klang rau, und sie sah aus, als hätte sie wenig geschlafen.

»Tut mir leid, wenn ich ungelegen komme.«

»Schon gut. Ist irgendwas?«

Bjarne wollte gerade von der Kanutour erzählen, als er jemanden die Treppe herunterkommen sah. Dieser Jemand war ziemlich groß und extrem dünn, und er trug nur Boxershorts.

»Oh«, stieß Bjarne hervor. »Tut mir leid.«

Majas Gesichtsfarbe veränderte sich, aber sie sagte nichts.

»Ich, äh, ich wollte eigentlich fragen, also die Kinder …«, stammelte Bjarne, der nicht damit gerechnet hatte, dass Maja Besuch hatte. Er hatte nicht mitbekommen, dass sie einen Freund hatte. Aber dann erinnerte er sich, dass er sie einmal mit einem jungen Mann gesehen hatte. Das konnte derselbe sein. Und es ging ihn natürlich auch gar nichts an. »Also, Zoe und Noah hätten gern, dass du mit uns zu einer Kanutour kommst. Aber wie ich sehe, bist du beschäftigt. Tut mir leid, wenn ich dich, äh, euch geweckt habe«, plapperte er drauflos.

»Ach das«, meinte Maja, und sie wirkte nicht genervt oder beleidigt. Das konnte allerdings auch ihrer Müdigkeit geschuldet sein. »Kein Problem. Kanutour, sagst du? Heute?«, fuhr sie fort.

Er nickte. »Ja. Tatsächlich wollten wir gleich los. Es ist kein Problem, wenn du …«

Maja wirkte mit einem Mal wach. »Ich komme mit. Gib mir fünf Minuten, muss mir nur noch was anziehen.«

»Echt?« Er hob eine Augenbraue. Damit hatte er nicht gerechnet, und er freute sich.

Wegen der Kinder natürlich.

Maja neigte ihren Kopf. »Ja, oder …?«

Für einen Moment schauten sie sich schweigend an, und in seinem Bauch flatterte etwas. Nervosität? Ja, so was in der Art. Es musste daran liegen, dass er noch immer unsicher war wegen seines doofen Verhaltens letzte Woche. »Cool, wir freuen uns«, beeilte er sich zu sagen. »Kommst du dann rüber?«

Sie nickte. »Okay, super.«

»Ja dann …« Er trat einen Schritt zurück und zuckte die Schultern. »Bis gleich.«

* * *

Maja knallte die Tür hinter sich zu und fuhr sich mit beiden Händen über das Gesicht. Ihr war ziemlich flau im Magen, was nicht nur an den Cocktails des gestrigen Abends lag. Sie tapste in die Küche; dort stand Nils und bereitete sich einen Kaffee zu. »Bedien dich ruhig«, meinte sie sarkastisch.

Er drehte sich um und grinste. »Mach ich doch schon.«

Maja hätte sich am liebsten selbst geohrfeigt. Wieso hatte sie gestern nur zugestimmt, als Nils ihr angeboten hatte, sie mit dem Fahrrad nach Hause zu begleiten? Sie hätte sich gleich denken können, dass er keine rein platonischen Absichten hatte. Aber sie war zu blau gewesen, und ein bisschen war es ihr auch egal gewesen. Dass er was von ihr wollte, hieß ja noch lange nicht, dass sie darauf eingehen musste. Sie überlegte, wie es überhaupt dazu gekommen war. Gott, zu viele Drinks. Maja und Nils waren gemeinsam aus der Kellerdisco gestolpert. »Komm, ich bring dich nach Hause«, hatte er angeboten.

»Musst du nicht«, hatte sie erwidert. »Ich bin schon groß.«

»Ich auch, und es macht mir nichts aus.«

Weil sie keine Lust auf eine Diskussion gehabt hatte und gleichzeitig auch gern mit Nils redete, hatte sie sich zu dem

Zeitpunkt noch nichts weiter dabei gedacht. Als sie bei ihr zu Hause angekommen waren, hatte er dann sein Fahrrad angeschlossen.

»Willst du noch mit reinkommen?«, hatte sie aus reiner Höflichkeit gefragt.

»Ja, gern, ein Absacker, dann düs ich wieder los.«

Genau hier hätte sie abbrechen müssen, überlegte Maja jetzt, aber das hatte sie nicht getan. Sie sah sich um. In der Küche standen noch die zwei Weingläser und die leere Flasche. Nils hatte sie irgendwann geküsst und Maja hatte zuerst mitgemacht. Aber irgendwas hatte ihr nicht gefallen; es hatte was nicht gestimmt, und sie hatte ihn von sich geschoben.

»Nee, Nils, das mit uns wird nichts«, hatte sie ihm erklärt und noch mehr Distanz zwischen sich und ihn gebracht.

»Echt jetzt?«

Maja hatte nur mit den Schultern gezuckt. »Ich bin müde.«

»Soll ich jetzt etwa gehen?«

»Du kannst von mir aus hier pennen, aber zwischen uns läuft nichts, sorry«, war ihre Antwort gewesen.

Also hatte er die Nacht schnarchend im Gästezimmer verbracht und Maja dadurch trotzdem um ihren Schlaf gebracht. Und jetzt bediente er sich, ohne zu fragen, am Kaffee.

In diesem Moment erkannte Maja, was sie an Nils von Anfang an gestört hatte: Er hatte die gleiche selbstverständliche Art, Dinge einzufordern, wie ihr Ex.

Kein Wunder, dass alle Alarmglocken bei ihr geschrillt hatten. Sie hatte nicht vor, wieder für jemanden die Miete zu zahlen, ihm den Arsch hinterherzutragen und sich ausnutzen zu lassen. Dass Nils nicht bis über beide Ohren in sie verliebt war, war klar. Beim Tanzen hatte er in der letzten Nacht heftig mit zwei Mädels geflirtet und mit der einen auch geknutscht; die war dann aber doch ohne ihn gegangen. Und dann war er zu ihr gekommen.

Nee, auf so was hatte sie keine Lust.

»Pass auf, Nils. Du kannst dir noch einen Kaffee nehmen, aber dann möchte ich, dass du gehst, okay?«

Er schaute irritiert. »Hä?«

»Ich bin verabredet, mit Freunden. Du erwartest doch nicht irgendwas von mir?«

»Ich dachte, wir mögen uns?«

Sie schüttelte den Kopf. »Aber nicht so! Ich suche weder einen Mitbewohner noch einen Mann.«

Er guckte wie ein Schaf, dem man mit dem Schergerät zu nahe gekommen war, sagte aber nichts.

»Ich zieh mich gleich an, und dann bin ich weg«, beendete Maja das Gespräch und hoffte, dass er auch bald wieder weg sein würde. Um das Café Bernstein würde sie in den nächsten Tagen einen großen Bogen machen, bis sich die Sache wieder beruhigt hatte.

* * *

Es war ein seltsames Gefühl, zu viert aus dem Wagen zu steigen. Bjarne hatte in Melbeck an der Kanustation geparkt; dort würden sie gleich ihr bestelltes Boot bekommen, um ihre Tour nach Lüneburg zu machen. Zuerst lief alles gut, bis der Mitarbeiter der Verleihfirma mit Schwimmwesten für die Kinder zu ihnen rüberkam.

Zoe flippte von null auf hundert aus. »Ich will aber keine Schwimmweste anziehen!«, kreischte sie.

Bjarne und Maja tauschten über Zoes Kopf hinweg Blicke aus. Maja ergriff die Initiative und tat das, was sie in solchen Situationen immer tat. Sie setzte sich zu seiner Tochter.

Bjarne kümmerte sich um Noah, zog ihm die Weste an und prüfte noch einmal alle Verschlüsse. Aus dem Augenwinkel beobachtete er, wie Maja weiterhin schwieg, aber seiner Tochter vermittelte, dass sie für sie da war – ganz ohne Worte. Das war ihr Patentrezept, wenn Zoe sich in Rage brüllte, und es funktionierte seltsamerweise. Bjarne überlegte, wie oft er versucht hatte, seine Tochter zu beruhigen, auf sie einzureden, mit Argumenten, mit Versprechungen oder mit Drohungen. Nichts hatte geholfen. Anscheinend hatte Maja ein besseres Händchen, was das anging, und er war froh darüber.

Außer ihnen waren noch mehr Leute am Ufer der Ilmenau, mit Paddle Boards oder ebenfalls in der Absicht, ein Kanu zu mieten. Er bekam mit, wie sie die Szene beobachteten. Einige guckten verständnisvoll, andere schüttelten genervt den Kopf. Ihm war es egal, was die Leute dachten.

Nach einigen Minuten hörte er, wie Maja Zoe ansprach. »Es gibt Regeln, Zoe. Und wenn wir diese Regeln nicht befolgen, dann können wir diese Tour nicht machen.«

Seine Tochter hatte sich beruhigt und guckte Maja aus geröteten Augen an. »Ich will aber nicht.«

Maja neigte ihren Kopf. »Ja, das ist okay. Und du musst auch nicht, aber dann werden wir jetzt das Kanu wieder zurückgeben und nach Hause fahren. Denn deine Sicherheit ist wichtig, eine Schwimmweste ist vorgeschrieben.«

Noah zupfte an Bjarnes Shirt. »Das ist nicht fair«, motzte er.

Zu Recht natürlich, dachte Bjarne. Es wäre nicht das erste Mal gewesen, dass Noah wegen seiner Schwester zurückstecken musste. Er hätte auch ein Zweierkanu mieten und mit Noah allein fahren können, aber das wäre Maja gegenüber unfair gewesen. Und Zoe hätte sicher einen noch schlimmeren Kreischanfall bekommen.

Er legte seinem Sohn eine Hand auf die Schulter und wartete ab.

Es dauerte eine gefühlte Ewigkeit; dabei waren womöglich nur einige Sekunden vergangen, in denen Zoe Majas Worte in ihrem Kopf sortierte und abwägte. Schließlich stand seine Tochter auf und versuchte, sich die Weste selbst anzuziehen. Er bemerkte, dass Maja leise die Luft ausstieß, als hätte sie selbst nicht mit diesem Ausgang gerechnet. Sie hob den Kopf, und ihre Blicke trafen sich. Bjarne lächelte und formte ein lautloses »Danke« mit seinen Lippen.

Maja zwinkerte, und ihre Mundwinkel bogen sich kaum merklich nach oben. Etwas an diesem Bild, wie Zoe mit der Weste kämpfte und Maja ganz entspannt neben ihr im Gras saß, brachte eine Saite in ihm zum Schwingen, von der er gedacht hatte, dass es sie nicht mehr gab. Bjarne blinzelte irritiert und wandte sich ab. Zu seinem Sohn sagte er: »Siehst du, Noah. Gleich können wir los. Hier, setz deinen Hut auf.« Er merkte selbst, dass seine Stimme belegt klang, während er mit leicht bebenden Fingern die Sonnenhüte seiner Kinder aus dem Rucksack zog.

Wenige Minuten später saßen die vier in ihrem Kanu, Maja ganz vorn, dann Zoe, dann Noah. Bjarne hatte den hintersten Platz, weil er das Boot mit seinem Paddel steuern würde. »Dann stechen wir in See!«, verkündete er, und Maja und er stießen sich gemeinsam vom Steg ab. Die Kinder jubelten und riefen »Ahoi!« im Chor.

KAPITEL 18

Nicht den Tod sollte man fürchten, sondern dass man nie beginnen wird zu leben.

Mark Aurel

Majas Gesicht glühte, als sie die Haustür am frühen Sonntagabend aufschloss. Sie hatte sich mit der Faktor-fünfzig-Sonnencreme, die Bjarne für seine Kinder dabeigehabt hatte, eingeschmiert – aber anscheinend war es da schon zu spät gewesen. Sie kickte die Flipflops von den Füßen, schloss die Tür hinter sich und bekam das Lächeln nicht aus dem Gesicht. Der Nachmittag war echt nett gewesen – schön nett, nicht langweilig nett.

Nachdem Zoe schon vor der Fahrt Dampf abgelassen hatte, waren die Stunden auf dem Wasser danach entspannt gewesen. Sie hatten zwischendurch angelegt, etwas gegessen und die Füße in der Ilmenau baumeln lassen. An manchen Stellen war der Fluss so flach, dass man darin stehen konnte, und ihr war das Wasser nur bis zu den Knien gegangen. Badesachen hatte Maja nicht mitgehabt, überhaupt war sie nicht für den Trip vorbereitet gewesen, aber das hatte es umso schöner gemacht. Bjarne hingegen hatte an alles gedacht: Getränke, Snacks, sogar eine Basecap hatte er für sie mitgehabt, wofür sie im Nachhinein wirklich dankbar war, denn sonst hätte sie jetzt garantiert einen Sonnenstich gehabt.

Maja wollte gerade nach oben duschen gehen, als sie Geräusche aus dem Wohnzimmer hörte. Lief da etwa der Fernseher? Zuerst war es ihr gar nicht aufgefallen, aber jetzt konnte sie es ganz deutlich hören.

»Ja, ich glaub, mein Schwein pfeift!«, stieß sie hervor, als sie Nils entdeckte, der auf Charlottes Sofa gammelte und irgendeinen Film oder eine Serie anschaute, was genau, bekam sie auf die Schnelle nicht mit, und es war ihr auch egal. Wichtiger war die Frage, was sich der Idiot eigentlich einbildete!

»Hi, Maja«, begrüßte Nils sie und machte sich nicht mal die Mühe, seine Liegeposition zu verändern.

»Bist du bescheuert?«, brauste sie auf.

»Was ist denn?«

»Du wohnst hier nicht!«, erinnerte sie ihn, während sie überlegte, ob sie ihn an den Ohren rauszerren sollte oder ob das eine übertriebene Reaktion gewesen wäre. Sie fühlte sich wie in einem unangenehmen *throwback* in ihr altes WG-Leben in Berlin, ein Leben, das sie so nicht mehr führen wollte.

»Mir war noch nicht so wohl, und bei der Hitze wollte ich nicht mit dem Rad fahren«, erklärte er gedehnt.

Maja dachte an das Gespräch mit seiner Oma zurück, dass Nils immer den einfachen Weg wählte. Ja, das konnte sie jetzt selbst sehen. »Du bist wohl komplett gaga«, schimpfte sie.

»Ich wollte dich sowieso fragen, ob ich hier vielleicht ein paar Nächte bleiben könnte. Ich, ähm …« Jetzt setzte er sich auf und guckte sie treudoof an. »Ich bin aus der WG geflogen und brauche ein Bett. Nur für ein paar Tage.«

Maja seufzte und raufte sich die Haare. »Das ist nicht dein Ernst.«

»Bitte, Maja. Ich würde nicht fragen, wenn ich 'ne andere Lösung hätte.«

Es erübrigte sich, sich zu erkundigen, warum er rausgeflogen war. Das konnte sie sich selbst denken. »Eine Nacht.« Sie hob einen Finger. »Und morgen früh verschwindest du. Klar?«

Auf seinem Gesicht tauchte ein breites Grinsen auf. »Boah, du bist die Beste.«

Maja grunzte. »Spar dir das. Ich geh duschen. Eine Nacht«, wiederholte sie.

»Was wollen wir essen?«

Sie hielt inne. »Du bestellst Pizza und bezahlst.«

Sein Gesichtsausdruck war zum Schießen. Er schien überrascht; der Kerl hatte doch wohl nicht vermutet, dass sie ihn auch noch einladen würde? Obwohl, ja, vermutlich hatte er gedacht, dass sie etwas für ihn kochen würde. Aber das konnte er vergessen; sie hatte ihre Lektion gelernt, dieses Mal würde sie hart bleiben.

Einige Stunden später bereute Maja ihre Großherzigkeit. Im Fernseher lief ein Ballerfilm, und alles, wonach sie sich sehnte, war ein wenig Ruhe und Frieden. Sie hatte gar nicht gemerkt, wie sehr sie es in den vergangenen Wochen zu schätzen gelernt hatte, dass sie allein in dieser Doppelhaushälfte lebte. Die Stille mochte sie mittlerweile. Niemand saute etwas ein. Keiner futterte ihre Sachen weg.

Maja seufzte und schob die Terrassentür auf. Es war kurz nach neun, aber es war noch immer hell draußen. Das war das Großartige am Sommer im Norden. Der Himmel hatte sich rot verfärbt, und bald würde die Sonne hinter den Bäumen verschwunden sein. Sie schloss die Tür hinter sich – ein dreifaches Halleluja auf dreifach verglaste Scheiben –, zog sich einen Stuhl heran und ließ sich hineinplumpsen.

Sie saß noch gar nicht lange, als Bjarne auf seiner Seite des Grundstücks in den Garten trat. Maja wandte ihm den Kopf zu. »Na, schlafen die beiden?«, erkundigte sie sich.

Am Mittag war die Stimmung zwischen ihnen zuerst noch ein wenig angespannt gewesen, aber im Verlauf der Kanutour hatte sich das gegeben. Sie war nicht mehr länger eingeschnappt, und er hatte wohl begriffen, dass sie nichts Böses im Sinn gehabt hatte, als sie mit Noah zum Friedhof gegangen war.

»Ja, die waren total erledigt. Hey, ich habe einen Sixpack Bier gekauft und kaltgestellt, möchtest du vielleicht eins?«

Maja nickte. »Klar, gern.«

Kurz darauf tauchte er mit zwei Flaschen auf und zog sich seinen Stuhl an die Grenze des Grundstücks. So saßen sie nebeneinander, den Zaun zwischen sich, jeder auf seinem Rasen. Es dämmerte langsam, im Gras zirpten die Grillen. Es war noch immer herrlich warm, sie trug eine Jogginghose und ein T-Shirt, und ihre Füße spielten mit den Grashalmen.

»Auf einen super Ausflug!« Er prostete ihr zu, und sie schlug mit ihrem Bier leicht gegen seins.

»Ich wusste echt nicht, wie cool das ist. So eine Idylle«, antwortete sie.

»Meinst du das jetzt als Witz?« Er wirkte nicht ganz überzeugt.

»Ähm, nein. Ehrlich gesagt, ich bin anscheinend doch mehr ein Naturmensch, als mir bislang klar war. Überhaupt habe ich hier so einiges kapiert.«

»Zum Beispiel?« Er trank einen Schluck. »Also, nur wenn du es sagen willst. Sorry, ich wollte nicht neugierig sein.«

»Ist schon gut, Bjarne. Ich bin hierhergekommen, weil meine WG in Berlin eine Katastrophe war, weil mein Ex mich nur ausgenutzt hat, und weil ich so viel zu tun hatte, dass am Ende nie Zeit für das Wesentliche übrig war.«

»Und was ist das? Das Wesentliche?«

Maja nahm einen Schluck. »Ich habe Germanistik aus einem bestimmten Grund studiert. Jetzt bin ich über dreißig und habe immer noch kein Buch geschrieben.«

Er nickte langsam, sagte nichts dazu. »Ich bin mir sicher, dass du es kannst.«

Maja riss überrascht ihren Kopf zu ihm herum. »Echt?«

»Natürlich.«

»O Gott«, stöhnte sie. »Ich habe so viele Romane gelesen, so viele gute Geschichten, großartige sogar. Was ist, wenn ich niemals so was Umwerfendes schreiben kann?«

»Du findest es nicht heraus, wenn du es nie versuchst.«

»Oh, es liegt nicht am Versuch – nur an der Umsetzung.«

»Du schaffst das, da bin ich mir ganz sicher.« Er atmete ein und aus. »Wenn du wirklich von Herzen sagst, was dir wichtig ist, werden dir die Leute zuhören und deine Bücher lesen.«

»Du kennst mich gar nicht.« Auf einmal war sie nervös. Seine Einschätzung bedeutete ihr viel.

»Ja, vielleicht. Es gibt viele Dinge, die wir nicht voneinander wissen. Ich wollte mich auch noch mal bei dir entschuldigen, Maja. Ich war unfair, als ich gesagt habe, dass du nicht mit Noah zum Friedhof darfst.«

Sie holte kurz Luft. »So hast du es nun nicht ausgedrückt.« Sie konnte mittlerweile darüber schmunzeln.

»Weißt du …« Er hielt kurz inne. Am klaren Himmel zeigten sich der Mond und die ersten Sterne. »Als Noah mir erzählt hat, dass du deine Mutter verloren hast, war ich irgendwie geschockt. Ich habe das nicht kapiert, und … keine Ahnung, ich hab einfach falsch reagiert.«

Maja dachte einen Augenblick darüber nach, auch wenn sie den Zusammenhang nicht ganz erfassen konnte. »Ich hätte dir auch erzählen können, dass ich mit Noah zum Friedhof gehe, ich weiß nicht, warum ich es nicht getan habe. Irgendwie habe ich gedacht, dass er das schon lange selbst berichtet hätte. Ich habe es dir jedenfalls nicht absichtlich verschwiegen.« Es war ihr wichtig, das noch einmal richtigzustellen.

»Das ist mir jetzt auch klar. Es tut mir wirklich leid, ich habe mich echt scheiße benommen. Das ist etwas, was ich in den letzten Monaten wirklich perfektioniert habe.«

»Sei nicht so hart mit dir.«

Er ging nicht darauf ein. Einige Minuten lang sagte niemand ein Wort. Sie tranken in Ruhe ihr Bier und genossen den lauschigen Sonntagabend. In der Nachbarschaft knatterte ein Moped, das sich immer weiter entfernte.

»Wie ist sie gestorben?«, hörte sie Bjarne irgendwann fragen. Mittlerweile war es vollständig dunkel.

Maja atmete ein und ganz langsam wieder aus. »Es war ein Autounfall. Ich war neun.«

»Das tut mir leid.«

Sie wollte sagen, dass es okay war, dass es lange her war. Aber Maja hatte plötzlich einen großen Kloß im Hals und brachte kein Wort heraus.

»Ich hab mich anfangs oft gefragt, warum du so gut mit Noah klarkommst. Dass er mit dir Zeit verbringen möchte, obwohl er sonst lieber allein ist.«

Maja war froh, dass Bjarne nicht weiter nachfragte. Sie würde ihm irgendwann alles erzählen. Vielleicht.

»Und?« Es war merkwürdig, wie interessiert sie auf einmal daran war, was Bjarne über sie zu sagen hatte. Seit wann kümmerte es sie so sehr, was andere von ihr dachten? Oder war das nur bei ihm so?

Nein. Das war unmöglich.

Sie wollte noch einen Schluck Bier trinken, aber ihre Flasche war leer.

»Jetzt verstehe ich es. Es wird auch in dem deutlich, was du zu mir sagst – oder eben nicht. Du bist die einzige Person, die uns nicht weismachen will, dass es irgendwann besser wird. Du lügst die Kinder nicht an, und du erzählst ihnen nicht, wie sie sich zu fühlen haben. Das ist … bewundernswert.«

Maja schnappte nach Luft. »Quatsch. Ich rede bloß nicht gern.«

Wenn es noch hell gewesen wäre, hätte er bemerkt, dass ihre Wangen brannten. Es war ihr unangenehm, dass er sie lobte, dass er sie so gut analysiert hatte. Und das, nachdem sie lange geglaubt hatte, er bekomme gar nichts um sich herum mit. Aber nicht nur sie hatte sich verändert, auch Bjarne. Er war offener geworden. Zugänglicher. War er nur bei ihr so? Sie wusste es nicht, aber sie wollte gern glauben, dass sie diese Wirkung auf die Familie und vor allem auf ihn hatte. Dass sie zwar nicht in der Lage war, den Schmerz zu vertreiben, aber dass er ihn durch sie besser ertragen konnte.

»Ich hole uns mal noch ein Bier«, erwiderte er, und sie hörte das Grinsen in seiner Stimme. Schade, sie hätte ihn gern lächeln gesehen. Er lächelte zu selten.

Während sie auf seine Rückkehr wartete, guckte sie in den Himmel. Es war verrückt, wie hell die Sterne hier draußen leuchteten. So was hatte sie in Berlin noch nie gesehen.

* * *

Bjarne überlegte, ob er eine Tüte Chips mit nach draußen nehmen sollte, aber in der Knabberkram-Schublade war nichts mehr, also ging er nur mit den Bierflaschen in den Garten zurück. Er wollte nicht intensiver darüber nachdenken, wie lange es her war, seit er überhaupt in Erwägung gezogen hatte, etwas zu essen oder zu trinken, was nicht nur dazu diente, ihn satt zu machen.

Das Gras fühlte sich kühl unter seinen nackten Fußsohlen an. Er trug noch die Shorts vom Nachmittag und ein T-Shirt. Maja saß in ihrem Gartenstuhl und schaute in den Himmel, als er sie erreichte.

»Hier, bitte«, sagte er, um auf sich aufmerksam zu machen, und reichte ihr die Flasche über den Zaun. Dann setzte er sich wieder.

»Nicht schlecht«, murmelte er. Er wünschte, dieser entspannte Moment würde ewig dauern. Er musste an nichts denken, sich um nichts kümmern – und vor allem: Er musste sich nicht verstellen.

»Ja, oder?« Maja gluckste.

In diesem Augenblick krachte etwas in Majas Wohnzimmer, und sie schreckte auf. »Mein Gott«, brummte sie. »Dieser Typ! Ich sag ihm mal, er soll den Fernseher leiser machen.«

Bjarne war überrascht, wie irritiert er auf die Information reagierte, dass ihr Lover immer noch bei ihr war. Er hob eine Braue. »Oh, dein Freund ist drinnen?«

Maja schnaubte. »Er ist nicht mein Freund.«

Bjarne sparte sich einen Kommentar, dass das am Morgen ganz anders ausgesehen hatte, als der schlaksige Typ in Unterhose die Treppe heruntergekommen war. Es interessierte ihn nicht, wer bei Maja übernachtete. Das redete er sich zumindest ein. »Wer ist das überhaupt?«, fragte er. »Sorry, da geht der Vater in mir durch. Es geht mich natürlich nichts an.«

Vielleicht glaubte er es ja selbst, wenn er es noch ein paarmal wiederholte. Aber er machte sich tatsächlich Gedanken um Maja, immerhin waren sie in den letzten Monaten so was wie Freunde geworden. Es gab niemanden in seinem Leben, dem er momentan näherstand als Maja – außer Susanne natürlich. Aber die war aufgrund des gebrochenen Beins in letzter Zeit viel seltener bei ihnen gewesen. Es war daher nur logisch, dass er sich sorgte, mit wem Maja zusammen war. Oder?

»Im Ernst. Ich habe nichts mit ihm, auch wenn es so aussieht«, erklärte sie jetzt mit Nachdruck, und er wollte nicht länger über seine Reaktion nachdenken.

»Du bist mir keine Rechenschaft schuldig«, meinte er ganz ruhig.

Maja ging nicht darauf ein. »Er brauchte einen Platz zum Schlafen; Nils ist aus seiner WG geflogen.«

»Aha.«

»Aber morgen schmeiß ich ihn raus«, erklärte sie, und er war sich nicht sicher, ob sie sich damit selbst Mut zuredete. Maja tat so taff, dabei hatte sie ganz offensichtlich ein ausgeprägtes Helfersyndrom.

»Wenn du Unterstützung brauchst, sag Bescheid«, bot er ein wenig amüsiert an.

Es fühlte sich komisch an, über normale Dinge zu plaudern. Unbeschwert irgendwie.

Er hatte nicht damit gerechnet, dass er dieses Gefühl noch einmal erleben würde. Und schon gar nicht in Majas Gegenwart.

»Ich komme womöglich drauf zurück«, antwortete sie düster.

»Du bist schon 'ne Marke.« Er schüttelte den Kopf.

»Häh?«

»Du hilfst gern, Maja. Ungefragt, und du verlangst auch nie was zurück.«

»Gott, das hört sich ja an, als wäre ich Mutter Teresas kleine Schwester.«

Bjarne unterdrückte ein Lachen, doch es platzte schließlich aus ihm hervor. »Na, mit einem Schleier kann ich mir dich jetzt nicht vorstellen.«

Maja gackerte. »Wäre komisch, oder?«

»Warum hilfst du uns, Maja?« Mit einem Mal war er ernst geworden. Sein Herz klopfte schneller.

»Ich weiß nicht«, gab sie offen zu. »Ich würde lügen, wenn ich sagen würde, dass ich es geplant oder gewollt hätte. Aber ich möchte es nicht mehr missen, die Kinder sind mir sehr ans Herz gewachsen, und Noah macht echt große Fortschritte; er wirkt viel gelöster auf mich.«

Noah. Bjarne dachte an das nächste Gespräch, das ihm mit der Lehrerin bevorstand.

»Was ist?«, fragte Maja.

»Wieso?«

»Du hast geschnaubt.«

»Es ist nur, ich habe einen Termin bei Noahs Lehrerin – mal wieder. Und echt keine Lust, mir das gleiche Gesülze noch mal anzuhören.«

»Ich kann für dich gehen«, bot sie an. »Die Frau wäre sicher schockiert, wenn ich mich als Noahs Lese-Trainerin vorstelle.«

Bjarne grinste. »Würdest du das echt machen?«

»Öhm. Lass mich kurz überlegen. Ja! Natürlich. Ich möchte der Tante sehr gern mal erzählen, wie unmöglich ich es finde, dass sie Noah vor allen anderen ständig schlechtmacht.«

Es wäre zu schön gewesen, aber konnte er das wirklich zulassen? Ja, Maja kam gut mit seinen Kindern klar, sie war zu einer Freundin für die beiden geworden. Einer Art großen Schwester vielleicht. Aber … eigentlich war sie doch eine Fremde. Oder?

Nein, fremd war sie schon längst nicht mehr. Die Kinder vertrauten ihr, und er tat es auch. »Also, wenn es dir nichts ausmacht, *wirklich* nichts ausmacht …«, wiederholte er mit Nachdruck, »… dann wäre es eine unfassbar große Hilfe und Erleichterung, wenn du dir das Gesülze anhören würdest.«

»Was, meinst du, wird sie sagen?«, hakte Maja nach.

»Ach, das Übliche. Noah kommt nicht mit dem Stoff mit und so.«

»Kann es sein, dass sie ihn loswerden will?«

»Ja, den Eindruck habe ich. Sie lässt ihn die Klasse wiederholen, und dann kann sie sich wieder ihren super funktionierenden Schülern widmen.«

»Es ist echt eine Schande, dass Noah das aushalten muss. Also abgemacht. Ich übernehme das Gespräch.«

»Du hast keine Ahnung, wie froh ich darüber bin.«

Bjarne dachte kurz an all die Punkte von Alexandras Aufgaben, die er noch abzuhaken hatte. Einen konnte er heute streichen, denn die Kanufahrt hatte ebenfalls auf seiner Liste gestanden. Auf einmal kamen ihm diese Dinge nicht mehr wie eine Bürde vor, sondern zum ersten Mal wie ein Geschenk.

KAPITEL 19

Mit dem Leben ist es wie mit einem Theaterstück:
Es kommt nicht drauf an, wie lang es ist, sondern wie bunt.

Seneca

Einige Tage später saß Bjarne mit Susanne nach dem Abendessen auf der Terrasse. Die Kinder hatten ihre vollgekrümelten Teller stehen gelassen und hüpften fröhlich um den laufenden Rasensprenger herum. Es war der bisher heißeste Tag des Jahres, und auch noch am frühen Abend tat eine Abkühlung gut.

»Es ist schön, dich wieder bei uns zu haben«, erklärte Bjarne und schob die Reste zusammen.

»Ich bin auch froh, dass dieser furchtbare Gips ab ist und dass ich langsam wieder laufen kann. Obwohl es besser sein könnte; ich hätte mir vorgestellt, dass es nicht mehr so wehtun würde.«

»Du gehst doch zur Reha, oder?«

»Ja, natürlich.« Sie klaubte ein paar Krümel zusammen und ließ sie auf einen Teller fallen. »Ihr scheint ohne mich ja gut klargekommen zu sein.«

Es klang weniger wie eine Frage als wie eine Feststellung. Bjarne hob eine Augenbraue und verstand nicht ganz, worauf dieser Satz abzielte. Er zuckte die Schultern und trank den Rest seines Orangensaftes aus. »Wir mussten ja«, war alles, was er dazu zu sagen hatte. Was hatte sie erwartet? Dass er unter der Verantwortung zusammenbrechen würde? Er war leicht irritiert, aber versuchte, sich nichts anmerken zu lassen.

»Und du gehst wieder ins Büro?«, fragte sie jetzt.

»Auch das ist nichts, was ich mir aussuchen kann, Susanne. Ich kann nicht erwarten, dass Michael meine Aufgaben für immer mit erledigt und ich weiter jeden Monat Geld bekomme. Was soll diese Fragerei?« Er spürte seinen aufgeregten Puls am Hals und atmete tief ein und aus. Keine Ahnung, warum er so aufbrausend reagierte. Er wollte gelassen sein, aber so dick schien sein Fell offenbar noch nicht wieder zu sein.

Noch nicht?

Selbst dieser Gedanke überraschte ihn. Ja, es ging ihm tatsächlich besser; er war in den letzten Wochen ganz langsam in eine tägliche Routine zurückgekehrt, die ihm lange Zeit nicht gelungen war.

Susanne legte ihm eine Hand auf den Arm. »Entschuldige, ich wollte einfach nur auf den neuesten Stand kommen.«

»Wenn du hören möchtest, dass wir deine Hilfe vermisst haben, dann ja.« Er merkte selbst, dass sein Tonfall noch immer zu schroff klang. Sie meinte es ja nur gut und hatte es überhaupt nicht verdient, von ihm angemotzt zu werden.

»Bjarne«, sagte sie ganz ruhig. »So habe ich es nicht gemeint.«

Er atmete aus und fuhr sich mit der Hand durchs Haar. »Ja, ich weiß. Entschuldige. Ich bin nur gestresst, weil die Sommerferien vor der Tür stehen und ich noch keinen Schimmer habe, wie ich das hinbekommen soll.«

»Wollt ihr wegfahren?«

Er holte tief Luft. »Ich kann mir nicht vorstellen zu verreisen. Es … fühlt sich falsch an.«

245

Alle bisherigen Urlaube hatten sie zu viert unternommen, und selbst wenn er sich emotional dazu in der Lage gefühlt hätte – was nicht der Fall war –, dann hätte es immer noch das Problem gegeben, dass er arbeiten musste. Er hatte lange genug gefehlt, aber die Kinder hatten dennoch sechs Wochen frei. Noah zumindest, bei Zoe waren es nur drei.

»Ihr müsst ja nicht verreisen. Man kann auch von hier aus Tagesausflüge machen, und jetzt kann ich euch ja wieder unterstützen. Die Kinder haben erzählt, dass Maja viel bei euch war.«

Bjarne schüttelte den Kopf. »Du weißt doch, wie die zwei sind. Maja hat mit Noah gelernt und hin und wieder mal mit Zoe gespielt. Neulich war Maja mit uns auf einer Kanutour. Nachbarschaftshilfe eben.«

Susanne sah ihn interessiert an, geradezu gespannt.

»Was ist?«, brummte Bjarne, dem diese Neugierde langsam gehörig auf die Nerven ging.

»Gar nichts.« Sie schickte sich an, abzuräumen, aber Bjarne schüttelte den Kopf.

»Das lässt du mal schön bleiben. Ich mache das.« Froh darüber, dieser Inquisition entkommen zu können, brachte er alles hinein. Während er das schmutzige Geschirr in die Spülmaschine sortierte, überlegte er, dass er noch eine Runde mit dem Fahrrad drehen konnte, denn Susanne hatte angekündigt, dass sie die Kinder heute ins Bett bringen wollte. Danach würde er auch diesen Punkt auf der Liste abhaken können.

Wenig später stand er in der Garage und holte sein Mountainbike vom Haken. Alexandras Rad hing daneben. Bei beiden Rädern waren die Reifen nahezu platt. Obwohl er eben noch voller Tatendrang gewesen war, war er sich jetzt nicht mehr so sicher, ob das eine gute Idee war.

Er guckte auf das Schutzblech von Alexandras Hinterreifen. Es war verbogen. Das war bei einer ihrer letzten Fahrten passiert; damals hatte noch keiner von ihnen geahnt, dass ihr Schwächeanfall ein Anzeichen der Krankheit gewesen war.

Bjarne rieb sich über die Stirn. Ihm war eiskalt, gleichzeitig fing er an zu schwitzen. Bilder tauchten vor seinem inneren Auge auf, die er nicht mehr sehen wollte. Erinnerungen an den Tag, an dem sie nicht mehr allein hatte aufstehen können, weil sie zu schwach gewesen war. Ihren ausgemergelten Körper, die blasse Haut. Er blinzelte heftig und versuchte, nicht länger an das Grauen zu denken. An ihr Leid. Aber es war schwer. Sehr schwer.

»Ich werde doch wohl in der Lage sein, eine dämliche Fahrradtour zu machen«, schimpfte er mit sich selbst.

»Was faselst du da?«, hörte er jemanden hinter sich fragen.

Bjarne wirbelte herum und entspannte sich, als er Maja entdeckte. Ihr musste er nichts vorspielen, also sagte er, was in ihm vorging. »Ich soll Fahrrad fahren, du weißt schon, diese komische Liste. Bis eben dachte ich noch, dass es kein Problem wäre, aber dann habe ich Alexandras Fahrrad gesehen. Und jetzt …« Er guckte auf seine Füße. »Jetzt komme ich mir wie der dümmste Kerl vor, weil ich unsinnige Aufgaben meiner toten Frau erledigen soll. Was soll das bringen?«

Maja trat einen Schritt näher und blieb dann stehen. »Das war euer Ding, hm?«

Er nickte, sein Adamsapfel hüpfte. »Jap.«

»Würde es dir helfen, wenn du nicht allein radeln müsstest?«

Bjarne sah sie an und überlegte. Davon hatte nichts auf dem Zettel gestanden. »Ich weiß nicht. Was ist mit Nils? Braucht der keine Aufmerksamkeit?«

»Den hab ich endgültig rausgeschmissen. Er hat Karl umgebracht.«

»Karl?« Bjarne runzelte die Stirn.

»Wochenlang habe ich mir einen Sauerteigansatz selbst gezogen.«

247

Bjarne verstand nur Bahnhof. »Hä?«

»Ist auch egal. Jedenfalls hat Nils ihn aus dem Kühlschrank genommen und weggekippt; er dachte, es wäre verdorbenes Essen. Karl ist Geschichte.«

»Wieso hat der einen Namen?«

»Das erzähl ich dir ein anderes Mal. Wolltest du nicht Fahrrad fahren?«

Ja, das wollte er, aber irgendwie war ihm komisch zumute. »Na ja ...«, murmelte er.

Maja hob die Hände. »Kein Problem, ich wollte mich nicht aufdrängen. Außerdem sollte ich sowieso schreiben. Ich hab 'ne scheiß Deadline.«

Nur Maja konnte sich so ausdrücken. Er musste schmunzeln, obwohl ihm zum Heulen zumute war. »Du drängst dich nicht auf. Dass du mitkommst, ist sogar eine sehr gute Idee. Ich weiß nicht, ob ich das sonst allein durchziehe. Ja, also ich würde mich freuen, wenn du mich begleiten würdest.«

Sein Blick wanderte ganz langsam zu Alexandras Fahrrad. Maja erwartete doch nicht etwa, dass sie ...

Maja schien zu verstehen, was in ihm vorging. »Keine Sorge, ich habe ein eigenes Rad.«

»Ob das gut für einen Mountainbike-Trail ist?«

»Es hat mich bisher noch überall hingebracht.«

»Hast du einen Helm?«

»Sehe ich aus wie ein Ritter?« Maja wackelte mit den Augenbrauen.

Er schüttelte den Kopf. »Okay, in zehn Minuten? Ich muss noch meine Reifen aufpumpen.«

»Jo. Bis gleich.« Sie winkte kurz, dann marschierte sie davon.

Bjarne wurde schnell klar, dass diese Mountainbikefahrt anders werden würde. Zu Majas Verteidigung konnte man vorbringen, dass sie auf einem klapprigen Damenrad unterwegs war. Die Böden in der Heide waren teilweise trocken und sandig, an einigen Stellen matschig – insgesamt schwer befahrbar. Sie radelten über Hügel, an der Ilmenau entlang und durch den Wald. Immer wieder stiegen sie ab, weil der Weg zu steil war oder der Abgrund zu nah. Hin und wieder mussten sie über einen umgestürzten Baum klettern oder darunter hindurchschlüpfen. Majas Fluchen hallte durch die Bäume. Diese Tour war wirklich erfrischend anders als alle Runden, die er je auf diesem Trail gedreht hatte. Ein Glück.

Nach einer Dreiviertelstunde hielten sie an einem kleinen Bachlauf an, der im Schatten lag. Ihre Gesichter waren von der Anstrengung gerötet. Maja zog ihre Schuhe aus und trat in das kühle Bächlein. Dann benetzte sie sich ihr Gesicht. »Scheiße, ist das kalt.«

Bjarne schmunzelte. Er setzte sich auf einen umgestürzten Baum und guckte ihr zu. »Da ist kaum Wasser drin, so kalt kann es doch gar nicht sein.«

»Probier es doch aus. Meine Füße frieren gleich ab.«

»Kann es sein, dass du zu Übertreibungen neigst?«, scherzte er.

Maja hob eine Augenbraue. »Nee, also ich übertreibe bestimmt nicht, wenn ich sage, dass ich hier nie wieder fahren werde.« Ihr Grinsen widersprach ihren Worten. Maja wirkte eher, als hätte sie trotz der Schwierigkeiten mächtigen Spaß gehabt, und er war froh darüber.

Bjarne lachte. »Man kann sich erst mal nicht vorstellen, dass es hier so hügelig ist. Wenn man von Norddeutschland redet, denken alle immer nur an plattes Land.«

Maja grunzte. »Plattes Land wäre mir echt lieber gewesen.« Dann schüttelte sie den Kopf. »Nein, ich mache nur Spaß.«

»Weiß ich doch. Danke, dass du mitgekommen bist.«

Einen Augenblick sagte niemand etwas; es war ein angenehmes Schweigen. Nur das leise Rascheln der Blätter in der Abendbrise und das Zwitschern der Vögel war zu hören. Eine gewisse Vertrautheit hatte sich eingestellt, die Bjarne nicht näher definieren konnte – oder wollte. Es fühlte sich einfach richtig an, hier mit Maja zu stehen und nicht allein.

»Ich liebe es, draußen zu sein«, meinte er irgendwann.

»Ein echter Naturbursche«, stellte Maja fest, doch es klang nicht spöttisch, eher so, als würde sie gerade erst bemerken, wer und wie er wirklich war.

Vielleicht stimmte das. Bjarne war in der letzten Zeit nicht besonders gut darin gewesen, er selbst zu sein. Im nächsten Moment dachte er, dass er im Grunde selbst nicht mehr so recht wusste, wer er war. Dinge, die er früher als normal empfunden hatte, erschienen ihm mittlerweile absurd und abwegig. Er musste sich selbst neu ausloten. Kennenlernen. Bjarne wollte diesen Gedanken jetzt nicht vertiefen; zumindest die Tatsache, dass er Spaß am Mountainbiken hatte, war gleich geblieben, auch wenn ihm derzeit jeglicher sportliche Ehrgeiz abging.

»Ich hasse Sport«, erklärte sie und holte ihn damit ins Hier und Jetzt zurück.

»Ist mir noch gar nicht aufgefallen«, witzelte er.

»Welcher Tag ist heute?«, fragte sie plötzlich, die Augen weit aufgerissen.

»Mittwoch?«

Sie atmete erleichtert aus. »Gott sei Dank.«

»Warum?«

»Weil morgen Vaters Geburtstag ist.«

»Oh. Ihr steht euch nicht nahe?«

Sie schüttelte den Kopf und wirkte bedrückt. Während sie im Wasser trat, schaute sie zu ihm auf. »Nein, nicht mehr.«

»Darf ich fragen, wieso? Du musst nicht antworten, wenn es zu persönlich ist.«

Maja seufzte, und auf einmal spürte er die Last auf ihren Schultern, als wäre es seine eigene. »Anders als du hatte mein Vater nichts anderes zu tun, als die Bettseite meiner Mutter so schnell mit einer neuen Frau zu besetzen, dass die Matratze beinahe noch warm war.«

Bjarne machte große Augen. Damit hatte er nicht gerechnet. »Oh.«

»Ja, so ist es. Weißt du, ich hätte es verstehen können, wenn er die Frau wirklich geliebt hätte, aber nach der ersten kamen andere. Er hat meine Mutter einfach ersetzt, verstehst du? Als wäre sie eine Unterhose, die ein Loch hat.«

Bjarne kannte Majas Vater nicht, aber er versuchte, sie sich als kleines Mädchen vorzustellen. Wenn er eines nicht sagen durfte, dann, dass sie es schwer gehabt haben musste. So gut kannte er sie mittlerweile. Sie wäre ausgeflippt, wenn er ihr gut zugeredet hätte, aber etwas hatte er doch einzuwenden. »Es gibt Menschen, die brauchen die Wärme eines anderen Körpers neben sich und sehnen sich gleichzeitig nach jemand anderem.«

»Er hätte *meine* Nähe haben können«, gab sie bockig zurück.

Bjarne verstand, worauf sie hinauswollte, aber ein wenig fühlte er auch mit Majas Vater. Er vermisste die Nähe zu einem weichen, weiblichen Körper auch; das bedeutete für ihn jedoch nicht, dass er diesem Bedürfnis tatsächlich nachgeben musste. Natürlich war er trotz allem noch immer ein Mensch mit intimen Sehnsüchten. Vermutlich war Majas Vater einfach ein anderer Typ, der seine Trauer auf diese Weise verarbeitet hatte – oder auch nicht. Verdrängen funktionierte für andere ja auch oft ganz gut. »Manche Männer brauchen Sex«, warf Bjarne ein.

Maja schnitt ein angewidertes Gesicht.

»Ja, vielleicht auch dein Vater«, fuhr Bjarne fort. »Vielleicht hat er die Einsamkeit nicht ausgehalten, oder er wollte, dass du eine neue Mutter bekommst.«

»Ich hatte eine Mutter.«

Er stieß die Luft leise aus. »Ja. Das weiß ich, und ich will ihn auch nicht rechtfertigen.«

»Genau das tust du doch gerade.« Majas Brauen waren zusammengezogen, sie hatte die Hände in die Hüften gestemmt.

Er wollte nicht streiten und Maja auch nicht zu nahe treten.

»Weißt du was?« Bjarne stand auf. »Wieso fragst du ihn nicht einfach? Weißt du, wie es ihm ging, damals? Ich meine, wie er sich wirklich gefühlt hat?«

Maja erstarrte, dann sah er, dass sie überlegte. Sie nagte an ihrer Unterlippe und trat geistesabwesend im Wasser auf der Stelle. »Ihn fragen?«, wiederholte sie und schaute Bjarne an, als hätte er ihr vorgeschlagen, sich die Haare blond zu färben.

Er nickte. »Ja, vielleicht redet ihr mal darüber.«

Maja stieß zischend die Luft aus, dann kam sie aus dem Bachlauf heraus. »Ich wüsste nicht, was das noch bringen sollte, nach all den Jahren.«

Bjarne sagte nichts mehr dazu; er wollte ihr seine Ratschläge nicht aufdrängen. Und vielleicht hatte sie ja recht und ihr Vater war ein gefühlskalter Mistkerl – so hatte sie ihn jedenfalls beschrieben. Er wollte das nicht glauben, denn Maja hatte etwas Besseres verdient.

»Er ist dein Vater«, meinte Bjarne dann. »Oder verabscheust du ihn so sehr?«

Maja zog eine Schnute. »Ich verabscheue ihn nicht, nein. Aber ich bin immer noch sauer auf ihn.«

Bjarne verstand, dass Maja in dieser Hinsicht tief in ihrem Inneren immer noch das neunjährige Mädchen war, das damit konfrontiert wurde, dass statt der eigenen Mutter plötzlich eine fremde Frau im Haus war und das Bett mit ihrem Vater teilte. »Hast du ihm das mal so gesagt?«

Maja furchte die Stirn. »Oh, ich habe viele Dinge zu ihm *gesagt.*«

Das konnte Bjarne sich lebhaft vorstellen. Maja war nicht auf den Mund gefallen, gewiss nicht. »Auch das, worauf es wirklich ankommt?«

Maja stieg aus dem Wasser. »Ich wüsste nicht, was das sein sollte.«

Sie wollte an ihm vorbeigehen und sich ihre Schuhe wieder anziehen, aber Bjarne hielt sie sanft am Handgelenk fest. Plötzlich stand sie vor ihm und blickte zu ihm auf. In ihren Augen schimmerte der Trotz einer Neunjährigen, die nicht mit den Handlungen ihres Vaters einverstanden war, aber zugleich auch der Schmerz eines Menschen, der einen Teil von sich verloren hatte. Bjarne kannte dieses Gefühl sehr gut; es war ihm so vertraut wie sein eigener Herzschlag.

»Maja«, murmelte er, und seine Stimme klang rau. »Ich fühle mit dir.«

Er wollte nicht sagen, dass er sie verstand – dafür war jedes ihrer Schicksale zu komplex, zu individuell, aber er wollte ihr dennoch vermitteln, dass es ihm nicht egal war, wie es ihr ging. Wie es in ihr aussah. Dass er für sie da sein würde, wenn sie ihn brauchte.

Maja schluckte, ihre Lippen waren leicht geöffnet. Dann kullerte eine Träne aus ihrem Augenwinkel. Bjarne wischte sie mit dem Daumen der anderen Hand weg. Sie war ihm so nah, dass er die Wärme ihres Körpers spürte, ihren einzigartigen Geruch nach einem frischen Sommerwind, vermischt mit dem salzigen Geruch erhitzter Haut. In diesem Moment war es ihm egal, was richtig oder falsch war; er handelte aus einem Impuls heraus, zog sie in seine Arme und hielt sie fest. Er umarmte Maja und drückte sie an seinen Körper. Dabei streichelte er ihren Hinterkopf, zärtlich und federleicht. Sie war viel kleiner als er, und er musste seinen Kopf ein wenig beugen, um ihr Haar zu erreichen, das nach Kokos duftete. Im ersten Augenblick versteifte Maja sich, aber nach einem Atemzug merkte er, wie sie sich entspannte. Sie legte ihr Gesicht an seine Brust und schloss die Augen. Ihre Schultern bebten ganz leicht, aber kein Laut kam über ihre Lippen.

Sie musste es gut geübt haben, das lautlose Weinen; sie hatte es nahezu perfektioniert. Bjarne schluckte und spürte das altbekannte und verhasste Brennen hinter seinen eigenen Lidern. Maja musste schrecklich gelitten haben, sie trauerte noch heute. Obwohl es ihm leidtat, dass es ihr schlecht ging, war er erstaunt, ja sogar erleichtert darüber, dass sie zuließ, sich von ihm trösten zu lassen. Sie gab ihm das Gefühl, nicht völlig nutzlos zu sein, gebraucht zu werden.

Und er wunderte sich, dass er dazu überhaupt in der Lage war. In den letzten Monaten war es nur um ihn und seinen Kummer gegangen. Tatsächlich tat es gut, sie zu umarmen, ihr etwas zu geben. Halt und Nähe. Vertrauen. Er wurde sich ihrer weichen Kurven bewusst.

Bjarne schluckte, dann trat er zurück und räusperte sich. »Alles okay?«, krächzte er.

Plötzlich war ihm der körperliche Kontakt zu viel. War er vielleicht zu weit gegangen? Seine Hände zitterten, hastig schob er sie in seine Hosentaschen.

Maja wischte sich verstohlen über die Augen und wandte sich von ihm ab. »Ja, klar.« Sie ging zum Bachlauf und wusch sich das Gesicht. Bjarne wackelte mit weichen Knien zu seinem Fahrrad und tat so, als prüfe er etwas an den Bremsen. Etwas hatte sich in den letzten Minuten zwischen ihnen verändert; es hing irgendwas in der Luft, dem er keinen Namen geben konnte, aber er wusste, dass Maja es auch fühlte.

Es war noch immer hell, als Bjarne den Flur zu Hause so leise wie möglich betrat. Seine Turnschuhe hatte er vor der Haustür ausgezogen; sanft stellte er sie ab und tapste in den Wohnbereich. Am Fuß der Treppe hörte er aus dem Obergeschoss eine

Kinderstimme. Bjarne ging ein paar Stufen nach oben und hielt mitten in der Bewegung inne. Es war Noah, und er erzählte nicht einfach nur, er las aus einem Kinderbuch, einem Buch, das Bjarne sehr gut kannte. Es war die Geschichte »Der Löwe in dir«, die Alexandra ihm so oft vorgelesen hatte, als es ihr noch besser gegangen war. Eine Geschichte, die Noah Mut machen sollte. Es ging um eine Maus, die einen Löwen suchte, der ihr das Brüllen beibringen sollte. Am Ende des Kinderbuches begriff die Maus, dass es darum ging, ihre eigene Stimme zu finden, nicht darum, groß und stark zu sein und am lautesten zu brüllen. Heute konnte Noah sie selbst lesen. Etwas stockend zwar, aber für einen Zweitklässler, dem man vor Kurzem noch attestiert hatte, dass er komplett unfähig sei, war das eine grandiose Leistung. Eine so immense Verbesserung hatte Bjarne nicht erwartet. So lange war es ja noch nicht her, dass er angefangen hatte, Zeit mit Maja zu verbringen, die ihm vorlas. Anscheinend hatten sie zusammen das Lesen geübt, und das häufiger, als die beiden Geheimniskrämer bislang zugegeben hatten.

Bjarne umklammerte den Treppenlauf, er war gerührt. Und so unfassbar stolz auf seinen großen kleinen Jungen. Wahnsinn! Und Maja hatte nichts gesagt. Er musste sich bei ihr bedanken. Bjarne wollte weinen, aber dieses Mal vor Erleichterung. Und da war noch mehr, es fühlte sich wie ein winziges Stückchen Glück an. Bjarne hatte diese Emotion schon so lange nicht mehr in sich gespürt, dass er es zuerst kaum glauben konnte. Doch es stimmte.

Er duschte mit einem emotionalen Hochgefühl, in dem ein bisschen Melancholie mitschwang, dann verabschiedete er Susanne und blieb noch kurz bei Noah. Als sein Sohn eingeschlafen war, setzte er sich in sein Arbeitszimmer und schrieb zum ersten Mal seit Tagen wieder einen Brief.

Liebe Alexandra,

du wirst es nicht glauben, aber nach all den Wochen und Monaten, in denen unser Noah traurig und niedergeschlagen von der Schule heimgekommen ist, habe ich ihn heute zum ersten Mal flüssig und fröhlich lesen gehört. Ich kann es kaum fassen, und ich bin so unfassbar stolz auf ihn, dass ich das Gefühl habe, ich müsste platzen und es jedem erzählen. Nein, das ist nicht richtig. Ich möchte es dir erzählen, dich umarmen und mich mit dir zusammen freuen. Mein einziger Wermutstropfen an diesem Abend, dabei müsste es heißen, Wermutsozean …

Es würde dich auch freuen, wenn du sehen könntest, wie viele deiner Aufgaben ich schon abgehakt habe. Und du hattest recht, viele Dinge fallen mir leicht. Leichter, als ich anfangs angenommen hatte. Heute war ich mit dem Mountainbike unterwegs. Aber als ich in die Garage gekommen bin und dein Rad an der Wand gesehen habe, hätte ich fast einen Rückzieher gemacht. Zum Glück ist Maja vorbeigekommen; sie hat mich dann begleitet. Du würdest sie mögen, sie ist ein bisschen verrückt, aber sie hat ein großes Herz. Noahs Verbesserungen haben wir ihr zu verdanken, und mit Zoes Wutausbrüchen bewirkt sie auch immer wieder kleine Wunder. Ich glaube, es liegt daran, dass sie selbst als kleines Mädchen ihre Mutter verloren hat. Sie kann sich in die Gefühlswelt unserer Kinder sehr gut hineinversetzen. Aber ich merke auch, dass Maja noch immer unglücklich ist. Ein Mensch kann

wohl nie verarbeiten, wenn ein Elternteil zu früh
stirbt. Das stimmt mich neben all der Freude
dieses Abends auch irgendwie traurig.

Bjarne hielt einen Augenblick inne und nagte an seinem Kugelschreiber. Er wollte schreiben, dass er Maja getröstet hatte, dass er ihre Gesellschaft genoss und dass sie ihm auch über seinen eigenen Schmerz hinweghalf. Eine Plattitüde von wegen »geteiltes Leid ist halbes Leid« schoss ihm durch den Kopf. In seinem Bauch rumorte es.

Reuegefühle. Ja, das war es, was ihn davon abhielt, Alexandra darüber zu berichten. Bjarne fühlte sich schuldig, weil er den Ausflug wirklich genossen hatte – nicht nur das Radfahren, auch Majas Nähe, die Gefühle, die sie in ihm ausgelöst hatte. Das Bedürfnis nach einer weiblichen Umarmung.

Bjarne biss die Zähne aufeinander. Hätte er vielleicht nicht versuchen sollen, Majas Vater zu rechtfertigen? Er grübelte darüber nach. Auch wenn er es nicht in diesen Brief schrieb, es war ein Funke da gewesen – für einen kurzen Augenblick hatte er sich gewünscht, Maja zu küssen. Seine Lippen auf ihre zu pressen, um zu vergessen, warum er ständig traurig war.

Gut, dass es dazu nicht gekommen war. Es hätte all die Unbeschwertheit zwischen Maja und ihm vernichtet. Bjarne atmete erleichtert aus und tat den Moment als das ab, was er vermutlich gewesen war: ein Augenblick der Schwäche. Die Trauer verband ihn und Maja, wie er seit heute wusste; er durfte das nicht mit einer anderen Art von Anziehung verwechseln. Wenn er eines über die Jahre gelernt hatte, dann, dass jegliche Art von Körperlichkeit Freundschaften zwischen Männern und Frauen ruinierte. Und Bjarne brauchte Maja. Bis jetzt hatte er es sich nicht eingestanden, aber er sah es nun auf einmal ganz klar, als hätte sich ein graues Tuch gelüftet. Durch ihre unkonventionelle Art hatte sie sich einen festen Platz in seiner Familie erobert, ohne dafür gekämpft zu haben. Weder er noch seine Kinder wollten Majas Gesellschaft missen. Er würde in Zukunft mehr auf der Hut sein, damit so ein Moment wie der im Wald nicht noch einmal zwischen sie kam.

Gerade wollte er weiterschreiben, als er einen Schrei hörte. Zoe!

Vermutlich hatte sie wieder einen Albtraum. Hastig löschte er das Licht im Zimmer und eilte zu ihr. »Zoe, Liebling«, flüsterte er und nahm sie in den Arm. »Ich bin da. Papa ist da.«

Sie zitterte und weinte, klammerte sich an ihm fest. Bjarne strich über ihren Rücken und wiegte sie sanft hin und her.

Zoes Schluchzen war herzzerreißend, sie sprach nicht. Er wusste, was es war. Natürlich.

Bjarne schloss die Augen und hielt seine Tochter fest. Es dauerte eine Ewigkeit, bis sie sich langsam entspannte. Er legte sich zu ihr und blieb bei ihr; in diesen Nächten konnte er sie nicht allein lassen. Wie hatte er auch nur einen Moment denken können, dass es besser geworden sei?

KAPITEL 20

Es ist ein großer Vorteil im Leben, die Fehler, aus denen man ler-
nen kann,
möglichst früh zu begehen.

Winston Churchill

Maja saß im Bus nach Blankenese und schaute auf die Elbe, die hinter den hohen Hauswänden immer wieder hervorblitzte. Ihre Stirn hatte sie gegen die Scheibe gedrückt, auf ihrem Schoß lag eine Tüte mit einem Geschenk für ihren Vater, das sie zuvor noch besorgt hatte. Nichts Besonderes, ein Buch. Was sollte man einem Menschen auch schenken, der alles hatte? Zudem wurde er nie müde zu betonen, dass er keine Geschenke brauchte, aber mit leeren Händen hatte sie auch nicht auftauchen wollen.

Maja atmete tief durch. Das Gespräch mit der Lehrerin saß ihr noch in den Knochen; sie hatte sie am frühen Mittag, gleich nach Schulschluss, getroffen. Maja hatte ihr so richtig die Meinung gegeigt.

Die Frau hatte sicher den Schock ihres Lebens erlitten. Oder auch nicht. Verdient hatte sie es jedenfalls, dass ihr mal jemand sagte, wie unfähig sie als Pädagogin war.

Aber nicht nur das beschäftigte Maja während der Fahrt. Immer wieder dachte sie an die Fahrradtour zurück; vor allem an das, was am Bach passiert war. Oder nicht passiert war. Sie wusste es selbst nicht genau. Alles, was sie begriffen hatte, war, dass sie Bjarne gern geküsst hätte. Auf einmal war Bjarne nicht mehr nur ein Nachbar gewesen, sondern ein Mann, ein attraktiver Mann, den sie nicht nur körperlich anziehend fand.

Scheiße, dachte sie. Wann war das denn passiert?

Maja schloss die Augen. Es war an der Zeit aufzuhören, sich etwas vorzumachen. Sie hatte schon vor einer Weile erste Anzeichen dafür entdeckt, dass sie ihn mochte, dass sie sich auf eine ganz merkwürdige Art zu ihm hingezogen fühlte. Zuerst hatte sie es abgetan, sich gesagt, das sei ja wohl normal, wenn man so viel miteinander zu tun hatte. Aber es stimmte nicht. Mit Bjarne konnte sie über das sprechen, was ihr wirklich wichtig war. Bei ihm musste sie sich nicht verstellen, keine einzige Sekunde. Und er mochte sie trotzdem; ja, er ermutigte sie sogar, ihre Träume zu verwirklichen. Gleichzeitig war Maja sich sicher, dass er jedes Wort ernst meinte. Er hatte es nicht nötig, nett zu ihr zu sein, und er versuchte nicht, ihr Honig ums Maul zu schmieren. Er hatte begriffen, dass Maja sich allein bei dem Gedanken, einen Roman zu schreiben, in die Hosen machte, weil sie Angst hatte zu versagen, und ihr dennoch vermittelt, dass sie es konnte.

Er war so sicher, so überzeugt von ihr, dass sie ihm beinahe glaubte. Das hatte ihr Auftrieb und Mut gegeben, denn sie vertraute ihm. Und sie schätzte seine Meinung. Sie wollte ihm nahe sein. Nicht nur emotional. Auch körperlich. Sexuell.

Verdammt! Sie legte ihr Gesicht zwischen ihre Hände und schnitt eine Grimasse. Maja wollte es nicht wahrhaben, aber sie konnte es – vor allem nach der gestrigen Situation am Bach – nicht mehr leugnen: Sie hatte sich in Bjarne verliebt.

Wenn sie es so betrachtete, war es vielleicht gar nicht mal so abwegig. *Natürlich* hatte sie sich in den einzigen Mann auf dem Planeten verlieben müssen, den sie nie würde haben können. Er trauerte um seine tote Ehefrau. Und wie! Maja erlebte Bjarnes Schmerz jeden Tag live und in Farbe mit. Und doch hatte er es geschafft, sich einen festen Platz in ihrem Herzen zu sichern; einen Platz, den er garantiert nicht haben wollte und niemals offiziell einnehmen würde.

Sie mit ihren roten Haaren und den vielen Tätowierungen war zudem nicht sein Typ, selbst wenn er irgendwann – in den nächsten zehn Jahren vielleicht – über den Tod seiner Frau hinwegkommen würde. Wobei Maja sich nicht sicher war, ob er sich jemals für eine neue Liebe würde öffnen können. Er trauerte tief und ehrlich. Aber selbst wenn … sie hatte die Bilder von Alexandra gesehen. Sie war hübsch, schlank und herzlich gewesen. Die Mutter seiner Kinder.

Maja hingegen war unsportlich. Emotional verkorkst. Beziehungsunfähig.

Stopp, rief sie sich innerlich zu.

Sie würde nicht mit einer Verstorbenen in einen Wettkampf treten. Sicher nicht, denn da konnte niemand konkurrieren, und das wollte sie auch gar nicht.

Maja musste sich Bjarne aus dem Kopf schlagen, ihm vielleicht in der nächsten Zeit ein wenig aus dem Weg gehen. Die Kinder konnten auch zu ihr kommen zum Spielen … Und ewig würde sie auch nicht in Wendersen bleiben. Das erinnerte sie an Charlotte. Die hatte versucht, sie zu erreichen, aber Maja hatte noch nicht zurückgerufen. Der Gedanke war ihr bis eben gar nicht gekommen – die sechs Monate in Boston waren irgendwann vorbei, und Charlotte würde wieder in ihr Haus einziehen wollen.

Womöglich ging es bei ihrem Anruf ja darum, dass sie schon früher zurückkehrte.

Nicht jetzt, sagte Maja sich und stand auf. An der nächsten Haltestelle musste sie raus.

Am liebsten wäre sie umgekehrt oder einfach zum Elbstrand gegangen, um dort im Sand zu sitzen und auf den in der Sonne glitzernden Fluss zu starren, bis ihr Kopf nicht mehr rauchte. Aber sie war schon jetzt spät dran, und Maja wollte ihren Vater wenigstens an einem Tag im Jahr nicht enttäuschen. Beinahe hätte sie sarkastisch gelacht, aber sie war nicht allein auf der Straße. Natürlich würde sie ihn enttäuschen; dafür musste sie gar nicht mehr tun, als auf der Bildfläche zu erscheinen.

Kurz darauf klingelte Maja, obwohl sie einen Hausschlüssel besaß – den hatte sie allerdings nicht dabei, denn sie benutzte ihn nie. Es war nicht ihr Zuhause. Sie stand vor der hübschen Jugendstilvilla, in der zuvor ihre Großeltern gelebt hatten und davor die Urgroßeltern … Das grüne Grundstück war gesäumt von alten Eichen und Kastanien. In den Beeten blühten Hortensien; der Rasen war kurz und selbstverständlich frei von Unkraut. Alles war perfekt, dachte sie, während sie wartete. Das Einzige, was hier nicht hinpasste, war sie.

In diesem Moment wurde die Haustür geöffnet, und ihr Vater begrüßte sie erfreut. »Hallo, Liebes.«

Er trug eine ockerfarbene Cordhose und ein blaues Button-down-Hemd. Auf der Nase hatte er eine dunkle Brille mit runden Gläsern. Die musste neu sein.

»Herzlichen Glückwunsch zum Geburtstag«, sagte sie und reichte ihm das Buch.

Er lächelte, aber nicht mehr ganz so fröhlich. Vielleicht, weil er auf eine herzlichere Begrüßung gehofft hatte? Sie war sich nicht sicher; es konnte auch daran liegen, dass er wieder einmal feststellte, wie missraten seine Tochter war. Enttäuschung blitzte in seinen Augen auf, aber er zog sie dennoch in seine Arme. Es wirkte ungelenk, und Maja erwiderte seine Geste mindestens genauso steif.

»Ähem«, meinte er dann. »Komm doch mit. Wir haben im Garten gedeckt, es ist ja so ein schöner Tag heute.«

Maja folgte ihm. Im Haus war es kühl. Der Marmor im Eingangsbereich glänzte, auf einem Tisch in der Mitte, über dem ein Kristalllüster prangte, stand ein großer Strauß gelber Rosen in einer Glasvase. Eine geschwungene Treppe führte nach oben. Hier hatte sich in den letzten Jahren nichts verändert. Sie kannte die alten Ölgemälde, die die Wände zierten, sie kannte jeden Winkel, schon aus der Zeit, als ihre Großeltern noch hier gelebt hatten. Im Obergeschoss befand sich eine ganze Wohnung, die ihr Vater vor ein paar Jahren für Maja hatte herrichten lassen. Aber es war eben genau das: für sie eingerichtet, wenn sie mal hier war. Maja hatte keinen einzigen Gegenstand darin selbst ausgesucht. Sie vermied es, hier zu sein. Auch jetzt stieg das Gefühl in ihr auf, dass sie lieber wieder gehen wollte.

»Kommst du?« Ihr Vater tätschelte ihre Schulter. Maja nickte und ging mit ihm durch die Halle ins Wohnzimmer. Die Flügeltür zum Garten war geöffnet, die durchsichtigen Vorhänge bauschten sich im Wind. Das gebohnerte Fischgrätenparkett knarzte hier und da. Die Biedermeiermöbel waren aufgearbeitet worden. Zentrum des hohen, offenen Raums bildete ein schwarz glänzender Steinway-Flügel.

Rosalinde kam auf sie zugeeilt. Sie trug ein luftiges, zitronengelbes Kleid, das ihrer Figur schmeichelte und wunderbar zu ihrem kastanienbraunen Haar passte. »Da bist du ja, Maja. Wie schön, dich zu sehen.«

Maja zwang sich zu einem Lächeln. Sie hatte nichts gegen die Frau. Sie war nett, aber für sie war sie eine Fremde. Sie zwang sich dennoch zu einer freundschaftlichen Umarmung. »Dein Kleid ist sehr hübsch«, sagte Maja.

»Danke.« Rosalinde sah Maja an und suchte vermutlich nach etwas, was sie an ihr loben konnte. Aber Maja wusste selbst, wie sie aussah. Sie trug ein altes T-Shirt mit einem Peace-Zeichen darauf zu einer abgeschnittenen Jeans, aus der ihre weißen Beine herausschauten. An den Füßen hatte sie ausgetretene Chucks – vielleicht nicht die beste Wahl bei dem heißen Wetter.

»Nun kommt schon, draußen ist es so schön«, animierte ihr Vater die beiden. Der Versuch, fröhlich zu sein, wirkte ein wenig zu bemüht.

Maja folgte ihnen mit einem kaum hörbaren Seufzen hinaus. Die Tafel war festlich gedeckt. Ein weißes Tischtuch war über dem Gartentisch ausgebreitet, und auch hier gab es zwei kleine Gestecke mit gelben Rosen, die gleichen wie in der Eingangshalle. Die guten Kristallgläser funkelten in der Spätnachmittagssonne, auf dem Meißner Porzellan lagen hübsch gefaltete Stoffservietten. Ein Brotkorb war mit verschiedenen kleinen Brötchen bestückt. Maja dachte wehmütig an ihren Sauerteigansatz, den Nils »aus Versehen« weggekippt hatte. Als sie das festgestellt hatte, war es ihr nicht mehr schwergefallen, ihn rauszuwerfen. Das war dann doch zu viel des Guten gewesen. Wochenlang hatte sie für Karl – ihren Sauerteigstarter – gekämpft, ihn gehätschelt, gepäppelt und jetzt ... alles für die Katz. Aber immerhin wusste sie nun, was sie anfangs falsch gemacht hatte. Am dritten Tag hatte sie zu lange mit der Fütterung gewartet, der Teig war zu schnell gereift und schließlich verhungert. Ja, genau. So nannten die Fachleute das.

Egal, sagte sie sich und atmete tief durch. Karl war Geschichte – und sie hatte mal wieder nicht mitbekommen, was man zu ihr gesagt hatte. Maja spürte, wie sie rot wurde. Sie sah, dass ihr Vater eine Flasche Weißwein in der Hand hielt, also riet sie einfach.

»Ja, gern«, sagte sie.

Wein hielt sie für eine sehr gute Idee. Oder auch nicht. Sie würde sich mit einem Glas begnügen; nicht, dass sie womöglich Dinge aussprach, die besser ungesagt blieben. Maja dachte an Bjarnes Worte im Wald zurück. Selbst wenn Maja mit ihrem Vater über die Vergangenheit hätte sprechen wollen, er war nie allein, und vor einer für sie fremden Frau würde sie garantiert nicht ihr Herz ausschütten. Rosalinde war vielleicht seine Partnerin, aber für Maja war sie lediglich eine Person, die womöglich in zwei Jahren nicht mehr an seiner Seite sein würde. Es hatte bis jetzt nie lange gehalten.

Die Vorspeise wurde von einem Hausmädchen serviert. Natürlich. Am Ehrentag des Vaters überließ man in dieser Familie nichts dem Zufall. Es gab gebratene Austern mit einem Schwarzbrot-Crumble und Kaviar-Häppchen.

Rosalinde breitete die Serviette auf ihrem Schoß aus und wandte sich an Maja. »Fisch isst du doch, oder?«

Maja nickte. »Ja, nur kein Fleisch.«

»Ich kann mir das auch nie merken«, erklärte ihr Vater und lächelte seiner Partnerin zu.

Maja trank einen Schluck Wein und wünschte, der Abend wäre bald vorüber. In den Bäumen hingen gelbe Lampions, die Schiffe auf der nahen Elbe verkehrten auch in der aufkommenden Dämmerung. Es war ein lauer Abend, windstill und sommerlich.

Als endlich, sehr viel später, der Nachtisch gereicht wurde, kam das, was immer kam.

Ihr Vater stach mit seiner Gabel in ein Schokotörtchen, während er Maja ansprach. »Wie läuft es mit deinen Projekten?«

Maja erstarrte. Sie lächelte, doch es fühlte sich falsch an. Denn obwohl sie viel recherchiert und vorbereitet hatte, hatte sie noch nichts Richtiges zu Papier gebracht. »Was meinst du, Papa?« Vielleicht konnte sie sich einfach dumm stellen.

Aber das hatte noch nie geholfen.

Die Mundwinkel ihres Vaters sanken herab. Das war der Moment, den sie schon den ganzen Abend erwartet hatte. Seine Enttäuschung war nicht zu übersehen. Maja hasste dieses Gefühl. Innerlich verkrampfte sich alles in ihr.

»Wann willst du endlich mit diesem Unsinn aufhören?«, murrte er jetzt.

Sie wusste, dass er die Soap meinte, aber sie fragte dennoch: »Welchem Unsinn?«

»Maja.« Er tupfte sich den Mund mit seiner Serviette ab. »Du kannst doch mehr, als für eine Seifenoper zu schreiben.«

»Von irgendwas muss ich schließlich leben«, gab sie, immer noch ruhig, zurück, auch wenn in ihr ein Sturm tobte.

Rosalinde stand auf. »Ich sehe mal nach, wo der Kaffee bleibt.« Dann war sie auch schon davongeschwebt.

»Maja«, wiederholte ihr Vater, als ob es helfen würde, ihren Namen ständig auszusprechen. »Du brauchst das Geld nicht, ich könnte dich finanziell unterstützen, bis die erste Fassung deines Romans steht. Du weißt, dass das nicht das Problem ist. Und wenn die geschrieben ist, dann spreche ich mit Ferdinand.«

Ferdinand hieß mit vollem Namen Ferdinand Hermeling, und ihm gehörte das größte Verlagshaus Hamburgs. Maja holte tief Luft. Das war genau das, was sie nicht wollte. Sie wollte nicht nur *die Tochter von* sein, aber ihr Vater hatte das noch nie begreifen können oder wollen.

»Ich kann für meinen Unterhalt selbst aufkommen«, erklärte sie noch einmal und presste die Kiefer zusammen.

»Liebes, das alles« – er machte eine ausschweifende Handbewegung – »wird ohnehin irgendwann dir gehören. Warum kann ich dir nicht jetzt schon helfen?«

»Verstehst du nicht, dass ich es aus eigener Kraft schaffen will?«

Ihr Puls schnellte in die Höhe.

Er seufzte. »Wir sehen ja, wie das läuft.«

Maja wollte sich nicht aufregen. Sie zählte innerlich bis zehn, aber es war zu viel. Sie knallte ihre Serviette neben ihren Teller. »Ja, Papa, mir ist klar, dass ich die größte Enttäuschung deines Lebens bin. Und weißt du was? Du bist auch nicht das, was ich mir unter einem liebevollen Vater vorgestellt habe.«

Sie sah selbst im dämmrigen Licht, dass er blass wurde. Er wirkte plötzlich um Jahre gealtert, nicht wütend, sondern zutiefst schockiert, dass seine Tochter diese Worte tatsächlich auszusprechen wagte.

Sie bewunderte ihn für die Ruhe, mit der er weitersprach. »Hier gibt es eine Wohnung im Haus, du müsstest für nichts aufkommen. Ich würde dir eine monatliche Summe überweisen, zu deiner freien Verfügung. Ich halte dir den Rücken fürs Schreiben frei, Maja. Du wolltest doch immer eine große Schriftstellerin werden.«

Ja, damit hatte er recht. Das wollte sie, aber auf ihre Weise, nicht in irgendeiner Art von Abhängigkeit.

»Ich werde nicht mit dir und deiner aktuellen Frau unter einem Dach leben.«

»Du weißt, dass sie Rosalinde heißt und dass ich sie liebe.«

»Liebe!« Maja sprang auf. »Von mir aus. Nenn es, wie du willst. Das ist nicht mein Zuhause.«

»Es tut mir leid, dass du das so siehst.«

Darauf konnte sie nichts erwidern. Maja blinzelte irritiert. »Komm schon, Papa. Gib es doch endlich zu: Alles in deinem Leben ist perfekt – bis auf mich. Es ist doch für uns alle unerträglich, dass ich hier bin. Manchmal wünsche ich mir, dass ich mit Mama in diesem scheiß Auto gesessen hätte.«

Sie stand einfach da, atmete schwer, ihre Knie schlotterten.

Ihr Vater erstarrte und schaute sie aus weit aufgerissenen Augen an. »Das … Maja …« Seine Stimme brach.

»Hast du Mama überhaupt nur ein bisschen geliebt? Nur ein bisschen?«

»Das ist nicht fair, Maja.« Er sah aus, als hätte er körperliche Schmerzen. Die Falten in seinem Gesicht wirkten tiefer, und er ließ die Schultern hängen.

»O doch. Beantworte einfach die Frage.« Majas Magen war ein einziger Knoten, ihr Puls raste.

»Natürlich habe ich deine Mutter geliebt. Sie fehlt mir. Aber das … Leben geht weiter.«

Maja lachte humorlos. »Ja, und für dich ist es sehr schnell weitergegangen. Ich will das alles nicht mehr hören. Ich denke, es ist besser, wenn ich jetzt gehe.« Sie hatte ihre Hände zu Fäusten geballt.

»Maja, warte!«

»Worauf? Worauf soll ich noch warten? Die Zeiten, in denen ich auf eine Umarmung, eine liebevolle Geste oder gemeinsame Momente gehofft habe, sind vorbei. Du hattest es so eilig, Mamas Platz mit einer neuen Frau auszufüllen, dass du nicht gemerkt hast, wie es mir dabei ging. Man kann nicht alles mit Geld lösen.«

»Das ist es, was du denkst? Ich wollte nur das Beste für dich. Du hast mich emotional nicht mehr an dich rangelassen, Maja. Was hätte ich denn tun sollen?«

»Es ist doch auch egal. Mama ist schon so lange tot, und wie du gesagt hast: Dein Leben ging eben einfach weiter. Ich habe nur nicht verstanden, wie das möglich sein soll, wenn man jemanden geliebt hat.«

»Du hast keine Ahnung, wie es in mir aussah, Maja.«

Sie schüttelte den Kopf. »Nein, und du hast dir nie die Mühe gemacht, es mir zu erklären. Aber heute ist es egal. Warum ersparen wir uns nicht diese regelmäßigen Dramen und lassen es einfach sein?«

»Was soll das heißen?«

»Ich bin doch nur eine Bürde für dich; warum sonst bist du jedes Mal enttäuscht von mir.«

»Ich bin nicht enttäuscht, ich möchte dich unterstützen.«

»Klar.« Sie schnaubte. »Wie abfällig du über meine Arbeit redest, all das. Das nenne ich nicht unterstützen.«

»Weil du so viel mehr kannst, als diese seichten Dramen zu schreiben! Ich will das Beste für dich, Maja.«

»Danke, aber ich schaffe das allein. Ich brauche dein Geld nicht.«

Er guckte auf seinen Teller, dann wieder zu ihr. »Du hast mich nie an dich herangelassen, Maja. Warum nicht?«

»Vielleicht, weil du damit beschäftigt warst, andere Frauen in deinem Ehebett zu bumsen?«

Er schnappte nach Luft. »Was …«

»Es ist doch so. Gib es endlich zu!«

Jetzt stand auch er auf; eine Ader pochte an seinem Hals. »Du hast keine Ahnung«, presste er hervor. »Du weißt gar nichts. Ich habe um deine Mutter getrauert.«

»Davon habe ich nichts gemerkt.«

»Ich musste stark für dich sein. Denkst du, es hätte dir geholfen, wenn ich vor dir zusammengebrochen wäre oder geweint hätte?«

Maja sah ihn stumm an und dachte darüber nach. Sie schaute ihm tief in die Augen, und leise Zweifel überkamen sie. Sie hatte ihre Eltern als liebevolles Paar in Erinnerung; umso erschütterter war sie gewesen, als so kurz nach dem Tod ihrer Mutter eine neue Frau in ihr Leben getreten war. Er konnte ihre Mutter also nicht so sehr geliebt haben, war ihre Schlussfolgerung gewesen, die ihr noch mehr Kummer bereitet hatte. Aber das, was sie jetzt in seinem Blick las, sagte etwas anderes. Sie war verwirrt.

Ihr Verhältnis war seit Jahren so zerrüttet, dass sie gar nicht mehr wusste, was richtig und was falsch war.

»Ich denke, es ist besser, wenn ich jetzt gehe«, murmelte sie. »Danke für das Abendessen; ich finde selbst raus.« Sie ging ein paar Schritte, dann drehte sie sich noch einmal zu ihm um.

Er schaute ihr stumm hinterher. Waren das Tränen in seinen Augen?

Nein, das war unmöglich.

Maja räusperte sich. »Du hast es mir kein einziges Mal gesagt, Papa. Du hast nie gesagt, dass du sie vermisst. Wie soll ich dir das jetzt glauben?«

Und dann rannte sie davon. Beinahe wäre sie mit Rosalinde zusammengestoßen, die mit einem Tablett, auf dem sich Petit Fours, kleine Pralinen und Törtchen, befanden, auf dem Weg in den Garten war.

Maja konnte nichts mehr sagen; sie wollte es auch nicht, sondern stürmte einfach davon.

Kapitel 21

Die besten Dinge sind nicht die, die man für Geld bekommt.

Albert Einstein

Es war spät, als Maja ihr Rad in den Schuppen schob. Was für ein Desaster.

Sie linste nach drüben und bemerkte den flackernden Lichtschein des Fernsehers, der aus dem Wohnzimmerfenster fiel. Maja rieb sich über das Gesicht. Bjarne war also noch nicht schlafen gegangen.

Sie musste mit jemandem sprechen, außerdem hatte sie ihm noch nicht von dem Termin mit Noahs Lehrerin erzählt. Maja zückte ihr Handy und schrieb ihm eine Nachricht.

Bist du noch wach?

Sie hätte natürlich auch einfach zum Fenster gehen und klopfen können, aber sie hatte Angst, dass sie damit eine weitere Grenze überschritt.

Seine Antwort folgte sofort.

Ja. Was ist los? Brauchst du Hilfe?

Sie lächelte schief. Ja, das war Bjarne. Wenn jemand um kurz vor Mitternacht was von ihm wollte, konnte es nur das bedeuten, und tatsächlich stimmte es ja sogar: Sie konnte in ihrer Verfassung nicht allein sein. Natürlich war das Gespräch mit der Lehrerin nur ein Vorwand – so viel dazu, dass sie ihm aus dem Weg gehen wollte.

Wollte sie ja gar nicht, aber klüger wäre es gewesen. Andererseits, er ahnte ja zum Glück nicht, wie es in ihrem Inneren ausschaute. Und das würde er hoffentlich auch nie erfahren. Sie konnte nicht gut mit Zurückweisungen umgehen, und er hatte definitiv wichtigere Sorgen als ihre dämlichen Gefühle.

Kann ich kurz mit dir reden?,

schrieb sie zurück.

Wenn er jetzt Nein sagte, würde sie einfach ins Bett gehen. Das wäre besser, nicht, dass sie sich doch noch lächerlich machte. Aber die Vorstellung, jetzt in die Stille des Hauses zurückzukehren und sich schlaflos im Bett umherzuwälzen, war nicht gerade verlockend. Alles andere als das.

Kommst du rüber? Oder bist du noch in Hamburg?

Maja schob ihr Handy in die Hosentasche und klopfte an seine Haustür. Es dauerte nicht lange, bis geöffnet wurde. Der Blick aus seinen grünen Augen war besorgt, eine Furche hatte sich zwischen seinen Brauen gebildet.

»Hi«, sagte sie.

»Hey, komm rein.« Er trat zur Seite.

Im Vorbeigehen nahm sie einen Hauch von Duschgel und von seiner ganz eigenen Note wahr. Hoffentlich merkte er nicht, dass sie eine Gänsehaut bekommen hatte. Falls doch, konnte sie immer noch sagen, dass ihr kalt war. Gott, wie dämlich. So rührselig kannte sie sich nicht, und es gefiel ihr auch nicht.

»Kann ich dir was anbieten?«, fragte er, als sie im Wohnzimmer angekommen waren.

Alkohol war keine gute Idee. »Einen Tee vielleicht?«

Er schaute zweifelnd. »Tee. Im Juni?«

»Sonst nehme ich gern einfach einen Sprudel, ist egal. Ich, ähm, wollte dir nur von dem Termin mit der Lehrerin erzählen.«

Sie folgte ihm in die offene Küche, wo er tatsächlich Wasser aufsetzte. Er kramte im Schrank und förderte zwei Packungen zutage. »Ich bin schon den ganzen Tag gespannt. Grüner Tee oder Früchte?«

»Egal.«

»Egal hab ich nicht«, neckte er sie.

Maja grinste. »Okay, Früchte dann halt.«

»Siehst du, geht doch.« Er bewegte sich geschmeidig in der Küche. Früher war ihr nie aufgefallen, wie markant sein Kinn und wie breit seine Schultern waren. Weil sie zu beschäftigt gewesen war, Dinge an ihm zu entdecken, die sie blöd finden wollte.

Shit, wäre sie doch nur dabei geblieben, überlegte sie und knibbelte ein Stück Nagelhaut von ihrem Daumen ab. Eine dumme Angewohnheit aus Teenagerzeiten, die sie eigentlich längst abgelegt hatte.

»Ich habe der Frau mal so richtig die Leviten gelesen«, erklärte Maja. »Ich hoffe, du bekommst jetzt keinen Ärger – oder Noah. Daran habe ich in dem Moment überhaupt nicht gedacht, als ich ihr erklärt habe, wie unfähig sie ist.«

Bjarnes Mundwinkel zuckten. »Zu schade, da wäre ich gern Mäuschen gewesen.«

»Ich bin mir sicher, dass auch im restlichen Gebäude alle mitbekommen haben, was ich zu sagen hatte.«

»Hast du das Gefühl, sie hat es verstanden?«

Maja schnaufte leise aus. »Sie kann ja gut hören; die Frage ist nur, ob es sie interessiert. Aber letztendlich habe ich ihr klargemacht, dass wir, wenn sie nicht aufhört, Noah vor allen runterzumachen, uns an die Schulbehörde wenden; zudem werden wir mit dem Sozialarbeiter, der für diese Schule zuständig ist, Kontakt aufnehmen. Diese Leute sind geschult in solchen Dingen; Mobbing, auch von Lehrerseite, kommt häufiger vor, als man denkt.«

Bjarne machte große Augen. »Sozialarbeiter?«

»Ja, so eine Art Vertrauensperson, die unabhängig von der Schule agiert. Gerade bei Kindern, die Schwierigkeiten haben – wie auch immer die geartet sind –, vermittelt so jemand gern und kompetent.«

Der Wasserkocher schaltete sich ab, und Bjarne goss in zwei Tassen ein. »Es ist mir peinlich, aber das habe ich nicht gewusst.«

Maja stieß die Luft aus. »Bitte! Woher soll man das auch wissen? Ich habe lange im Internet geforscht und bin schließlich auf der Seite der Grundschule darauf gestoßen. Die blöde Kuh hätte das doch mal von sich aus vorschlagen können, oder? Daran sieht man jedenfalls, dass es ihr nie um deinen Sohn ging, sondern nur darum, jemanden kleinzuhalten, der nicht ins Raster passt.«

Bjarne rieb sich die Stirn. »Wow, ich, äh, weiß gar nicht, was ich sagen soll. Danke auf jeden Fall.«

Maja schüttelte den Kopf. »Ich weiß nicht, ob ein Danke angebracht ist. Hoffen wir, dass mein Ausbruch Noah hilft und nicht alles noch schlimmer für ihn macht.«

»Jetzt sind ja bald auch erst mal Sommerferien angesagt«, meinte er. »Danke, dass du mir da ein wenig hilfst. Susanne kann nicht jeden Tag hier sein, und ich muss jetzt wieder regelmäßig ins Büro.« Auf einmal lächelte er. »Ich habe ihn lesen gehört. Gestern.«

Sie merkte, dass sie rot wurde. Eine völlig untypische Reaktion, die ihr deutlich zeigte, dass mit ihren Hormonen etwas nicht in Ordnung war. »Und?« Sie wagte kaum, ihn anzusehen. Natürlich wusste Maja, dass der Junge wahnsinnige Fortschritte gemacht hatte – und das war ganz von allein gekommen. Er war so wissbegierig und aufgeschlossen, wenn er bei ihr war, dass sie ihn nicht mal hatte animieren müssen, mit ihr zu lesen. Es war ein natürlicher Prozess, der durch die tägliche gemeinsame Zeit selbstverständlich geworden war.

»Ich … war total überrascht. Natürlich ist das mein Fehler, irgendwie, aber wir hatten hier so viel Stress um das Lesen in der Schule, dass ich in den letzten Wochen gar nicht mehr nachgefragt habe, um diesen Kriegsschauplatz nicht mehr zu Hause zu haben.«

»So war es ja auch gedacht, deswegen habe ich ja mit ihm, also für ihn, gelesen.«

»Ich bin einfach so fassungslos, wie gut er geworden ist in der kurzen Zeit.« Bjarne schob Maja über die Arbeitsfläche eine Tasse zu.

Sie griff die Schnur des Teebeutels und zog ihn durch das heiße Wasser. »Noah ist klug, das wissen wir ja beide. Er brauchte nur etwas, was ihm diese Blockade genommen hat.«

»Nicht etwas. *Dich*.«

Maja freute sich, aber aus irgendeinem Grund wollte sie nicht, dass Bjarne sah, wie sehr ihr sein Lob schmeichelte. Völlig albern. Sie wollte gehen, aber jetzt hatte sie den Tee vor sich stehen. Unsicher, was sie tun oder sagen sollte, guckte sie einfach stumm in die Tasse.

»Wie wars in Hamburg?«, hörte sie seine samtige Stimme.

Maja stieß einen tiefen Seufzer aus. »Frag lieber nicht.«

»So schlimm?«

Sie blickte auf. Bjarnes Blick war verständnisvoll. Besorgt.

Ihr Herz reagierte mit einem Stolpern. Wenn er nur nicht so aufmerksam wäre, dachte sie. Sondern so wie am Anfang, verschlossen und kalt. Dann wäre es leichter für mich, ihn nicht zu mögen.

Sie schob die Gedanken beiseite. »Desaster ist das richtige Wort. Ich habe ihn angesprochen, wie du vorgeschlagen hast.«

»Und?«

»Natürlich hat er gesagt, er hätte getrauert; aber der Frage, warum er dann sofort eine andere gevögelt hat, wusste er nichts entgegenzusetzen.«

Bjarne guckte, als hätte ihn ein Bus gerammt. »Das hast du nicht so gesagt, oder?«

Sie nahm den Teebeutel heraus und ließ ihn in die Spüle fallen. »So ähnlich.«

Bjarne schnalzte mit der Zunge. »Hm«, machte er.

»Was?« Sie schielte zu ihm hinüber.

»Ich weiß nicht, was ich dir raten soll, Maja. Ich kenne deinen Vater nicht. Vielleicht ist es ja so, wie du sagst.«

»Ja, wahrscheinlich.« Niedergeschlagen nippte sie an ihrem Tee. »Ich sollte gehen, du musst früh aufstehen.«

Für einige Sekunden schauten sie sich wortlos an. Spürte nur sie dieses verdammte Knistern? Maja öffnete ihre Lippen, um besser atmen zu können. Diese Gefühle kamen zu einem echt dummen Zeitpunkt, stellte sie, über sich selbst genervt, fest.

»Aber dein Tee?«, wandte er ein.

Maja schüttelte den Kopf. »Tut mir leid. Schlaf gut.« Ohne ein weiteres Wort verließ sie fluchtartig das Haus.

* * *

Bjarne saß in seinem Büro, vor ihm stand eine Tasse mit einem doppelten Espresso. Er fühlte sich wie gerädert. In der letzten

276

Nacht hatten beide Kinder schlecht geträumt, und er war von Bett zu Bett gewandert. Er rührte in seinem Wachmacher, sodass sich der Zucker auflösen konnte, dann trank er einen Schluck. Im Anschluss daran widmete er sich seinen Unterlagen; in Kürze hatten sie ein Kundenmeeting, und er sollte das Angebot präsentieren. Bjarne war so nervös, als wäre es das erste Mal. Aber es war kein durchweg unangenehmes Gefühl; irgendwie freute er sich ein wenig darauf, auch wenn die Angst zu versagen ständig präsent war.

Jemand klopfte an die Scheibe seiner offen stehenden Tür, und Bjarne hob den Kopf. Michael stand da und sah ihn aufmunternd an. »Moin«, sagte er. »Alles gut?«

Bjarne verzog die Lippen. »Ich hoffe es; um ehrlich zu sein, bin ich ziemlich aufgeregt.«

Michael trat näher. »Du hältst dich großartig, und ich freue mich, dass du wieder da bist.«

»Danke«, war alles, was er hervorbrachte. Der Kloß in seinem Hals war riesengroß. Er freute sich auch; dass er wieder an einem Auftrag mitarbeitete, war etwas, was er sich noch vor wenigen Wochen nicht hätte vorstellen können. Wie so vieles andere auch nicht.

Michael wollte das Büro gerade wieder verlassen, als Bjarne ihn noch einmal ansprach. »Hey, sag mal, was hältst du davon, wenn wir vielleicht mal wieder Radfahren gehen?«

Michael guckte überrascht, dann lächelte er. »Sehr gern. Ich freue mich, dass du das sagst. Aber jetzt besorgst du uns erst mal den Deal.« Er zwinkerte.

Sein Freund trat an seinen Schreibtisch, und sie klatschten sich ab. Bjarne stand auf, kippte den Rest seines Espressos in den Mund. Dann schnappte er sich die Unterlagen und marschierte in den Besprechungsraum, um Projektor und Laptop miteinander zu verbinden. Die Kunden würden gleich da sein.

KAPITEL 22

Die Vergangenheit soll ein Sprungbrett sein, aber kein Sofa.

Harold MacMillan

Sie hatten Noahs Zeugnis mit einem Hot-Dog-Abend ge-feiert. Jetzt rieben sich die Kinder müde die Augen. Seit sie häufiger auf der Terrasse aßen, war der unbesetzte Stuhl am Esszimmertisch nicht mehr groß Thema der Diskussionen mit Zoe. Bjarne war froh darüber. An diesem Abend wehte ein kühler Wind; am Himmel waren dunkle Wolken aufgezogen. »Könnte bald ein Gewitter geben«, meinte Susanne und schob die Teller zusammen.

»Ich fahre am Wochenende mit den Kindern zu meiner Mutter. Sie hat Geburtstag«, kündigte Bjarne an.

»Habt ihr euch versöhnt?«

Susanne wusste natürlich über Karolas letzten Besuch Bescheid und auch darüber, dass Bjarne sie quasi rausgewor-fen hatte. »Du weißt doch, wie sie ist. Ich habe mich entschul-digt, und sie geht direkt zur Tagesordnung über. Karola hat einfach zu viel Freude daran, mir zu erklären, wie das Leben ihrer Meinung nach funktioniert, als dass sie mir lange böse sein könnte. Leider heißt das auch, dass es ihr scheißegal ist, was *ich* zu meinem Leben zu sagen habe.«

Susanne nickte verständnisvoll. »Ihr bleibt zwei Nächte?«

»Ja, länger schaffe ich es definitiv nicht, ohne ausfallend zu werden.« Es sollte eigentlich wie ein Scherz klingen, aber er war nicht sicher, ob es auch so rüberkam. Letztendlich war es auch nur die Wahrheit – seine Mutter war schlichtweg nur in geringen Dosen zu ertragen.

»Lässt du die Kinder noch ein paar Tage bei ihr?«

»Ich denke nicht; sie sind noch nicht so weit. Was, wenn sie Albträume haben? Karola ist zwar ihre Oma, aber sie würde sich nie zu einem von ihnen ins Bett legen und bei ihnen bleiben, bis die Angst weg ist.«

»Nein, das glaube ich auch nicht. Leider.«

»Obwohl es ja schon viel besser geworden ist«, erklärte Bjarne und fragte sich auf einmal, warum Maja sich in den letzten Tagen so rargemacht hatte. Nahm sie die Sache mit ihrem Vater vielleicht doch mehr mit, als sie zugeben wollte? Er sollte mal nach ihr sehen.

Susanne fing an abzuräumen. Sie humpelte nur noch ein wenig. »Lass das doch«, sagte Bjarne.

»Ach was.« Damit verschwand sie im Haus.

Etwas später, Susanne war gerade gegangen, tobten Noah und Zoe im Wohnzimmer herum. Sie warfen Kissen und alles Mögliche auf den Boden, um das Lava-Spiel zu spielen. Bjarnes Blick fiel auf einen Zettel. Nein, es war der erste Brief, den er von Alexandra bekommen hatte. Er erstarrte, dann sprang er hastig herbei, um ihn vor den Kinderaugen in Sicherheit zu bringen. Er stopfte ihn in die Gesäßtasche seiner Shorts.

»Spielst du mit, Papa?«, wollte Zoe wissen.

»Nein, gerade nicht.«

Sie murrte etwas, gab sich dann aber damit zufrieden.

»Und wir dürfen heute lange wach bleiben?«, versicherte sich Noah.

»Klar, mein Großer. Sind ja jetzt Ferien.« Bjarne ging noch einmal in den Garten und schaute in den Himmel. Die Wolken wirbelten ineinander, der Wind hatte noch einmal aufgefrischt. Er fühlte das Papier in seiner Hosentasche. Bald hatte er alle lösbaren Aufgaben erfüllt. Ob sie es geahnt hatte, dass er knapp ein Jahr nach ihrem Tod wieder halbwegs mit dem Alltag zurechtkommen würde? Alexandra hatte es zumindest gehofft, das wusste er natürlich. Er wünschte, sie hätte sehen können, wie es ihnen ging, und er hätte ihr davon erzählen können. Manchmal erwischte er sich dabei, dass er sich umdrehte, weil er nach ihr suchte. Immer noch. Ob das jemals aufhören würde, dass er im Kopf Unterhaltungen mit ihr führte oder ihr nachts heimlich Briefe schrieb? Diese Endgültigkeit war zu abstrakt, auch heute noch. Dass sie einfach fort sein sollte, dass sie fort *war,* erfüllte ihn auch jetzt noch mit Schrecken.

Nicht fort. Tot.

Er konnte sich nicht vorstellen, sie irgendwann nicht mehr zu vermissen. Aber vor wenigen Monaten hatte er sich auch nicht vorstellen können, jemals wieder Freude an irgendwas zu empfinden. Wenigstens das war ihm gelungen – was nicht hieß, dass er fröhlich und unbeschwert war, aber manchmal fühlte er sich gut. Das war ein immenser Fortschritt, und dafür war er dankbar.

Er schielte auf die andere Seite des Zaunes, aber Maja war entweder nicht zu Hause oder … Ja, oder was eigentlich? Er hatte keine Ahnung, aber er merkte, dass es ihn interessierte. Kurz überlegte er, ob er sie anrufen sollte. Oder einfach klingeln? Aber warum? Er konnte Noahs Zeugnis vorschieben, denn er hatte die Kinder heute selbst abgeholt, und sie hatte es noch nicht gesehen. Im nächsten Moment verwarf er den Gedanken.

Wie albern von ihm. Er musste doch keine Ausreden erfinden, um Maja zu sprechen?

Bjarne zückte sein Telefon und schrieb ihr eine Nachricht.

Alles okay, wo steckst du? Noah möchte dir sein Zeugnis zeigen.

Er verzog das Gesicht.

So viel dazu.

Kurz darauf ging die Antwort ein:

Habe eine schreckliche Sommergrippe. Melde mich, wenn ich wieder auf den Beinen bin.

Er runzelte die Stirn. Das erklärte natürlich, warum sie in den letzten Tagen abgetaucht war.

Brauchst du was? Ich kann dir eine Suppe bringen.

Ihre Reaktion kam sofort:

Nein danke, ich komme klar. Nicht, dass du oder die Kinder euch ansteckt. Ich feiere später mit Noah. Drück ihn von mir. Und Zoe auch.

Okay, gut. Sie wollte seine Hilfe nicht. War ja fast zu erwarten gewesen, und aufdrängen wollte Bjarne sich auch nicht. Nachdenklich ging er ins Haus und spielte noch ein wenig mit den Kindern, ehe er sie ins Bett brachte.

* * *

Maja stand am nächsten Morgen in der Küche und schielte durch die Vorhänge nach draußen. Dicke Wolken zogen über den Himmel, vermutlich würde es gleich regnen. Sie entdeckte Bjarne; er packte gerade ein paar Taschen ins Auto. Er hatte gar nicht erwähnt, dass sie wegfahren wollten. Aber er war ihr auch keine Rechenschaft schuldig, und zudem hatte sie sich ja gestern per SMS krank gestellt und jegliche Hilfe abgelehnt.

Sie war so ein erbärmlicher Feigling. Andererseits hatte sie schlicht keine bessere Idee gehabt, wie sie ihm aus dem Weg gehen konnte, bis sich ihre Hormone wieder beruhigt hatten. Ihre Verliebtheit war sicher nur eine Phase. Daher war es gut, dass er mit den Kindern verreiste.

Maja tapste zum Kühlschrank und nahm sich einen Joghurt heraus. Sie riss gerade den Deckel ab, als es an der Tür schellte. Sie erschrak und hätte beinahe den Becher fallen gelassen. Mit klopfendem Herzen öffnete sie. Vor ihr stand Bjarne mit den Kindern.

»Hey«, machte sie.

Zoe und Noah strahlten. »Geht's dir wieder gut?«, wollte der Junge wissen.

Hitze flammte in ihren Wangen auf. »Äh, ja, so langsam.« Sie hüstelte. »Es wird.«

Maja spürte Bjarnes durchdringenden Blick auf sich; sie wagte kaum, ihm in die Augen zu sehen. Er hatte es nicht verdient, angelogen zu werden. Aber die Wahrheit hätte ihm auch nicht gefallen. Der Gedanke beruhigte sie etwas. Sie straffte sich. »Und ihr? Fahrt ihr weg?«

»Oma hat Geburtstag«, plapperte Zoe.

»Susanne?«, erkundigte sich Maja.

»Nein, meine Mutter«, erklärte Bjarne und wuschelte Zoe durchs Haar. »Wir bleiben nur übers Wochenende in Düsseldorf.«

Maja wollte sich nicht freuen, war aber doch erleichtert, dass sie nicht, wie eben befürchtet, wochenlang verreisen würden. »Ach so. Soll ich die Post reinholen oder so was?«

Er schüttelte den Kopf. »Kurier dich mal aus, ist ja Wochenende.«

Ahnte er etwas?

Nein, er wirkte lässig. Freundlich. Es war nur ihr schlechtes Gewissen, das ihr zu schaffen machte. »Wenn ihr wieder da seid, machen wir was Schönes zusammen, okay? Und, Noah, ich habe noch gar nicht dein Zeugnis gesehen; dafür darfst du dir was wünschen.«

Der Siebenjährige strahlte. »Echt?«

Maja nickte. »Klar. Worauf hast du Lust? Eis essen?«

»Ich hätte Lust auf Zelten. Im Garten?«

Bjarne zuckte die Schultern und grinste Maja an. »Du musst das nicht machen.«

Maja tippte Noah mit der Fingerspitze auf die Nase. »Das ist ja eine tolle Idee, da bin ich dabei.« Sie zwinkerte Bjarne zu. »Ich bin eine erstklassige Pfadfinderin.«

»Du hast offenbar noch viele verborgene Talente«, gab er grinsend zurück. Seine Augen funkelten, und Majas verräterisches Herz machte einen freudigen Hüpfer.

Der Vater würde ja hoffentlich nicht mit ins Zelt krabbeln, überlegte sie, und solange sie ihre Gefühle für sich behielt, hatten sie ohnehin kein Problem.

Sie wollte gerade etwas erwidern, als sie eine schwarze S-Klasse auf das Haus zurollen sah. Majas Magen sackte in ihre Kniekehlen.

»O Gott«, stieß sie hervor.

Seit dem Abend in Hamburg hatte sie nichts von ihrem Vater gehört, und jetzt tauchte er hier unangemeldet auf?

»Was ist?« Bjarne schaute sich um und wandte sich dann wieder ihr zu.

»Ich glaube, das ist mein Vater.«

Die Kinder wurden ungeduldig und quengelten, wann es denn nun losginge. Bjarne schob die beiden sanft zur Seite. »Geht doch schon mal zum Auto, ich komme gleich.« Dann wandte er sich an Maja. »Brauchst du Unterstützung?«

Sie konnte nicht klar denken. Ihr Vater war allein gekommen; er parkte den Mercedes vor Charlottes Garage in der Auffahrt. »Ich habe keine Ahnung«, war daher ihre ehrliche Antwort.

Bjarne legte Maja eine Hand auf die Schulter. Um ein Haar wäre sie zusammengezuckt. Sie schaffte es gerade noch, sich zu beherrschen. Wärme breitete sich in ihrem Bauch aus, als sie in seine Augen schaute. Es lag so viel Verständnis und aufrichtige Ermunterung darin, dass sie sich auf einmal ganz schwach fühlte.

»Soll ich bleiben?«, bot er an.

Gott, das war zu süß. Sie lächelte zaghaft. »Nein, das schaffe ich schon. Aber es ist echt nett, dass du mir moralische Unterstützung anbietest. Nun geh schon, und fahrt vorsichtig.«

Und dann tat er etwas völlig Überraschendes; er umarmte sie. Kurz, aber dennoch lang genug, um ihre Knie vollends weich werden zu lassen. Dann war es auch schon wieder vorbei, und er trat zurück. »Du schaffst das. Ruf mich an, okay? Wenn du reden willst. Ich würde mich freuen. Du weißt schon, wir sind ja so was wie Komplizen.« Er zwinkerte. Für einen Moment glaubte sie zu sehen, dass seine Wangen sich rosa färbten; dann brachte er ein wenig mehr Abstand zwischen sie beide, und Maja begriff, wie es wirklich war. Er war so nett, so fürsorglich, weil er sich durch ihre Trauer mit ihr verbunden fühlte.

Natürlich. Natürlich! Weshalb denn sonst?

Bjarne mochte sie, aber nicht *so*. Das hatte sie auch vorher schon gewusst, aber für einen Augenblick vergessen, weil sich seine Nähe einfach zu gut angefühlt hatte. Ihr blieb keine Zeit, länger darüber nachzudenken, denn ihr Vater war ausgestiegen und kam auf sie zu.

»Du schaffst das«, flüsterte Bjarne, dann grüßte er ihren Vater mit einem Kopfnicken und ging zu seinem Auto, in dem Noah und Zoe auf der Rückbank herumturnten.

* * *

Maja wusste nicht, wie sie ihrem Vater begegnen sollte. Auf ihren Lippen stand ein lässiger Spruch wie »Was verschafft mir die Ehre?«, aber selbst in ihrem Kopf klang das bescheuert. »Hallo, Papa«, war daher alles, was sie sagte.

Er wirkte ein wenig nervös; seine Brille saß leicht schief auf seiner Nase. »Hallo, Maja«, erwiderte er und blieb etwa einen Meter vor ihr stehen.

»Möchtest du reinkommen?«

Er schaute sie eine Sekunde lang an, als überlegte er, ob er sie umarmen sollte, dann nickte er. »Ja, sehr gern.«

Sie trat zur Seite und bat ihn durchzugehen. Ein Glück, dass sie in den letzten Tagen viel Zeit gehabt und aus purer Langeweile aufgeräumt und gesaugt hatte. Nicht, dass sie allein viel Dreck gemacht hätte, aber es war ihr lieber, dass ihr Vater nicht in ein Haus kam, das total unordentlich war.

»Kann ich dir was anbieten? Kaffee?«, wandte sie sich an ihn.

»Ein Glas Wasser wäre nett.« Er stand im Wohnzimmer und wirkte, als wüsste er nicht, wohin mit sich. Maja fühlte sich befangen; ein Besuch dieser Art war äußerst ungewöhnlich, vor allem nach der Szene, die sich abgespielt hatte, bevor sie zuletzt auseinandergegangen waren. Sein Auftauchen konnte alles Mögliche bedeuten.

Maja tapste in die Küche und kehrte kurz darauf mit den Getränken zurück. »Setz dich doch«, ermutigte sie ihn und

285

stellte Gläser und Karaffe in die Mitte des Couchtisches. Gut, dass Charlotte ein Ecksofa hatte; so blieb eine Seite für jeden.

Ihr Vater goss ihnen ein, dann räusperte er sich und sah sie an. »Maja, ich bin gekommen, weil ich noch einmal mit dir reden wollte.«

Sie reckte ihr Kinn ein wenig nach vorn, eine Reaktion, die sich einstellte, ohne dass sie darüber nachgedacht hatte. »Ja?« Sie merkte, wie sie sich verspannte. Das Wort »worüber« sparte sie sich, das war ohnehin klar.

Er atmete ein und langsam wieder aus. »Es tut mir leid, wie der letzte Abend zwischen uns geendet hat.«

Mir auch, dachte sie, aber sie schwieg und nahm ihr Wasserglas in die Hände.

Er rieb sich die Stirn. »Ich weiß nicht so recht, wo ich anfangen soll«, begann er. »Ich habe viel nachgedacht, Maja. Über alles, was du zu mir gesagt hast.«

Sie schluckte, ihr Mund war auf einmal ganz trocken geworden.

»Ich bedaure, dass unser Verhältnis so ... distanziert ist. Mir ist klar, dass ich nicht all das wiedergutmachen kann, was ich falsch gemacht habe und was nun zwischen uns steht. Aber ich möchte es versuchen. Maja, du bist mir wichtig, du warst mir immer wichtig. Es tut mir leid, wenn du glaubst, dass es nicht so ist.«

Sie schaute ihn lange an, und zum ersten Mal seit Jahren hatte sie das Gefühl, dass er wirklich an ihr interessiert war und sie nicht nur als lästiges Anhängsel empfand.

»Weißt du, ich musste es einfach loswerden. Ich kann es einfach nicht mehr länger ertragen, dass ich die Enttäuschung deines Lebens bin.«

Er schnappte nach Luft. »Aber, Maja? Wie kommst du denn darauf, das stimmt doch überhaupt nicht.«

Sie wollte lachen, aber sie wusste, dass das nicht hilfreich gewesen wäre. Sie versuchte, es ihm zu erklären. »Mir ist klar, dass ich allein mit meiner Erscheinung nicht in deine Welt passe. Es wäre einfacher, wenn ich einen Bruder hätte, der all das erfüllen könnte, was du dir von einem Nachfolger wünschst. Ich habe weder Jura studiert, noch finde ich es erstrebenswert, in einer Villa in Blankenese mein Geld zu zählen.«

Das Gesicht ihres Vaters blieb nahezu ausdruckslos, aber sie sah in seinen Augen, dass ihn ihre Worte trafen. »Habe ich jemals gesagt, dass ich enttäuscht von dir bin? Ich will dir immer helfen, dich unterstützen, damit du deinen Traum verwirklichen kannst, Schriftstellerin zu werden.«

»Du willst mir Geld geben und deine Kontakte. Aber das ist es nicht, was ich brauche. War es nie.«

»Das kann nur jemand sagen, der immer alles hatte.« Er wirkte etwas verärgert, aber das war Maja egal, schließlich war er ja zum Reden gekommen.

»Ja, finanziell vielleicht. Aber emotional?« Sie schüttelte den Kopf und senkte den Blick. Dann sah sie wieder zu ihm auf. »Nach Mamas Unfall war ich allein. Ständig hat mir jemand gesagt, was ich tun sollte und wie ich mich fühlen sollte, aber niemand hat sich die Mühe gemacht, mich zu umarmen, wenn ich nachts geweint habe, wenn ich Albträume hatte, wenn ich mich so sehr nach Mama gesehnt habe, dass ich mir gewünscht habe, ich wäre selbst tot.«

Ihr Herz raste; es so offen auszusprechen, sich vor ihrem Vater emotional derart zu entblößen, ließ ihre Finger zittern. Sie atmete, als wäre sie gerade gerannt.

»Warum bist du nicht zu mir gekommen?«

Maja schnaubte. Wusste er das wirklich nicht? »In deinem Bett lag schon jemand anderes; denkst du etwa, ich wäre in ein Schlafzimmer gekommen, in dem eine fremde Frau bei meinem Vater ist?«

Er betrachtete sie mit einer Mischung aus Schmerz und Bedauern. »Ich weiß nicht, was ich tun oder sagen soll. Die Zeit kann ich ja nicht zurückdrehen, niemand kann das. Damals habe ich gedacht, es wäre das Richtige, was ich tat. Ich habe es nicht ausgehalten, allein zu sein. Tagsüber hatte ich zu tun, aber die Nächte, die Nächte waren am schlimmsten. Und dann bin ich Isabelle begegnet. Sie hat wieder ein Lächeln in mein Leben gebracht, und ich dachte, das könnte sie auch bei dir erreichen.«

»Ich habe keine neue Mutter gesucht, sondern meinen Vater; den hätte ich gebraucht.«

»Ich kann mich nur wiederholen, Maja. Es tut mir leid, und ich wünschte, wir hätten schon früher darüber geredet.«

»Hast du Mama überhaupt vermisst? Ein bisschen?« Tränen stiegen in ihr auf, und sie blinzelte sie weg.

»Oh, Maja. Natürlich habe ich das. Das, was ich mit deiner Mutter hatte, war etwas ganz Besonderes.«

»Ich kapier einfach nicht, wie du sie so einfach ersetzen konntest.«

»Du siehst es vielleicht so, aber so war es nicht, Maja. Niemand wird deine Mutter jemals ersetzen können. Aber für den Rest meines Lebens allein sein, das wollte ich auch nicht. Vielleicht hört sich das für dich nüchtern an. Kühl. Berechnend. Aber ich habe gedacht, lieber etwas Wärme und Nähe in meinem Leben als diese dunkle Leere. Diese Einsamkeit. Deine Mutter war fünf Monate tot, als ich Isabelle zum ersten Mal getroffen habe. Fast ein halbes Jahr.«

Maja hörte zu. In ihren Erinnerungen war es kaum mehr als ein Wimpernschlag gewesen. Heute sah sie vieles anders als damals. Und wer sagte einem schon, welche Zeit angemessen war? Sollte das nicht jeder selbst entscheiden? Diese Erkenntnis hatte sie durch Bjarne gewonnen, weil er noch nicht so weit war, sich wieder zu binden, obwohl ihn – seiner Meinung nach – alle dazu drängten. Wieso war es dann nicht okay, wenn jemand früher bereit war, sich auf eine neue Beziehung einzulassen? Als Außenstehender war es sicher einfacher, das zu akzeptieren, aber für Maja war es damals einfach zu schnell gegangen. Sie hatte ihren Vater nicht teilen wollen, niemanden um sich haben wollen, der nicht zur Familie gehörte.

»Ich weiß nicht, was ich dazu sagen soll«, murmelte Maja mit hängenden Schultern.

»Ich wünsche mir sehr, dass du und ich besser miteinander klarkommen, aber ich weiß einfach nicht, was ich tun kann? Ich habe das Gefühl, alles, was ich vorschlage, ist Mist. Egal, was ich auf den Tisch bringe.«

Er hatte nicht ganz unrecht, wie Maja zugeben musste. Tief in ihrem Herzen war sie immer noch das bockige Kind, das den Vater für sein Verhalten bestrafen wollte. Gott, ihre Therapeutin hätte die Hände vor Glück über dem Kopf zusammengeschlagen, dass Maja ganz allein zu dieser Erkenntnis gelangt war. Aber zur Therapie ging sie schon seit Jahren nicht mehr; das brachte ihre Mutter auch nicht zurück. Mit manchen Dingen musste man lernen, selbst klarzukommen, hatte Maja irgendwann entschieden.

»Ich will, dass du mich meinen Weg gehen lässt«, erklärte sie schließlich.

Er wollte etwas sagen; dann schwieg er jedoch und nickte. »Soll ich warten, bis du auf mich zukommst?«

»Ich weiß nicht.«

»Darf ich dich umarmen?«

Das kam völlig überraschend für sie. Sie konnte nur nicken.

Ihr Vater wirkte erleichtert, stand auf und setzte sich neben sie. Er schloss Maja in seine Arme und hielt sie lange fest. Er roch gut. Nach edlen Hölzern und Bergamotte. Vertraut. Seine starken Arme und die warmen Hände hielten sie einfach nur fest. Und noch ein wenig fester.

Maja schloss die Augen und genoss den Augenblick.

»Ich hab dich lieb, Maja.«

Gott, wie lange war es her, dass er das zu ihr gesagt hatte?

Eine Träne löste sich aus ihrem Augenwinkel. »Ich dich auch.«

* * *

Nachdem ihr Vater gegangen war, ließ sich Maja erschöpft aufs Sofa fallen. Sie starrte an die Decke und versuchte, die letzten Stunden zu verarbeiten, aber das würde sicher noch eine Weile dauern. Es würde sich zeigen, ob sich das Verhältnis zu ihrem Vater verbessern oder ob es letztlich bei den guten Absichten bleiben würde. Dennoch war sie vorsichtig zuversichtlich, denn so offen hatte er tatsächlich noch nie über die Zeit nach dem Unfall ihrer Mutter gesprochen.

Das Bimmeln des Telefons riss sie aus ihren Gedanken. Das musste Bjarne sein; er wollte bestimmt wissen, wie es gelaufen war. Ein leises Lächeln schlich sich auf ihre Lippen, als sie das Handy vom Couchtisch fischte.

»Huch«, stieß sie hervor, als sie Charlottes Gesicht auf dem Display blinken sah. Ein eingehender Videoanruf.

»Hey.« Sie ging ran und lächelte.

»Hallo, Lieblingsuntermieterin, wie geht's?« Charlotte wirkte fröhlich, ihr Teint hatte eine gesunde Farbe. Sie schien in einer Parkanlage zu sitzen, im Hintergrund raschelten Blätter in hohen Bäumen.

Maja zögerte eine Sekunde zu lang, ehe sie antwortete. »Gut, und dir?«

Charlottes Blick wurde forschend; sie sah aus, als ob sie gleich durch die Leitung gekrochen käme. »Irgendwas ist im Busch. Nur was? Los, erzähl!«

»Wie machst du das nur?«

»Maja, Schätzchen, ich kenne dich lange genug. Und wenn es mit dem Schreiben doch nicht klappt, solltest du auf keinen Fall daran denken, Schauspielerin zu werden.«

Maja wollte empört schnauben, stattdessen musste sie lachen. Sie setzte sich in den Schneidersitz und nickte. »Okay, du hast natürlich recht. Wie immer.«

»Merk dir diesen Satz.« Charlotte wackelte fröhlich mit den Augenbrauen.

»Soll ich dir nun erzählen, was los ist?«

Sie nickte. »Klar doch.«

»Du erinnerst dich; ich hab dir letzte Woche vom desaströsen Geburtstag meines Vaters erzählt?«

»Wie könnte ich das vergessen.«

»Ja, eben. Und, na ja – ich stand heute mit Bjarne und den Kindern da …«

»Mit Bjarne und den Kindern? Das klingt ja ziemlich vertraut …«, unterbrach Charlotte sie.

Maja machte eine unwirsche Geste. »Sie sind weggefahren, und ich soll mich um die Post kümmern«, log sie. Warum, wusste sie selbst nicht. »Na ja«, fuhr sie fort und räusperte sich. »Jedenfalls kam dann mein Vater angefahren, und … Er wollte mit mir reden.«

»Nicht dein Ernst. Dein *Vater* ist unangemeldet zu Besuch gekommen?«

»Ja, ich war total baff. Er hat nicht vorher angerufen. Sonst vereinbart er ja immer Termine mit mir.«

Charlotte verdrehte die Augen. »Ich weiß. Und?«

»Wir haben geredet.«

»Ohne euch an die Gurgel zu gehen?«

»Ja, das war ja das Verrückte. Anscheinend hat es ihm zu denken gegeben, dass ich ihn letztens so angeschrien habe. Es hat ihm zugesetzt, dass ich glaube, er hätte nicht getrauert.«

»Und, nimmst du es ihm ab?«

Maja nagte an der Innenseite ihrer Wange. »Es war anders als sonst; er hat mir von Momenten erzählt, die ich nicht miterlebt habe. Ich glaube ihm, ja. Das muss ja nicht heißen, dass ich verstehe, warum er sich so schnell eine Neue gesucht hat.«

Charlotte lächelte. »Mensch, das klingt doch nach einer Annäherung. Das freut mich für dich.«

»Es ist ein langer Weg, aber das Gespräch war mal ein Anfang. Er will natürlich immer noch, dass ich für 'ne Weile auf seine Kosten lebe …«

»Das ist eine nette Geste.«

»Aber es hilft mir nicht, ich möchte es aus eigener Kraft schaffen.«

»Das Buch wird er auch nicht für dich schreiben.«

Maja lachte. »Nee, dabei würde ja eher ein Politthriller rauskommen.«

»Die sind immer gefragt«, scherzte Charlotte. »Aber im Ernst, ich freue mich wirklich für dich. Das sind gute Neuigkeiten. Apropos gute Neuigkeiten.«

»Ja?« Maja horchte auf.

»Ich, ähm …«, druckste sie herum.

»Was ist?«

»Ich hatte Besuch letzte Woche. Chris war da. Wir haben lange geredet, und … wenn meine sechs Monate hier um sind, machen wir eine lange Reise. Schauen uns Orte an, die wir schon immer sehen wollten, und lernen uns neu kennen.«

Die Neuigkeit kam vielleicht nicht so überraschend, wie Charlotte glaubte. »O-kay«, antwortete Maja lang gezogen.

»Du denkst, ich spinne, oder?« Charlotte guckte gequält. Sie war unsicher, hatte auch Angst, dass Maja skeptisch auf die Info reagieren würde, das war Maja klar. Charlotte hatte von Chris nicht gerade in den höchsten Tönen gesprochen, was ja nur logisch war, nachdem sie sich von ihm getrennt hatte.

»Nein, Süße. Wieso sollte ich das denken?«

»Na ja, erst trennen wir uns, dann ergreife ich die Flucht, und jetzt das. Aber es ist genau, wie ich sage; wir wollen uns neu kennenlernen, ohne diesen Alltagsmist und die ganzen Probleme.«

»Ist eine Beziehung denn in Ordnung, wenn es im Alltag nicht funktioniert?«

»Der Alltag hat uns mit diesem unerfüllten Kinderwunsch völlig kaputt gemacht. Aber wir lieben uns, und das ist eine Basis. Wir müssen was verändern, das ist klar. Ich habe ihn sehr vermisst und er mich auch; das ist erst mal die Hauptsache, dass die Gefühle noch da sind.«

»Das klingt doch gut; ich hoffe sehr, dass ihr es hinbekommt.« Wenn Maja ehrlich war, dann hatte sie diese Wendung kommen sehen. Charlotte hatte in den letzten Wochen öfter von ihren Gesprächen mit Chris berichtet. Maja hoffte für sie, dass eine Weltreise vielleicht alle Probleme lösen konnte; sicher war sie aber nicht. Ein Urteil stand ihr allerdings kaum zu; sie war ja selbst nicht verheiratet, schlimmer noch, sie hatte sich in einen Witwer verguckt, der ganz sicher nichts von ihr wissen wollte. Jedenfalls nicht auf dieser Ebene.

»Ich bin überrascht«, meinte Charlotte mit gerunzelter Stirn. »Ich habe damit gerechnet, dass du mich für irre erklärst.«

Maja lachte. »Was willst du hören – dass ich dir davon abrate?«

»Nein, eigentlich nicht, aber sonst hast du immer anders reagiert, wenn ich dir von Chris erzählt habe.«

Sie zuckte die Schultern. »Vielleicht habe ich eingesehen, dass du sowieso machst, was dein Herz dir sagt.«

Charlottes Augen weiteten sich. »Wow, das klingt ja richtig romantisch. Ist bei dir etwa auch was im Busch?«

Maja schnappte nach Luft. »Bist du irre? Ganz sicher nicht.«

In Majas Kopf tauchte unvermittelt das Gesicht ihres Nachbarn auf. Sie beendete das Gespräch mit Charlotte und ging kalt duschen. Dabei überlegte sie, was sie tun konnte, um diese unerwünschten Gefühle wieder abzustellen.

KAPITEL 23

Die Freunde, die man um vier Uhr morgens anrufen kann, die zählen.

Marlene Dietrich

Den ersten Tag bei seiner Mutter hatte Bjarne überstanden, ohne ausfallend zu werden. Nur noch heute, sagte er sich; außerdem ging es hier nicht um ihn, sondern darum, dass seine Kinder ein gutes Verhältnis zu ihrer Oma hatten. Es war irrsinnig heiß in Düsseldorf; er hatte ganz vergessen, wie warm es hier werden konnte. Im Garten standen überall Leute mit Getränken und plauderten, lachten. Ein Catering-Service lief mit Kanapees und Getränken umher. Karola hatte sich mal wieder ordentlich ins Zeug gelegt. Die Kinder spielten mit anderen Kindern Verstecken und hatten Spaß. Bjarne stand mit seiner Mutter im Schatten einer Kastanie. Sie hatte ihn in ein Gespräch verwickelt, bei dem er jedoch nur halbherzig zuhörte.

Karolas Blick fiel auf seine Hand. Nein, auf seinen Ring, und Bjarne verspannte sich. »Wie lange willst du den eigentlich noch tragen?«, wollte sie wissen. Dabei schaute sie ihn herausfordernd an.

Bjarne umklammerte sein Glas fester. »Was meinst du?« Besser, er stellte sich dumm; aber seine Mutter würde es nicht dabei belassen, das war ihm ganz klar.

»Deinen Ehering meine ich.«

Er biss die Zähne zusammen, ehe er antwortete. »Ich bin verheiratet, wieso sollte ich ihn abnehmen?«

Karolas perfekt gezupfte Augenbraue wanderte in die Höhe. »Genau genommen bist du Witwer und könntest jederzeit wieder heiraten.«

Sein Magen bestand aus einem einzigen Klumpen. Wie war es möglich, dass er aus dem Bauch dieser gefühlskalten Frau stammte? Kein Wunder, dass sein Vater schon vor Jahren das Weite gesucht hatte und jetzt mit seiner neuen Partnerin in Südfrankreich lebte. »Das könnte dir so passen«, presste er zwischen zusammengebissenen Zähnen hervor, dann rang er sich ein Lächeln ab, weil einige Gäste zu ihnen herüberschauten.

Karola ließ sich nicht beeindrucken oder gar beirren. »Du machst dir das Leben unnötig schwer, mein Lieber.«

Bjarne wollte seinen Champagner herunterstürzen, aber weil das auch nichts geändert hätte, nippte er nur daran. »Wie gut du immer über alles Bescheid weißt. Deshalb lebst du auch lieber allein.«

Touché. Ihr Lächeln wurde ein wenig frostiger, aber das hatte sein müssen.

»Ach, da vorn kommt Claudia, ich werde sie mal begrüßen.«

»Mach das.«

Seine Mutter tänzelte davon, und Bjarne zog die Brauen zusammen. Noch eine Nacht, nur noch eine Nacht; und morgen nach dem Frühstück würde er packen und mit den Kindern wieder abhauen. Er ging ein paar Schritte durch den Garten hinter das Haus, wo es ein wenig ruhiger war. Die Abendsonne tauchte die Umgebung in ein weiches Licht. Obwohl es schon nach acht war, war es noch immer sehr warm. Die Ärmel seines Hemdes hatte er aufgekrempelt, und er wischte sich einige Schweißperlen von der Stirn. Dann zog er sein Handy hervor und wählte Majas Nummer.

Es dauerte nicht lange, bis sie ranging. »Hey, Bjarne, was gibt's?«, tönte ihre fröhliche Stimme durchs Telefon.

Sofort entspannte sich sein Nacken ein wenig. »Hi, Maja. Störe ich?«

»Quatsch. Wobei solltest du mich stören?«

»Beim Schreiben vielleicht?« Er merkte, wie sich seine Mundwinkel nach oben bogen.

»Falsches Stichwort ... Also, was ist los? Ist was mit den Kindern?« Das war so typisch Maja; sie kam gleich zum Punkt, deswegen mochte er sie auch so. Wenn Maja eins nicht nötig hatte, dann ein Blatt vor den Mund zu nehmen. Bei ihr wusste man immer, woran man war.

Er musste lächeln. »Nein, alles gut. Ich wollte fragen, wie es mit deinem Vater gelaufen ist. Du hast dich gar nicht gemeldet, und ich war einfach neugierig. Ein wenig besorgt vielleicht auch.«

Tatsächlich hatte er sich dabei erwischt, dass er viel häufiger als nötig auf sein Display geschaut hatte, seit er in Düsseldorf angekommen war. Er hatte gehofft, dass es ihr gut ging, wusste er doch, wie sehr sie die Situation belastete. Er hörte sie leise seufzen.

»Maja?«

»Ja, ja, ich bin noch dran, ich habe nur überlegt, wo ich anfangen soll.«

Er ging zu einer Bank, die unter einer alten Weide stand, und setzte sich darauf. »Ich habe Zeit, bin ganz Ohr.«

»Bist du sicher?«

»Würde ich sonst anrufen?« Er schmunzelte. In der Tat hätte er lieber ihr stundenlang zugehört, als sich mit den

Schickimicki-Gästen seiner Mutter zu befassen. Die Kinder hatten ein paar Freunde gefunden; sie waren beschäftigt. Also, ja, er hatte Zeit. Eine Menge Zeit.

Sie lachte leise. »Na schön.«

Nachdem sie ihm alles erzählt hatte, schwiegen sie einen Augenblick. Majas Stimme zu hören, tat ihm gut, er vermisste sie. Als Freundin, als Komplizin. Er lächelte über diesen Ausdruck, der ihm gestern eingefallen war. Aber es stimmte. Er hatte das Gefühl, so platt der Spruch auch sein mochte, dass er mit ihr Pferde stehlen konnte.

Nein, das war nicht einmal annähernd genug, um das zu beschreiben, was sie verband. Er vertraute ihr auf einer ganz besonderen Ebene. Sie war ihm wichtig geworden.

»Wie läuft's bei deiner Mutter?«, riss ihn ihre Stimme aus seinen Überlegungen.

»Wie erwartet, also schlecht. Stell dir mal vor, eben hat sie mich gefragt, warum ich noch immer meinen Ehering trage.«

»O mein Gott. Das hat sie nicht!«

Majas Reaktion war so ehrlich, so ungespielt, dass er selbst darüber lachen musste, wie ätzend sich seine Mutter aufführte. »Doch, und sie hat auch nicht darauf verzichtet, mir zu erklären, dass ich, rechtlich gesehen, jederzeit wieder neu heiraten könnte.«

»O, Bjarne, das tut mir leid. Sie ist wirklich unmöglich.«

Er schnitt eine Grimasse. »Es ist schon okay, ich … Jetzt, wo ich drüber rede, rege ich mich gleich nicht mehr so auf. Tut mir leid, dass ich dich mit meinem Mist vollsülze.«

»Ich höre lieber dir zu, als an meinem Manuskript zu arbeiten.«

Er setzte sich auf. »Du hast also angefangen?«

»Ja«, antwortete sie zögerlich. »Aber ich weiß nicht, wo es mich hinführt, ich habe Notizen über Notizen und so viele Ideen und Handlungsstränge …«

»Und ich halte dich von der Arbeit ab.«

»Wie gesagt, das ist okay ... ehrlich. Ich komme gerade sowieso nicht weiter.«

»O nein, Maja, du arbeitest jetzt weiter, okay? Und du schreibst mir nachher, wie weit du gekommen bist.«

Für einen Moment glaubte er, dass er zu weit gegangen war. Als hätte er ein Recht, ihr irgendwas abzuverlangen; aber er hatte es als Ermutigung gemeint.

Er atmete erleichtert aus, als sie antwortete: »Ja, das mache ich. Hab noch einen schönen Abend, Bjarne. Also, soweit das bei deiner Mutter möglich ist.«

»Und du hau in die Tasten. Tschüss, Maja. Es war schön, deine Stimme zu hören.«

»Hey, eine Sache habe ich noch«, unterbrach sie ihn.

Er horchte auf. »Ja?«

»Du wirst nicht erraten, wen ich eben knutschend gesehen habe.«

Er grübelte, ihm fiel jedoch niemand ein. »Weiß nicht.«

»Cathy!«

»Echt?«

»Ja! Sie ist dir also vermutlich nicht mehr allzu böse. Das ist doch eine gute Nachricht.«

»Gut für sie«, antwortete Bjarne. »Der andere Typ, wer auch immer es ist, ist sicher auch eine bessere Partie als ich.«

»Du wieder«, sagte sie und lachte, ohne näher darauf einzugehen. »Ich dachte, es würde dich aufmuntern, das zu hören. Dass du sie nicht für immer geschädigt hast.«

Tatsächlich musste Bjarne grinsen. »Kann es sein, dass du Gründe suchst, damit du nicht schreiben musst? Los, mach weiter, Maja. Ich würde gern länger mit dir telefonieren, aber ... es ist besser, wenn du schreibst.«

»Du hast ja recht. Also, halt die Ohren steif. Ciao.«

»Viel Erfolg.« Er legte auf und ließ das Handy sinken. Dann lehnte er sich zurück und schloss die Augen. Tatsächlich fühlte er sich, wie immer, besser, nachdem er mit Maja gesprochen hatte; egal worum es ging. Das war verrückt, aber es stimmte. Sein Blick fiel auf seinen Ehering. Er schüttelte den Kopf. Er war noch lange nicht so weit, dass er ihn abnehmen wollte. Wie konnte es sein, dass Maja ihn verstand, aber seine eigene Mutter nicht?

* * *

Die Rückfahrt von Düsseldorf war lange und heiß gewesen – weil sie stundenlang im Stau gestanden hatten. Aber jetzt waren sie endlich zu Hause, und als Erstes steckte er die Kinder unter die Dusche; er selbst kam zum Schluss dran. Zoe und Noah hatten sich gerade ihre Schlafanzüge übergezogen, als er mit einem Handtuch um die Hüften in sein Schlafzimmer ging. Zoe war ihm gefolgt und fing an, auf dem Bett herumzuhüpfen und Purzelbäume zu schlagen.

»Sei vorsichtig«, ermahnte er sie mit einem Lächeln. »Ja?«

Sie ging nicht darauf ein. Bjarne zog sich ein T-Shirt über, dann seine Shorts. Er versuchte, nicht auf die zweite Seite des Schranks zu achten, wo sich immer noch Alexandras Klamotten befanden.

»Papa?«

Er drehte sich um. »Ja?«

»Wieso haben wir eigentlich Mamas Sachen zu Hause?«

Sein Mund klappte auf. Was war das nur mit diesen Kindern, dass sie seine Gedanken offenbar besser lesen konnten als er ihre? Oder hatte Karola etwas darüber zu ihnen gesagt? Gewundert hätte es ihn nicht. »Was meinst du?« Er versuchte, sich Zeit zu verschaffen, weil er nicht wusste, wie er Zoe erklären sollte, dass er bisher nicht in der Lage gewesen war, sich damit zu befassen. Allein die Vorstellung zerriss ihn innerlich.

»Sie braucht sie doch nicht mehr«, erklärte seine Tochter ihm ganz ruhig.

»Ja, das stimmt.« Bjarne setzte sich zu Zoe aufs Bett. Sie krabbelte auf seinen Schoß, und er fuhr ihr durch die noch feuchten Locken. »Was, denkst du, sollten wir damit anfangen?«

Sie zuckte die Schultern. »Wenn mir was zu klein war, hat Mama das immer armen Kindern geschenkt. Vielleicht gibt es ja auch arme Mamas?«

Bjarnes Kehle wurde eng. »Ja, vielleicht.« Seine Stimme war ein einziges Krächzen.

Zoe schien es nicht zu bemerken; sie kletterte von ihm herunter. »Kann ich ein Eis?«

»Kann ich ein Eis was?«, wiederholte er und wollte sie so dazu bringen, das letzte fehlende Wort auszusprechen.

»Haben«, ergänzte sie und setzte das Lächeln auf, mit dem sie immer sein Herz erweichte.

»Na gut, aber sag Noah bitte, dass er sich auch eins nehmen darf.«

»Ja!« Und schon wirbelte sie hinaus und sprang die Treppe nach unten.

Bjarne stand ganz langsam vom Bett auf, ohne länger darüber nachzudenken, und öffnete Alexandras Schrankseite. Der vertraute Schmerz griff nach ihm wie eine Schlinge, die sich immer fester zusammenzog. Ihre Kleidung hing darin, unberührt und unordentlich wie immer. Natürlich, wer hätte auch etwas daran ändern sollen?

Er fuhr mit den Fingern über die kühlen Stoffe, roch daran und schloss die Augen. Die Sehnsucht nach ihr schnitt ihm ins Herz und drückte ihm die Kehle zu. Er ließ seine Hand sinken und öffnete die Lider, während er bewusst tief Luft holte. Fast ein Jahr, schoss es ihm durch den Kopf. Vielleicht war es wirklich an der Zeit, etwas Platz zu schaffen. Eine kleine Veränderung in diesen Raum zu bringen. Das Unausweichliche zu akzeptieren. Vielleicht war das noch immer sein größtes Problem, und nicht ihre Kleidung.

Nachdem Bjarne Noah und Zoe ins Bett gebracht hatte, kramte er einige leere Umzugskartons aus der Garage hervor und brachte sie ins Schlafzimmer. Er zögerte, als er die Schranktüren erneut aufriss. Und dann hörte er auf nachzudenken und begann, Alexandras Kleidung in die Kartons zu packen. Er achtete nicht darauf, die Sachen faltenfrei zusammenzulegen; sie würden ohnehin nicht mehr getragen werden. Er stopfte die Blusen und Hosen samt Kleiderbügeln in die Kisten. Als Letztes nahm er ihren Schmuck und packte ihn dazu. Es ging viel schneller als gedacht. Es war noch nicht mal dunkel, als er die Sachen in den Keller brachte und in einer Ecke stapelte. Er konnte sich nicht endgültig davon trennen. Noch nicht. Und vielleicht wollten Zoe und Noah ja irgendwann etwas für sich heraussuchen, den Schmuck zum Beispiel. Bjarne war nicht erleichtert, aber irgendwie befreit. Er konnte nun nicht mehr länger jeden Tag durch ihre Kleidung, die neben seiner hing, daran erinnert werden, dass sie fehlte.

Am Ende saß er wieder auf dem Bett und vergrub sein Gesicht zwischen seinen Händen. Er horchte in sich hinein, um etwas zu fühlen, aber es war zu konfus, um es richtig zu erfassen. Wut? Trauer? Vielleicht doch Erleichterung? Möglicherweise eine Mischung aus all diesen Empfindungen.

Ein Schritt, sagte er sich, aber in welche Richtung? Es fühlte sich gerade nicht so an, als wäre er nach vorn gekommen. Alexandra fehlte ihm so sehr, dass er das Gefühl hatte, er würde entzweigerissen.

Bjarne geisterte durchs Haus, rastlos. Ruhelos. Einsam. Irgendwann fand er sich im Bad wieder, wo er an Alexandras Shampoo roch.

Verdammt, er musste damit aufhören. Mit einem gequälten Laut schleuderte er die Flasche in den Mülleimer. Aber das brachte sie auch nicht zurück. Nichts und niemand konnte das; und das war das Schreckliche, was er auch heute noch immer nicht begreifen konnte, nicht begreifen wollte. Nichts, was er tat, konnte etwas daran ändern, dass er seine Frau vermisste. Sein Herz raste; er hatte das Gefühl, dass die Wände auf ihn zukamen. Wenn nicht die Kinder in ihren Betten geschlafen hätten, hätte er sich vielleicht sein Rad geschnappt und wäre so lange durch die Nacht gefahren, bis seine Lungen und Muskeln gebrannt hätten. Aber er konnte nicht gehen und sie allein lassen. Bjarne ging wieder nach unten. Einem Impuls folgend, verließ er das Haus und fand sich auf einmal vor Majas Tür wieder.

Seine Hand war schon am Klingelknopf, aber er betätigte ihn nicht. Stattdessen besann er sich.

»Was mache ich eigentlich hier?«, flüsterte er in die Dunkelheit. Grillen zirpten im Gras, ansonsten war es still in der Umgebung. Er hatte keine Ahnung, warum er plötzlich vor Majas Tür stand, und der Mut zu klingeln, entwich mit einem Mal aus ihm wie Luft aus einem Ballon. Bjarne ließ den Arm sinken und taumelte zurück. Sein rasender Herzschlag dröhnte in seinen Ohren, ihm war heiß und kalt zugleich.

Es war eine dumme Idee gewesen; deswegen kehrte er um und knallte seine Haustür mit einem lauten Krachen hinter sich zu. Er horchte, ob er die Kinder geweckt hatte, aber oben rührte sich nichts.

Bjarne atmete aus, ließ sich auf den Boden gleiten und vergrub sein Gesicht zwischen den angezogenen Knien. Was hatte er sich nur dabei gedacht, zu Maja zu rennen?

O ja. Er wusste es. Er hatte sich nach einer Berührung gesehnt. Nach tröstenden Gesten, weil sie ihn ohne Worte verstand. Aber da war noch mehr; etwas, was er selbst nicht für möglich hielt, und doch …

Sich so zu verhalten wie Majas Vater nach dem Unfalltod ihrer Mutter, konnte nicht die Lösung sein. Maja war nicht nur ein Trostpflaster für ihn; sie bedeutete ihm viel mehr.

Aber was wollte er eigentlich genau? Mit ihr schlafen? Sich in ihrer Nähe verlieren? Für einen Moment die Einsamkeit vergessen?

Er konnte seine Empfindungen nicht in Worte fassen; vielleicht wollte er es auch gar nicht, weil die Konsequenzen daraus zu Furcht einflößend waren.

Alles, was er wusste, war, dass er sich nach ihrer Nähe sehnte, nach ihren klugen und manchmal auch nicht so klugen Worten. Bei ihr fühlte er sich besser. Nicht einfach nur zerbrochen, sondern so, als gäbe es Hoffnung. Nur worauf?

Er hatte keine Ahnung, was mit ihm los war, aber der Schneid hatte ihn verlassen. Bjarne blieb sitzen, unfähig, sich zu rühren. Er war aufgewühlt und unruhig. Zerrissen. Aber da war noch etwas, ein kleiner Funke von etwas, was er nicht hatte kommen sehen. In seinem Kopf kreisten die Gedanken unaufhörlich; er kam nicht zur Ruhe, und irgendwann – wie lange er im Flur gehockt hatte, wusste er nicht – stieg er nach oben in seine Dachkammer und fing an zu schreiben.

Liebe Alexandra,
ich bräuchte deinen Rat mehr denn je. Aber ich habe keine Ahnung, wie ich das, was in mir vorgeht, formulieren soll. Es ist mir peinlich. Und es ist absurd, dass ich gerade dir davon erzählen möchte. Erzählen muss. Ich fühle mich zu einer

Frau hingezogen. Ja, es ist wahr, aber gleichzeitig liebe ich dich.

Ich kapiere nicht, wie das möglich ist, und es fühlt sich falsch an. Sehr falsch, so als würde ich planen, dich zu betrügen. Aber irgendwie ist dieses Kribbeln in meinem Bauch auch gut, und das ist es, was mich total aus der Bahn wirft. Darf ich mich zu jemandem hingezogen fühlen, obwohl ich es gar nicht möchte?

Was sollen die Kinder von mir denken, wenn sie es erfahren? Ich weiß, wie es für Maja als Kind gewesen ist. Ich möchte nicht, dass Noah und Zoe später zu mir sagen, ich hätte dich ersetzt. Du bist nicht zu ersetzen, und ich möchte das auch gar nicht.

Maja ist kein Ersatz. Mit ihr ist es anders.

Ich habe Empfindungen für Maja, die über eine reine Freundschaft hinausgehen. Ich kann es selbst nicht glauben, aber ich darf mir auch nicht länger etwas vormachen.

Ja, das bestätigt mal wieder das Klischee, dass Männer und Frauen keine platonische Verbindung eingehen können. Aber dass diese Gefühle da sind, heißt noch lange nicht, dass ich sie ausleben werde. Das unterscheidet uns von den Tieren, richtig? Ich kann Verlangen spüren, Sehnsucht nach Nähe und Geborgenheit haben, ohne dass ich es in die Tat umsetzen muss.

Ja, natürlich. Du hast mir geschrieben, ich soll mich verlieben und all das. Aber hast du das auch wirklich so gemeint? Oder war es nur etwas, was dir geholfen hat, das Unausweichliche anzunehmen? Dir zu sagen, dass es okay sein müsste, wenn dein Ehemann nicht den Rest seines Lebens allein bleibt? Ich kann all das nicht begreifen, nicht verstehen und schon gar nicht bewerten, aber eins weiß ich: Ich fühle mich schuldig. Wie ein Mann, der plant, seine Ehefrau zu hintergehen. Und vielleicht täusche ich mich ja auch und verwechsele die Sehnsucht nach Nähe mit sexueller Anziehung?

Ich habe keine Ahnung, was ich tun soll. Und dann ist da ja auch noch die andere Seite – hat Maja überhaupt Interesse an mir? Ich halte das nicht für sehr wahrscheinlich. Maja ist so ungewöhnlich, so cool. Unabhängig. Was sollte sie mit einem Kerl wie mir anfangen, der mindestens die Hälfte der Zeit über den Verlust seiner Frau redet?

Vielleicht erübrigt sich diese Frage also von selbst. Ja, jetzt sehe ich die Sache klarer. Zum Glück habe ich mich eben nicht zum Affen gemacht.

Ich schätze, meine Worte ergeben überhaupt keinen Sinn, und vielleicht ist es gut, dass du diese Zeilen nicht wirklich lesen musst.

Dein Bjarne

KAPITEL 24

Du kannst dir nicht aussuchen, wie du stirbst. Oder wann.
Du kannst nur entscheiden, wie du lebst. Jetzt.

Joan Baez

Maja stand mit verschiedenen Fingerfarben in Zoes Zimmer und breitete Folie auf dem Boden aus. Bjarne hatte den Kindern versprochen, dass sie ihre Wände verschönern durften, und Maja hatte sich bereit erklärt, die Regie zu übernehmen und mit ihnen kreativ zu werden.

Die dritte Woche der Ferien war angebrochen, und es gab mittlerweile so etwas wie eine Routine für alle Beteiligten. Morgens arbeitete Maja, und Susanne hütete die Kinder, während Bjarne im Büro war. Nach dem Mittagessen übernahm Maja, bis irgendwann Bjarne nach Hause kam.

Etwas an ihrem Verhältnis hatte sich verändert, aber Maja konnte nicht genau sagen, was es war. Vielleicht täuschte sie sich auch, und es kam ihr nur so vor, weil sie neuerdings in jeden Satz und in jede Geste etwas hineininterpretierte, hineininterpretieren *wollte*. Es hatte keine vertrauten Augenblicke mehr zwischen ihnen gegeben, und es kam Maja so vor, als hielte Bjarne sie auf Distanz.

Möglicherweise hatte er also doch begriffen, dass sie Gefühle für ihn entwickelt hatte, und er wollte vermeiden, dass sie für ihn zur zweiten Cathy wurde. Sie hatte keine Ahnung, ob das stimmte; es beschäftigte sie jedoch zu häufig. Zudem fühlte es sich seltsam für sie an, denn üblicherweise sprach sie alles aus, was sie dachte. Aber in diesem Fall wollte sie weder Bjarne vor den Kopf stoßen, noch ihn als Freund verlieren. Und auch das Verhältnis zu den Kindern war ihr wichtig, und sie wollte es nicht gefährden. Maja wusste zu gut, wie sie sich als Kind gefühlt hatte, als ihr Vater mit einer neuen Frau angekommen war. Sie hatte nicht vor, als neue Partnerin mit den beiden in Konkurrenz um den Vater zu treten. Sie würde nicht um Bjarnes Aufmerksamkeit buhlen oder den Kleinen das Gefühl geben, dass sie nicht mehr das Wichtigste in seinem Leben waren, dass er ihre Mutter ersetzt hatte.

O Gott. Wie furchtbar das allein in ihrem Kopf klang.

Es war kompliziert, und das war noch milde ausgedrückt. Andererseits wirkte er sowieso nicht näher an ihr interessiert; also war es vielleicht doch nicht so verwickelt, sondern ganz einfach: Sie half ihm mit den Kindern, und das wars.

Leider genügte Majas Herz das nicht.

Nur, wie konnte man Gefühle abstellen?

Davon hatte sie noch nirgends gehört oder gelesen. Fast alle großen Romane handelten von der unerfüllten, tragischen Liebe. Aber niemand wurde einfach so glücklich, wenn seine Liebe unerfüllt blieb, und dass es bei ihr ebenso sein würde, stand außer Frage.

Zoe rief aus dem Badezimmer und holte Maja damit ins Hier und Jetzt zurück. »Feeertig.«

Maja eilte zu ihr und schnappte nach Luft. Ein Fehler, wie sich herausstellte. »Gott, ich muss erst mal das Fenster aufmachen.«

Maja war froh, als sie kurz darauf wieder ins Kinderzimmer zurückkehrten. »Das Bad ist definitiv vorerst Sperrzone«, scherzte Maja mit Zoe. Noah hatte sich auf Zoes Bett gesetzt und blätterte ein Kinderbuch durch.

»So, habt ihr euch überlegt, was wir machen wollen?«, erkundigte sich Maja. In den letzten Tagen hatten sie Pinterest nach Anregungen für die Kinderzimmergestaltung durchforstet.

Letzten Endes entschied sich Zoe dafür, dass an ihre Wand ein Herz kommen sollte. In dieses Herz würden die Kinder mit verschiedenen Farben ihre Handabdrücke setzen.

»Okay, Leute, aber ihr müsst euch nach jedem Abdruck die Hände ganz gründlich waschen, und vor allem dürft ihr nichts anderes anfassen, ja?« Sie fing an zu schwitzen und fürchtete schon um Türrahmen, den Fußboden und alle möglichen anderen Dinge, die Zoe und Noah mit ihren Händen beschmieren konnten.

»Klar, wir passen auf«, versicherte Noah, und Zoe nickte zustimmend.

Maja zweifelte ein wenig daran, aber sie würde achtgeben. Zudem war Bjarne eher lässig, was seine Kinder betraf. Es würde schon klappen, und das Kinderzimmer hatte sie ja weitestgehend vor Farbunfällen gesichert. »Na, denn mal los«, rief sie aufmunternd.

Sie begannen damit, ein Herz aus Krepppapier an die Wand zu kleben; anschließend wurde der Rand in Rosa ausgepinselt.

Sie waren gerade damit fertig und hatten die ersten Handabdrücke von Zoe hineingedrückt, als Bjarne von der Arbeit nach Hause kam.

Majas Herz schlug schneller – auch, weil das Herz im Kinderzimmer nicht konkret mit ihm abgesprochen worden war, sondern nur, dass sie die Wände verschönern wollten. Daran, dass er möglicherweise vorab über das Motiv hätte informiert werden wollen, hatte sie gar nicht gedacht.

Seine Schritte kamen näher. Noah tauchte gerade seine Finger in eine Schale mit blauer Farbe.

»Hey, hallo«, grüßte Bjarne und trat in den Raum. »Hier siehts ja gut aus.«

Maja lächelte und schob sich eine Strähne hinters Ohr. »Gerade zur rechten Zeit«, sagte sie.

Zoe hüpfte in die Arme ihres Vaters und küsste ihn. »Du musst mitmachen, Papa.«

»Wobei denn genau?«, wollte er wissen und schaute Maja an. Freundlich, unverbindlich, aber irgendwie zufrieden. Das war eine deutliche Veränderung zu damals, als sie sich zum ersten Mal begegnet waren, stellte sie fest. Er wirkte nicht mehr völlig leer und erschöpft. Müde ja, aber sie meinte auch, etwas Zuversicht in seinen Zügen zu erkennen.

»Es ist ein Herz, und in dieses Herz sollen Handabdrücke. Das hat sich Zoe für ihr Zimmer gewünscht«, erklärte Maja und hörte auf, seine Gestik und Mimik bis ins letzte Detail analysieren zu wollen.

»Das ist ja spannend«, gab Bjarne zurück und setzte Zoe ab.

Maja half Noah auf einen Hocker und unterstützte ihn dann dabei, seine Handfläche in das Herz zu pressen.

»Welche Farbe soll ich nehmen?«, wandte der Papa sich an seine Tochter.

»Wie wäre es mit grün?«, schlug Zoe vor.

»Grün klingt toll. Gut, dann nehmen wir diese Farbe.«

Für einige Minuten ging es nur um die Abdrücke der Handflächen und darum, dass die Kinder dabei nicht mit der Farbe kleksten. Dann guckte Zoe Maja mit großen Augen an. »Und jetzt du, Maja.«

Maja war überrumpelt. Sie hatte das hier zwar organisiert, aber nicht mit dem Zweck, ihre eigene Marke zu hinterlassen. Unsicher, was sie Zoe antworten sollte, schaute sie zu Bjarne. Sein Blick ruhte auf ihr, und Majas Puls schnellte in die Höhe.

Der Ausdruck auf seinem Gesicht war seltsam; er brauchte offenbar einen Moment. Maja konnte nicht erkennen, was in ihm vorging. Ob er überlegte, wie er Maja höflich klarmachen sollte, dass sie zwar mit den Kindern malern konnte, sich aber nicht selbst in diesem Haus verewigen sollte. Das wäre okay für sie gewesen, auch wenn sie sich insgeheim etwas anderes wünschte.

Er lächelte unvermittelt und nickte; tatsächlich wirkte er irgendwie befreit. Sie wollte keine Erleichterung spüren, sie wollte sich auch keine Hoffnungen machen. Aber gegen ihre Gefühle war sie nach wie vor machtlos. Sie konnte sie nicht einfach abstellen. Dabei ging es doch nur um ein paar Handabdrücke, sagte sie sich. Keine große Sache. Die Kinder dachten sicher nicht so weit, dass diese Aktion für Erwachsene eine ganz andere symbolische Bedeutung haben konnte – nicht zwangsläufig musste. Doch Maja war klar, dass eigentlich Alexandra hier mit ihren Kindern stehen sollte und nicht sie.

Sie zögerte.

»Nun mach schon«, forderte Zoe Maja auf.

»Vielleicht weiß sie nicht, welche Farbe sie nehmen soll?«, warf Noah ein.

Maja schaute auf ihre Finger, die leicht zitterten. Noch einmal wandte sie den Kopf zu Bjarne, und der Ausdruck in seinem Blick ließ ihr den Atem stocken.

Sehnsucht las sie darin. Als ob er ebenso etwas für sie empfände wie sie für ihn.

Sie schluckte trocken.

Im nächsten Augenblick senkte er die Lider, und Maja glaubte, sich vielleicht getäuscht zu haben. Nein, sie *musste* sich getäuscht haben. Alles andere war unmöglich. Ihre Einbildungskraft war stärker als ihr gesunder Menschenverstand. Sie drückte ihre Emotionen in eine dunkle Ecke und konzentrierte sich auf ihre Aufgabe: Zoes Kinderzimmerwand zu verschönern, denn um nichts anderes ging es hier. Vielleicht glaubte sie es irgendwann, wenn sie es sich noch ein paarmal innerlich vorsagte.

* * *

Es war ihnen tatsächlich gelungen, beide Kinderzimmer neu zu gestalten, ohne den Rest des Hauses mit Farbklecksen zu verunzieren. Bjarnes T-Shirt war nass geschwitzt, als er die Folien mit Maja hinausräumte. Die Kinder hatten sie nach unten geschickt, damit am Ende nicht doch noch etwas danebenging.

»Puh«, machte er, nachdem sie den Abfall in blaue Säcke gestopft und die Farben sicher verstaut hatten. »Eine Hitze ist das heute.«

Maja zog ihr feuchtes Shirt ein wenig von ihrem Dekolleté ab und fächelte sich Luft zu. »Ich bin total erledigt«, seufzte sie.

»Möchtest du mit uns essen? Ich könnte einen Bären verdrücken.«

Maja lachte laut. »Nee, da bin ich raus. Ich bin Vegetarierin, schon vergessen?«

Er wischte sich den Schweiß mit dem Hemdsärmel von der Stirn. »Ich habe meine Kochkünste in den letzten Wochen verfeinert und könnte eine vegetarische Tomatensoße mit Spaghetti anbieten.« Es hatte witzig sein sollen, aber irgendwie klang es nicht so lustig wie in seiner Vorstellung. Maja lächelte trotzdem, und er spürte, wie sich etwas in ihm löste.

»Kommt da sonst etwa Fleisch rein?«

»Nein.« Er grinste. »Also, bist du dabei?«

»Ich möchte eure Gastfreundschaft wirklich nicht überstrapazieren.« Sie knibbelte einen nicht vorhandenen Fussel von ihren Shorts.

Bjarne runzelte die Stirn. Was waren das für seltsame Töne? So kannte er sie gar nicht, Maja war doch sonst immer so spontan. »Stimmt irgendwas nicht?«

»Wieso?«

Er trat näher und tippte mit dem Zeigefinger leicht gegen ihre Stirn. Majas Augen weiteten sich, als sie zu ihm aufschaute. »Sonst sagst du immer, was los ist, aber … jetzt gerade kommt es mir so vor, als würdest du genau das nicht tun. Warum? Oder gehen wir dir auf die Nerven? Du musst nicht bleiben, Maja.« Er hatte nicht beleidigt klingen wollen, leider hörte man seinem Tonfall dennoch an, dass er irgendwie verletzt war. Sein Puls beschleunigte sich, während er sich sagte, dass es ihn nicht zu kümmern brauchte, sollte Maja tatsächlich von seiner kleinen Familie genervt sein. Schließlich waren es nicht ihre Kinder, nicht ihr Haushalt, nicht ihre Bürde – sie half ihnen ohnehin schon viel zu viel.

Sie schluckte. »Nein! Ihr geht mir doch nicht auf die Nerven.«

Es klang ehrlich. Schon beinahe schockiert, als täte es ihr leid, dass er das vermutet hatte.

»Gut, dann bin ich erleichtert.« Er atmete aus und fühlte sich seltsam. In seinem Magen kribbelte es, nicht unangenehm, aber so unvermittelt und merkwürdig intensiv nach der langen Zeit, in der er nur schwere Mühlsteine auf seiner Brust gespürt hatte. »Ich meine, mir ist klar, dass jemand wie du Besseres zu tun hätte, als sich mit uns …«, plapperte er.

»Jemand wie ich?«, unterbrach sie ihn mit gerunzelter Stirn. »Was soll das denn heißen?«

Bjarne merkte, dass er einen Bock geschossen hatte. Er reckte das Kinn ein wenig nach vorn. »Jung, Single … frei«, murmelte er verlegen, während das Blut in seinen Ohren rauschte.

Maja betrachtete ihn mit einer seltsamen Mischung aus Verwirrung und Ärger, was ein merkwürdiges Flattern in seiner Magengegend auslöste.

Ihm wurde bewusst, wie nahe sie sich waren. Nur wenige Zentimeter trennten sie voneinander. Sein Blick heftete sich auf ihre Lippen. Sie waren voll und sanft geschwungen. Er fragte sich, wie sie sich wohl auf seinen angefühlt hätten. Ein Kuss, schoss es ihm durch den Kopf, und die Welt um ihn herum versank in Bedeutungslosigkeit. Er hielt den Atem an, und Maja war plötzlich alles, woran er noch denken konnte.

»Papa!«, schimpfte Noah lautstark und kam ins Zimmer gepoltert. »Zoe ärgert mich.«

Maja und Bjarne fuhren erschrocken auseinander, beide machten gleichzeitig einen Satz zurück. Er fand sicheren Stand, aber Maja stolperte und purzelte auf Zoes Bett.

Sie stieß einen derben Fluch aus und entschuldigte sich sogleich, weil ja Noah im Raum war.

»Alles okay, Maja?«, fragte Bjarne, und dann musste er lachen. Es sah einfach zu komisch aus, wie Maja im Kinderbett lag, die Füße in der Luft. Er trat auf sie zu und reichte ihr seine Hand. »Komm, ich helfe dir hoch. Du hast dir doch nicht wehgetan?«

Es war ihr sichtlich peinlich, aber sie ließ sich von ihm aufhelfen. »Erstens bin ich gut gepolstert, und zweitens ist das Bett weich.« Maja gluckste.

Er zwinkerte. Als sie stand, zog er seine Hand zurück. Bjarne wollte etwas sagen, aber Noah zupfte an seinem Shirt. »Zoe ärgert mich«, wiederholte er.

»Was macht sie denn?«, fragte Bjarne automatisch, während er versuchte, die Verlegenheit zu überspielen, die ihn plötzlich überfiel. Er wollte nicht daran denken, was eben beinahe geschehen wäre. Er vermied es, Maja noch einmal anzusehen. Die ganze Situation war ihm mit einem Mal unsagbar peinlich.

»Ich habe mir eine Sendung eingeschaltet, und sie nimmt mir immer die Fernbedienung weg und macht was anderes an.«

Bjarne seufzte und wandte sich Noah zu. »Könnt ihr euch vielleicht einigen?«

Maja war auf dem Weg aus dem Kinderzimmer. »Maja«, rief er, um sie aufzuhalten. »Du bleibst doch zum Essen, oder?«

Shit, das klang beinahe schon bettelnd.

Ihre Blicke trafen sich erneut. Er sah, wie sie schluckte, als ob auch sie noch an den Kuss dachte, den sie nicht geteilt hatten. Ihre Wangen waren gerötet, die braunen Augen schimmerten wie goldenes Karamell in der Abendsonne. »Darf ich vorher noch duschen?«, scherzte sie, und ihre Mundwinkel bogen sich nach oben. Er nahm ihr die Leichtigkeit nicht ganz ab, denn ihre Schultern wirkten ein wenig verspannt.

Sie schien sich noch immer nicht von ihrem kleinen Sturz erholt zu haben. Oder lag es daran, was beinahe geschehen wäre? Hatte sie es auch gespürt? Oder war sie schockiert, weil sie es *nicht* wollte? Und was war eigentlich in ihn gefahren? Beinahe hätte er Maja im Kinderzimmer seiner Tochter geküsst! Er realisierte erst jetzt, wie unpassend das alles war. Aber er hatte nicht darüber nachgedacht; sein Gehirn war abgeschaltet gewesen, er hatte seinen Körper und seine Sehnsüchte die Kontrolle übernehmen lassen.

O Gott! Das durfte nicht noch mal passieren. Was, wenn Noah nur eine Minute später gekommen wäre? Nicht auszudenken.

Er brauchte dringend eine kalte Dusche. Gleichzeitig war er froh, dass Maja zum Essen kommen würde. Verdammt! Es war so kompliziert. Vermutlich wäre er gut beraten gewesen, wenn er in den nächsten Tagen etwas Abstand zwischen sich und Maja gebracht hätte, aber schon der Gedanke daran versetzte ihm einen Stich. Er freute sich jedes Mal, sie zu sehen, mit ihr zu sprechen. Ja, er erwischte sich sogar ab und an dabei, dass er sie in Erziehungsfragen um Rat bat, weil er ihr vertraute, ihre Meinung schätzte. Er wollte keine neue Distanz aufbauen. Er brauchte Maja. Die Kinder natürlich auch, oder redete er sich das nur ein? Er war eindeutig überfordert, und das war nicht der richtige Moment, um diese Gedanken weiter zu verfolgen, denn Noah verlor die Geduld, was nicht oft vorkam. Er fing an zu weinen und stampfte mit dem Fuß auf. Bjarne strich ihm über den Kopf. »Ich komme gleich runter, ja? Geh doch schon mal vor, und dann rede ich mit Zoe.«

Maja winkte. »Bis nachher, ich schäle mich mal aus den klebrigen Sachen.«

»Maja, warte!«, rief er ihr hinterher. Sein Herzschlag beschleunigte sich, als sie sich noch einmal umdrehte.

»Ja?«

Klang es hoffnungsvoll, oder bildete er sich das nur ein?

»Wegen eben«, fing er an. Er *musste* wissen, ob sie auch so empfand wie er. Auf einmal gab es nichts, was ihn davon abhalten konnte, es auszusprechen. Er hatte nicht die nötige Kraft, um sich weiter den Kopf darüber zu zerbrechen, ob er sich das alles nur einbildete.

Sie blinzelte und guckte auf einmal so, als hätte ihr jemand einen Tritt verpasst. »Was meinst du?«

Er studierte ihre Reaktion, ihren Gesichtsausdruck. Majas Miene war jedoch verschlossen. Sie lächelte nicht, das Funkeln in ihren Augen war verschwunden; er entdeckte eine neue Wachsamkeit darin.

Das war womöglich Antwort genug. Sein Mut war doch nicht so groß, dass er die Frage konkreter über seine Lippen brachte. Bjarne wertete ihre Mimik, ihr Verhalten als Zurückweisung. Er schloss kurz die Augen. »Ach, nichts. Schon gut. Hab vergessen, was ich sagen wollte. Wir sehen uns dann gleich. Mach dich auf eine leckere Tomatensoße gefasst.«

Sie nickte und wollte gehen, aber sie zögerte. Nur eine Sekunde, aber er bemerkte es doch. Er öffnete seine Lippen, um noch etwas zu sagen, aber sein Gehirn war komplett leer gefegt.

* * *

In Noahs Gesicht klebte eine Nudel. Um Zoes Teller herum waren einige Spaghetti und Tomatensoßenspritzer verteilt. Die beiden Kinder gackerten aufgeregt und hatten ihren Spaß – und einen gesegneten Appetit. Es erfüllte ihn mit Glück, seine Kinder so zufrieden und ausgelassen zu sehen. Sie tranken Apfelschorle zu den Nudeln.

»Wir haben noch gar nicht gezeltet«, nuschelte Noah mit vollem Mund in Majas Richtung. »Du hattest mir das doch zum Zeugnis versprochen.«

»Stimmt, das habe ich auch nicht vergessen. Wie wäre es denn, wenn wir das am Wochenende machen würden?«

»Au ja!«, freute sich Noah.

»Ich will auch mitmachen«, meldete sich Zoe zu Wort.

Maja lächelte Bjarnes Tochter an. »Aber natürlich, wir zelten alle gemeinsam hier bei euch im Garten.«

Sie hatten vor einigen Tagen besprochen, dass es besser war, zu Hause zu campen; man wusste ja nie, ob die Kinder auch wirklich die ganze Nacht draußen bleiben würden – und auf eine Nacht-und-Nebel-Aktion, im Zuge derer man das Equipment und die Kinder im Dunkeln einpacken und wieder nach Hause fahren musste, hatten beide keine Lust. Und Maja das allein zumuten wollte Bjarne schon gar nicht. Noah und Zoe fanden die Idee, auf dem eigenen Rasen zu zelten, zum Glück ganz wunderbar.

»Wie läuft's mit dem Schreiben?«, erkundigte sich Bjarne, während er etwas später seinen Teller mit einem Stück Brot auswischte. Er war froh, dass die seltsame Stimmung von zuvor nicht mehr in der Luft lag. Noah und Zoe spielten mit einem Ball, zur Abwechslung gerade mal friedlich.

»Frag nicht«, gab Maja düster zurück.

»Aber neulich klangst du doch noch so zuversichtlich.« Er hob eine Braue.

Sie schnaubte. »Ich schaffe beides zusammen, also Soap und Roman, nicht, oder vielleicht suche ich gerade auch nur nach einer Ausrede. Keine Ahnung.«

Bjarne wusste, dass er sich mit dem, was er gleich sagen würde, auf dünnes Eis begab. Maja war, was ihr Projekt anging, sehr empfindlich. »Was genau hält dich davon ab?«, fragte er dennoch, denn das war der Punkt. Wenn sie es wirklich wollte, konnte sie es schaffen, es sei denn, es gab etwas, was sie innerlich bremste. Er hatte eine vage Vorstellung, was es sein konnte, aber das, was er sich da zusammenreimte, war pure Küchentischpsychologie, und es stand ihm in keiner Weise zu, das auszusprechen.

Sie schaute ihn herausfordernd an. »Keine Ahnung, was hält dich davon ab, gewisse Dinge zu tun, oder bringt dich dazu, sie nicht zu tun?«

Der Satz hallte in ihm nach. Er wusste nicht genau, was sie damit meinte, aber dass es hier nicht mehr nur ums Schreiben ging, war klar. Spielte sie auf den Kuss an, den es nicht gegeben hatte, weil Noah ins Zimmer geplatzt war?

Bjarne war einerseits erleichtert, andererseits auch nicht. Er hätte sie gern geküsst, und der Wunsch war auch jetzt noch da; im Augenblick hatte er sich nur besser im Griff, weil er noch immer nicht wusste, wie er damit umgehen sollte. »Ich kann dir nicht folgen, Maja. Sonst bist du immer so direkt – jetzt gerade kapiere ich gar nichts. Sprich doch aus, was du denkst.«

Sie schob ihren Teller beiseite. »Die Frage ist ja auch, was *will* man kapieren und was nicht.«

Er fühlte sich angegriffen und verstand im gleichen Augenblick, dass es anscheinend für sie beide schwierig war, in Bezug auf gewisse Themen Klartext zu sprechen.

Sie bewegten sich auf einem unübersichtlichen Minenfeld. Sie wussten zwar ungefähr, wo es langging, aber dann streiften sie doch hin und wieder gefährliches Terrain, auf dem jederzeit eine Bombe hochgehen konnte.

Er schaute in Majas Augen und las Verwirrung darin, und auch Emotionen, die wieder dieses Kribbeln in seinem Bauch auslösten.

Bjarne erkannte, dass seine Empfindungen vielleicht doch nicht einseitig waren. Das musste er erst mal verdauen. Bis jetzt war er davon ausgegangen, dass er bei Maja sowieso keine Chance hatte. Aber was, wenn doch?

Er atmete scharf ein. Er war noch nie ein Mann gewesen, der leichtfertig über seine Gefühle hatte sprechen können, und das hier war noch um einiges schwieriger. »Pass auf, Maja. Mir ist klar, dass mein Leben kompliziert ist«, hob er an. Es war sicher besser, er kehrte zum Ursprungsthema zurück. »Was das Schreiben betrifft – ich wollte dir nicht zu nahetreten. Ich wünsche dir einfach, dass du dein Herzensprojekt realisieren kannst. Das ist alles.«

Sie rieb sich mit beiden Händen über das Gesicht, dann legte sie den Kopf in den Nacken. »Ich weiß«, gab sie gequält zurück. »Ich stehe mir einfach selbst im Weg.«

»Oh, das Gefühl kenne ich sehr gut.«

Sie heftete ihren Blick auf ihn. »Und, was tust du dagegen?«

Bjarne überlegte. Meistens schlich er nach oben und flüchtete sich in seine Briefe. Es war ihm allerdings zu persönlich, Maja davon zu erzählen. »Ich laufe davon, auch wenn ich nicht weit komme.«

»Tja, ich denke, das hat noch nie ein Problem gelöst; und das meine ich gar nicht auf dich bezogen.«

Er nickte. Dann seufzte er. »*Shit.* Das hätte ein entspannter Abend werden sollen. Tut mir leid, dass …«

»Hör doch auf, dich dauernd zu entschuldigen.« Sie stand auf und räumte ab.

»Warum bist du so wütend auf mich?«, fragte er leise. Die Spannung zwischen ihnen war greifbar; von der Lockerheit, die während des Essens geherrscht hatte, war nichts mehr übrig.

Sie hielt inne, wirkte verletzlich und gleichzeitig aufgebracht. »Glaub mir, Bjarne. Es ist besser, wenn ich das für mich behalte.« Dann lief sie mit dem Geschirr ins Haus und ließ ihn nachdenklich zurück.

Als er fünf Minuten später in die Küche kam, war Maja fröhlich wie immer. Sie scherzte, neckte die Kinder und plauderte über alles Mögliche, was nicht wichtig war. Aber er wusste, dass es etwas gab, was sie irgendwann besprechen mussten.

Nach diesem Tag war Bjarne jedoch nicht in der Verfassung, sich noch einmal seinen Gefühlen anzunähern, dem Nahrung zu geben, was unter der Oberfläche schwelte. Er gähnte und fühlte sich sehr erschöpft. Heute würde er keine Probleme mehr lösen – oder irgendjemandem sein Herz ausschütten. Vor allem nicht Maja. Kompliziert war gar kein Ausdruck für das, was in ihm vorging.

KAPITEL 25

Das Leben muss nicht leicht sein, solange es nicht leer ist.

Lise Meitner

Maja war heute ein wenig später dran, als sie nach drüben zu ihren Nachbarn ging. Die Augusthitze lag schwer und drückend über der Heide. Sie klingelte, und Susanne öffnete. Bjarne war noch im Büro.

»Grüß dich, Maja, komm doch rein. Möchtest du noch einen Kaffee mit mir trinken?« Susanne war fröhlich; auf ihrem Gesicht lag ein Lächeln, das ihre Augen strahlen ließ. Von ihrem Sturz war ein leichtes Humpeln geblieben, und das eine Bein war noch immer viel schmaler als das andere.

»Hallo, Susanne«, gab Maja zurück. »Nein danke, wenn ich noch mehr Koffein zu mir nehme, drehe ich mich gleich wie ein Brummkreisel.«

»Magst du dich trotzdem einen Augenblick zu mir setzen? Ich habe mir nämlich gerade einen gemacht.«

»Klar, ich kann ja auch ein Wasser trinken.«

Wenig später gingen sie in den Garten. Der Sonnenschirm war über dem Tisch aufgespannt. Zoe saß im Badeanzug in einer kleinen blauen Plastikmuschel, die mit Wasser befüllt war, und planschte mit Förmchen darin. Auf dem Kopf trug sie einen breitkrempigen Sonnenhut.

»Hey, Zoe«, rief Maja ihr zu. »Das sieht ja gut aus; das Beste, was man bei den Temperaturen machen kann.« Dann ließ sie sich in einen Stuhl sinken und schnaufte geräuschvoll aus. »Puh, eine Hitze ist das.«

Susanne fächelte sich Luft mit einem Werbeprospekt zu, dann rührte sie in ihrem Kaffee. »Da sagst du was; vielleicht hätte ich mir besser einen Eiskaffee machen sollen. Ach, egal.«

»Noah ist bei seinem Freund?«

»Ja. Du weißt, wo sie wohnen?«

»Ja, ich erinnere mich. Wann soll ich ihn abholen?«

Sie plauderten kurz über Noah und die Fortschritte, die er machte. Er kam weiterhin regelmäßig zu Maja und sie lasen gemeinsam und bearbeiteten in den Ferien an drei Tagen in der Woche die Arbeitshefte des letzten Schuljahres, um Lücken zu füllen.

»Es wundert mich, dass der Junge freiwillig mitmacht«, bemerkte Susanne. »Immerhin hat er Ferien.«

Maja zuckte die Schultern. »Er möchte gern lernen, und so, wie wir es machen – ohne Druck und mit viel Geduld –, ist es okay für ihn. Außerdem sieht er, wie einfach es ihm von der Hand geht, wenn er nicht von der blöden Lehrerin drangsaliert wird.«

Susanne seufzte. »Ein Jammer, dass die blöde Kuh Kinder unterrichten darf.«

»Andere Eltern sind wohl zufrieden«, gab Maja zu bedenken. »Klar ist nur, dass die Frau keine Lust auf Sonderfälle hat. Manchmal frage ich mich, wie herzlos man eigentlich sein kann.«

»Da kann ich dir leider nur zustimmen.«

»Zum Glück sind wir auf einem echt guten Weg, und ich bin mir sicher, dass Noah in der dritten Klasse super mitkommen wird. Es lag ja nie daran, dass er nicht schlau genug wäre; das kapiert die Tussi bloß nicht.«

Susanne trank einen Schluck, dann schaute sie Maja einen Moment länger als nötig an. »Wir sind alle froh, dass du da bist«, sagte sie dann, und Maja spürte, dass sich das Thema drehte. »Danke, dass du dich so einsetzt. Bjarne hat neulich erzählt, dass du für die Heideherzen schreibst?«

Maja grinste verlegen. Ihr war klar, dass Susanne davon wusste, er hatte ihr ja auch verraten, dass sie ein Fan war. »Ja, richtig.«

»Ich liebe die Serie ja«, schwärmte sie jetzt. »Echt was fürs Herz. Du könntest aber auch im sozialen Bereich arbeiten, hast du da eigentlich Erfahrung?«

Maja runzelte die Stirn. »Äh, nee, bis jetzt nicht.«

»Du wirkst so vertraut im Umgang mit Noah, so sensibel. Deshalb habe ich gefragt.«

Maja lachte nervös. »Nee, also … ich komme anscheinend einfach gut mit den Kindern klar.«

»Und mit Bjarne«, fügte Susanne hinzu, und in Maja schrillte eine Alarmglocke.

Susanne war Alexandras Mutter; ahnte sie etwas von ihren Gefühlen für ihren Schwiegersohn? Ja, das musste es sein. Würde sie ihr jetzt gleich erzählen, wie unpassend eine Verbindung wäre? Dass sie die Finger von Bjarne lassen sollte?

Shit, dachte Maja. Sie schrieb zu viele Dialoge dieser Art für die Serie – in einer Soap würde die Schwiegermutter jetzt der möglichen neuen Liebe klarmachen, dass der Mann nicht frei war, dass sie sich vom Acker machen sollte, die Familie in Ruhe lassen musste.

Aber Susanne war kein alter Drachen, keine verhärmte alte Frau, die anderen das Leben schwer machen wollte, weil sie selbst nicht glücklich war. Maja schluckte und wartete gespannt auf den nächsten Satz. Gleichzeitig war sie irritiert darüber, dass sie so unsicher war.

»Bjarne hat Alexandra sehr geliebt, die beiden waren so glücklich«, erzählte Susanne, und Maja trank einen Schluck, um ihre trockene Kehle zu befeuchten. »Als sie die Nachricht erhielten, dass sie eine aggressive Form von Brustkrebs hatte, ist eine Welt zusammengebrochen. Sie haben ihr direkt mitgeteilt, dass sie kaum Hoffnung hatten, weil sich schon so viele Metastasen gebildet hatten. Unfassbar, dass sie bis dahin so wenig davon gemerkt hatte.« Maja atmete tief ein und aus. »Es ist schwer, wenn die eigene Tochter so krank ist und die Familie leiden muss.«

»Ja, es ist eine Tragödie.« Anders konnte Maja es nicht formulieren.

»Bjarne hat alles gegeben, sich um die Kinder und Alexandra gekümmert, bis zur völligen Erschöpfung. Ich frage mich, ob er jemals über sie hinwegkommt. Ich meine, schau mich an. Ich bin auch zehn Jahre nach dem Tod meines Mannes noch immer allein, aber ich bin natürlich auch älter.«

Was kommt jetzt, dachte Maja mit klopfendem Herzen. Was will sie mir mitteilen? Das ist doch nicht einfach nur ein netter Kaffeeplausch. Sie unterhielten sich öfter mal über die Kinder und das tägliche Leben, aber das hier war viel mehr. Maja spürte, dass Susanne ihr etwas vermitteln wollte. Und sie hatte Angst davor, was das sein konnte.

»Im September ist Alexandras Todestag«, fuhr Susanne fort. »Aus eigener Erfahrung weiß ich, dass der erste der schwerste ist. Sie haben sich so sehr geliebt.«

Maja nickte. Sie schaute auf ihre Finger, die das Wasserglas umklammerten, und schwieg.

Susanne fuhr fort. »Ich hoffe sehr, dass er eines Tages glücklich wird. Aber ich bezweifle, dass er jemals wieder so unbeschwert wird leben können. Es hat ihn verändert.« Susanne schüttelte sich leicht, als hätte sie damit die unangenehmen Gedanken vertreiben können. »Tut mir leid, Maja. Ich bin heute selbst melancholisch. Alexandra war meine Tochter; ich kann es an manchen Tagen auch immer noch nicht fassen, dass sie nicht mehr da ist.« Die ältere Frau lächelte traurig; der Schmerz einer Mutter, die ihr Kind hat beerdigen müssen, lag auf ihrem Gesicht.

Maja schluckte. »Es tut mir leid.«

»Ich wollte dir eigentlich nur dafür danken, dass du dich so gut um die Kinder und um Bjarne kümmerst, Maja. Nur jemand, der Ähnliches erlebt hat, kann so verständnisvoll sein wie du.«

»D-danke«, stammelte sie.

Susanne stand auf, legte Maja kurz eine Hand auf die Schulter. Sie tätschelte sie. »Ich wünsche dir ebenso, dass du glücklich wirst. Es tut mir leid, dass du deine Mutter so früh verloren hast.«

Maja konnte nicht sprechen, sie nickte nur. Bjarne musste Susanne davon erzählt haben. Eigentlich hätte Maja sich hintergangen fühlen müssen, aber dem war nicht so. Sie merkte, dass sie Bjarne wohl wichtig war, weil er mit Susanne über sie gesprochen hatte. Aber was genau hatte er gesagt?

Zoe begleitete Maja mit dem Laufrad, um Noah bei seinem Freund abzuholen. Der Vorgarten war gepflegt, kein Unkrautpflänzchen spross zwischen dem Blumenmeer. Die Fenster waren geputzt, sogar der Briefkasten an der Hauswand wirkte blank poliert. Maja klingelte, und nach einem Augenblick wurde geöffnet. Sie war der Frau schon mal begegnet, doch es war schon eine Weile her. Heute trug sie ein knielanges Wickelkleid, ihre Haare hatte sie hochgebunden. Maja erhaschte einen Blick in den Hausflur, Terrakottafliesen und geschlossene Schränke waren zu sehen. Es lag nicht mal ein Schuh herum. Warum überraschte Maja das nicht? Sie hatte sich immer schon wohler in Haushalten gefühlt, die in einem geordneten Chaos lebten – aber das war ihre persönliche Präferenz und hatte natürlich nichts zu sagen.

Die Mutter sah Maja freundlich an, aber ihr Lächeln erreichte die Augen nicht. Anders als vorher bei Susanne. Maja ließ sich davon nicht beirren, denn sie legte keinen Wert auf die Meinung der Frau vor ihr. Wenn sie was gegen pummelige Rothaarige mit Tattoos hatte, dann war das ihr Problem und nicht Majas.

»Wir wollten Noah abholen«, erklärte Maja nach einer kurzen Begrüßung freundlich.

Die Mutter schaute Maja noch einmal abschätzend an, als wäre sie eine Kuh auf dem Markt. »Ja, natürlich«, meinte sie dann lächelnd, trat jedoch nicht zurück, um Maja hineinzubitten. »Noah, du wirst abgeholt«, rief sie ins Haus, dann wandte sie sich wieder an Maja. »Wie schön, dass Sie sich ein wenig um die Kinder kümmern.«

»Ja«, war alles, was sie darauf erwiderte. Sie hatte keine Lust auf Small Talk.

Wenig später waren sie alle drei auf dem Rückweg. Die Sonne schien noch immer glühend heiß vom Himmel, obwohl es gleich sechs war. Bjarne hatte geschrieben, dass er noch einkaufen sei, aber bald nach Hause kommen werde.

Noah hielt Majas Hand. Sie mochte das Gefühl, seine kleinen Finger in ihren zu spüren – egal wie heiß es war. »Na, wie wars? Hattest du einen schönen Nachmittag?«

»Wir waren auf dem Trampolin und haben ein Eis gegessen.«

»Das klingt super.«

»Die Mama von Torben hat mich gefragt, ob du jetzt bei uns wohnst und mit Papa zusammen bist.«

Wo, zum Teufel, kam das denn jetzt her? Majas Herzschlag fing an zu rasen. »Und, was hast du geantwortet?«

»Dass du oft mit uns zusammen bist, nicht nur mit Papa.«

Kinderworte, dachte Maja und atmete erleichtert aus. Sie hatte bis dahin die Luft angehalten. »Das ist richtig, Noah, gut gemacht.«

»Bist du in Papa verknallt?«, wollte er jetzt wissen.

Diese Frage brachte sie völlig aus dem Gleichgewicht. Sie wollte nicht lügen, aber … »Woher kennst du denn *den* Begriff?«

»Also bitte, ich bin sieben!«, erwiderte Noah in kindlicher Entrüstung.

Maja lachte. »Stimmt. Du bist ja schon fast erwachsen.«

»Ich bin in Ferdinand verknallt«, erklärte Zoe, während sie mit ihrem Laufrad an ihnen vorbeigesaust kam.

»Und?«, hakte Noah an Maja gewandt nach.

»Wer könnte denn *nicht* in deinen Papa verknallt sein, hm? Er ist doch ein großartiger Mann.« Das war eine ehrliche Antwort; sie hatte nicht gelogen, aber auch nicht eindeutig Farbe bekannt.

»Stimmt«, pflichtete der Junge ihr bei. »Aber du wirst nicht sterben, oder?«

Sie schluckte. »Nein, Noah. Jedenfalls nicht so bald. Irgendwann sterben wir alle.«

»Aber erst, wenn ich alt bin, oder? So lange bist du da?«

O Gott! Ihr Herz zog sich zusammen. Sie strich ihm über die Schulter; doch sie brachte es nicht über sich, ihm zu erklären, dass sie womöglich nicht für immer hier leben konnte oder würde. Charlotte würde früher oder später zurückkehren, und jetzt, wo sie wieder mit Chris zusammen war, wollten die beiden sicher ihre Ruhe haben und keine tätowierte Untermieterin im Gästezimmer. Maja hatte zudem nicht vor, das fünfte Rad am Wagen zu werden, auch wenn der Gedanke, die Kinder und Bjarne nicht mehr täglich zu sehen, ihr innerlich einen brennenden Stich versetzte.

»Freut ihr euch schon aufs Zelten?«, wechselte Maja das Thema. Die beiden antworteten mit freudigem Geschrei, das war genug. Sie lächelte.

Als sie um die Ecke bogen, entdeckten sie Bjarne, der gerade die Wochenendeinkäufe aus dem Auto ins Haus trug. Zoe sauste los, und Noah rannte hinterher. Die Kinder hüpften an ihrem Papa hoch, und er lachte glücklich. Maja versank in diesem Augenblick, ihr Herz weitete sich. Es war schön, die drei zusammen zu sehen. Sie trat näher, und Bjarne schaute zu ihr. »Hey, Maja«, grüßte er, und in dem Moment wurde ihr klar, dass sie nicht hierhergehörte. Dass sie sich vielleicht in Bjarne verliebt hatte, aber doch niemals mit ihnen zu dieser besonderen Einheit verschmelzen konnte, die die drei jetzt bildeten.

Der Gedanke tat weh, aber es war besser, das endlich zu begreifen, egal, was ihr Herz davon hielt. Ihr Handy bimmelte, und Maja entschuldigte sich kurz.

* * *

Bjarne war gerade im Garten mit dem Zelt zugange, als er Maja hinter sich hörte. »Hey, du kommst gerade richtig. Kannst du mal da drüben festhalten?«

»Natürlich, hier?« Sie umrundete das Igluzelt.

»Ja, genau. Danke. Heringe brauchen wir wohl keine, es ist kein Sturm gemeldet«, scherzte er und blickte zu Maja auf. Sie wirkte ein wenig zerstreut. »Alles okay?«, wollte er wissen.

»Ja, ich, ähm. Ich denke schon. Das eben am Telefon, das war mein Vater.«

»Oh«, war alles, was Bjarne dazu sagte. Er wusste, dass die beiden jetzt häufiger telefonierten; sie hatten sich nach der Aussprache auch schon zweimal getroffen.

»Er hat mich eingeladen. Nach Korsika. Für eine ganze Woche.«

»Wow«, stieß Bjarne hervor, und seine Mundwinkel bogen sich nach oben. »Das ist ja toll, freut mich für dich.«

Sie runzelte die Stirn. »Ich weiß nicht, ob das eine gute Idee ist.«

Er wusste natürlich, weshalb sie sich davor fürchtete, aber stellte die Frage trotzdem. »Wieso?«

»Ist das nicht offensichtlich? Es könnte dazu führen, dass wir uns die Köpfe einschlagen.«

Sein erster Impuls war, aufzustehen und sie in den Arm zu nehmen, dann kam er jedoch zu dem Schluss, dass das unangebracht war, deshalb rührte er sich nicht. »Es lief doch zuletzt besser, oder?«

»Das schon. Aber eine ganze Woche? Andererseits ... Ein bisschen Urlaub wäre schon geil.« Sie grinste breit. »Aber ...« Ihr Gesicht verdüsterte sich. »Ich wäre dann ja für eine Woche weg, wäre das überhaupt okay wegen der Kinder?«

Bjarne war fertig mit dem Zelt und stand jetzt auf. »Natürlich ist das okay, Maja. Du solltest dir die Gelegenheit nicht entgehen lassen. Du hilfst uns so viel, du darfst dir auf keinen Fall eine Woche Luxusurlaub entgehen lassen.« Er zwinkerte ihr zu.

»Meinst du?«

Er freute sich, dass ihr seine Meinung so wichtig war, daher nickte er noch einmal. »Ja, Maja. Unbedingt.«

Sie rieb sich über die Stirn. »Boah, ich weiß nicht. Andererseits, es wären nur wir beide – das hat es seit Ewigkeiten nicht gegeben.«

»Na los, ruf ihn zurück und sag ihm, dass du mitkommst.«

Maja wurde rot. »Ich konnte vorhin gar nicht vernünftig antworten, weil ich Angst hatte, was Falsches zu sagen.«

»Was hast du denn geantwortet?«

»Papa, das ist ja großartig«, erklärte sie mit einem verlegenen Schulterzucken. »Er denkt sowieso, dass es klargeht.«

Bjarne boxte sie spielerisch auf den Oberarm, um lässig zu wirken und damit sie nichts falsch verstehen konnte – oder richtig. Es war seltsam, er fühlte sich eigenartig. Irgendwie aufgedreht und gleichzeitig schrecklich nervös. Aber da war noch mehr. Innerlich stand er immer noch im Konflikt mit seinen Gefühlen, seinen Empfindungen, seiner Trauer. Die war stets präsent, auch wenn er gemerkt hatte, dass er allmählich besser damit umgehen konnte. Noch immer gab es Rückfälle, wie er es im Stillen bezeichnete. Nächte, in denen er weinend aufwachte und die leere Bettseite neben sich abtastete. Aber sie wurden seltener. Dennoch fürchtete er sich vor dem, was sein konnte, was er sich wünschte – und auch wieder nicht. Bjarne war sich vor allem bei einem nicht sicher: ob er je wieder fähig sein würde, jemanden aufrichtig und tief zu lieben und eine Beziehung zu führen. Und wenn er vor allem seinen Kindern eines nicht zumuten wollte, dann einen weiteren Verlust, falls aus ihm und Maja doch nichts würde.

Falls er sich täuschte und es nicht Liebe war, die zart in ihm aufkeimte. Was, wenn es nicht für immer war? Was dann? Und der nächste Gedanke war noch schrecklicher: Was, wenn er auch Maja verlor? Nein. Niemals.

Er schob all die Gefühle beiseite. Es war besser, wenn alles so blieb, wie es war. Es lief doch gut. Wieso mehr, wenn er damit alles gefährdete, was er bis jetzt erreicht hatte?

Nein. Er würde einfach abwarten und …

Bjarne hatte keine Ahnung, wie Majas Zukunftspläne aussahen. Mit ziemlicher Sicherheit kamen sie als Familie darin nicht vor. Der Gedanke ernüchterte ihn weitestgehend, sodass er sich wieder auf die vor ihm liegende Aufgabe konzentrieren konnte: Schlafsäcke, Kopfkissen, Bettdecken und Isomatten im Zelt auszubreiten.

* * *

Es war dunkel im Zelt, er konnte nur Schatten ausmachen. Bjarne lag auf dem Rücken, die Kinder waren endlich eingeschlafen. Es musste kurz vor Mitternacht sein; morgen würden sie hundemüde, aber hoffentlich zufrieden aufwachen. Er lächelte. Sie waren zuvor völlig ausgeflippt, hatten das halbe Zelt mit Kuscheltieren ausstaffiert, und Maja hatte im Schein der Taschenlampe Geschichten vorgelesen, bis ihnen schließlich die Augen zugefallen waren. Unter seinem Kopf lag ein Löwe, den er als Kissen missbrauchte. Seine Füße guckten unter der Decke hervor; es war viel zu warm. Nichts war zu hören außer den gleichmäßigen Atemzügen seiner Kinder und dem leisen Zirpen der Grillen. Zoe hatte sich an ihren Bruder gekuschelt. Bjarne war sich Majas Nähe, die am gegenüberliegenden Rand des Zeltes lag, sehr bewusst. Immer wieder waren sich ihre Blicke am Abend begegnet, und Bjarnes Sehnsucht nach Nähe wurde immer unerträglicher. Sie zerriss ihn förmlich.

»Bist du noch wach, Maja?«, flüsterte er in die Stille.

Ihr Schlafsack raschelte. »Ja.«

Täuschte er sich, oder klang sie ebenso wie er ein wenig atemlos?

Sein Herz klopfte schneller. Er hatte sich genug über alles den Kopf zerbrochen, für einen einzigen Moment wollte er nicht mehr denken, einfach nur das tun, wonach er sich sehnte. Langsam ließ er seine Hand über die Kinder hinweg zu Maja gleiten. Er fand ihre Finger und verschränkte sie mit ihren. Sie zuckte weder zurück, noch bat sie ihn, es sein zu lassen. Er war unsicher, gleichzeitig fühlte er sich wie elektrisiert. »Ist das okay, Maja?«, hörte er sich in die Stille wispern.

»Sehr okay«, gab sie leise zurück, und sein Herz machte einen Satz.

Für einige Minuten sprach niemand ein Wort. Der Kontakt ihrer Haut, ihrer Finger war alles, was nötig war. Er spürte die Verbindung, genoss es, das Leben und die Wärme zu fühlen. Zärtlich streichelte er sie mit seinem Daumen. Blut rauschte durch seine Adern, ebenso wie ein tiefes Glücksgefühl. Er hatte die Augen geschlossen und genoss den Augenblick. Sprechen würde nur alles verderben, überlegte er im Stillen.

Hoffnung, überlegte er schläfrig. Das war es, was er in diesen Stunden erlebte. Und dann schlief er ein, noch ehe er Maja sagen konnte, dass er sich in sie verliebt hatte.

Kapitel 26

An den Scheidewegen des Lebens stehen keine Wegweiser.

Charlie Chaplin

> Liebe Alexandra,
> ich komme mir so lächerlich vor. Anders kann ich
> es nicht formulieren, es ist einfach zu absurd. In
> einem Augenblick glaube ich, dass alles gut werden
> könnte. Ich sehe eine mögliche Zukunft mit Maja
> vor mir. Im nächsten Atemzug erwischt es mich
> eiskalt, und alles, was ich will, ist, die Tür hinter
> mir zuschlagen und die Vorhänge zuziehen.
> Wie könnte ich jemals wieder jemanden lieben?
> Jemanden in unser Leben lassen?
> Es ist nicht nur die Angst, dass es nicht
> funktionieren könnte, es ist gleichzeitig die Sorge,
> dass ich mir nur etwas vormache. Was, wenn ich
> Maja zwar mag, aber nicht wirklich liebe? Liebe
> entsteht nicht mit einem glitzernden Puff, sie
> entwickelt sich über Jahre.
> Dich habe ich geliebt, dich liebe ich noch
> immer. Ich weiß nicht, was das mit Maja ist oder

sein könnte. Aber ich sehne mich nach ihr, wenn sie nicht da ist. Möchte sie berühren, wenn sie in meiner Nähe ist.

Ist es zu früh?

Werde ich jemals bereit dafür sein?

Sehne ich mich danach?

Ja, doch. Obwohl ich es vor Kurzem noch nicht geglaubt habe, habe ich jetzt begriffen, dass es möglich ist.

Und dann stehe ich wieder irgendwo, und mir wird klar, dass ich innerlich kaputt bin. Dass da noch immer ein schwarzes Loch in mir klafft, das an manchen Tagen alles Gute in sich verschlingt. Diese Tage sind seltener geworden, aber meine Ängste bleiben bestehen.

Und das ist nur mein Blickwinkel — weil ich bislang zu feige war, hat Maja keine Ahnung, was in mir vorgeht. Ich glaube, dass sie auch etwas für mich empfindet, aber ich fürchte mich vor dem, was geschehen könnte. Was kann ich erwarten? Vor allem, was kann ich ihr bieten?

Es so deutlich vor mir aufgeschrieben zu sehen, macht mir nur wieder bewusst, dass ich es besser bei einer platonischen Freundschaft belassen sollte. Aber dann steht sie vor mir, und ich wünsche mir, sie zu umarmen. Sie nachts neben mir zu spüren, weil man zu zweit eben nicht mehr allein ist.

Will ich einfach nur einen weichen, weiblichen Körper neben mir haben? Ich möchte mir einreden, dass es nicht so ist, aber dann zweifle ich wieder daran, und das hat Maja nicht verdient. Niemand von uns hat das verdient.

Ach, Alexandra, ich wünschte, ich müsste diese Zeilen nicht verfassen. Ich wünschte, unsere Gespräche würden sich auch heute noch darum drehen, dass du mal wieder deine Krümel nicht weggewischt, die Flaschen nicht zugedreht und die Schubladen nicht zugeschoben hast. Stattdessen muss ich einsehen, dass all das für immer vorbei ist und dass das Leben tatsächlich weitergeht. Sogar für mich.

Das ist womöglich die größte Überraschung in diesem ganzen Geschehen.

Ich wünschte, wir könnten die Zukunft gemeinsam gestalten, aber meine Wünsche haben in diesem ganzen Spiel noch nie jemanden interessiert.

Mit dem nächsten Atemzug denke ich an Maja und daran, dass sie in mir Gefühle wachruft, die mich endlich alles nicht mehr nur grau in grau sehen lassen, sondern auch in allen anderen Schattierungen des Regenbogens. Ich hatte einige Gelegenheiten, um mit Maja über Gefühle zu reden, aber ich habe noch keine Worte gefunden, um all das auszudrücken, was in mir vorgeht. Vermutlich auch, weil ich Angst vor ihrer Reaktion habe. Was, wenn ich mich täusche und sie in mir doch nur den netten Witwer von nebenan sieht?

Einerseits wünsche ich mir das, weil dann alle meine komplizierten Gefühle wieder sicher in einer Schublade verstaut werden könnten, andererseits würde es mich traurig stimmen, denn das würde bedeuten, dass Maja unsere Familie wieder verlässt. Bald womöglich, denn ich erinnere mich, dass sie erzählt hat, dass Charlotte für sechs Monate fort sein würde. Vielleicht läuft mir die Zeit davon, vielleicht warte ich auch darauf, dass mir die Entscheidung abgenommen wird, indem sie geht.

Doch der Gedanke daran ängstigt mich genauso wie der, ihr meine Gefühle zu gestehen – und dich im Grunde damit zu verraten.

Jetzt habe ich schon wieder so viele Zeilen gefüllt und drehe mich doch nur im Kreis. Du fehlst, um mir einen verbalen Arschtritt zu verpassen oder mir zu sagen, dass ich richtig handele, indem ich warte.

Maja ist auf Korsika im Urlaub; ich habe keine Ahnung, was sie gerade denkt, was sie tut. Möchte ihr schreiben, sie anrufen, aber tue es doch nicht. Beim Zelten hätte ich die Möglichkeit gehabt, das auszusprechen, was in mir vorgeht, doch dann bin ich eingeschlafen. In der Sicherheit der Dunkelheit erschien es mir noch ganz leicht, aber am nächsten Morgen hatten sich meine im Kopf zurechtgelegten Worte wie Nebel in der Sonne aufgelöst. Einfach weg. Also ist Maja gefahren, und ich denke immer noch an sie. Und an dich und an das, was wir hatten und verloren haben.

Dein Bjarne

* * *

Maja saß mit ihrem Vater am Strand von Porto-Vecchio auf Korsika. Sie hatten die Füße in den von der Sonne noch immer warmen, in der Dunkelheit leuchtenden Sand gesteckt. Die

Brandung rauschte mit einem sanften Südwind ans Ufer. Sterne glitzerten über ihnen, es roch nach Salz und Sommer. Maja hatte, obwohl sie Lichtschutzfaktor fünfzig benutzt hatte, einen Sonnenbrand, was keine Überraschung war. Ihre Haut glühte auch noch, nachdem sie zuvor eine beruhigende Lotion aufgetragen hatte.

Rosalinde war zu Hause geblieben. Die Freundin ihres Vaters begrüßte es, dass ihr Partner und dessen Tochter sich annäherten. Maja musste sich eingestehen, dass sie diesen Zug von ihr sehr sympathisch fand. Womöglich war es an der Zeit, dass sie Rosalinde eine Chance gab. Ja, das würde sie tun, nahm Maja sich vor. Langsam verstand sie auch das Verhalten ihres Vaters von damals besser, weil sie sich jetzt selbst auf der anderen Seite befand. Nun war sie die Frau, die das traute Familienleben bedrohte. Maja dachte an Bjarne. Was er wohl machte, wie es ihm ging? Sie erinnerte sich an das Gefühl seiner Haut auf ihrer, die Gänsehaut, das Herzklopfen, das leise Flattern in ihrer Magengrube. Es hatte sich magisch angefühlt, als er ihre Hand mit seiner berührt hatte. In diesem Moment war sie glücklich gewesen, und Maja war davon überzeugt, dass es ihm auch so ergangen war. Aber am nächsten Morgen hatte er wieder so getan, als sei nichts passiert. Als hätte es diesen Moment nicht gegeben.

Er verhielt sich widersprüchlich, und Maja konnte mit diesem Mischmasch an Gefühlen schlecht umgehen; daran änderte auch eine Distanz von tausend Kilometern nichts.

»Woran denkst du?«, fragte ihr Vater in die Stille.

Maja lächelte leise. Es war tatsächlich so, dass diese Reise sich bisher als eine wunderbare Gelegenheit erwiesen hatte, um sich auf eine gewisse Weise neu kennenzulernen. Ihr Vater gab ihr den nötigen Freiraum; gleichzeitig vermittelte er ihr eine ganz neue Nähe, die sie über Jahre vermisst hatte.

Sie hatten viel geredet und mindestens genauso viel geschwiegen, was gut war, denn früher hatten sie diese Momente nicht ertragen. Maja war glücklich, dass sie mitgekommen war.

»Weißt du, ich habe jemanden kennengelernt«, fing sie an und war selbst überrascht, dass sie mit ihrem Vater darüber sprach. Andererseits, wer hätte in diesem Fall ein besserer Ratgeber sein können als er? »Aber er hat kürzlich seine Frau verloren, und ...«

Wenn ihr Vater überrascht war, dann ließ er sich nichts anmerken. »Das tut mir leid. Wie kann ich dir helfen?«

»Ich ... der ganze Prozess hat mich zum Nachdenken gebracht. Ich weiß nicht, was ich tun soll. Einerseits glaube ich, dass Bjarne mich auch irgendwie mag, aber dann ... dann ist er auf einmal wieder so verschlossen und zurückhaltend. Es gab so viele Momente, in denen wir uns fast geküsst hätten. Letztes Wochenende haben wir mit den Kindern gezeltet, und er hat meine Hand genommen und gehalten, aber am nächsten Morgen tat er so, als wäre nichts gewesen. Entweder er steht doch nicht auf mich, oder ... Wie lange soll ich warten, Papa? Was, wenn er den Verlust nie überwindet?«

Dies war eine Unterhaltung, die sich komisch anfühlte. Sehr ungewohnt, aber irgendwie auch wundervoll.

»Er wird in gewisser Weise nie über ihren Tod hinwegkommen«, erklärte ihr Vater leise, und Maja wusste, dass er recht hatte. Damit konnte sie leben, sie versuchte ja nicht, den Platz seiner verstorbenen Frau einzunehmen ... Und doch wollte sie mehr, als sie jetzt von Bjarne bekam.

»Ja, das ist mir klar. Aber ... ach, ich weiß auch nicht. Ich warte immer auf irgendwas, was dann doch nicht passiert. Vielleicht sollte ich etwas tun, etwas sagen, aber dann traue ich mich nicht, weil ich Angst habe, alles kaputtzumachen. Was, wenn ich mich doch täusche und er nicht so an mir interessiert ist wie ich an ihm?«

»Ich verstehe, dass du Bedenken hast. Vielleicht traut er sich nicht, weil du unabhängig bist und er sich nicht sicher ist, dass du bleiben wirst. Erzähl ihm doch von deinen Gefühlen. Was hält dich zurück?«

Maja lächelte traurig. »Den Satz habe ich letztens schon mal gehört.«

»Von ihm?«

»Ja.« Nicht nur von ihm, auch von der alten Dame, die ihr bei den Recherchen geholfen hatte. Anscheinend merkte jeder, dass sie mit angezogener Handbremse lebte. Womöglich war es an der Zeit, das zu ändern.

»Der Kerl wird mir immer sympathischer«, scherzte ihr Vater und legte seinen Arm um Majas Schultern. »Hätte nicht gedacht, dass ich das mal über einen deiner Freunde sagen würde.«

Maja lachte und erinnerte sich an ihre Verflossenen – allesamt Fehlbesetzungen, wie sie heute zugeben musste. »Vielleicht sollte ich häufiger auf dein Urteil hören, Papa.«

»Ich wünsche mir einfach, dass du glücklich bist, Maja.«

Sie schwiegen einen Augenblick. Die sanfte Brise, die von den Wellen zu ihnen herübergetragen wurde, strich über ihr Gesicht wie eine zärtliche Geste. »Es hat lange gedauert«, meinte sie irgendwann. »Fast zu lange, aber endlich habe ich genau das kapiert.«

»Ich weiß nicht, von wem es stammt, aber das Zitat möchte ich noch loswerden: Das Glück gehört den Mutigen. Und ich bin mir ziemlich sicher, dass damit nicht unbedingt diejenigen gemeint sind, die aus einem Flugzeug springen.« Er tätschelte ihr Knie, und Maja musste lachen, weil sie sich wahrscheinlich gerade beide an den Augenblick erinnerten, als Maja ihrem Vater vor Jahren eröffnet hatte, dass sie von einer Brücke Bungee springen wollte, um das Wasser in einem Fluss zu berühren. Ihr Vater war schier ausgeflippt, Maja hatte es trotzdem getan.

Es war schrecklich gewesen, sie hatte sich fast in die Hosen gemacht. Aber sie hatte es tun *müssen* – um ihm zu beweisen, dass sie ihre eigenen Entscheidungen traf. Heute wusste sie, dass es kindisch gewesen war. Ihre Art, ihm zu zeigen, dass sie sauer war. Anstatt das, was sie bedrückte, auszusprechen, hatte sie rebelliert. Wenn sie sich Noah oder Zoe vorstellte, wie die beiden gefährliche Sachen machten, wurde ihr ganz anders. Und zum ersten Mal begriff sie, wie tiefgreifend die Ängste von Eltern sein mussten. Dabei waren Noah und Zoe nicht mal ihre leiblichen Kinder, auch wenn sie sich ihnen sehr verbunden fühlte und sie vermisste. Nicht nur die beiden, auch ihren Vater.

Maja seufzte.

Sie konnte ihn anrufen.

Sie konnte es aber auch sein lassen.

Was sollte sie ihm sagen?

Gott! Wieso war das so schwierig?

»Was, wenn er mich nicht will?«, sprach sie endlich aus, was ihr größte Sorge war.

Ihr Vater legte ihr wieder den Arm um die Schultern. »Das kann ich mir nicht vorstellen.«

Sie lachte traurig. »Danke, du musst es ja so sehen, du bist mein Papa.«

»Ach, Maja. Ich hoffe, irgendwann glaubst du mir, wenn ich dir sage, wie stolz ich auf dich bin.«

Tatsächlich zweifelte sie in diesem Augenblick keine Sekunde daran. »Das tue ich schon«, sagte sie leise.

Kapitel 27

Ein wahrer Freund ist der, der deine Hand nimmt, aber dein Herz berührt.

Gabriel García Márquez

Mit einem Gefühl im Bauch, als hätte sie Brausepulver genascht, klingelte Maja bei ihren Nachbarn. Die Sommerferien neigten sich dem Ende zu; es war ein kühler Tag, an dem die Sonne nicht so recht hinter den Wolken vorblitzen wollte. Maja war gestern spät aus dem Urlaub zurückgekehrt und wollte den Kindern ihre Mitbringsel – ein Glas mit Sand und Muscheln, die sie am Strand eingesammelt hatte – überreichen.

Noah riss die Tür auf, und Zoe stürmte heraus und klammerte sich an ihrem Bein fest. »Majaaa!«, kreischten beide.

Maja lachte und schüttelte liebevoll den Kopf. »Darf ich reinkommen? Schaut mal, was ich euch mitgebracht habe.«

Sie überreichte den beiden ihre Geschenke. Noahs Mund formte ein »Ohhh«.

»Cool, jetzt können wir uns einen Strand bauen.«

Maja tätschelte Zoes Kopf. »Für die Barbies würde der Sand reichen, ja, wieso nicht, hast du irgendwo einen Karton? Dann können wir einen Himmel und eine Sonne aufmalen.« Sie ging mit den zufriedenen Kindern hinein. Bjarne stand in der Küche und schob gerade ein Blech mit Kartoffelspalten in den Ofen. Er grinste. »Und ich bekomme nichts?«

Sie hatte ihn vermisst, aber das konnte sie ihm nicht sagen. Stattdessen schluckte sie und zuckte die Schultern. »Du kannst gern ein paar Sandkörnchen abhaben«, scherzte sie.

Noah und Zoe verschwanden im Garten, und Bjarne erzählte, was sie in den letzten Tagen unternommen hatten. Danach war Maja an der Reihe zu berichten, wie es ihr mit ihrem Vater ergangen war. Sie plauderten eine ganze Weile, bis sich plötzlich eine merkwürdige Stille zwischen ihnen ausbreitete.

Es war ein befangenes Schweigen; anscheinend wusste keiner von beiden so recht, worüber man jetzt noch reden konnte, ohne zum Punkt zu kommen; zu dem, was zuletzt zwischen ihnen beinahe geschehen wäre und dann doch nicht geschehen war.

»Die Kinder schlafen übers Wochenende bei Susanne«, erklärte er auf einmal, und Maja wusste im ersten Moment nichts damit anzufangen. War das eine Einladung? Ein Hinweis? Oder einfach nur eine beiläufige Information?

»Wie schön«, antwortete sie unverbindlich. »Da werden sie sich freuen.«

»Ich dachte, vielleicht könnten wir was unternehmen?« Sie sah seinen Adamsapfel hüpfen. Er wirkte ein wenig verlegen. Nervös, ja. »Eine Fahrradtour?«

Majas Herz schlug höher. »Ja, sehr gern.«

War das ein Date? Oder wollte er einfach nicht allein sein?

Seit wann war sie so unsicher?

Es fühlte sich schrecklich an.

So viel zu ihren Vorsätzen, dass sie endlich das aussprechen wollte, was in ihr vorging. Es war eben doch eine Sache, sich in

Gedanken ein Gespräch auszumalen, und eine andere, es dann tatsächlich zu führen.

* * *

Der Himmel war auch heute von dunklen Wolken bedeckt, und es wehte ein leichter Wind. Den ganzen Morgen hatte sie befürchtet, dass es gleich regnen würde; damit wäre die Radtour ins Wasser gefallen. Zum Glück hatte sich das Wetter gehalten, doch leider waren die Wolken immer noch da. Es fühlte sich sehr stark nach einem Date an, als Maja sich auf ihr Rad schwang. Bjarne hatte einen Rucksack mit Verpflegung dabei; er hatte sich um alles gekümmert und strahlte sie an. »Kann's losgehen?«

Maja nickte und erwiderte sein Lächeln. »Unbedingt.«

Gemeinsam ließen sie die Neubausiedlung hinter sich, bogen in Richtung Wald ab und plauderten über alles und nichts. Unbeschwert. Maja war erleichtert, denn sie war zuvor schrecklich nervös gewesen. Die Stimmung war gut, gelöst. Es fühlte sich auf einmal wieder ganz einfach an, mit Bjarne zusammen zu sein. Sie wählten heute eine einfache Strecke, nicht den schwierigen Mountainbike-Trail. Nach einer guten Stunde fand Bjarne ein ruhiges Eckchen an der Ilmenau; es gab auch hier einen kleinen Sandstrand. »Sieht gut aus«, meinte Maja. Sie legten ihre Fahrräder ins Gras, und Bjarne zog eine Decke aus dem Rucksack. Dann zauberte er ein paar Dosen mit Snacks und zwei Wasserflaschen hervor.

»Voilà.« Mit einem Lächeln wandte er sich an sie. »Es ist angerichtet.«

Maja kniete sich auf den Boden und lachte. »Das ist ja mal wieder typisch Mann. Du hättest die Deckel abnehmen müssen«, scherzte sie.

»Stimmt.« Er holte es nach, und weil Maja die gleiche Idee hatte, trafen ihre Finger aufeinander.

Sie zuckten gleichzeitig zurück, als hätten sie sich verbrannt. Maja schluckte und wich seinem Blick aus. Bjarne räusperte sich und machte mit den Dosen weiter. »So, jetzt aber. Greif zu.«

Maja nahm eine grüne Olive und steckte sie sich in den Mund. Für einen Augenblick schwiegen sie, saßen wortlos nebeneinander und schauten auf das Wasser. Hin und wieder kamen ein paar Kanufahrer vorbei, einige winkten, andere waren zu sehr mit sich und ihrer Gruppe beschäftigt. Gelegentlich flogen Vögel dicht über ihnen vorbei. Der Wind frischte langsam auf. Maja entdeckte ein Schwanenpärchen, das sie schon häufiger gesehen hatte. »Oh guck mal, die kenn ich«, meinte sie.

»Wen?«

»Da, die Schwäne. Die scheinen hier irgendwo zu leben.«

»Ja, das stimmt. Die habe ich schon vor Jahren hier gesehen. Also ich denke zumindest, dass es das gleiche Paar ist.«

Maja spürte etwas Nasses auf ihren Unterarmen. Sie guckte nach oben und dann aufs Wasser. »*Shit*«, murmelte sie. »Es fängt an zu regnen.«

Die Worte waren kaum ausgesprochen, da wurde aus einzelnen Tropfen auch schon ein Wasserfall. Hektisch packten sie zusammen, Bjarne stopfte alles in den Rucksack und sie rannten zum Wald und stellten sich unter eine alte Eiche, wo sie von den dichten Blättern vor dem Regenguss geschützt waren.

Maja atmete schneller. Sie spürte Bjarne hinter sich. Sie fühlte seinen Atem an ihrem Hals, und Maja schloss die Augen. Sie drehte sich zu ihm um.

Er war so nah. So nah. Noch nicht nah genug. Sehnsucht übertönte alle anderen Empfindungen in ihr.

Bjarne legte Maja eine Hand an die Wange und schaut ihr tief in die Augen. Um sie herum ging die Welt unter, und niemanden interessierte es. Alles, was noch wichtig war, waren sie beide hier unter der alten Eiche.

»Ich wollte aufhören, immer nur daran zu denken, und es endlich tun«, wisperte er mit belegter Stimme.

»Was?«, hauchte sie. Eine Gänsehaut überzog ihren Körper. Ihr Atem ging schneller.

»Dich küssen, Maja. Ich will dich küssen. Deine Lippen auf meinen spüren. Deinen Körper in meinen Armen.« Bjarne senkte seinen Mund auf ihren, und ein Meer an Emotionen spülte über sie hinweg.

Es war federleicht, eine so zarte Berührung, dass Maja erschauderte.

Er löste sich von ihr, sie öffnete ihre Augen und schaute in seine.

Stummes Einvernehmen. Brennende Sehnsucht. Ihm ging es wie ihr, und ihr Herz füllte sich mit Wärme.

Für einige Atemzüge rührte sich keiner von ihnen auch nur einen Zentimeter, dann küsste er sie noch einmal. Eindringlicher und leidenschaftlicher. Ein Kuss voller Verlangen. Das Blut rauschte in Majas Ohren, sie schmolz in seinen Armen, während sie die Nähe genoss.

Dieser Kuss war tausendmal besser, als er in ihren Gedanken je hätte sein können. Sie legte ihre Arme um Bjarnes Hals und verlor sich im Augenblick der Sinnlichkeit. Sie ließ ihre Hände unter sein Shirt gleiten und genoss das Gefühl seiner Haut unter ihren Fingern.

Plötzlich schreckte Bjarne zurück, als hätte ihn ein Schlag getroffen. »Ich kann das nicht. Ich dachte, ich könnte, aber …«, stammelte er völlig aufgelöst.

Eine Faust drückte Majas Herz zusammen. Sie erkannte die Endgültigkeit in seinem Blick, die Reue. Die Schuldgefühle.

Majas Puls raste noch immer, ihr Brustkorb hob und senkte sich schnell. Ihre Knie waren so weich wie Butter in der Sonne.

Sie stützte sich mit einer Hand am Baum ab. »Bjarne ...«, fing sie an, aber er unterbrach sie.

»Lass es mich erklären«, bat er mit erstickter Stimme.

Hoffnung keimte in ihr auf. Vielleicht hatte sie etwas missinterpretiert.

»Ich sehe meinen Schmerz, wenn ich in deine Augen schaue. Jedes Mal«, fuhr er fort.

Sie verstand nicht, worauf er hinauswollte. »Bjarne ...?«

Er schüttelte den Kopf und taumelte zurück. »Es tut so weh, Maja. Ich dachte, ich, ach, ich weiß nicht, was ich gedacht habe. Vermutlich gar nichts.«

Sie wusste, dass es jetzt nicht mehr um sie, sondern um seine verstorbene Frau ging. Ihr Mut sank. Gleichzeitig wusste sie, dass sie ihm keine Vorwürfe machen durfte. Sie wollte es auch gar nicht, obwohl sie traurig war.

»Ich verstehe, es ist zu früh«, erklärte sie leise.

»Nein, das ist es nicht.«

Maja erstarrte und blickte auf. Das war es nicht?

Bjarnes Gesicht war verzerrt vor Schmerz, als litte er tatsächlich körperliche Qualen. »Ich *will* mich besser fühlen. Aber ich kann es nicht.« Tiefes Atmen, ein Zähneknirschen und dann ein ganz leises, kaum hörbares: »Ich sehne mich nach dir. Ich liebe dich, Maja.« Daraufhin schwieg er und starrte sie mit einer so durchdringenden Intensität an, dass Maja ganz schwindelig wurde.

Er liebte sie?

Hatte sie das eben richtig verstanden? Nein, das war unmöglich. Sie musste sich das eingebildet haben.

Maja war froh, dass sie den Baum als Stütze hatte, sonst wären ihre Beine unter ihr weggesackt.

»Aber ich liebe auch Alexandra«, fuhr er in dieser Sekunde fort und erstickte damit ihre Hoffnung wieder.

Danach sagte niemand mehr etwas. Das Schweigen zwischen ihnen wurde trotz des niederprasselnden Regens immer ohrenbetäubender.

Maja wusste nicht, wie sie reagieren sollte. Sie konnte ihm nichts vorwerfen; sie hatte gewusst, worauf sie sich einließ oder was sie erwarten konnte. Ihr Respekt für ihn wuchs sogar noch, auch wenn es wehtat. Bjarne stürzte sich nicht kopflos in eine neue Beziehung, oder wie auch immer man es nennen sollte. »Was erwartest du jetzt von mir?«, war alles, was sie erwidern konnte.

Er nickte ganz ruhig, als hätte er selbst etwas Wichtiges begriffen. »Ja, das war ein Gesprächskiller, das ist mir klar. Aber es ist so. Wie soll das mit uns gehen, und wie könnte ich dir das alles antun, Maja? Du hast mehr verdient, als ich dir geben kann. Jemals geben könnte. Mein Herz gehört Alexandra, wird es immer tun. Egal, wie sehr ich mich auch zu dir hingezogen fühle.«

Bjarne trat einen Schritt auf sie zu; das Bedauern, das in seinen Zügen lag, schnürte ihr die Luft ab.

Sie hob ihre Hand. »Nicht«, bat sie leise und schaute weg.

Mehr gab es nicht zu sagen, mehr wollte sie nicht hören. Sie hatte all das gewusst, und doch überraschte es sie, wie tief dieser Schmerz ging, der ihr die Luft zum Atmen nahm. Maja hastete wortlos durch den Regen, holte ihr Fahrrad und schob es den Hang hinauf. Sie wandte sich nicht noch einmal um, und sie fragte sich, wie sie ihm jemals wieder gegenübertreten und so tun sollte, als hätte es diesen Moment voller Leidenschaft und Hoffnung zwischen ihnen nicht gegeben. Es war unmöglich, das musste er wissen, so, wie sie es wusste.

* * *

Als Bjarne zu Hause ankam, lag das Haus im Dunkeln. Er war von Kopf bis Fuß durchnässt, aber er spürte es kaum. Das dumpfe Pochen in seiner Magengrube übertönte alles andere. Matt schob er sein Rad in die Garage, dann ging er ins Haus. Seine Klamotten stopfte er gleich in die Waschmaschine; diese Routineaufgaben halfen ihm dabei, nicht völlig durchzudrehen. Dieser Tag hatte schön werden sollen; er hatte sich wirklich darauf gefreut, aber nun hatte er alles kaputtgemacht.

Regen prasselte noch immer wie eine stumme Anklage gegen die Scheiben. Eine tonnenschwere Last lag auf seiner Brust, als er das Wasser in der Dusche anstellte und hineinstieg. Immer wieder kehrte er zu der Frage zurück, wann er die Kontrolle verloren hatte und warum es sich so richtig angefühlt hatte, Maja zu küssen.

Als gehörten sie zusammen. Er wünschte, es könnte so sein; gleichzeitig fühlte er sich wie ein Betrüger. Sein Blick fiel auf den Ring an seinem Finger. Er war verheiratet, und seine Frau war noch nicht mal ein Jahr tot. Selbst wenn ihm das Geschwätz der Leute egal gewesen wäre, so fühlte er sich immer noch unwohl beim Gedanken daran, dass er einfach sein altes Leben ändern, alles wie eine Seite in einem Buch umschlagen könnte.

Es bedeutete nicht, dass er sich nicht danach sehnte, aber als er Maja geküsst hatte, hatte ihn gleichzeitig eine meterhohe Welle der Panik erfasst. Aus seinem Verlangen war Abscheu geworden, vor sich selbst und vor dem, was er da tat. Wie konnte er sich mit Maja vergnügen, obwohl seine Ehefrau tot war?

Er fühlte sich schuldig gegenüber Maja; es war nicht fair. Er wollte es ihr erklären, aber er hatte keine Ahnung, wie er all die Gefühle, die auf ihn einprasselten, in Worte fassen konnte.

Unruhig lief er im Haus auf und ab; immer wieder blieb er stehen, schloss die Augen und legte sich Sätze im Kopf zurecht, doch dann verwarf er wieder alles, weil es sinnlos war. Sein

Verhalten war nicht zu entschuldigen, er hätte sie nicht küssen dürfen. Er hätte ihr erzählen sollen, dass er sich nach ihr sehnte, aber gleichzeitig nicht bereit war, sich auf eine neue Beziehung einzulassen. Und wollte sie das überhaupt? Das war möglicherweise das Hauptproblem – in seiner Freundschaft mit Maja war es fast ausschließlich um ihn und seine Probleme gegangen. Das, was ihn bewegte. Er wollte mehr für sie, sie hatte mehr verdient. Aus genau diesem Grund war er der Falsche für sie – egal wie sehr er sich auch zu ihr hingezogen fühlte.

Bjarne ging in die Küche und goss sich ein Glas Wasser ein. Das Schrillen der Türglocke ließ ihn zusammenfahren; das Glas entglitt seinen Händen und zerschellte in der Spüle.

Er griff danach, fluchte, dann ging er zur Haustür und öffnete.

»Maja«, stieß er hervor und blieb regungslos stehen.

Sie sah schrecklich aus. Blass und mit weit aufgerissenen Augen blickte sie ihn an. Sein Herz zog sich sehnsuchtsvoll zusammen, aber das war nicht alles. Er fühlte sich noch immer schuldig, und das überwog alles andere. Sie wirkte mindestens so erschüttert, wie er sich fühlte.

»Können wir kurz reden?«, bat sie, dann fiel ihr Blick auf seine Hand. »Du blutest.«

Erst jetzt bemerkte er, dass er sich an einer Scherbe geschnitten hatte. Hellrotes Blut sickerte aus einer Schnittwunde. »Nicht schlimm«, murmelte er und trat zurück, um sie hereinzulassen.

Maja eilte in die Gästetoilette und kam mit einem Taschentuch zurück. Sie griff nach seiner Hand und betupfte die Wunde, um sie sich näher anzusehen. Er roch ihren ganz eigenen Duft, spürte ihre Wärme. Das Verlangen, sie in seine Arme zu ziehen, zerrte an ihm, es war qualvoll und wunderschön gleichzeitig. Er rührte sich nicht. Schließlich trat Maja zurück. »Entschuldige, ich …«, fing sie an.

»Danke, Maja.« Er ließ seine Hand sinken. »Möchtest du … etwas trinken?«

Sie standen sich gegenüber, einer wirkte nervöser als der andere. Es war das passiert, wovor Bjarne sich gefürchtet hatte. Die Befangenheit hing zwischen ihnen wie eine dicke, dunkle Wolke.

»Ich dachte, dass ich so weit wäre, aber das bin ich nicht«, versuchte Bjarne, Maja seine Gefühle zu beschreiben.

»Du musst mir nichts erklären, Bjarne. Ich habe Verständnis. Wirklich.«

Er hob eine Hand an sein Herz und machte eine Faust. »Es tut weh, Maja. Es tut weh, dich so zu sehen; gleichzeitig weiß ich, dass du dein Glück finden wirst. Wenn auch nicht mit mir.«

Er musste sie gehen lassen, ehe er ihr noch mehr Schmerz zufügte. Maja hatte schon genug im Leben ertragen müssen, da musste er sich nicht auch noch in die Schlange der Missetäter einreihen. Aber war es dafür nicht zu spät?

»Hör zu. Ich habe mir lange Gedanken gemacht, Bjarne. Schon vor … du weißt schon.«

Es war klar, dass sie den Kuss meinte. Die Erinnerung daran war schön und Furcht einflößend zugleich. Die Intensität hatte ihn schier überwältigt.

Noch immer war er elektrisiert. Gleichzeitig fühlte er sich wie ein mieser Betrüger. Chaos pur.

Er nickte nur und schluckte trocken.

»Ich verstehe, wenn es dir zu schnell geht, aber ich wollte dir doch eines sagen, bevor mich der Mut wieder verlässt.« Sie holte tief Luft. »Ich habe mich in dich verliebt, und das sollst du wissen, Bjarne. Ich weiß nicht, wie und wann das passiert ist, aber ich liebe dich.«

Bjarne schlug die Augen nieder, unfähig zu reagieren.

Sie liebte ihn auch.

Das Einzige, was ihm dazu spontan einfiel, war falsch. Er konnte sich nicht in ihre Arme werfen, er konnte sie nicht noch einmal küssen, denn es wäre unfair gewesen. Er würde Maja nie so lieben können, wie sie es verdiente. Wie war es möglich, dass man sich nach zwei Menschen zugleich verzehrte? Er durfte jetzt keinen Fehler machen, schon allein der Kinder wegen.

»Du musst nichts sagen«, hörte er ihre tonlose Stimme. »Ich wollte das nur loswerden und gehe auch gleich wieder.«

Bjarne wollte sie bitten zu bleiben, und er wollte es auch wieder nicht. Wann war das alles eigentlich so unglaublich kompliziert geworden?

KAPITEL 28

Unbefriedigte Liebe wächst, wenn Liebende einander fern sein müssen,
und keine Philosophie hilft dagegen.

Voltaire

Einige Tage waren vergangen; Tage, in denen der Sommer sich verabschiedet hatte. Sonne war Regen gewichen. Maja fühlte sich schrecklich. Zwischen Bjarne und ihr herrschte Schweigen. In den letzten schlaflosen Nächten war Maja jedoch eines klar geworden. Sie musste endlich aufhören, immer mit Netz und doppeltem Boden zu arbeiten. Endlich hatte sie das begriffen, nur mit der Umsetzung haperte es.

Ihr Telefon bimmelte. Es war Charlotte.

Maja wollte nicht rangehen, aber vielleicht tat es gut, nicht immer nur Selbstgespräche zu führen.

»Hey, Süße«, begrüßte sie Charlotte.

»Hallo, meine Liebe.« Charlotte saß in ihrer Wohnung, vor ihr stand eine Tasse. »Wie läuft's?«

Maja holte tief Luft. »Ähm. Super. Es läuft sehr gut, aber die Arbeit, du weißt ja, ich stecke da irgendwie fest.« Das war wenigstens nicht gelogen; an Schreiben war in den letzten Tagen nicht zu denken gewesen. Maja war zu nichts fähig, als sich in ihrem Elend zu suhlen. Sie hatte mit Noah und Zoe gespielt, war aber Bjarne tunlichst aus dem Weg gegangen. Er hatte es ihr leicht gemacht. Aber das war nichts, was sie mit Charlotte besprechen wollte – oder konnte. Es war einfach zu verzwackt.

»Du schaust echt müde aus, Liebes.«

»Ach, halb so wild. Wie geht es dir?«

Charlottes Gesicht hellte sich auf. »Großartig. Obwohl ich Boston mag, freue ich mich doch, dass ich bald wieder daheim sein werde.«

Die Rückkehr, das Stichwort, dachte Maja. Sie musste sich was überlegen. Wo sollte sie hin? Noch ein Punkt auf ihrer Liste, den sie am liebsten gestrichen hätte. Sie wollte nicht gehen, aber sie konnte auch nicht bleiben.

»Ich denke, dass ich doch erst mal bei meinem Vater unterkomme, bis ich mir sicher bin, was ich wirklich will.«

»Echt?« Charlottes Stimme klang eine Oktave höher. »Bist du sicher, dass das eine gute Idee ist?«

Nein, ganz und gar nicht.

»Klar doch. Ohne Risiko, ist ja alles da; und Hamburg ist nicht aus der Welt, ich kann dich ständig besuchen.«

Und die Kinder.

Und Bjarne.

Nein, nicht Bjarne.

Maja seufzte und spürte Charlottes prüfenden Blick auf sich. »Du könntest auch noch 'ne Weile bleiben«, bot sie an.

»Nee, du und Chris – ihr sollt euch mal in Ruhe einleben.«

»Erst mal verreisen wir ja, Maja. Ich freue mich schon irre darauf. Du willst doch nicht sofort nach Hamburg, oder?«

Maja zuckte die Schultern. Früher wäre besser als später gewesen; das hier war kein Zustand, den sie lange aushalten würde. »Ich weiß noch nicht.«

»Keine Eile, Süße.« Charlotte sah aufs Display. »Oh, Chris ruft an.«

Maja grinste. »Kein Problem, nimm das Gespräch an. Wir hören uns.«

Im Grunde war sie froh, dass sie auflegen konnte.

* * *

Einige Tage später war es so weit. Maja konnte nicht mehr warten, sie wollte nicht mehr warten. Die Gewissheit, dass ihre Zeit in Wendersen abgelaufen war, hatte sich wie ein Mühlstein auf ihre Brust gelegt. Sie musste es erzählen, erklären. Gleichzeitig fürchtete sie sich vor der Reaktion und den Konsequenzen. Es ging nicht nur um Bjarne, es ging vor allem um Noah und Zoe, die sie schrecklich vermissen würde. Sie wusste, dass sie den Kindern damit wehtun würde, aber es musste sein. Maja erklärte es den beiden, während sie am Esstisch saßen und Mensch ärgere Dich nicht spielten. Alexandras Stuhl hatte sie nicht mehr benutzt, sondern immer einen anderen.

Zoe und Noah schauten irritiert. »Du gehst weg?«

Maja nickte. »Charlotte kommt zurück, und sie und ihr Mann Chris brauchen ihr Haus wieder für sich.«

Noahs Blick wurde trüb. »Das ist schade. Wo gehst du hin? Sehen wir uns dann nicht mehr?«

Maja atmete aus und straffte sich. Sie schaffte es sogar zu lächeln. »Ich gehe erst mal zu meinem Papa nach Hamburg, das wird super. Ihr könnt mich besuchen, und wir können tolle Sachen machen. Eine Rundfahrt im Hafen. Mit einem richtigen Schiff zum Beispiel, oder wir gehen in den Zoo. Kennt ihr den Tierpark Hagenbeck?« Sie zählte noch mehr Sachen auf. Maja wusste eine Menge, sie hatte in den letzten Nächten, in denen sie keinen Schlaf gefunden hatte, immer wieder recherchiert, was man mit Kindern in Hamburg unternehmen konnte.

»Wer lernt dann mit mir?«, wollte Noah wissen.

Majas Herz wurde schwer. Sie würde die beiden schrecklich vermissen, aber dieser Moment hatte kommen müssen. »Ein paar Mal in der Woche kann ich es bestimmt einrichten, Hamburg ist ja nicht so weit weg. Es wird fast kein Unterschied sein.« Sie lächelte noch immer, doch es fühlte sich wie eine Grimasse an. Natürlich würde es ganz anders werden; trotzdem hoffte sie darauf, dass sie die Kinder weiterhin würde treffen können.

Als die beiden etwas später nach oben verschwunden waren, sprach Maja Bjarne an, der gerade nach Hause gekommen war und die Einkäufe in den Kühlschrank sortierte.

»Können wir kurz reden?«, bat sie ihn mit klopfendem Herzen. Ihre Hände waren eiskalt, sie bekam kaum Luft.

Er sah sie an, als hätte sie ihm eine Ohrfeige verpasst. »Sicher. Schieß los.«

Maja hätte gern gelacht, aber es gelang ihr nicht. Sie wusste, dass Bjarne nicht mit ihr sprechen wollte, zumindest nicht über das, was sie zu sagen hatte.

»Charlotte kommt bald zurück, und … ich werde nach Hamburg ziehen.«

Er ließ eine Milchpackung fallen; zum Glück platzte sie nicht. Er hob sie auf und machte weiter. Stoisch. Eingefroren.

Maja tat es leid, ihn so zu sehen, aber letzten Endes war es für alle besser, wenn sie es kurz und schmerzlos machte. Was gab es sonst auch noch zu sagen?

»Wann?«, fragte er tonlos.

Sie zuckte die Schultern. »In den nächsten Tagen.«

Er schluckte; seine Lippen wurden zu schmalen Strichen, aber er erwiderte nichts darauf. Maja sah ihm noch eine Weile zu, aber er behandelte sie wie Luft, also verabschiedete sie sich schließlich und ging mit einem beklemmenden Gefühl in der Brust nach Hause. Als hätte jemand ihr Herz in einen Schraubstock gepresst und drehte ihn immer fester zu.

* * *

Als Bjarne Zoe und Noah ins Bett brachte, erzählten sie es ihm gleichzeitig. »Maja wird wegziehen …«

Er nahm die Information auf, reagierte aber nicht darauf. Er hatte es ja vorher schon von ihr gehört. Etwas von der Wärme, die ihn über den Sommer begleitet hatte, war aus ihm geflossen. Aber er wusste, dass es unvermeidlich gewesen war. Er hatte immer gewusst, dass Maja nicht bleiben würde. Und er hatte auch gerade andere Sorgen. Das redete er sich jedenfalls ein, indem er sich sagte, dass seine Schwermut ausschließlich daher rührte, dass sich Alexandras Todestag näherte. Es war richtig, Maja gehen zu lassen.

Er strich seinen Kindern über den Kopf. »Das ist schon okay so, Maja wohnt hier ja nicht.«

»Aber ich werde sie vermissen«, jammerte Zoe.

»Ich auch«, stimmte Noah zu. »Können wir sie besuchen?«

»Natürlich«, gab Bjarne zurück; dabei war er sich ganz und gar nicht sicher, wie das funktionieren sollte. Um die Kinder nicht zu verunsichern, plapperte er unsinniges Zeug und versuchte, die Realität nicht an sie heranzulassen. Sie würden es verstehen, hoffte er. Irgendwann.

Später am Abend fand Bjarne einfach keine Ruhe; daher stieg er in seinen Dachboden und kramte einen leeren Bogen Papier heraus.

Liebe Alexandra,

streich das mit dem neu Verlieben von deiner verdammten Liste. Das, was du dir beim Schreiben vielleicht gedacht hast, ist unerfüllbar. Obwohl ich in Maja verliebt bin, kann ich es nicht zeigen. Ich traue mich nicht, weil ich weiß, dass es falsch wäre. Es ist alles so verfahren, aber die Lösung hat sie mir heute zum Glück präsentiert. Sie geht weg. Nun bin ich froh, dass es nicht zu mehr als einem Kuss gekommen ist. Die Kinder leiden jetzt schon, auch ohne dass Maja zu einem noch wichtigeren Teil in unser aller Leben geworden ist.

Ich weiß gar nicht, warum ich dir das schreibe. Momentan fühle ich mich zornig auf alles und jeden, dabei habe ich gedacht, dass ich über diesen Punkt längst hinweg wäre. Tja, da habe ich mich wohl getäuscht. Mir fehlen die Worte, um das auszudrücken, was in mir vorgeht. Aber Alexandra, glücklich geht anders. Ich bin mir sicher, du hattest dir das in deiner Großzügigkeit nicht so vorgestellt, dass ich mich erst verliebe und diese Frau dann gehen lasse. Regelrecht von mir stoße, um genau zu sein. Ich verstehe es ja selbst nicht, gleichzeitig weiß ich, dass es richtig ist. Mir ist anscheinend nicht mehr zu helfen.

Dein Bjarne

* * *

In der Woche darauf stand Bjarne hinter der Gardine und sah zu, wie Maja von ihrem Vater abgeholt wurde. Wie ein Feigling linste er durch den Vorhang. Ein Teil von ihm schrie danach, hinauszulaufen und sie aufzuhalten. Aber die andere Hälfte, die Vernunft, hielt ihn zurück. Noah und Zoe waren mit Susanne unterwegs, Maja hatte sich am Vormittag von ihnen verabschiedet. Bjarne hatte stumm zugesehen und sie am Ende steif umarmt, als wären sie Fremde. Jetzt bebte seine Unterlippe, während er beobachtete, wie sie sich auf den Beifahrersitz setzte.

Maja drehte sich noch einmal um und schaute zu ihm. Bjarne schluckte und spürte, wie sich zwei Tränen aus seinen Augenwinkeln lösten. Er hatte die Hände zu Fäusten geballt, die Nägel gruben sich in sein Fleisch. Die Kiefer waren so fest aufeinandergepresst, dass er das Knirschen seiner Zähne hörte. Maja war blass, sie rang um Fassung. Glücklich ging anders.

Und dann schlug sie die Tür zu, der dunkle Mercedes rollte von der Auffahrt und Maja verschwand aus seinem Leben. In ihm war nichts als eine beklemmende Stille. Er vermochte sich nicht zu rühren, starrte weiter aus dem Fenster, als könnte er nicht glauben, was er da eben gesehen hatte.

Sie war fort und hatte einen Teil seines Herzens mitgenommen. Unbemerkt hatte er es ihr geschenkt, obwohl sie ihn nicht darum gebeten hatte.

KAPITEL 29

Sehnsucht involviert immer Ungeduld und bedeutet Leiden.

Prentice Mulford

Die letzten drei Wochen waren in endloser Langsamkeit verstrichen. Das triste Grau des beginnenden Herbstes hing über Hamburg. Maja saß am Elbufer und versuchte, ein paar Worte auf ihren Notizblock zu kritzeln, aber es fiel ihr schwer, ihre Gedanken zu ordnen. Kalter Wind wehte ihr um die Ohren, und sie schlug den Kragen ein wenig höher und schaute auf die Elbe. Schiffe zogen an ihr vorüber, hin und wieder kam jemand mit einem Hund oder einem Kinderwagen vorbei. Maja hatte kein Problem damit, allein zu sein, aber gerade jetzt fühlte sie sich unendlich einsam. Die Monate in Wendersen hatten sie zu einem anderen Menschen gemacht, doch hier in Hamburg kam sie noch nicht mit sich und den Veränderungen klar. Als einziges echtes Mitbringsel aus der Doppelhaushälfte hatte Maja ihren neuen Sauerteigstarter im Kühlschrank stehen. Vielleicht sollte sie endlich mal wieder ein Brot backen.

Heute schien ohnehin nichts Produktives aus ihrem Hirn zu fließen, warum also noch länger sinnlos herumsitzen? Maja stand auf, klopfte sich den Staub vom Hintern und machte sich auf den Nachhauseweg.

Es fühlte sich noch immer komisch an, den Schlüssel ins Schloss zu stecken und die separate Wohnung innerhalb der Villa zu betreten. Es roch irgendwie fremd, aber das würde mit der Zeit vielleicht noch werden. Zielsicher ging sie in die Küche, wusch sich die Hände und stellte alles zum Brotbacken bereit. Irgendwie beruhigte sie diese Tätigkeit, und es erfüllte sie gleichzeitig mit Stolz, dass sie es doch noch hinbekommen hatte.

Sie nahm ihren Starter, den sie Gustav getauft hatte, aus dem Kühlschrank und betrachtete das hohe Glas zufrieden. Rosalinde hatte sich als großartige Ratgeberin in Backfragen erwiesen, und ihr Verhältnis war mittlerweile als durchaus freundschaftlich zu bezeichnen. Sie hatte eine Chance verdient.

Maja wog Roggenmehl, Wasser und Salz ab und gab alles in eine Schüssel. Zuletzt fügte sie sieben Gramm des Starters hinzu und verarbeitete alles zu einem klebrigen Teig. Der musste jetzt zwölf Stunden lang ruhen, dann folgte der nächste Schritt. Maja grinste und schüttelte den Kopf. »Wenn man weiß, wie es geht, ist es so simpel«, murmelte sie, amüsiert angesichts der Erinnerung an die ersten Versuche, die so gründlich in die Hose gegangen waren.

Sie hätte Bjarne gern mal ein Brot vorbeigebracht.

Nein, ermahnte sie sich. Wo sollte das hinführen? Und was sollte sie sagen? »Oh hallo, ich bin mal eben mit der Bahn nach Lüneburg und dann mit dem Bus zu dir gefahren, um dir ein selbst gebackenes Brot zu bringen.«?

Sie seufzte leise. Das klang sogar in ihrem Kopf dämlicher als der berühmte Satz »Ich habe eine Wassermelone getragen« aus dem Film »Dirty Dancing«.

Maja verzog ihre Lippen und deckte den Brotteig ab, damit er nicht austrocknete. Danach setzte sie sich an den Küchentisch und klappte ihren Laptop auf. Wie so oft hatte sie eine Deadline für die Heideherzen im Nacken. Ihr Vater hatte zum Glück auf-gehört, sie danach zu fragen, aber Maja hatte endlich begrif-fen, dass sie so nie zum Ziel kommen würde. Sie begann zu schreiben; gerade ging es in ihren Dialogen ziemlich traurig zu, die Paare trennten sich, es wurde viel geweint.

»Gott«, stieß sie irgendwann hervor und löschte alles wieder.

Seit wann projizierte sie eigentlich ihre eigene Stimmung in ihre Schreiberei? Sie wusste es ganz genau: seit sie den Kopf ein-fach nicht mehr freibekam. Sie vermisste Noah und Zoe. Noah hatte ein Smartphone; sie sahen sich ein paarmal die Woche über Videochat. Ohne Bjarne.

Sie vermisste Bjarne.

Sie vermisste sogar Wendersen.

Aber Abstand war das, was ihr am ehesten über den Liebeskummer hinweghelfen würde. Leider konnte sie nicht einmal böse auf Bjarne sein. Mit Wut hätte sie viel besser um-gehen können als mit dieser schrecklichen melancholischen Stimmung.

Es bimmelte an ihrer Tür, und Maja schreckte hoch. Meine Güte, dachte sie und stand auf. Da hatte sie sich mal wieder total in ihrer Träumerei verloren.

Als sie öffnete, stieß sie einen kleinen Schrei aus. »Charlotte!«, rief sie und umarmte ihre Freundin fest.

»Hey, Maja, du siehst aus, als wärst du überrascht, mich zu sehen.«

»Komm doch erst mal rein.« Tatsächlich hatte Maja verges-sen, dass Charlotte sich für heute angekündigt hatte, weil jeder Tag gleich war. Sie hatte keine festen Termine, keine Kinder, die irgendwo abgeholt werden mussten …

Nicht schon wieder, sagte sie sich und konzentrierte sich auf ihre Freundin, die erst vor wenigen Tagen wiedergekommen war.

»Hast du den Jetlag schon überwunden?«, fragte Maja, während sie mit ihr in das kleine Wohnzimmer ging.

»Ach, es geht. Ich kann ja noch ausschlafen.« Charlotte warf ihren Mantel über die Sofalehne und ließ sich in die Kissen sinken.

»Kaffee?«, bot Maja an.

Charlotte überlegte kurz, dann schüttelte sie den Kopf. »Ich trinke lieber ein Glas Wasser, danke.«

Kurz darauf kehrte Maja mit einem Kaffee für sich und Sprudel für Charlotte zurück.

»So, dann erzähl mal, wie wars?«, fragte sie ihre Freundin und setzte sich ihr gegenüber.

Charlotte richtete sich auf, sie wirkte ein wenig blass um die Nase. Kam sicher noch von der Reise, überlegte Maja. Plötzlich sprang Charlotte auf und rannte aus dem Zimmer.

Maja guckte ihr mit offen stehendem Mund hinterher. »Charlotte?«

Sie hörte ein Würgen aus dem Badezimmer. Dann die Toilettenspülung, schließlich rauschte das Wasser am Waschbecken.

Als Charlotte zurückkehrte, wirkte sie ein wenig wackelig auf den Beinen. Maja sprang auf. »Hey, alles okay?«

Ihre Freundin winkte ab und setzte sich wieder aufs Sofa. »Puh. Mein Gott.«

»Charlotte?« Maja hielt die Luft an; sie hatte plötzlich eine Ahnung, was das zu bedeuten hatte.

Charlottes träges Lächeln sagte genug. »Ich bin schwanger, Maja.«

Maja quietschte. »Was?«

»Ja, es … es muss bei Chris' erstem Besuch passiert sein. Ganz ohne extra Hormone!«

Majas Blick wanderte zu ihrem Bauch; es war noch nichts zu erkennen, ihr Kleid war locker und luftig.

»Ich muss dauernd kotzen«, erklärte Charlotte mit einem Augenrollen. »Nicht nur morgens.« Sie schüttelte den Kopf.

»Nein. Wirklich immerzu. Aber man sagt, je mehr einem schlecht ist, desto besser geht's dem Kind. Von daher … ist es okay.«

»Wow«, war alles, was Maja dazu sagen konnte, und sie lächelte. »Ich freue mich total für dich! Was sagt Chris?«

Charlotte wirkte glücklich, ihre Augen leuchteten, und ihre Wangen färbten sich zartrosa. »Wir sind natürlich beide voll aus dem Häuschen; deshalb sind wir dann auch doch nicht auf Weltreise gegangen …«

»Ah, ich hab' mich schon gewundert.«

»Ich wollte es dir persönlich sagen.«

»Kann ich dich umarmen, oder musst du dann wieder kotzen?«, scherzte Maja und fiel ihrer Freundin um den Hals.

Sie plauderten eine Weile über die Zeit in Boston und darüber, wie es für Charlotte und Chris jetzt weitergehen würde. Sie überlegten, ob sie noch mal neu anfangen sollten, an einem anderen Ort, der nicht mit Erinnerungen behaftet war. Ein Häuschen im Grünen, noch weiter draußen. Maja sagte nichts, aber sie vermutete, dass mit der werdenden Mama vielleicht ein wenig die Hormone durchgingen; immerhin lag Wendersen ja schon außerhalb …

»Und was ist mit dir? Geht's dir gut?«, wollte Charlotte irgendwann wissen.

Maja hatte ihr nichts von Bjarne erzählt, so etwas war über Videochat auch echt schwierig. Sie wusste nicht so recht, wie sie anfangen sollte. »Alles super«, war alles, was ihr gerade einfiel.

Charlotte runzelte die Stirn. »Komm schon, Maja. Irgendwas muss doch passiert sein, dass du so plötzlich aus Wendersen verschwunden bist.« Ihr Gesicht hellte sich auf. »Ein Männerproblem! Dann haust du immer ab.«

Maja atmete scharf ein. »Du wieder«, versuchte sie, den Treffer herunterzuspielen.

Charlotte gestikulierte wild mit ihren Händen. »Wer ist es. Kenn ich ihn?«

Maja wollte nicht lügen, aber es war ihr unangenehm. Außerdem war es sowieso vorbei gewesen, ehe es überhaupt angefangen hatte. »Willst du gar nicht wissen, spielt auch keine Rolle.«

»Wieso nicht?«

»Weil aus uns nichts wird. Deshalb.«

Charlotte kniff die Augen zusammen und musterte Maja so eindringlich, dass ihr ganz heiß wurde. »Ich kenne ihn also«, schlussfolgerte sie.

Maja schnappte sich ein Kissen und vergrub ihr Gesicht darin. »Hör doch auf, Charlotte.«

»Ich komm nicht drauf. Aus der Nachbarschaft?« Im Geiste ging sie offenbar jeden Mann, der in der Nähe wohnte, durch. Dann guckte sie Maja lange und mit offen stehendem Mund an. »Nein, oder?«

Maja hob eine Augenbraue. »Ich kann keine Gedanken lesen.«

»Bjarne? Es ist Bjarne, oder? O Mann.«

»O Mann«, wiederholte Maja seufzend.

»Habt ihr?«

Maja warf mit dem Kissen nach ihrer Freundin. »Nein, haben wir nicht. Dazu ist es nicht gekommen. Mein Gott, der Mann trauert um seine tote Frau.«

Charlotte lächelte schief. »War fast klar, dass du dich in jemanden verlieben musstest, der …«

»Der was?«

»Ach, vergiss es. Ich meine nur, Bjarne? Echt?«

Maja hob ihre Hände. »Ich wünschte, es wäre anders.«

»Und er hat nichts kapiert, oder wie?«

»O doch, das hat er. Aber … na ja, ich verstehe es ja, wirklich. Er kann seine Frau nicht vergessen.«

Charlotte seufzte und legte Maja die Hand auf den Oberschenkel. »Das tut mir leid, Süße.«

»Ja, mir auch.«

»Es ist jetzt ungefähr ein Jahr her«, meinte sie abwesend.

Maja überlegte, ob sie ihm schreiben sollte. Aber was schrieb man jemandem zum ersten Todestag? Sie hatte keine Ahnung, also verdrängte sie den Gedanken. Er würde sonst vermutlich nur glauben, dass sie einen Grund suchte, um sich bei ihm zu melden. Um ihn doch noch umzustimmen, und das wollte sie gar nicht. Manchen Liebesgeschichten war es einfach nicht bestimmt, gut auszugehen.

* * *

Bjarne saß auf der Bettkante; Zoe und Noah lagen in seinem Bett und schliefen friedlich. Heute hatte er es nicht über sich gebracht, die beiden in ihre Kinderzimmer zu bringen – er wusste nicht, wer die Nähe mehr brauchte, er oder sie. Bjarne atmete leise aus und horchte in die Stille hinein. Er war müde, aber er wusste, dass er kein Auge zubekommen würde. Er war nach diesem Tag einfach zu aufgewühlt. Am Nachmittag war er mit den Kindern auf dem Friedhof gewesen – heute vor einem Jahr hatte Alexandra den Kampf gegen den Krebs verloren. Er brachte es noch immer nicht fertig, von Erlösung zu sprechen, denn sie hatte nicht sterben wollen. Sie hatte sich gewünscht, ihre Kinder aufwachsen zu sehen, aber am Ende hatte sie keine Kraft mehr gehabt.

Bjarne stand leise auf und ging aus dem Zimmer, dann kehrte er noch einmal zurück und holte das Hochzeitsfoto vom Nachttisch. Er nahm es mit nach oben auf den Dachboden, knipste das Licht an und setzte sich an seinen Schreibtisch. Er starrte auf das Foto. Es war nicht der glücklichste Tag in seinem Leben gewesen, aber nach der Geburt seiner Kinder lag er dicht dahinter. Er weinte nicht, vielleicht, weil er nach dem heutigen Jahrestag zu verwirrt war. Lange hatte er sich davor gefürchtet, aber nichts hatte sich verändert. Er war noch genauso einsam wie gestern.

Bjarne schaute auf seine Hand, die den Rahmen hielt. Der Ring funkelte im Schein der Lampe. Mechanisch zog er eine Schublade auf, nahm Alexandras Gegenstück heraus und steckte es sich an den kleinen Finger. Zwei Ringe an einer Hand, das war falsch. Lange hatte er mit sich gehadert, aber er brauchte eine Veränderung. Irgendwas.

An Zeichen glaubte er lange schon nicht mehr. Keine weiße Taube war heute auf dem Friedhof herumgeflattert oder sonst etwas. Das hier war kein Film, es war sein Leben. Es gab keine Zeichen des Universums oder von toten Menschen.

Bjarne streifte beide Ringe ab. Er wollte sie nicht verstecken oder einfach nur wegpacken, als wären sie abgetragene Pullover. Sie waren auch heute noch das Zeichen einer großen Liebe. Vielleicht würde er die Idee morgen bescheuert finden, aber jetzt gefiel sie ihm. Bjarne kramte die Heißklebepistole aus dem Schrank und befestigte die Ringe am Bilderrahmen, über ihren Köpfen. Er wollte die Vergangenheit vor Augen haben, nicht aus dem Sinn, und gleichzeitig wollte er nach vorn schauen, weil er den Blick nicht für immer rückwärts richten konnte, wenn er seinen Kindern ein guter Vater sein wollte.

Er hatte keine Ahnung, wie lange er auf das Ergebnis gestarrt hatte, aber etwas löste sich in ihm. Es war an der Zeit …

Er nahm einen Stift und seinen Block. Daneben legte er die Liste, die er noch immer nicht vollständig abgearbeitet hatte, was er vermutlich auch nicht mehr tun würde.

Liebe Alexandra,

dies ist mein letzter Brief an dich. Es klingt endgültig, aber genau das ist es auch. Der Tod ist immer ein Ende. Nichts nimmt mehr einen neuen Anfang. Ein Jahr ist vergangen, seit du nicht mehr bei uns bist. Ich kann nicht sagen, dass es mir gut geht, aber es geht mir auch nicht mehr nur schlecht. Ich bewege mich noch immer in einem Auf und Ab, und vermutlich wird das auch noch eine ganze Weile so bleiben. Dennoch habe ich nach diesem Tag eine Entscheidung getroffen, vielleicht war es auch mehr eine Erkenntnis, die ich gewonnen habe. Ich komme nicht voran, wenn ich immer nur zurückblicke. Ich möchte nicht unsere Erinnerungen auslöschen, aber ich kann nicht länger nur in der Vergangenheit leben.

Die Briefe an dich haben mir geholfen, einiges klarer zu sehen oder auch nur meine Wut, meinen Frust und meine Einsamkeit loszuwerden. Aber ich muss aufhören, mit dir zu sprechen, als wärst du immer noch hier.

Ich liebe dich, aber ich lasse dich gehen. Ich hab endlich kapiert, warum du mir diese verdammten Aufgaben geschickt hast. Danke, dafür liebe ich dich umso mehr.

Dein Bjarne

Er faltete den Brief, dann nahm er die anderen heraus und warf sie in einen leeren Karton, der von Staub überzogen war. Dann las er noch einmal die Liste durch, zerknüllte sie und ließ sie hineinfallen. Zuletzt holte er den Behälter mit den Aufgaben und kippte dessen Inhalt ebenfalls dazu. Bjarnes Herz raste, als er wenig später mit dem Karton ins Wohnzimmer ging. Er zündete ein paar Kerzen und dann den Kamin an.

Im Schneidersitz setzte er sich mit seiner Post davor und warf einen Zettel nach dem anderen hinein. Es war ein symbolischer Akt, den er für sich brauchte. Ein Abschluss.

Oder ein Neuanfang.

Vermutlich beides.

Bjarne weinte auch jetzt nicht. Er war nicht glücklich, aber er war auf eine seltsame Weise erleichtert, die er nicht definieren konnte. Innerlich war er ganz ruhig. Ein wenig wehmütig, ja, aber auch zuversichtlich, dass es für ihn und die Kinder weitergehen würde. Zoe und Noah hatten sich wunderbar entwickelt, dafür war er dankbar. Sie waren die Zahnräder in seinem Getriebe, ihretwegen hatte er den Weg zurück ins Leben finden müssen, und am Ende war das seine eigene Motivation geworden, die ihn antrieb. Am Ende des Tages wollte er ihnen nicht als ewiger Trauerkloß in Erinnerung bleiben, der ihre Kindheit noch schwerer gemacht hatte. Heute erkannte er, dass er dicht dran gewesen war, aber mittlerweile war er sicher, dass es inzwischen besser war und noch besser werden konnte. Jeden Tag einen kleinen Schritt, ein neues Lächeln, etwas, worauf er sich freuen konnte, lautete sein Plan.

Brief für Brief ging in Flammen auf. Liebesbriefe an das Leben, nicht nur an seine Frau. Er las keinen davon noch einmal, es war ohnehin alles in seinem Kopf. Und in seinem Herzen.

Irgendwann war der Karton leer, und Bjarne lehnte sich erschöpft gegen die Sitzfläche des Sofas. Es war weit nach Mitternacht, der Tag war überstanden. Das erste Jahr. Er sah eine Zukunft vor sich; sie war nicht gleißend hell, aber er war in der Lage zu akzeptieren, dass auch ein Weg mit Schatten ein guter sein konnte.

KAPITEL 30

Sowohl in der Dichtung als auch im Leben ist es niemals zu spät für eine Korrektur.

Nancy Thayer

Maja trat aus dem Gebäude auf den Lüneburger Marktplatz und atmete tief durch. Es war ein warmer und wunderschöner Herbsttag Anfang Oktober. Die Blätter der Linden hatten sich golden gefärbt und wogten sanft in der Nachmittagssonne.

Jetzt war sie frei. Maja horchte in sich hinein, während sie ein paar Schritte über den Platz ging. Sie fühlte sich erleichtert, dass sie es endlich getan, sich getraut hatte. Das Gespräch mit dem Produzenten war leicht gewesen; sie bedauerte ihre Entscheidung nicht und stellte sie auch nicht infrage, obwohl sie bis dahin so lange damit gehadert hatte.

Sie holte sich in einem Café einen Chai Latte zum Mitnehmen und schlenderte weiter über den Marktplatz. Am Brunnen hielt sie einen Moment inne und setzte sich an den Rand, um das Rathaus zu betrachten. Es war ein perfektes Beispiel dafür, wie sich die Architektur der Stadt über die Jahrhunderte entwickelt hatte. Im achteckigen Turm mit seinen offenen Schallfenstern befand sich ein Glockenspiel aus

Meißner Porzellan mit einundvierzig Glocken. Um acht, um zwölf und um sechs ertönten jeden Tag Lieder des Lüneburger Komponisten Johann Abraham Peter Schulz. Heute würde sie nicht in den Genuss kommen; es war gerade mal kurz nach vier, und wann sie das nächste Mal hier sein würde, wusste sie nicht.

Ihre Zeit bei den Heideherzen war damit vorbei. Nicht nur das.

Das wars also mit Lüneburg, dachte sie und seufzte leise.

Sie trank einen Schluck von ihrem Chai Latte und versuchte, nur positiv zu denken. Nun hatte sie endlich Zeit für ihr Romanprojekt und konnte sich überlegen, wo und wie sie in Zukunft leben wollte. Maja bereute es nicht, dass sie dem Drängen ihres Vaters nachgegeben hatte und provisorisch in die Wohnung in der Villa gezogen war, aber es sollte nur eine Übergangslösung sein.

»Maja?«, hörte sie eine bekannte Stimme. Sie hob den Kopf, und ihr Herz setzte einen Schlag aus.

Bjarne stand einige Meter von ihr entfernt. Er hatte ein paar Einkaufstüten in der Hand und wirkte genauso überrascht, wie sie sich fühlte.

»O, hi«, stieß sie atemlos hervor. Ihr Magen fuhr Achterbahn. Ihm hier zu begegnen, hatte sie nicht erwartet.

Er trat näher, und das leise Lächeln, das seine Lippen umspielte, ließ lange verdrängte Schmetterlinge in ihrem Bauch aufflattern. Maja befeuchtete sich die Lippen und rang sich ein Lächeln ab. Es tat weh, ihn zu sehen, aber es war auch ein gutes Gefühl. Obwohl sie versuchte, so wenig wie möglich an ihn zu denken, hatte sie ihn trotzdem vermisst.

»Wie geht's?«, fragte er, und es klang nicht nach Small Talk, sondern nach einer ernst gemeinten Frage, nach ehrlichem Interesse an ihr.

Sie zuckte die Schultern und merkte, wie ihr etwas leichter ums Herz wurde. »Sehr gut. Ich habe eben bei den Heideherzen gekündigt. Ich kümmere mich jetzt ausschließlich um mein eigenes Romanprojekt.«

Seine Augen leuchteten auf. »Wie schön! Ich freue mich für dich.«

Das Schweigen dauerte eine Sekunde zu lange; genauso lange verlor sie sich im warmen Grün seiner Augen, die wie tiefe Seen schillerten.

Maja räusperte sich. »Wie, äh, geht's den Kindern?«

Er wusste, dass sie immer mal wieder mit Noah und Zoe telefonierte. Sie vermisste die beiden, aber es war besser, wenn sie ein wenig Abstand hielt – für sich und für Bjarne. Es war zu früh für Maja, sie war noch nicht über ihn hinweg, und jede Begegnung mit Bjarne hätte ihr sonst zu deutlich gezeigt, was sie vermisste, und das konnte sie derzeit einfach nicht aushalten.

»Es geht ihnen gut. Noah hat eine Zwei in Mathe bekommen, und Zoe guckt sich ständig Schulranzen an, obwohl es noch fast ein Jahr dauert, bis sie in die erste Klasse kommt.« Er holte tief Luft. »Du fehlst ihnen.«

Sein Blick sagte mehr, aber womöglich täuschte sie sich. Vermutlich war das nur ihr Wunschdenken.

»Sie fehlen mir auch.« *So wie du.*

Erneutes Schweigen. Jene eigentümliche, aufgeladene Stille, wenn man etwas gesagt und etwas anderes gemeint hat. Er fragte nicht, ob sie mal zu Besuch kommen wolle, und Maja bot es nicht an. Zumindest in dem Punkt waren sie sich einig.

Er räusperte sich und schluckte. »Ja, äh, dann muss ich mal weiter.«

»Klar, mach's gut. Es war schön, dich zu sehen. Grüß die Kinder und Susanne.«

»Das werde ich.«

Noch einmal verhakten sich ihre Blicke ineinander, und es hing diese gewisse Spannung in der Luft, die nahezu greifbar war. Aber niemand rührte sich. Schließlich nickte Bjarne ihr noch einmal mit einem wehmütigen Lächeln zu und ging weiter. Sie schaute auf ihren Teebecher und blinzelte die aufsteigenden Tränen weg. Sie konnte vielleicht so tun, als ob sie glücklich wäre, aber die Sehnsucht konnte sie nicht leugnen. Bjarnes Schritte klapperten auf dem Kopfsteinpflaster. Dann verstummten sie.

Maja horchte.

Eins. Zwei. Drei Sekunden.

Sie hob den Kopf.

Maja war überrascht, als sie ihn regungslos einige Meter entfernt stehen sah, als hätte er etwas vergessen, als zögerte oder überlegte er.

Sie hielt die Luft an, ihr Puls beschleunigte sich.

Dann ging er weiter. Ein wenig schneller, als nötig war, und Maja blieb mit einem Gefühl der Traurigkeit zurück, das sie einfach nicht unterdrücken konnte, egal, wie sehr sie es versuchte.

KAPITEL 31

»Habe ich nicht gesagt, dass ich mitkomme, wohin du auch gehst?«,
sagte ich. »Doch, das hast du«, sagte Jonathan, und
seine Stimme klang recht froh. »Denn ich will bei dir sein«, fuhr ich
fort, »auch wenn es in einem unterirdischen Höllenreich ist.«

Die Brüder Löwenherz, Astrid Lindgren

Es lief gut mit dem Schreiben, aber jedes Wort kostete Kraft.
Diese Kraft versuchte Maja nach der Arbeit in der Natur auf-
zutanken. Der Elbstrand war ihr beinahe zu einem zweiten
Zuhause geworden. Selbst die Novemberkälte hielt sie nicht
davon ab, heute hier auf und ab zu laufen, sich auf einen Stein
zu setzen und aufs Wasser hinauszuschauen. Die Dämmerung
hatte eingesetzt, der Wind war eiskalt, aber er ließ sie sich
lebendig fühlen. Maja kuschelte sich in ihren Wollschal und zog
die Mütze tiefer ins Gesicht. Sie brauchte das Gefühl, lebendig
zu sein, einfach ins Nichts zu starren und doch so viel zu sehen.
Ein paar Möwen staksten im Sand herum und suchten nach
etwas Essbarem. Sie sah aus dem Augenwinkel, dass ein Mann
über den Sand getrottet kam. Er kam ihr vage bekannt vor, aber
sie schaute nicht genauer hin. Die Zeiten, wo sie in jedem und
überall Bjarne sah, waren zwar noch nicht vorbei, aber sie wollte

jetzt nicht wieder dieses Gefühl der Desillusionierung spüren, wenn sie realisierte, dass sie sich mal wieder getäuscht hatte, und ihre Hoffnung verpuffte. Denn natürlich standen die Chancen sehr gering, dass sie ihm in Hamburg über den Weg lief. Aber seit sie ihn vor einer Weile in Lüneburg zufällig getroffen hatte, sehnte sie sich danach, dass es noch einmal passierte. Ein Blick. Ein Gespräch. Ein Stück von ihm.

Sie war wie eine Alkoholikerin auf Entzug, die immer wieder auf die Weinflaschen schielte. Maja wartete darauf, dass die Sehnsucht erträglicher wurde. Der Wunsch, mit ihm zusammen zu sein, verschwand einfach nicht; er schien mit jedem Tag zu wachsen. Sie dachte viel zu häufig an ihn, hatte oft das Telefon in der Hand und ließ es dann doch wieder sinken.

Der Mann war näher gekommen. Ziemlich nah. Seine Schritte verlangsamten sich, und er kam vor ihr zum Stehen. Maja schaute auf. Als sie tatsächlich in Bjarnes Gesicht sah, schnappte sie nach Luft und blinzelte ungläubig. Sie musste träumen. Sie spürte, wie sich ihr Mund öffnete, aber kein Laut kam heraus. Ihr Herz setzte einen Schlag aus, um dann im doppelten Tempo weiterzuschlagen.

Bjarne war hier. War er gekommen, um sie zu treffen? Er trug einen dunklen Anorak, sein Haar wurde vom Wind zerzaust. Er wirkte nicht überrascht, sie hier anzutreffen, eher erleichtert; ganz so, als hätte er sie tatsächlich gesucht. Aber das konnte doch nicht sein, oder? Woher wusste er …?

Maja zählte eins und eins zusammen. Charlotte? Ja, vermutlich.

Sie konnte nicht klar denken. Die Gedanken wirbelten in ihrem Kopf umher, ihr Puls raste, ihr Magen fuhr Achterbahn.

»Hallo, Maja«, sagte er jetzt, und der vertraute Klang seiner Stimme ließ sie kaum merklich erschaudern. O Gott, sie hatte ihn so sehr vermisst. Jeden Tag und jede Nacht hatte sie davon geträumt, ihn wiederzusehen, ihn noch einmal in die Arme schließen zu können. Noch einmal seinen Duft zu inhalieren. Und jetzt war er tatsächlich hier.

»Was machst du hier?«, stammelte sie, noch immer völlig aus der Bahn geworfen.

Seine Mundwinkel bogen sich nach oben. »Darf ich?«, fragte er und richtete seinen Blick kurz auf den freien Platz neben ihr.

»Natürlich.« Ihr wurde ganz anders zumute. Sie wagte nicht zu hoffen. Und tat es doch.

Als er neben ihr saß, berührte sein Oberschenkel ihr Knie. Ein Kribbeln durchlief ihren Körper. Sie unterdrückte den Impuls, sich an ihn zu schmiegen. Bjarne wandte sich zu ihr. »Ich weiß nicht, wo ich anfangen soll«, erklärte er mit belegter Stimme und legte sanft seine Hand auf ihr Bein. Sie spürte seine kraftvolle Wärme sofort und genoss die Berührung.

»Manchmal ist mittendrin das Beste«, erwiderte sie mit zitternder Stimme.

Er gluckste, dann nickte er. »So weise, meine liebe Maja.«

Meine liebe Maja, hallte es in ihrem Kopf nach. Sie lächelte. Der Wind toste um sie, aber sie bekam kaum noch etwas davon mit. Alles, was zählte, war seine Nähe, dass er hier war.

»Das Leben ist kompliziert, mir ist das klar. Einfach wird es mit mir nie werden, aber das weißt du, glaube ich, längst. In vielen Dingen bist du so viel klüger als ich.«

Sie schüttelte den Kopf, aber sagte nichts.

»Ich habe dich wahnsinnig vermisst«, fuhr er fort.

Ein warmes Gefühl der Freude stieg in ihr auf, und sie ergriff seine Hand, um ihre Finger mit seinen zu verschränken. »Ich dich auch, wie verrückt.«

»Ich habe es ohne dich einfach nicht mehr ausgehalten, Maja. Ich muss – ich möchte – diesen nächsten Schritt endlich gehen. Mit dir. Meine Sehnsucht nach dir ist größer als meine Furcht. Ich habe es nicht geglaubt, aber in meinem Herzen ist noch Platz …« Er sah auf. »Allerdings besteht die Möglichkeit, dass ich es vermasselt habe. Ich hatte die Chance und habe dich von mir gestoßen. Und das tut mir leid. Es tut mir so unfassbar leid, und ich hoffe, dass du mir vergeben kannst, dass ich es nicht früher begriffen habe.«

Sie wollte ihm sagen, dass es okay war, dass sie es verstand; aber kein Wort kam über ihre Lippen. Ihr Herz raste, das Blut rauschte in ihren Ohren. Sie spürte, dass ihre Knie wackelig waren, weil sie noch immer nicht glauben konnte, dass er wirklich gekommen war, um sie zu sehen. Zum Glück saß sie bereits.

Er lächelte leicht. »Ich will nicht mehr warten, die Dinge zu sagen, die ich fühle, die ich für dich empfinde. Diese Gefühle machen mir Angst, so große Angst, dass ich kaum noch atmen kann. Aber gleichzeitig fühle ich mich durch sie wieder lebendig. Geliebt. Ich will nicht mehr allein sein. Ich möchte, dass du bei mir bist. Ich wage es kaum auszusprechen, aber ich habe mir vorgenommen, mutig zu sein, also sage ich einfach, was in mir vorgeht.«

Maja wurde schwindelig vor Glück. Sie wollte so vieles erwidern, aber sie konnte ihn nur anstarren. Bjarne strich mit dem Daumen über ihren Handrücken. »Ich liebe dich, Maja. Ich liebe dich wie verrückt, und das ist so ein wunderbares Gefühl, dass ich es in die Welt hinausschreien möchte. Ich will dich küssen, ich will dich umarmen, ich will dich lieben und immer bei mir haben. Das alles sind ziemlich egoistische Wünsche, meine liebe Maja, aber ich wollte, dass du weißt, was in mir seit Wochen vorgeht. Vielleicht bin ich zu spät, das würde ich verstehen. Trotzdem hoffe ich, dass du auch etwas für mich empfindest.«

Er lächelte zaghaft, und sie spürte, dass er in diesem Moment glücklich war. Sie war es auch. »Ich liebe dich«, sprach sie das Einzige aus, was zwischen ihnen zählte.

»Mit dir empfinde ich Hoffnung. Die Tage sind ein bisschen heller, und die Nächte, ich hoffe, die Nächte werden … na ja, darauf bin ich sehr gespannt.« Er grinste und küsste jeden einzelnen ihrer Finger. »Wenn du mich überhaupt willst.«

Sie nahm sein Gesicht zwischen ihre Hände, genoss das Gefühl seiner unrasierten Haut darunter. Für einen Augenblick schaute sie ihm tief in die Augen und verlor sich darin. »Ich habe mir jeden Tag gewünscht, dass du bei mir bist«, wisperte sie. »Und habe doch nicht davon zu träumen gewagt.«

Er schluckte. »Es fühlt sich unwirklich an. So großartig, dass ich Angst habe, wenn ich blinzele, bin ich wach und du bist wieder weg. Die letzten Wochen waren schrecklich. Nicht nur für mich.«

Sie dachte an die Kinder, und dabei stieg eine so große Freude in ihr auf, dass sie die Tränen kaum zurückhalten konnte. »Ich … habe Abstand gebraucht.«

»Und ich die Zeit, um mir über einiges klar zu werden.«

»Und jetzt hast du Klarheit?«, neckte sie ihn.

Sein Blick verdüsterte sich, er rückte näher an sie heran. Bjarne hob ihr Kinn mit seinem Finger an. »Die hatte ich schon lange, mir hat nur der Mut gefehlt.« Endlich tat er das, was zu ihrem Glück noch fehlte. Er küsste sie mit einer so drängenden Sehnsucht, dass Maja alles um sich herum vergaß. Seine Lippen strichen über ihre, verheißungsvoll und zärtlich. Manchmal brauchte man keine Worte, um zu verstehen, was im anderen vorging. Maja klammerte sich an ihn und erwiderte Bjarnes Kuss.

Irgendwann – sie hatte das Gefühl für Raum und Zeit verloren – standen sie auf. Hand in Hand. »Und jetzt, was hast du vor?«, fragte sie atemlos.

Er hielt sie in seiner Umarmung, und Maja schmiegte sich an ihn. »Ich habe Zeit, Maja; wir haben alle Zeit der Welt. Die Kinder sind bei Susanne …«

Sie blickte zu ihm auf. »Heißt das …?«

Er grinste. »Liebe Maja, möchtest du mit mir ausgehen? Das wäre unser erstes Date. Ich habe sogar einen Tisch in einem Restaurant in der Nähe für uns bestellt, mit Kerzenschein und dem vollen Romantikprogramm.«

Maja wurde warm ums Herz. »O mein Gott, ja! Tausendmal ja!«

Er verschränkte seine Finger erneut mit ihren, und gemeinsam schlenderten sie über den Elbstrand. »Du kannst dir nicht vorstellen, wie erleichtert ich bin. Ich hatte Angst, dass du mich zum Teufel jagst.«

»Und ich hatte Angst, dass du niemals zu mir kommen würdest.«

»Ich weiß, ich habe lange gebraucht, und das tut mir leid. Der erste Schritt ist getan, liebe Maja, und alle weiteren gehen wir gemeinsam.«

»Ich liebe dich.« Sie sah mit einem Lächeln zu ihm auf, und er erwiderte es.

»Ich liebe dich mehr.«

Noch einmal blieben sie stehen und versanken in einem innigen Kuss.

EPILOG

Familie ist da, wo das Leben seinen Anfang nimmt und die Liebe niemals endet.

(Unbekannt)

Maja stand in der Küche ihrer Hamburger Wohnung und holte das Sauerteigbrot aus dem Ofen. Im Radio dudelte ein alter Weihnachtsklassiker und sie summte leise mit. »Feliz Navidad ...«

Im Kopf hatte sie gleichzeitig eine alte Redewendung: Was lange währt, wird endlich gut. Das traf in so vielen Punkten auf ihr Leben zu, dass sie noch immer das Gefühl hatte, auf einer Glückswelle zu treiben. Nachdem sie das Brot zum Abkühlen auf einen Rost gelegt hatte, trat sie an die Küchentür.

Sie spähte hinaus und sah Karola, Susanne und Rosalinde mit einem Glas Sherry im Wohnzimmer stehen. Die drei schienen sich gut zu verstehen, was Maja zunächst ein bisschen gewundert hatte. Rosalinde war ihr in der letzten Zeit sehr ans Herz gewachsen. Aber auch Bjarnes Mutter hatte sich zum Positiven verändert; sie wirkte nicht mehr so verbissen wie noch im Sommer. Die Lichterkette am bunt geschmückten Weihnachtsbaum blinkte, auf dem Tisch stand ein Teller mit Keksen. Bjarne saß mit den Kindern auf dem Boden, die beiden hatten schon einige Geschenke auspacken dürfen, obwohl sie noch nicht zu Abend gegessen hatten. Die offizielle Bescherung würde es danach erst geben. Als ob er ihren Blick spürte, hob Bjarne den Kopf und lächelte ihr zu.

Maja lehnte sich gegen den Türrahmen und betrachtete dieses Bild der Harmonie; und ihr Herz weitete sich vor Liebe für die drei.

Sie merkte, dass jemand neben sie trat. »Papa«, sagte sie.

»Hallo, Liebes.« Er gab ihr einen Kuss auf die Wange. »Hier, der war für dich in der Post.«

Sie riss ihm den Umschlag aus der Hand und öffnete ihn sofort. »O Gott, ich bin so aufgeregt.«

Vor einem Monat hatte sie eine Kurzgeschichte über die Begegnung mit der alten Dame vom Ostpreußischen Landesmuseum bei einem Literaturwettbewerb eingereicht; das hier war die Reaktion darauf.

Als sie die Zeilen überflog, stieß sie ein Quietschen aus. Alle guckten sie an. Ungläubig ließ sie das Schreiben sinken. »Ich …«, stammelte sie. »… ich habe gewonnen!«

Maja fühlte sich, als ob der Boden unter ihr schwankte. Damit hatte sie beim besten Willen nicht gerechnet.

Ihr Vater umarmte sie, dann trat Bjarne auf sie zu und wirbelte sie im Kreis herum. »Ich wusste es! Ich hab immer gesagt, dass du eine großartige Schriftstellerin bist!«, jubelte er und küsste sie auf die Stirn.

Zoe und Noah hüpften um sie herum und freuten sich mit ihr. »Du hast einen Preis gewonnen? Was denn?«, wollte Zoe wissen. »Eine Tafel Schokolade?«

Maja lächelte und ging in die Hocke. »Nein, Süße, keine Tafel Schokolade, etwas viel Besseres.«

»Was könnte besser als Schoki sein?«, wandte das Mädchen mit einem Stirnrunzeln ein.

Maja verzog ihre Lippen zu einem liebevollen Schmunzeln. »Stimmt, da hast du eigentlich recht, aber ich habe eine Reise zu einem Schreibseminar nach Málaga gewonnen, nur für ein Wochenende. Vielleicht könnten wir im Sommer dann auch gemeinsam verreisen?«

Sie hörte einen Champagnerkorken ploppen. Rosalinde kam mit Gläsern angelaufen, ihr Vater mit einer Flasche Pommery.

»Au ja!«, jubelte Noah. »Äh, wo ist Málaga überhaupt?«

Bjarne strich seinem Sohn über den Kopf. »Das ist eine Stadt in Spanien, am Meer.«

»Gibt es dort auch Sand?«, erkundigte sich Zoe.

»O ja, bestimmt eine ganze Menge«, bestätigte Maja.

Bjarne wandte sich an sie. »Dann, würde ich sagen, haben wir unser Reiseziel für das kommende Jahr festgelegt – falls es okay für dich ist; ich meine, du willst ja dort sicher auch arbeiten, oder?«

Maja grinste. »Das Seminar ist ja nur für ein Wochenende, und, um ganz ehrlich zu sein, kann ich mir nichts Schöneres vorstellen, als euch dabeizuhaben!«

Bjarne küsste sie kurz auf die Lippen. Zoe und Noah machten Schmatzgeräusche und lachten. Maja kicherte.

Sie war glücklich, dass die beiden sie auch als Partnerin ihres Vaters akzeptierten; und nicht nur das, sie hatten sich wahnsinnig gefreut, als sie es ihnen erzählt hatten. Es kam ihr vor, als läge das alles bereits eine Ewigkeit zurück, dabei waren es gerade mal ein paar Wochen.

Champagnergläser wurden gereicht, die beiden Kleinen bekamen Orangensaft. Majas Vater meldete sich zu Wort. »Meine Lieben, ich bin so froh, dass wir heute hier zusammengekommen sind und gemeinsam feiern. Es ist wunderbar, endlich wieder so viel Leben und Freude in meinem Haus zu sehen. Ich bin wahnsinnig stolz auf dich, Maja, und spreche dir meinen herzlichsten Glückwunsch aus, auch zu deinem Buchvertrag!«

Maja merkte, dass sie rot anlief. Sie war in der kurzen Zeit unfassbar produktiv gewesen und hatte geschrieben wie eine Besessene. Tatsächlich hatte sie ihren Romanentwurf über eine Agentur anbieten lassen, und schon nach drei Tagen hatten mehrere Verlage Interesse bekundet. Nach einem Bieterverfahren – sie konnte noch immer nicht fassen, dass man sich geradezu um ihren Text gerissen hatte – hatte sie schließlich einen sehr guten Vertrag mit einem renommierten Publikumsverlag abgeschlossen. Ihr Ostpreußenroman würde in zehn Monaten pünktlich zur Frankfurter Buchmesse erscheinen.

»Danke«, antwortete sie.

»Darf ich auch etwas sagen?«, meldete sich Bjarne zu Wort und sprach gleich weiter. »Liebe Maja, ich bin so glücklich, dass du in mein, in unser Leben geschneit bist.« Er schluckte, und sie sah Tränen in seinen Augen schimmern. Natürlich beging er das Weihnachtsfest mit einem lachenden und einem weinenden Auge. Er vermisste Alexandra noch immer, aber es wurde Stück für Stück erträglicher für ihn. »Dies ist ein ganz besonderes Fest für uns, und wir freuen uns sehr, dass wir in deiner Familie so herzlich aufgenommen wurden. Und im nächsten Jahr möchten wir gern bei uns feiern.«

»Erst mal kommt jetzt der Umbau«, wandte Maja grinsend ein.

Maja hatte mit der Hilfe ihres Vaters die Doppelhaushälfte von Charlotte und Chris gekauft; die beiden wollten an einem anderen Ort neu anfangen. Geplant war ein Durchbruch, um den Wohnraum zu vergrößern – zwei Häuser, eine Familie. Maja war noch immer überrascht von sich selbst und davon, wie sehr sie sich im letzten Jahr verändert hatte. Heute war es das pure Glück für sie, jeden Tag mit Noah, Zoe und natürlich Bjarne verbringen zu dürfen. Endlich wusste sie, was es wirklich hieß, eine Familie zu sein. Unbewusst rieb sie sich über den Ärmel ihres Pullovers. Darunter klebte ein medizinisches Pflaster, denn »Life sucks« hatte nicht mehr länger gepasst, und vor den Feiertagen hatte sie sich als Geschenk an sich selbst ein Cover-up stechen lassen. Aus den Buchstaben war ein Frühlingsmotiv mit Schmetterlingen und Blumen geworden. Der Frühling würde sie immer daran erinnern, dass sie sich getraut hatte, Veränderungen zuzulassen und sich für die Liebe anderer zu öffnen. Maja schaute kurz aus dem Fenster, und während die Kinder im Hintergrund ein weiteres Geschenk aufrissen, dachte sie an ihre Mutter. Sie wäre stolz auf sie gewesen, hätte sie sie jetzt sehen können. Bjarne trat neben sie. »Ich glaube doch irgendwie an diese Sache mit den Wolken«, flüsterte er. »Sie sitzen da oben und sehen uns zu. Bestimmt sind sie glücklich, dass es uns gut geht.«

Maja lehnte ihren Kopf gegen seine Schulter. »Vielleicht hast du recht.«

Und so abwegig war es womöglich nicht, denn genau jetzt lichteten sich die Wolken, und einige Sonnenstrahlen bahnten sich ihren Weg hindurch. Vielleicht war Maja auch nur sentimental. Sie hatte nie an Zeichen, Schicksal oder göttliche Fügung geglaubt. Aber das war gewesen, bevor sie Bjarne begegnet war. Bevor sie erlebt hatte, was es hieß, jemanden aus tiefstem Herzen zu lieben. Dieses Weihnachtsfest schenkte ihnen das schönste Happy End, das man sich vorstellen konnte. »Ich liebe dich«, murmelte sie so leise, dass nur Bjarne es hören konnte.

»Ich liebe dich auch«, wisperte er zurück und küsste sie auf den Scheitel.

DANKSAGUNG

Am Ende eines Manuskripts bleibe ich immer mit einem lachenden und einem weinenden Auge zurück. Ich bin unfassbar glücklich, dass ich diesen Roman beendet habe, aber auch unfassbar traurig, weil ich mich jetzt von meinen lieb gewonnenen Charakteren verabschieden muss. Majas und Bjarnes Geschichte hat mich sehr berührt, und es ist mir nicht leichtgefallen, sie zu Papier zu bringen. Seit einigen Jahren spukte dieser Plot schon in meinen Gedanken herum, bis ich mich nun endlich daran gewagt habe. Der Weg von der Idee bis zum fertigen Manuskript ist ein sehr langer, manchmal auch schmerzhafter, oft aber auch einfach nur ein ganz wunderbarer. Ich bin dankbar, dass ich meinen Traum, Autorin zu sein, leben kann, und hoffe, dass diese Geschichte viele Leser*innen finden wird. Ganz besonders möchte ich mich bei meiner Lektorin Dorothea Kenneweg bedanken; mit ihr habe ich schon manches Plotproblem gelöst, und die Zusammenarbeit ist großartig. Gleichzeitig bedanke ich mich beim Team von Amazon Publishing; ich bin begeistert von der professionellen und unkomplizierten Zusammenarbeit. Es gibt noch eine ganze Reihe andere Menschen in meinem Leben, ohne die es nicht gehen würde, und vor allem in den letzten zwölf Monaten war es nicht einfach, Zeit zum Schreiben zu finden.

Wenn ihr mehr von meinem Schreiballtag und meinem Leben als Autorin sehen und lesen möchtet, dann folgt mir auf den sozialen Medien, Instagram und Facebook, oder abonniert gern meinen Newsletter. Ich freue mich über den Kontakt zu meinen Leser*innen und bekomme sehr gern Post. Ich hoffe, dass euch meine Geschichte genauso berührt hat, wie sie mich beim Schreiben forderte.

Zeitfracht Medien GmbH
Ferdinand-Jühlke-Straße 7
99095 Erfurt, Deutschland
produktsicherheit@kolibri360.de

Druck:
CPI Druckdienstleistungen GmbH
im Auftrag der
Zeitfracht Medien GmbH
Ein Unternehmen der Zeitfracht - Gruppe
Ferdinand-Jühlke-Str. 7
99095 Erfurt